DU MÊME AUTEUR

Les enquêtes du capitaine Sabre

n°1 - Les diamants de Waterloo

n°2 - Le soldat d'étain assassiné

n°3 - Le cercle des éventails

Les enquêtes de l'apicultrice

n°1 - Échec à la reine

n°2 - La fumée du Diable

n°3 - Confession d'un pot de miel

n°4 - Abeilles, crimes et champagne

n°5 - Dix petits frelons

n°6 - Mort d'une bougie

n°7 - Une coccinelle sur la lande

Retrouvez ces ouvrages sur www.palemon.fr.

CE LIVRE EST UN ROMAN.
Toute ressemblance avec des personnes, des noms propres, des lieux privés, des noms de firmes, des situations existant ou ayant existé, ne saurait être que le fait du hasard.

VALÉRIE VALEIX

Le cercle des éventails

ÉDITIONS DU PALÉMON
ZI de Kernevez - 11 B rue Röntgen - 29 000 QUIMPER

Remerciements

À la mémoire de ma grand-mère, Yvette, disparue dans sa centième année le 18 janvier 2023, qui m'avait donné le goût de l'Histoire.

Tu as été, jusqu'à ton dernier souffle, ma correctrice, ma conseillère, et tellement plus. Où que tu sois, je ne t'oublierai jamais…

Que cet opus soit l'occasion pour moi de renouveler mon amitié, impériale, il va de soi, à mon « aide de camp » ! Alain Cerri. Je le remercie de son aide précieuse.

Merci à ma bêta lectrice, Nadine Legal.

Pour ma fille Audrey,
petite impératrice des bivouacs.

Les règlements sont faits
pour les médiocres et les indécis ;
rien de grand ne se fait sans l'imagination !

Napoléon Bonaparte

Avant propos de l'auteure

Un roman, qu'il soit policier ou non, décrit une société. Le policier historique a plus encore cette vocation à cœur, il s'agit de montrer les façons de vivre et de penser de la communauté d'alors, ceci pour y placer une intrigue qui ne peut ressembler à celles de notre époque, même si certains thèmes sont récurrents : l'amour, la haine, la jalousie…

Dans le cadre des investigations policières d'hier et d'aujourd'hui, la prostitution féminine a toujours été largement exploitée, la masculine moins, et pourtant elle existe, elle aussi, depuis la nuit des temps. C'est ce thème que j'ai choisi pour servir de cadre à la 3e enquête du capitaine Sabre qui réagira en homme du début du XIXe siècle avec des préceptes hérités de la Révolution.

Jérôme Blain, le héros, est jeune et évolué, il est même « cool » (!), néanmoins son regard reste celui de son temps où le père de la psychanalyse, Freud, était en gestation dans ce XIXe siècle naissant puisqu'il naîtra en 1856 et exposera ses premiers essais sur la sexualité enfantine en 1905.

Il n'est pas question ici de montrer autre chose qu'une société disparue, ni pire, ni meilleure qu'une autre quand elle est replacée dans son contexte. Qui sait ce qu'on dira de la nôtre dans deux cents ans…

Prologue
Une époque fabuleuse…

Lundi 1er janvier 1816. 6 quai de Conti. Temps humide.

La table avait été dressée dans le salon « aux tableaux », ainsi nommé pour ses murs tendus de soie bleue disparaissant presque entièrement sous les œuvres de « Laville », tendre épouse de Larrey, et de Girodet, ami fidèle du couple.

Larrey détaillait la superbe estampe sur vélin, un trio de tulipes aux délicats tons de carmin et de mordoré, offerte par Pierre-Joseph Redouté à l'occasion des étrennes. Le chirurgien, comme tous ceux présents, connaissait la situation précaire du « Raphaël des fleurs »[1] depuis la mort de l'impératrice Joséphine trois ans plus tôt et le départ de la seconde impératrice, Marie-Louise, qui, d'ailleurs,

1. *Surnom de Redouté.*

n'avait pas été sa meilleure cliente. Cependant, Larrey choisit de ne pas faire remarquer cet effort et de plaisanter en jetant un coup d'œil au mur :

— Mon cher Pierre-Joseph, je ne sais comment nous allons bousculer ce bel équilibre sans vexer « Laville » ou notre ami auteur du *Déluge*.

D'une belle prestance, mais le crâne partiellement dégarni, l'interpellé secoua son visage encadré d'impressionnants favoris.

— Dominique, tu ne songes pas sérieusement à noyer cette exquise esquisse…

La formulation tira un sourire à Élisabeth et à Dominique Larrey, de même qu'à leurs invités, madame Redouté, Jérôme et son épouse, Marion, humble éventailliste que ces mondanités intimidaient, bien que les protagonistes ne fussent pas des inconnus pour elle. Plutôt douée pour le dessin, elle avait même pris quelques cours chez le maître des fleurs au printemps 1814, en pleine débandade.

— … parmi nos imposants barbouillages ! poursuivit Girodet, ce qui fit se rengorger Redouté, lequel, la cinquantaine bien sonnée, avait conservé un physique d'éternel adolescent avec sa chevelure blonde à peine grisonnante.

— Je suis de l'avis de notre ami, déclara Élisabeth, je garderai donc ces merveilleuses tulipes pour ma chambre où elles veilleront sur mes songes…

Elle termina sur un soupir qui n'échappa à personne : de quoi serait faite cette année 1816 dans un pays dirigé par un roi revenu définitivement au pouvoir depuis maintenant un peu moins de six mois, après l'absence forcée des « Cent-Jours ». Certes, Louis XVIII n'était pas un mauvais souverain ;

n'avait-il pas affirmé à son retour de Gand : « La noblesse ancienne reprend ses titres ; la nouvelle conserve les siens » ? Mieux, il avait entériné ce statut par l'article 71 de la Charte constitutionnelle du 4 juin 1814 dans lequel il ajoutait : « *Le roi fait des nobles à volonté, mais il ne leur accorde que des rangs et des honneurs sans aucune exemption des charges et des devoirs de la société.* » Hélas, après Waterloo, son entourage, conservateur pour ne pas dire « ultra », n'avait eu de cesse de prendre le contrôle de l'Assemblée législative lors des élections d'août 1815, qui donnèrent la fameuse « chambre introuvable », c'est-à-dire dominée par une écrasante majorité « plus royaliste que le roi » ! Ce glorieux moment ne leur suffisait pas, les ultras ne cessaient de tourmenter les anciens fidèles de Napoléon en menant, à la suite de la Terreur blanche de l'été 1815, une nouvelle Terreur dite « légale », d'octobre 1815 à janvier 1816, au moyen de mesures liberticides et de juridictions d'exception, qui aboutirent notamment à la condamnation à mort d'anciens généraux de l'Empire, dont le maréchal Ney.

Larrey, ex-chirurgien en chef de la Grande Armée, officiait à l'hôpital du Gros-Caillou où il accueillait tous les éclopés de l'Empire : son établissement était constamment menacé de fermeture. Jérôme avait quitté l'armée avec le grade de capitaine au 1er chasseurs de la Garde, grade qui valait rang de chef de bataillon dans la ligne. Ayant refusé d'intégrer la Garde royale, il était devenu un demi-solde surveillé par un argousin de la préfecture. Quant à son agence de détectives ouverte avec Vidocq, l'agence de l'Ours noir, en référence au célèbre bonnet à poil d'ourson de la Garde, elle ne recevait que des missions de filature pour cocuage ou de recouvrement. Celle qui avait consisté à démasquer les assassins de l'officine royaliste « Ta tombe, la France » visant à exécuter les candidats à l'exil en Amérique, tous d'anciens officiers de l'état-major de Napoléon, ne lui avait rien rapporté sinon la gloire d'avoir pu arrêter ce bras armé et permettre à un prestigieux membre, proche de l'ex-Empereur, de s'échapper. Avec Larrey qui lui avait prêté main-forte ainsi que le maréchal des logis Cottin, ils étaient trois à détenir un secret propre à ébranler le royaume. Pour des raisons de sécurité, Jérôme ne s'était même pas confié à Marion.

Redouté avait, lui, survécu à trois régimes dont une révolution ; cependant, il ne pouvait plus compter que sur quelques clients privés alors qu'il avait connu des commandes fastueuses en provenance des palais impériaux. Seul Girodet échappait à cet ostracisme, et ce bien qu'il eût, lui aussi, servi l'Ogre corse comme le surnommaient sans gloire ses détracteurs à présent installés dans ses pantoufles. Girodet pouvait même se montrer satisfait : Louis XVIII lui avait commandé un portrait posthume du « Saint de l'Anjou » : Jacques de Cathelineau, premier généralissime de l'armée catholique et royale de Vendée pendant la Révolution[2], et il était pressenti pour devenir professeur à la future Académie des Beaux-Arts.

Sentant l'ambiance se plomber, il saisit joyeusement, sur un fauteuil aux accoudoirs à caryatides ailées, son violon abandonné. En merveilleux

---

2. 1759-1793.

joueur, il interpréta la Partita pour violon seul n° 3 en mi majeur de Bach. L'assemblée se recueillit pour apprécier cette sonate improvisée. Jérôme se sentait un peu engoncé, non dans son habit de velours vert foncé ouvrant sur un gilet de soie beige brodé, mais dans ses escarpins à boucles d'argent. Sans ses bottes, celui qu'amis et ennemis connaissaient sous le surnom de « capitaine Sabre » avait l'impression d'aller nu-pieds !

Pour se donner une contenance, il glissa la main dans son gilet et tâcha de goûter lui aussi le moment ainsi que l'amitié dont Larrey et sa femme l'honoraient.

Une fois les dernières notes envolées, il se joignit aux applaudissements pour remercier le peintre-musicien. Puis madame Larrey, que son mari surnommait tendrement par son patronyme de naissance « Laville », proposa dans un sourire :

— Si nous passions à table ? Catherine nous a forcément concocté des merveilles… Caroline, allez chercher les grands et veillez à faire manger les trois plus petits à la cuisine. Hippolyte tiendra compagnie à vos fils, Napoléon-Louis et Achille…

— Je vais les chercher, dit Marion.

Mais elle n'eut pas à le faire : Napoléon-Louis arrivait, tirant de la main gauche un cheval de peau sur roulettes de fer et tenant de la droite un bambin aux boucles blondes, vacillant sur ses petites jambes. Marion se précipita vers ce dernier.

— Tu vas tomber… Fais donc attention, Loulou, gourmanda-t-elle le plus grand, c'est encore un brimborion[3].

---

3. En principe, « objet de peu de valeur », mais aussi « individu de petite taille ».

Jérôme, qui observait la scène, trouva sa femme gracieuse dans sa robe de faille de soie brique à taille haute ; une robe d'occasion de même que son habit vert, achetés chez une fripière de qualité du Marais. Ils y avaient même trouvé un peigne en « plaqué et fausses perles argentées à l'intérieur donnant l'apparence des vraies », qui couronnait le chignon de Marion dont le fin visage s'encadrait de boucles couleur de blé. Suivie de Napoléon-Louis, elle disparut avec Achille.

Achille… L'enfant de la prostituée « Satinette » qui les avait aidés, lui et Larrey, lors de leur enquête du *Soldat d'étain assassiné* un mois plus tôt et au cours de laquelle la jeune femme avait trouvé la mort, assassinée. Peu avant de fermer les yeux, « Satinette » avait arraché à Jérôme la promesse d'aller chercher son fils d'un an, placé chez les Bergeron, au village de Pantin, et de l'élever comme le sien. Jérôme avait tenu parole, non sans crainte vis-à-vis de Marion. Comment prendrait-elle la chose ? Devrait-il en passer par un aveu embarrassant ? « Satinette » et lui avaient en effet eu une relation. Mais la douce Marion n'avait posé aucune question incommodante. Elle n'avait pas non plus émis d'objection à voir s'alourdir le budget familial par l'éducation d'un enfant étranger. « Satinette » avait permis à Jérôme de revenir en vie ; il était juste de ne pas laisser ce pauvret chez des gens sans scrupule que seul l'argent animait et qui, ne voyant plus tomber la pension, auraient fini par le jeter à la rue. Ou bien ils l'auraient loué à un indigent aguerri qui aurait pu ainsi mieux apitoyer son public. Jérôme était donc parti le chercher quelques jours avant la Noël. Il neigeait dru et, une fois à Pantin, Bergeron, sabotier sans fortune, avait rechigné à lui donner Achille : sa femme et lui étaient attachés à ce mioche qu'ils avaient eu « aux langes ». Il avait fallu pas moins de cinq napoléons pour venir à bout de leur trop-plein d'affection et encore le mari s'était-il pendu après la portière de la voiture qui emportait Jérôme et le drôle pour mendier une pièce de plus. « Fouette, cocher ! » Il ne s'était pas retourné pour le voir mordre la neige.

Jérôme mesura sa chance d'être marié à une femme aussi remplie d'abnégation. En à peine deux semaines, l'enfant aux boucles blondes et aux yeux bleus comme ceux de sa mère, « Satinette », était devenu la coqueluche de la maison, choyé par leur fils qui prenait très au sérieux son rôle de grand frère de cinq ans, mais aussi par Marion qu'il appelait maman. Étrangement, Jérôme avait plus de mal à endosser le rôle de père, alors que le *mion*[4] recherchait sa compagnie ; il se montrait détaché et même s'en agaçait.

Si bien que Marion l'avait tancé au soir de Noël après que les deux bambins se furent endormis :

— À quoi sert-il que tu aies sauvé cet angelot si c'est pour maintenant l'ignorer ? Est-ce donc cela que tu as promis à sa mère mourante ?

— N... non, bien sûr... mais j'ai besoin de temps... Et te laisser appeler maman me semble prématuré...

— Prématuré ? N'as-tu pas honte ? C'est un tout petit enfant qui n'a pas choisi son sort ; c'est toi qui en as décidé en allant le chercher, alors il n'est plus temps de renâcler.

4. *Petit enfant en argot d'époque.*

Jérôme se l'était tenu pour dit et, dès le lendemain, avait laissé Achille monter sur ses genoux. Désormais, il avait deux fils. Néanmoins, pour une adoption pleine et entière, l'avoué qu'ils avaient consulté leur avait conseillé de déclarer Jérôme Blain comme « père naturel de l'enfant de Rose Chapotel, dite "Satinette", Achille, né à Paris, rue d'Enfer, le 7 octobre 1814 ».

On se rapprocha de la table. « Laville » fit la distribution des places : à sa droite Jérôme, à sa gauche Girodet, Larrey près de Marie-Marthe Redouté. Marion ferait face à Pierre-Joseph quand elle reviendrait. En bout de table, les plus jeunes : Isaure Larrey, dix-sept ans, et Charles Redouté, bientôt dix-huit ans, dernier des trois enfants du couple. Hippolyte vint demander la permission de dîner avec eux : il n'avait pas envie de manger à la cuisine avec les petits ; du haut de ses huit ans, il était un grand !

— Justement, lui fit observer son père, en qualité d'aîné, tu dois veiller sur les plus jeunes.

Hippolyte rentra la tête dans les épaules. Larrey adoucit sa peine.

— Tu viendras pour le dessert.

Cette fois, un sourire égaya son visage et il fila à la cuisine, suivi de Caroline, la nouvelle bonne des Larrey, qui venait aussi un après-midi par semaine chez les Blain soulager Marion. Caroline Bourgeon n'était pas une inconnue pour les deux couples. Quand, un mois plus tôt, Jérôme et Larrey, en fuite, étaient passés par l'étage des chambres de bonnes, ils étaient tombés par hasard sur Caroline qu'un rustre besognait. Son histoire tenait en une phrase : putain occasionnelle pour nourrir son fils de six mois dont le père, un caporal des carabiniers au 1er léger dans la division du prince Jérôme, était mort à Mont-Saint-Jean sans avoir eu le temps de l'épouser. Après avoir laissé un pécule à la jolie blonde, Larrey et Jérôme avaient promis de ne pas laisser la compagne d'un brave dans la panade. C'était contraire à l'esprit de la Grande Armée. Madame Larrey partageait cet avis et se trouvait ravie de ce supplément d'aide dans sa maisonnée où Catherine, leur gouvernante, commençait à pâtir de son âge.

Après la bisque de homard, on dégusta des huîtres et du foie gras.

— Jérôme, tu voudras bien assurer le service des vins, le pria le maître des lieux.

— Oui, bien sûr.

Des darnes de saumon nappées de sauce au beurre et accompagnées de leur julienne de légumes suivirent. On revint, bien entendu, sur l'année passée dont le point d'orgue était l'incroyable odyssée de Napoléon, depuis l'île d'Elbe un matin de mars jusqu'à l'ultime bataille – et défaite – de Mont-Saint-Jean, le 18 juin, quatre mois plus tard. Sans oublier, bien sûr, son départ définitif et humiliant, selon les participants, pour l'île de Sainte-Hélène, à l'autre bout de l'Afrique.

Larrey leva son verre.

— Nul autre que nous ne pourra dire qu'il a connu une époque aussi fabuleuse que celle que nous avons vécue, née à la faveur de la faiblesse d'un homme, Louis XVI, qui a laissé se produire la Révolution. Trinquons, mes amis, à cette époque fabuleuse, à l'Empereur !

Neuf flûtes de champagne s'élevèrent vers les lustres de cristaux.

— À l'Empire disparu, à l'Empereur!

Larrey, d'un cœur généreux, s'émut:

— Le plus grand homme que j'aie jamais servi.

Ce propos fit relever les sourcils de madame Larrey: Napoléon s'était montré plusieurs fois ingrat envers le fidèle Larrey, favorisant des courtisans comme Corvisart.

— Pour ma part, dit Redouté, j'ai une pensée pour l'impératrice Joséphine, une femme radieuse d'une bonté sans pareille. Cela ne s'est plus revu ensuite.

Il ne voulait pas mentionner le nom de Marie-Louise, mais tous le saisirent, la seconde impératrice n'étant pas parvenue à se faire aimer du peuple français qui avait vu en elle la nièce de l'arrogante Marie-Antoinette. En étourdie, Marie-Louise n'avait rien fait pour donner tort à la populace et avait quitté la France sans être regrettée.

— Quand on pense, reprocha madame Redouté, qu'elle n'a même pas suivi son mari sur l'île d'Elbe.

— Elle est jeune, plaida Larrey, et n'a pas été élevée dans l'amour de la France, qui, l'avez-vous oublié, a décapité sa tante.

— Elle a quand même été bien moins malheureuse qu'elle ne l'avait supposé à son départ de l'Autriche; Napoléon l'a choyée… argumenta Jérôme.

— C'est vrai, admit Larrey, il faut croire que les Autrichiennes ne sont pas faites pour devenir des reines de France.

— Ni même les Sardes, repartit Girodet, voyez Marie-Joséphine de Savoie, l'épouse de Sa Majesté, morte voilà six ans déjà sans avoir donné d'héritier à la France.

— Il est certain que si un homme ne couche pas avec sa femme, il ne risque pas d'assurer sa descendance ! s'esclaffa Larrey, imité par l'assemblée.

Caroline vint desservir et Catherine apporta la dinde aux truffes égayées de haricots verts mis en bocaux l'été passé par la gouvernante.

Larrey fit lui-même le service.

— Madame Redouté…

— Du blanc, et encore à peine, cher monsieur ; comme dirait mon mari, j'ai un appétit d'oiseau.

— Il faudra pourtant faire de la place dans votre gésier, il y a du soufflé glacé et de la nougatine…

— Oh ! si vous me prenez par les sentiments, plaisanta l'épouse du peintre aux fleurs, toute de bleu vêtue.

— Nous avons, bien entendu, donné des dîners plus fastueux que celui-ci, renchérit madame Larrey en resserrant les deux pans de son châle crème sur sa robe de cachemire rose, une plume blanche barrant son chignon, mais les temps prospères ne sont plus qu'un souvenir, je vous prie de nous excuser de vous recevoir de la sorte…

On se récria ; les mets, pour simples qu'ils fussent, étaient délicieux, et la compagnie d'autant plus agréable et précieuse en cette époque troublée. L'armée d'occupation était encore présente sur le territoire et les cosaques n'en finissaient pas de défiler sur le Champ-de-Mars, de se pavaner sur les boulevards, et surtout de se livrer à des pillages et à des exactions. Bref, on n'était plus chez soi.

Larrey, éternel optimiste, affirma :

— Cela ne pourra durer toujours, nous finirons par retrouver notre souveraineté.

Sur ce, on dégusta du blanc-manger, puis des fromages : gruyère, livarot, maroilles et crottins de chèvre que Jérôme fit accompagner d'un chablis.

— Te souviens-tu, Dominique, de ce méchant vin d'Espagne ?

— Tu penses si je m'en souviens. Ai-je assez pesté auprès des « Jean-Jean »[5] qui s'en avinaient au point de ne plus pouvoir remuer le petit doigt ou bien devenaient incontrôlables !

— Est-ce pour cela que l'on a perdu la guerre en Espagne ? demanda ironiquement Girodet en enfournant un morceau de maroilles.

— Hum, oui, pour ça et d'autres choses…

— Tu m'avais toujours promis de me montrer une de tes ambulances volantes, plaida encore le peintre.

— Je crains de ne pouvoir tenir ma promesse, et puis il faut les voir en action, sur le champ de bataille…

— Ah non, par pitié, ne revenons pas à la guerre, supplia madame Larrey. Au moins, le retour des Bourbons nous épargnera-t-il cela, je n'aurai plus à craindre ta mort.

— En ce qui me concerne, dit Redouté, je serai sous peu un mort économique.

Jérôme et Larrey lui adressèrent un regard de sollicitude. Puis, durant quelques instants, on n'entendit plus que le bruit des couverts en argent heurtant le service de fête de madame Larrey sorti de chez Dagoty en des temps meilleurs : porcelaine blanche ornée de fleurs fuchsia et de guirlandes dorées. Pour

---

5. *Jeunes soldats.*

ne pas laisser la tristesse s'installer, Larrey lança joyeusement :

— Jérôme, si tu nous racontais ta première affaire…

— Ma première affaire ?

— Oui, celle que tu appelais « le Cercle des Éventails », qui s'est déroulée en même temps que le mariage de l'Empereur, en mars 1810, et dont celui-ci te récompensa par la croix[6] à Mont-Saint-Jean.

— Croix non entérinée, soupira Jérôme, qui ajouta : Raconter cette enquête risque d'être long…

— Nous avons tout notre temps, observa Girodet.

— Certains faits risquent de heurter la sensibilité des dames…

Madame Larrey et madame Redouté se récrièrent : elles en avaient vu d'autres !

— N'est-ce pas, madame Blain ? interrogea « Laville ».

— Mon mari pense, comme beaucoup de messieurs, que nous ne sommes que des êtres faibles.

— Aucun d'entre eux ne supporterait d'accoucher, ironisa madame Redouté.

Son mari repartit :

— Monsieur Blain, hâtez-vous de nous faire votre récit ou ces dames vont se liguer pour demander le divorce. Je n'ai plus l'âge de rechercher une compagne qui mettrait trop de temps à s'acclimater à mes travers.

— Cependant, le capitaine a raison sur un point, remarqua Élisabeth Larrey. Cette histoire, pour divertissante qu'elle soit, peut choquer certaines sensibilités, notamment celle des plus jeunes.

6. *Légion d'honneur.*

Jérôme vit Isaure Larrey et Charles Redouté soupirer à l'idée de ne pouvoir entendre un épisode parsemé de crimes exaltant leurs esprits juvéniles.

Redouté donna son accord.

— En ce qui concerne Charles, qui n'a pas connu le feu, cela lui fera une expérience.

— Eh bien, pas question qu'Isaure fasse des cauchemars.

— Enfin, maman, je ne suis plus un bébé, rétorqua la jeune fille, narines pincées.

Larrey se leva.

— Que seuls ceux qui veulent entendre l'histoire de Jérôme me suivent au billard, j'ai un excellent cognac.

— Que ne commençais-tu par là ? s'enthousiasma Girodet en repoussant sa chaise, imité par Redouté et son fils.

Les dames restèrent assises ; madame Larrey déclara en portant son verre de chablis à ses lèvres :

— Allez donc vous encanailler ; nous resterons entre gens de belle compagnie.

Larrey se pencha sur sa main.

— Ma mie, il n'y a jamais eu de plus beau jour que celui de notre rencontre.

— Hum... Il est déjà gris, qu'est-ce que ce sera ensuite !

Larrey s'éloigna en riant suivi de Jérôme sous le bras duquel il passa le sien. Les deux hommes rejoignirent leurs trois amis déjà installés dans la pièce dédiée à la convivialité masculine, passage obligé après les fins de repas, une fois les dames retirées. Cette petite salle de billard était tendue de toile de Jouy prune à motifs bibliques.

— Mettez-vous à l'aise ! s'écria le chirurgien en ôtant sa veste bleue de France, rebrodée d'argent, qu'il jeta sur un fauteuil vide, lequel reçut bientôt quatre autres fracs.

Jérôme et Larrey prirent place sur une banquette en acajou à pieds en griffes de lion. Face à eux, Redouté et son fils. Girodet fit le service. Quand tous furent servis en cognac et en cigares et que les premières volutes de fumée se haussaient vers le plafond, Larrey déclara avec un grand sérieux :

— Nous t'écoutons, Jérôme…

Première partie

Un printemps pourri

Chapitre 1
Crimes au Palais-Royal

Mercredi 21 mars 1810. Paris, 10 rue d'Arcole (actuelle rue de Beaujolais).

Après des mois de neige, celle-ci avait fondu rapidement, si rapidement même que les anciens en parlaient comme de quelque chose d'exceptionnel. Cette fonte rapide avait détrempé les rues qui menaçaient de se transformer en cloaques et où chaque passage de voiture assurait d'une giclée de boue. Mais, depuis quelques jours, la douceur et le soleil avaient fait une apparition remarquée et appréciée. Les promeneurs étaient de retour dans le jardin et les galeries du Palais-Royal.

Dans son appartement du premier étage de cet immeuble construit en 1784, face à l'imposante bâtisse commerciale, Jérôme Blain, en congé de convalescence, promu capitaine des chasseurs à pied de la Garde, officier *à la suite* à l'état-major du corps en attendant une affectation, s'apprêtait à en faire autant, et ce malgré des blessures à la cuisse et au bras, reçues à la bataille de Wagram.

Jérôme avait vingt-six ans et une belle prestance avec son mètre quatre-vingt-deux, ses cheveux bouclés noirs et ses yeux verts, sans oublier sa réputation de redoutable sabreur lui ayant valu le surnom de « lieutenant Sabre » et, depuis peu, de « capitaine Sabre ». Son admission dans la Garde impériale et sa position de célibataire ajoutaient encore à son charme, dont cependant il n'abusait pas, par tempérament.

En culotte à pont beige enfoncée dans ses bottes noires à retroussis, le torse glabre dénudé, il termina de se raser en se contorsionnant devant son miroir de voyage. Ôtant les dernières traces de savon de son visage à l'aide d'un linge humidifié, il s'aspergea d'eau de Cologne Farina, dont le flacon livra ses dernières gouttes. Il lui faudrait sous peu se rendre chez le parfumeur, rue Faubourg-Saint-Honoré, se ravitailler, aucun honnête homme ne pouvant se passer de cette eau de toilette, à commencer par le maître des Tuileries, Napoléon, qui s'en inondait au point d'indisposer parfois ses proches, lesquels se gardaient cependant de manifester leur acrimonie.

Plongeant une petite brosse dans l'opiat[7], Jérôme se frictionna les dents qu'il avait encore belles et assez blanches, faisant bon usage de lavages et curages, et ne tenant à recourir que le plus tard possible aux services de Désirabode, plus charlatan que dentiste, qui affirmait sans sourciller être l'inventeur d'une

---

7. Mélange de miel et de glycérine.

liqueur miracle « garantissant une bouche sans carie, sans tartre et aux gencives fortes ». Il termina par un rinçage à l'eau de Botot.

D'un mouvement d'épaules, il enfila sa chemise de batiste, sur laquelle il boutonna son gilet de soie à fines rayures ocre. Il accrocha ensuite son sabre à sa ceinture, endossa sa redingote verte sur laquelle il passa encore celle en laine noire à triple volet car le temps était encore frais. Puis il se coiffa de son bicorne noir bordé de passementerie, en bataille – horizontalement –, passa des gants de cuir « beurre frais ». Satisfait de son image, il quitta son logement – deux pièces au second étage – et prit l'escalier de bois, qu'il descendit moins allègrement qu'il ne l'aurait voulu. Si sa blessure au bras relevait maintenant du souvenir, ce n'était pas encore le cas de celle de la cuisse, qui se manifesta lorsqu'il descendit la première marche. Des images encore fraîches de la bataille lui revinrent :

Wagram, 4, 5 et 6 juillet 1809.

Après le repli des Français sur l'île Lobau, Napoléon, rejoint par l'armée d'Italie du prince Eugène, entreprend une nouvelle traversée du Danube. Il est neuf heures trente du soir ce 4 juillet et un violent orage se déchaîne, couvrant le tonnerre des canons. Le passage, sous la grêle et dans la nuit épaisse, traversée par la seule lumière des éclairs, est difficile, mais la flottille de canonnières du colonel Baste protège le franchissement des quinze cents voltigeurs du général Couroux embarqués, qui finissent par prendre pied sur l'autre rive et par s'emparer des batteries autrichiennes écrasées par l'artillerie française. Au matin, le reste de l'armée peut passer…

Jérôme est lieutenant en premier au 7e régiment de dragons, commandé par le colonel Seron, formant, avec le 30e dragons, la brigade Guérin dans la division de cavalerie Grouchy au sein de l'excellent 3e corps d'armée avec, notamment, les divisions d'infanterie d'élite Morand, Friant et Gudin, sous le grand maréchal Davout. C'est à ce corps que l'Empereur donne la délicate mission d'effectuer, sur la gauche autrichienne, une manœuvre débordante qui doit préparer l'attaque décisive de rupture au centre. Comme Napoléon l'a prévu, son adversaire, l'archiduc Charles, afin d'éviter une déroute sur sa gauche, dégarnit son centre en prélevant plusieurs bataillons et quelques escadrons sur son 2e corps, et relance, contre la droite de Davout, toute la cavalerie du 4e corps, que Grouchy a déjà repoussée. Celui-ci contre-attaque immédiatement avec ses dragons qui refoulent les Autrichiens par des charges furieuses ! À la tête du 1er peloton de la 1re compagnie du 2e escadron du 7e régiment, Jérôme entraîne et galvanise ses hommes… Le 4e corps ennemi bat en retraite et Napoléon peut enfoncer le centre autrichien, affaibli, sous le feu d'une grande batterie, par l'énorme colonne Macdonald suivie de toute la réserve de cavalerie. Cependant, en poursuivant les cavaliers ennemis l'épée dans les reins, Jérôme est gravement blessé au bras et à la cuisse par les baïonnettes de fantassins autrichiens rejoints par les Français…

Il avait ensuite été soigné par Larrey, qui avait pratiqué une très belle réduction de la plus importante plaie, celle s'étalant de l'aine au genou.

Hélas, bien que réduite et même refermée et cicatrisée, cette blessure donnait à Jérôme une légère claudication qui le faisait enrager : tant qu'il boiterait, il ne pourrait pas rejoindre sa nouvelle unité.

— Foutre, vais-je encore rester longtemps éclopé ? Je crois que je vais devoir me résigner à prendre une canne !

Il parvint au rez-de-chaussée que se partageaient la loge de la concierge et deux boutiques : une cordonnerie et une limonaderie.

Dans la rue, Jérôme avisa un jeune garçon qui jetait à la demande une planche permettant de passer d'une berme à l'autre sans laisser ses bottes ou ses souliers dans la boue de la voie aux pavés disjoints ou bien dépareillés, comme toutes celles de Paris, beaucoup possédant même encore les gros pavés bombés d'Henri IV qui obligeaient les roues des voitures à être cerclées de fer pour y résister. Quant aux trottoirs, si nombreux à Londres, ils étaient encore timides à Paris, mais faisaient bien partie de l'urbanisation de la capitale, et à plus long terme des autres grandes villes, voulue par Napoléon.

En attendant qu'ils surgissent de terre, il fallait utiliser ces passages primaires et payants, il n'y avait aucun moyen de faire autrement. Jérôme remit donc deux sous à un jeune rousseau qui fit sauter la pièce dans sa poche avant de toucher la pointe son bicorne de feutre marron qu'il portait, lui, en colonne[8].

Il cligna de l'œil en désignant du menton l'entrée du passage Pierron.

— Grâce à ma planche, vos bottes ne sont pas sales et, comme j'ai vu décamper le décrotteur vers

8. *Perpendiculairement.*

le cabinet d'aisances, ça vous évitera de rouvrir votre bourse.

Sachant qu'il était impossible de déambuler dans les galeries sans en passer par le salon de décrottage, où un artiste vous demandait trois sous pour vous dépoussiérer les talons, Jérôme sourit.

En dépit du soleil, l'air était frisquet : il fut ravi de pénétrer dans la galerie de Beaujolais par le passage situé entre la bibliothèque et la Comédie-Française. Nombre de quidams soucieux d'échapper à la bise l'imitèrent, de sorte que l'entrée se fit au compte-gouttes.

Une fois dans la galerie, donnant d'un côté sur les boutiques et les restaurants, de l'autre sur les jardins du Palais-Royal, il bifurqua sur sa droite et laissa passer les promeneurs pressés, dont une jeune femme vêtue d'un manteau redingote en mérinos bleu. Des boucles blondes s'échappaient de sa toque de velours noir ornée d'une plume blanche ; une boîte en carton blanc et gris, dans le goût de celles des chapeliers, était pendue à son bras.

— Veuillez me pardonner, s'excusa-t-elle sans se retourner.

— Sophie ?

La jeune femme s'arrêta près de la devanture du café Lamblin, fondé cinq ans plus tôt par un ancien serveur de La Rotonde. Jérôme ignorait alors que cet établissement deviendrait le repaire des bonapartistes quand l'Empire ne serait plus. Mais c'était pour l'heure une chose inconcevable pour la plupart des flâneurs.

Elle posa une main sur son cœur pour en apaiser les battements.

— Jérôme ! Pardon, je ne t'ai pas reconnu. Je suis contente de te voir ; j'ai à te parler.

— Me parler ? De quoi ?

— Pas maintenant, je dois livrer mes dernières créations à la Chatanay.

Jérôme connaissait l'histoire de Sophie, fille d'un orfèvre polonais, Stanislas Jablonski, qui avait fui la Pologne au premier partage, en 1772, peu avant la russification de son pays. Parti avec les troupes françaises, il s'était fixé à Paris, où il était entré chez Odiot. Il avait épousé une Française qui lui avait donné trois enfants, dont Sophie, qu'il avait initiée à l'orfèvrerie. Sophie confectionnait des bijoux fantaisie inspirés des gravures du *Journal des dames et des modes*, ou bien des portraits des sœurs de Napoléon, ou encore de celui de Joséphine, impératrice répudiée pour permettre de donner un héritier à l'Empire.

Pour l'instant, bien peu connaissaient les traits de cette nouvelle future impératrice, Marie-Louise ; ni Jérôme ni Sophie n'étaient de ceux-là. Quant à la Chatanay, chez qui Sophie devait livrer ses fabrications, il s'agissait de la tenancière de la boutique de nouveautés À La Rose de Damas, située quelques numéros dans la galerie de Montpensier à l'opposé de celle-ci.

— Ça fait longtemps que tu n'es pas venu au Palais… ou bien je ne t'ai pas vu ?

— Je ne sais si c'est le froid, ma blessure à la cuisse m'a fait de nouveau souffrir ces deux derniers mois : je suis resté chez moi à déguster du laudanum !

Le front de Sophie se barra d'un pli soucieux. Jérôme savait qu'elle avait une vive inclination pour lui et il n'était pas insensible à la jolie blonde.

— J'aurais dû passer te voir, je suis impardonnable, mais j'ai eu beaucoup de travail avec le mariage de l'Empereur.

À ce nom, Sophie sourit aux anges, sa passion pour Napoléon n'était plus un secret pour grand monde. Était-ce pour cette raison qu'elle n'était pas mariée ?

— De quoi tiens-tu à m'entretenir ?

Sophie baissa d'un ton :

— De choses graves.

— Graves, mais encore ?

— Je ne peux rien te dire ici. Retrouvons-nous dans un café plus tard.

Elle parut réfléchir. Il proposa La Rotonde, au numéro 89 de la galerie, à quelques pas. Mais l'établissement n'était pas fermé ; agréable en été, il fallait être bien couvert le reste de l'année pour déguster liqueurs et dîners sans s'enchifrener[9] !

Or, justement, Sophie était de complexion fragile.

— Plutôt au Véry. Disons dans une heure ?

— C'est d'accord.

— Je me sauve, à tout à l'heure.

Sophie sourit, fit demi-tour et se noya dans la foule. Jérôme alla du même côté en flânant un peu le long des boutiques et s'arrêta devant l'enseigne du sieur Barnier, À l'homme élégant, dont la devanture affichait des cannes en ébène et autres bois précieux, à pommeaux d'ivoire sculptés, à crosses en corne de rhinocéros, en écaille de tortue, ciselées d'argent, d'or et de vermeil… Mais, outre qu'il n'était pas vraiment décidé à étayer sa boiterie, encore moins à prix certainement effarant, quoique négociable, son

9. *S'enrhumer.*

esprit était envahi par les propos de Sophie : quelles pouvaient être ces choses graves dont elle voulait l'entretenir ?

Sophie n'avait-elle pas été payée de sa marchandise par Rose Chatanay, réputée pour son avarice ? Il poursuivit son chemin jusqu'au numéro 83, croisant des élégantes à capotes empanachées, des bourgeois à hauts-de-forme, des militaires chamarrés, des prostituées décolletées jusqu'à l'aréole. Un homme ventru tenant en laisse un grand caniche blanc s'arrêta devant l'une d'elles, petite et ronde. Quelques mots plus tard, elle passait son bras sous le sien. Jérôme dépassa la boutique À La Rose de Damas à la vitrine encombrée de nouveautés : éventails, châles, capotes, plumes, bijoux, bas, rubans, flacons de parfum, corsets, peignes à cheveux, perruques et rajouts… Il vit la patronne, Rose, une quadragénaire bien en chair, encore belle pour son âge canonique, s'affairer derrière son comptoir auprès d'une cliente.

Près des deux femmes, Sophie patientait sur un tabouret pliant en s'éventant de ses gants. Il ne s'attarda pas à détailler le reste du magasin et poursuivit sans plus rien voir des commerces ni rien entendre des propositions des raccrocheuses. Il parvint au Véry, installé depuis seulement deux ans au Palais-Royal et ayant la réputation d'être un des meilleurs restaurants de Paris. Jérôme n'avait pas encore eu le temps de vérifier si c'était le cas. Il consulta sa montre de gousset : presque midi trente, bientôt l'heure du déjeuner dînatoire à la fourchette. À travers les vitres, il put voir des clients déjà attablés. Trouverait-il de la place ? Il poussa la porte à la suite de deux Anglais. La salle était tendue de panneauxmiroirs reflétant les bronzes des lampes à huile et des chandeliers accrochés aux murs ou posés sur des tables à plateaux de granit ornés de fleurs fraîches multicolores. L'endroit n'était pas encore plein, mais commençait à se remplir. Un serveur en livrée blanc et noir le dirigea vers le fond de la salle, un peu moins bien éclairé, mais ce serait finalement plus discret. Il commanda une anisette de Bordeaux de la veuve Brizard à trois francs et expliqua qu'il attendait une jeune femme. Le « gonsse »[10] eut un sourire en coin qu'un froncement de sourcils lui fit remettre en place. Le serveur disparut avant de revenir avec la carte et l'anisette. Ce ne fut pas le nombre incroyable de plats proposés sur le menu qui effara Jérôme, mais « le prix fixe » des mets. C'était la première fois qu'il en voyait ; comme ses contemporains, il avait l'habitude de négocier chaque prix établi « à la tête du client », au vu de sa mise, par le boutiquier. Et tout le monde trouvait normal de payer selon sa bourse ! Il grimaça : pourquoi devrait-il s'acquitter du même tarif pour un poulet qu'un bourgeois au portefeuille replet ? C'était de la dernière injustice !

Il quitterait le Véry dès sa boisson terminée et attendrait Sophie dehors.

À la table voisine débarqua un joyeux quatuor de jeunes hommes à la mise recherchée qu'accompagnait une bouffée de musc. L'un d'entre eux arborait une redingote écarlate, une perruque bouclée blonde, des yeux fardés et une mouche au-dessus de sa lèvre peinte. Jérôme le qualifia aussitôt de pédéraste. Le dandy lut-il dans ses pensées ? Il tourna vers lui un regard hautain avant de se détourner vers ses amis.

10. Homme en argot.

Sophie arriva. Trop tard pour s'en aller sans paraître rustre. Elle n'était pas seule, mais accompagnée d'une jeune femme aux yeux bleu myosotis qu'elle présenta :

— Mademoiselle Paulier qui travaille chez la Chatanay comme éventailliste.

Celle-ci, vêtue très simplement, eut un mouvement de tête en guise de salut. Jérôme leur proposa de s'asseoir. Elles tirèrent chacune une chaise et lui firent face. Marion baissait les yeux. Il aperçut des mèches blond clair sous sa capote de paille sans fioriture.

Sophie tendit la main vers la carte, mais il la lui refusa :

— Ici les prix sont fixes.

— Oh ! s'indigna la jeune femme, mais c'est injuste !

— Tout comme la vie. Me feriez-vous toutes deux le plaisir de partager mon repas ?

Cette fois, Sophie sourit. Ce n'était pas tous les jours qu'elle déjeunait à la fourchette dans un tel établissement. Son salaire de fabricante de bijoux fantaisie lui permettait de ne pas tirer le diable par la queue, car elle vivait encore chez ses parents. Sa compagne se rembrunit et repoussa sa chaise comme si elle allait partir.

— Monsieur, je ne peux pas accepter, jamais je ne pourrai vous rendre la pareille.

— Laisse, dit Sophie, Jérôme est un ami fidèle qui offre sans jamais rien attendre en retour.

Jérôme reçut de plein fouet les yeux bleus inquisiteurs de la jeune femme. Alors seulement, il remarqua son visage émacié, son spencer élimé, sa robe reprisée : elle était pauvre à la limite de l'indigence en dépit de son emploi d'éventailliste. Jérôme n'avait jamais oublié que, sans la générosité de son parrain, le duc de Penthièvre, il aurait suivi les traces de son père, humble tanneur de Vernon, et que la conscription l'aurait un jour entraîné loin de chez lui et peut-être enseveli dans une terre qui n'était pas la sienne, comme tant d'autres. De ce fait, il n'avait jamais profité de la détresse d'une femme ou même d'un homme, ce qui n'était pas le cas de nombre de ses camarades.

— Sophie a raison. Que diriez-vous d'un potage au vermichel[11] pour commencer ?

— Oh oui ! ça nous réchauffera, hein, Marion ?

Celle-ci hocha la tête en serrant ses mains l'une contre l'autre, sans doute pour les réchauffer, car elles étaient blanches. Il leur proposa de boire quelque chose, mais elles refusèrent. Il héla alors le serveur :

— Nous prendrons trois potages au vermichel.

— Et ensuite ?

Il hésita entre une blanquette de veau aux champignons et une carbonade de mouton aux navets, qui étaient toutes deux à dix francs la part. Il songea que les deux femmes devaient manger du navet plus souvent qu'à leur tour, cette plante étant avec le chou ce qu'il y avait de plus abordable sur les étals des marchés. Il opta donc pour la blanquette en pestant intérieurement à l'idée de la note à venir.

— Excellent choix. Quel vin prendrez-vous ?

— Du vin de Bourgogne rouge ordinaire.

Le serveur s'éloigna.

11. *Selon la prononciation italienne* vermicelli, *« vermitchell(i) », « vermicelles », du latin populaire* vermicellus, *du latin classique* vermiculus, *« petit vers ».*

À côté, les jeunes gens s'esclaffaient bruyamment au point d'en être importuns. Il se demanda si l'endroit était approprié pour des confidences qu'il faudrait peut-être crier pour qu'elles fussent audibles.

— De quoi voulais-tu me parler ? demanda Jérôme ni trop haut ni trop bas en portant son anisette à ses lèvres.

Sophie répondit sur le même ton, mais en se penchant vers lui :

— Deux filles qui travaillaient pour la Chatanay ont été assassinées.

— Assassinées ! De quelle façon ? Et où les a-t-on retrouvées ? Ici, au Palais ?

— Mieux, dans l'un des salons de la Chatanay.

Jérôme savait que la tenancière de La Rose de Damas n'était pas la seule boutiquière à prostituer ses employées et à louer ses arrière-salles aux joutes tarifées.

Marion Paulier prit la parole :

— Elles s'appelaient Catherine Frémont et Lucie Boyer, toutes deux vendeuses chez la Chatanay, et putains !

— Putains à leur compte ?

— Non, la Chatanay était leur maquerelle comme elle cherche à devenir la nôtre.

— Toi aussi, Sophie, la Chatanay t'a fait des propositions allant dans ce sens ?

La jeune bijoutière hocha la tête.

— J'ai encore mes parents qui me sont d'un grand secours, mais comme j'aimerais avoir ma boutique, la Chatanay m'a proposé de m'avancer des fonds que je rembourserais en nature.

— Charmante dame ! Et vous, mademoiselle ?

— Moi, je n'ai pour ainsi dire pas de famille ; ma mère est morte quand j'étais au berceau, me laissant avec trois fils au père, paysan de l'Oise, qui se fait tabletier l'hiver. Autant dire que je ne peux rien lui demander. Alors, oui, la Chatanay m'a demandé de vendre mon corps, m'assurant qu'elle connaissait quelqu'un qui paierait cher ma virginité, quelqu'un de la « haute », pas comme pour Catherine et Lucie qui raccrochaient déjà avant d'entrer chez elle.

— Comment ces deux malheureuses ont-elles été tuées ?

— Elles ont été étranglées, expliqua Sophie.

— Toutes les deux ?

— Oui.

— Et ensemble, précisa Marion.

— Mais ce n'est pas tout, clama la jeune bijoutière, qui baissa encore d'un ton de sorte que Jérôme dut tendre fortement l'oreille pour saisir la réponse.

— Catherine a eu le sein gauche ouvert au couteau et on a laissé, dans la blessure, un brin d'éventail !

— Un brin d'éventail ? Elle aussi était éventailliste ? demanda Jérôme à Marion.

— Non, vendeuse seulement. La même chose pour Lucie…

— Foutre, fit Jérôme. Et celle-ci n'était pas non plus éventailliste ?

— Tout comme Catherine, simple vendeuse, mais il arrivait aussi à Lucie d'en manipuler pour la vente.

— Ces brins d'éventails retrouvés sur les cadavres appartenaient-ils à votre marchandise ?

— Je n'ai pas eu le temps de bien voir, mais comme il n'en manquait aucun à ceux que j'assemblais ou en attente d'assemblage, on peut dire qu'il ne s'agissait pas des miens ou plutôt de ceux de la Chatanay, puisque nous ne possédons rien en propre, pas même nos hardes qui sont louées donc déduites de notre paie fort maigre de sorte qu'il n'en reste rien à la fin de chaque semaine.

Jérôme souleva des sourcils désolés.

— Qui a trouvé les cadavres ?

— La Chatanay et moi, quand je suis allée nettoyer le salon ; elle m'accompagnait pour me surveiller comme elle le fait à chaque fois, mais quand elle a vu de quoi il retournait, elle m'a fait déguerpir.

— C'était quand ?

— Mercredi de la semaine passée.

— Soit il y a presque une semaine.

Ils s'interrompirent : on venait de servir leur potage, et, à côté aussi, le calme revint quand une bouteille de vin de Pommard et quatre assiettes de foie de veau sauté à la ravigote furent déposées devant les convives esthètes.

Jérôme servit le vin de Bourgogne à ses deux compagnes, puis reprit à voix modérée :

— Qui est venu débarrasser ?

— Je ne sais pas ; tout est passé par la créature de la Chatanay, Florine Bastien, ancienne prostituée comme sa patronne.

Marion eut un soubresaut. Sophie se rapprocha d'elle et l'entoura de ses bras.

— N'aie pas peur, tout ira bien, Jérôme est là qui nous protégera. N'est-ce pas ? demanda-t-elle en levant vers lui un regard suppliant.

— Bien sûr. Mais pour vous aider, je dois tout savoir. Qui craigniez-vous de la sorte, mademoiselle Paulier, la Chatanay ?

— Pas seulement, la Bastien aussi.

— Elle louche par le haut, expliqua Sophie.

— Hum ! Donc, vous savez que la Chatanay a fait appel à cette Bastien pour déplacer les corps, mais vous n'avez pas vu qui l'a fait ?

— Non, je ne voulais ni voir les cadavres ni risquer de me trouver impliquée dans une affaire funeste.

— Je comprends. La police est-elle venue ?

Marion et Sophie se regardèrent, cette dernière réagit plus rapidement :

— La police ? Tu n'y songes pas, Jérôme. Tout s'est passé sous le manteau.

— A-t-on signifié aux familles la disparition de leurs filles ?

Ce fut au tour de Marion de répondre.

— Je l'ignore totalement. Et quand bien même. Catherine était orpheline et Lucie l'aînée de six enfants, tous placés par leur père, un bûcheron normand.

— En résumé, dit Sophie, personne ne s'inquiétera de la disparition de ces deux filles.

— Je vois, conclut Jérôme en terminant son potage qu'un serveur guettait pour l'en débarrasser.

Ils se turent le temps du service et, à la vue de la blanquette de veau, mousseuse dans sa crème agrémentée de champignons et de carottes, les yeux de Sophie et de Marion brillèrent de mille éclats. Il eut un sourire, ravi de leur offrir ce plaisir de la bonne chère, si rare pour elles et peut-être même inconnu de Marion.

— Mais que c'est délicieux! savoura la jeune éventailliste après une première bouchée. Jamais je n'ai rien mangé d'aussi bon!

Jérôme, qui avait vu juste, leva son verre.

— À notre amitié, alors!

— Oh oui! à notre amitié, s'enthousiasma Sophie en choquant son verre contre le sien.

Marion fit de même quand un rugissement se fit entendre:

— Espèce de sotte, vous avez taché ma redingote avec votre gros vin!

Marion devint plus rouge qu'une pivoine tandis que Jérôme se penchait vers le fâcheux qui n'était autre que l'un des quatre infatués voisins de table, vêtu d'une veste rose brodée d'argent, sur la manche de laquelle s'étalait une auréole incarnate.

— Que se passe-t-il, monsieur? demanda Jérôme en se levant pour le toiser.

— Voyez cette tache, jamais elle ne partira... Elle en sera quitte pour me payer le blanchissage... C'est de la soie, ça va lui coûter cher!

— Comment mon amie a-t-elle pu tacher votre bel habit? s'interposa Sophie. Il y a la travée entre vous et nous, et le vin n'est pas sauteur!

— Quelle est cette péronnelle, votre grue, monsieur...?

— Capitaine Blain, des chasseurs à pied de la Garde.

— Le lieutenant Sabre, chuchota le dandy à la veste écarlate à son voisin, un échalas entièrement vêtu de vert pomme.

— Êtes-vous sourd, monsieur? rétorqua Jérôme. Je suis capitaine depuis peu et je ne permets à personne d'insulter l'une de mes amies ou bien vous m'en rendrez compte.

— Un duel ? gloussa le quatrième des comparses de l'offensé, habillé, lui, en noir.

— Un duel, parfaitement, monsieur, répondit Jérôme calmement avec une furieuse envie de lui donner du « mademoiselle » plutôt que du « monsieur ».

Autour d'eux le silence s'était fait. On attendait, fébrile, que l'action se dénouât dans la violence et, si possible, le sang. Et, pour Jérôme, les femmes papillotaient des yeux, en s'éventant plus rapidement, au rythme des frissons délicieux parcourant leur dos. Mais soudain la scène fut mise en suspens par un nom parcourant toutes les lèvres :

— Murat !

Chapitre 2
Sophie

— Blain !

Une main énorme, gantée de cuir beige, s'abattit sur l'épaule de Jérôme, le replongeant dans la bataille d'Iéna, quatre ans plus tôt.

À l'été précédant le conflit, on avait pu croire à la paix et à l'hégémonie française en Europe : l'Autriche était en effet désarmée, l'Angleterre ruinée et démoralisée par la victoire d'Austerlitz. Cependant, le roi de Prusse Frédéric-Guillaume III et sa femme, la belle reine Louise, se trouvaient mécontents de la réorganisation du Saint-Empire romain germanique en Confédération du Rhin par Napoléon qui n'avait pas tenu compte, il est vrai, de leur avis et avait proposé de restituer le Hanovre à la Grande-Bretagne. La plus ardente à la guerre avait été Louise qui avait poussé à une troisième, puis à une quatrième coalition contre la France, réunissant la Prusse, la Russie, la Saxe et la Suède, bientôt rejointes par le Royaume-

Uni relevé de son marasme. Un ultimatum fut lancé à Napoléon : que les troupes françaises se retirent en deçà du Rhin. À Paris, le maître des Tuileries souleva un sourcil incrédule et parapha d'une plume irritée l'ordre de marche à cent quatre-vingt mille hommes.

14 octobre 1806.

Jérôme est lieutenant au 11e dragons, colonel Bourbier, brigade Milet, division Grouchy dans la réserve de cavalerie sous Murat, avec laquelle son régiment arrivera tardivement sur le champ de bataille. Le matin, on y trouve : à droite, le 4e corps incomplet de Soult ; au centre, le 5e corps de Lannes ; à gauche, le 7e corps d'Augereau ; à l'arrière, entre Lannes et Augereau, la Garde impériale, le 6e corps de Ney étant en réserve à Iéna, car l'Empereur croit faire face au gros de l'armée prussienne, qu'affrontera brillamment, à Auerstaedt, le 3e corps de Davout, pourtant en grande infériorité numérique.

À six heures du matin, l'ordre d'attaque, donné par Napoléon, surprend les Prussiens. Le corps de Lannes se lance le premier à l'assaut contre les forces du général Tauentzien : après deux heures de combat, les divisions Suchet et Gazan s'emparent respectivement des villages de Closewitz et de Lützeroda, ouvrant un espace de déploiement suffisant. Alors, les corps d'Augereau et de Soult s'avancent en vue de déborder l'ennemi par la gauche et la droite. Les Prussiens reculent, puis se retranchent dans le village de Vierzehnheiligen, où ils résistent. Cependant, malgré le renfort des troupes du général Grawert, ils sont finalement repoussés par une intervention inopinée du corps de Ney, d'abord soutenu par celui de Lannes, ensuite par les corps de Soult et d'Augereau qui assaillent les Saxons à la droite des Prussiens. À un moment, Ney, l'exalté, se retrouve au beau milieu des lignes ennemies. Le vieux prince de Hohenlohe croit pouvoir ferrer le poisson. Parmi ses hauts faits d'armes, il s'était distingué à la bataille de Kaiserslautern en 1793 contre les Français du général Hoche. Pourquoi ne parviendrait-il pas à réitérer un tel exploit ? De fait, ses cavaliers donnent du fil à retordre au Brave des braves, lequel est secouru par l'Empereur qui dépêche des unités de cavalerie appuyées par des batteries de la Garde. Sous les coups de boutoir des Français, l'armée ennemie est enfoncée et commence à se disloquer. Vers une heure de l'après-midi, les dernières divisions de Ney et de Soult ainsi que la cavalerie de Murat entrent en scène. Napoléon ordonne une poussée d'ensemble. Vers deux heures, l'armée prussienne se désintègre totalement. Toutefois, le général Rüchel vient à l'aide de Hohenlohe, mais ses quinze mille hommes, pris en tenaille par Lannes et Soult, sont rapidement anéantis et, à trois heures, la victoire est définitivement acquise à l'armée française, qui peut entamer la poursuite des fuyards.

En se levant, Jérôme s'ébroua de ses souvenirs. Le roi de Naples était devant lui, superbe et fidèle aux tableaux de Gérard et de Gros : la taille avantageuse et la lippe conquérante. Seuls ses yeux bleus semblaient trahir une certaine préoccupation. Il était en uniforme d'officier de hussards, pelisse en fourrure grise jetée sur l'épaule, vêtu d'un dolman noir à brandebourgs, collet et parements dorés, de la fameuse ceinture-écharpe cramoisie à coulants blancs, et d'une culotte écarlate tout aussi chamarrée, glissée dans des bottes à la hongroise noires agrémentées de liserés et de glands dorés. Coiffé d'un colback en poil d'ourson avec double cordon natté, tresse, raquette et gland dorés, flamme écarlate et plumet blanc, qui le grandissait encore, il n'était pas seul, mais accompagné de deux gardes napolitains et de deux officiers français, dont l'un était son ordonnance, le capitaine Charles-Marie-Alexandre Prévost d'Arlincourt. Jérôme reconnut également le général de brigade Charles-Antoine Manhès, ancien aide de camp du maréchal, qui devait être son invité. Jérôme, qui était en civil, se leva et salua les officiers en inclinant rapidement la tête. Ces derniers lui rendirent son salut de la même façon[12].

Murat eut également une inclinaison de tête pour les deux femmes et railla :

— Eh bien, mon ami, tu es encore à songer à Louise de Prusse ?

— Oh non ! je ne l'ai même pas vue. Je pense plutôt à la charge que vous aviez ordonnée contre le carré formé par la brigade de von Burgsdorf…

À Iéna, la mitraille et la mousqueterie avaient été si intenses que son cheval avait été foudroyé, et lui, projeté à terre. Jérôme se demandait encore comment il avait réussi à ne pas être piétiné ou fauché par les projectiles sifflant en tous sens.

---

12. D'après le règlement militaire de l'époque, « les officiers se saluent entre eux et le grade supérieur doit toujours rendre exactement le salut du grade inférieur ». Ils ne mettent la main à la tempe que lorsqu'ils sont en uniforme et qu'ils portent un couvre-chef.

— N'est-ce pas là où tu as failli griller comme un goret ?

Jérôme hocha la tête.

— Assurément, Votre Majesté, dans une pauvre masure où je m'étais réfugié, et qui s'est embrasée comme un fétu de paille.

— Mais tes dragons, qui s'étaient repliés pour charger de nouveau, t'ont arraché à ton bûcher.

Jérôme sourit autant pour conforter Murat que pour couper court à ce mauvais souvenir.

— Moi, dit-il, je pense à Weimar où nous avons saisi l'artillerie et les bagages des Prussiens qui avaient détalé comme des lièvres sous les sabots de ma cavalerie. C'est par là que la garce a foutu le camp…

Jérôme se souvenait, en effet, que la reine Louise, excellente cavalière, avait réussi à fuir par l'une des portes de la ville prussienne quasi en même temps que les Français pénétraient dans la cité.

— Nous en a-t-elle donné du mal, la chienne ! s'exclama Murat, qui, amateur de jolies femmes, soupira. Tout de même, quelle beauté ; il faut être de fer, comme l'Empereur, pour lui avoir résisté ainsi qu'il l'a fait à Tilsit.

Ses lèvres, un peu épaisses, mais pulpeuses, s'entrouvrirent sur un sourire meublé de dents blanches.

— Mais quel faquin tu fais ! Qu'attends-tu pour nous présenter ta belle compagnie ?

De se voir devenu le point de mire des dîneurs, par l'honneur que lui accordait le roi de Naples, qui, lui, adorait la lumière, quelle qu'elle fût, Jérôme eut un instant d'hésitation.

— Mademoiselle Sophie Jablonski, qui est orfèvre chez Odiot et… mademoiselle Marion, éventailliste.

Si Sophie soutint le regard de Murat, Marion baissa la tête en rougissant.

— Mes artisans napolitains sont capables de concurrencer ceux de Paris ; il n'y a pas de plus beaux bijoux en corail que ceux fabriqués à Torre del Greco, ou de plus belle porcelaine que celle de Capodimonte, et regarde cette monture et ce fourreau de sabre, n'est-ce pas une splendeur ?

Murat glissa la main sous les bélières qui rattachaient le magnifique étui de sa lame à son ceinturon afin de le dégager de la superbe sabretache en cuir rouge liserée d'or qui pendait à son côté gauche : provenant de la manufacture d'armes royale de Naples, le fourreau était en acier poli glacé à deux grandes garnitures en bronze doré ciselé ; quant à la monture du sabre, elle présentait un pommeau à tête de lion en bronze doré ciselé, portant un mince collier ; une croisière à double chaînette à maillons ovales ciselés en perles d'acier, dit « marcassite » ; une garde en acier orné à deux quillons inversés avec leurs boutons et un nœud de corps rond à rayons décoré ; une fusée en ébène, sculptée en fort relief sur les deux faces[13].

Jérôme acquiesça sans se forcer, la monture et le fourreau de ce sabre étaient vraiment remarquables.

— Bon, conclut Murat, je suis venu pour dîner…

Le premier chef du Véry, qui attendait sagement derrière le quatuor, intervint onctueusement : ce n'était pas tous les jours que l'on recevait un roi !

— La meilleure table vous attend à l'étage, Votre Majesté…

---

13. La monture d'un sabre comprend la poignée ou fusée, la garde avec ses quillons, la croisière ou branche unique de garde, reliant le plateau de garde au pommeau ou à la calotte.

Murat eut une nouvelle inclinaison de tête à l'adresse des deux jeunes femmes, puis il tendit la main à Jérôme qu'il attira contre lui en frère d'armes. Jérôme reçut en plein nez un mélange d'odeurs de cuir, de cheval et d'eau de Cologne.

Il y avait de la sincérité dans cette accolade. En effet, les deux hommes étaient tous deux de modeste extraction. Si le duc de Penthièvre, parrain de Jérôme, n'avait jamais songé à faire de sa pupille un ecclésiastique, les parents aubergistes du futur maréchal, eux, y avaient pensé pour leur onzième et dernier enfant. Tous deux avaient réussi au fil de leur instruction, de leur épée et de leur bravoure. Mais là s'arrêtaient les comparaisons. Outre que Murat était l'aîné de Jérôme de dix-sept ans, il avait aussi eu le privilège d'être promu très tôt aide de camp de Bonaparte, alors général en chef de l'armée d'Italie, en réprimant l'insurrection royaliste du 13 vendémiaire an IV[14].

Et c'est aussi sur Murat que Bonaparte avait pu compter lors du coup d'État du 18 Brumaire où, chargeant à la tête de soixante grenadiers, il avait hurlé : « Foutez-moi tout ce monde-là dehors ! » laissant ainsi le champ libre à son chef pour établir le Consulat. Partant de là, Bonaparte ne pouvait pas lui refuser la main de sa sœur Caroline qui s'était entichée de ce superbe animal.

Il chuchota à l'oreille de Jérôme :

— Viens souper chez moi ce soir… Demain, je serai parti rejoindre l'Empereur à Compiègne. Trouve-toi au Pavillon de Flore[15], où je loge à Paris, à six heures.

14. 5 octobre 1795.

15. Le Pavillon de Flore fait, à cette époque, partie du palais des Tuileries.

Jérôme ne sut s'il devait se réjouir ou s'inquiéter d'une telle invitation. De quoi souhaitait-il l'entretenir? Et pourquoi était-ce si pressé que cela ne pût attendre le retour de Compiègne? Il était de notoriété publique que Murat n'était plus si bien en cour que ça. L'intéressé n'attendit pas de réponse et fit demi-tour; suivi de son escorte, il s'éloigna lentement, promenant sur l'assemblée le regard d'un homme à qui tout a réussi. Du moins, en façade.

— Il y a une certaine ressemblance entre vous, pouffa Sophie.

— Je ne trouve pas, dit Jérôme.

— Mais si, même taille ou presque[16], mêmes yeux clairs, mêmes cheveux bouclés noirs, mêmes nageoires mâles sur vos joues et quoi encore? Qu'en penses-tu, Marion?

Celle-ci, pâle, ne trouva rien à répondre.

— Ça ne va pas? s'inquiéta Sophie.

— Si, si...

— Voulez-vous que je fasse servir un remontant? proposa Jérôme.

— Non, puisque je vous dis que je vais bien. C'est juste que je n'ai pas l'habitude de rencontrer de hauts personnages.

Sophie se mit à rire.

— Et si tu rencontrais l'Empereur alors, tu t'évanouirais?

— Sans aucun doute, mais cela n'arrivera pas. Il ne viendra jamais chez la Chatanay, et moi, je ne crois pas pouvoir revenir dans un si bel endroit.

Marion resserra les pans d'un maigre châle sans couleur définie autour de ses épaules. Sophie haussa les siennes.

---

16. 1,81 m pour Murat, 1,82 m pour Jérôme.

— Ne sois pas bécasse et profite de ce bon repas offert par Jérôme qui est un homme d'honneur.

Ils terminèrent leur repas, en devisant de tout sauf du roi de Naples. Sophie n'avait pas été sans remarquer que ce dernier avait glissé quelque chose à l'oreille de Jérôme, mais elle était trop discrète pour demander quoi.

Alors qu'il réclamait la carte des desserts, un serveur apparut, les bras chargés d'un plateau sur lequel trônaient trois coupes de porcelaine remplies à ras bord de sorbet, fraise, à en juger par la couleur. Un bol de crème mousseuse de Chantilly accompagnait le tout.

— Cadeau de Sa Majesté, le roi de Naples! déclara l'humble quadragénaire chauve et voûté, qui se trouvait honoré de jouer les messagers des plaisirs.

Marion et Sophie se récrièrent, le rose aux joues et les papilles conquises d'avance. Jérôme n'osa les contrarier; il eût été d'ailleurs malséant de dénigrer un tel cadeau. Mais le jeune capitaine n'aimait pas être le débiteur de quiconque, fût-ce d'un roi, qui plus est beau-frère de l'Empereur. Il espérait fortement que Murat n'avait pas, en plus, réglé la note. Sur ce point, le serveur le rassura.

Peu après les cafés, Jérôme se leva pour aller payer les repas au comptoir, tenu par une jeune employée bien en chair, au haut chignon bouclé et au front cerné d'accroche-cœurs. Elle lui tendit un papier griffonné qui manqua de faire sauter Jérôme au plafond blanc et or: plus de cinquante francs pour une anisette, trois potages au vermichel, trois blanquettes, un pichet de vin et trois cafés. Et même pas négociable! Ah ça! il n'était pas près de revenir.

Il habilla ses lèvres d'un sourire et regagna la table où Sophie et Marion le remercièrent vivement. À côté, les noceurs efféminés avaient mis la pédale douce, l'accolade de Murat ayant sans doute fait de Jérôme un gibier trop gros pour eux.

Le trio quitta le Véry sur le coup de deux heures passées de trente minutes. Jérôme n'était pas allé remercier Murat ; il le ferait ce soir au Pavillon de Flore. Marion s'excusa de ne pouvoir rester plus longtemps.

— Si je tarde trop, la Chatanay va me grogner et j'aurai une amende… Mille mercis, monsieur, je ne l'oublierai jamais !

— Attendez !

Jérôme lui tendit sa carte.

— J'habite à quelques minutes ; si un nouveau crime survenait dans votre boutique, venez me trouver dès que vous le pourrez.

— Monsieur, je ne sais pas lire…

— J'habite au 10 rue d'Arcole, dit rapidement Jérôme pour ne pas la gêner et sans oser reprendre la carte.

— Ah bien. Je dois vraiment y aller. Adieu, Sophie, adieu, monsieur.

Elle fit disparaître la carte sous son châle et se fondit dans la foule. Sophie passa son bras sous celui de Jérôme et dit :

— C'est tout Marion, un vrai petit chat sauvage. Mais je sais que tu l'as comblée par ce dîner.

— Hum ! Crois-tu qu'elle viendra vraiment me voir si une autre fille se faisait assassiner ?

— En tout cas, elle m'en parlera, et moi, je te le dirai.

— Ces crimes sont aussi odieux qu'étranges. Je viendrai marauder près de La Rose de Damas, peut-être glanerai-je quelques commérages propres à éclairer cette affaire.

Ils étaient arrivés au passage Perron et s'engagèrent dans la rue d'Arcole. Le ciel s'était obscurci ; des giboulées menaçaient.

— As-tu un parapluie ? s'inquiéta Jérôme.

— Hé non ! le soleil était si radieux quand je suis partie de chez moi ce matin que je n'ai pas songé à en prendre un. Me voilà bien ennuyée.

La jeune femme habitait la rue Rameau, soit environ à une demi-heure de marche en passant par la rue Neuve-des-Petits-Champs, située derrière la rue d'Arcole.

— Veux-tu que nous appelions une voiture ? proposa Jérôme.

— Oh non ! cela passera ; je vais retourner flâner dans la galerie.

Le jeune homme hésita.

— Mon logement est là, juste en face.

— Oui, je sais, murmura Sophie en levant vers lui un regard dans lequel il lut de l'envie, mais aussi de la pudeur.

— Tu n'y es jamais venue ?

— Non !

Un premier grêlon s'écrasa à leurs pieds.

— Si tu ne crains pas de découvrir le logement d'un célibataire, viens donc t'abriter le temps de l'averse, proposa-t-il avec douceur pour ne pas l'effrayer.

Une poignée de grêlons eut raison des réticences de la jeune femme qui suivit Jérôme sur la planche de bois traversant la chaussée. Une piécette une fois jetée au jeune rousseau toujours en faction, ils hâtèrent le pas, du moins autant que la cuisse douloureuse de Jérôme le lui permettait, jusqu'à l'entrée du 10 rue d'Arcole. À peine y parvenaient-ils que le déluge s'abattait.

— Il était temps, s'amusa Sophie, toujours gaie, quelles que soient les circonstances.

Après s'être convenablement essuyé les pieds sur un tapis-brosse, ils prirent l'escalier de bois embaumé par la soupe aux choux émanant de la loge de la concierge.

Sophie ralentit pour ne pas incommoder Jérôme qui manifestait de la peine à monter.

— Eh bien, sourit-elle lorsqu'il ouvrit un moment plus tard la porte de son appartement, c'est plutôt bien tenu ; je m'attendais à trouver de la blanchisserie dans tous les coins.

— À l'armée, on n'apprend pas qu'à tirer au fusil ; on apprend aussi, entre autres, à ranger. Mais assieds-toi, je t'en prie…

Sophie tira une chaise de paille.

— Il me reste de la limonade du voisin du dessous, est-ce que je t'en offre un verre ?

— Oui, avec plaisir.

Elle n'avait pas ôté son manteau ; il faisait humide et il n'y avait pas de feu dans la cheminée. Jérôme servit la limonade, puis alla tisonner les braises. Ce faisant, il demanda, intrigué :

— Tu connais la créature de la Chatanay, comment déjà ?

— Florine Bastien.

— Ah oui ! Tu l'as déjà rencontrée ?

— Une douzaine de fois.

Jérôme se releva et s'essuya les mains sur un torchon, puis il vint s'asseoir à la table près de Sophie.

— Tu sais où elle habite ?

— Comment veux-tu que je le sache ?

— Tu aurais pu l'entendre mentionner son adresse chez la Chatanay.

— Pourquoi veux-tu connaître son adresse ?

— Foutre, pour la filer et voir de quoi il retourne, et qui elle fréquente. Si c'est véritablement elle qui se charge de faire disparaître les corps.

— Je n'y ai pas assisté, mais si Marion te l'a dit, c'est que c'est vrai ; elle n'est pas menteuse et elle avait l'air effrayée.

— Raison de plus pour savoir où loge cette Bastien.

Sophie haussa les épaules.

— Crois-tu qu'elle va t'avouer les choses facilement ? Ta belle mine ne suffira pas et tu risqueras d'être découvert et de mettre les autres filles en péril.

Jérôme eut un sourire.

— J'ai traqué d'autres ennemis à la guerre et tous n'appartenaient pas au camp d'en face. Mais si je me présentais à La Rose de Damas pour demander où habite cette femme, il est sûr que je n'aurais aucune chance, sinon d'attirer le regard sur moi.

Il posa sa main chaude sur la sienne, qui était froide, et sentit un frisson se faufiler.

— Sophie, Marion n'est pas libre d'aller et venir comme toi qui pourrais suivre cette femme quand elle repart de la boutique.

— Oh ! mais je ne sais pas du tout quand elle y reviendra.

Il appuya autant le regard que sa main sur la sienne, tâchant de faire passer toute sa conviction et étant conscient qu'il lui demandait quelque chose pouvant se révéler dangereux. Il n'avait aucune idée de la façon de diriger une enquête ni même pourquoi il avait envie d'enquêter ; il ne connaissait pas les victimes et les crimes se rencontraient tous les jours à Paris. Il se fiait à son instinct et celui-ci lui disait que quelque chose de bien plus grave se tramait sous cette affaire de mœurs, du moins en apparence.

Jérôme écarta très doucement ses doigts, enlaçant ceux de Sophie qui ferma les yeux. Elle eut un soupir pour accompagner l'annulaire de Jérôme dans une caresse délicate.

Des coups retentirent contre la porte, suspendant l'instant magique. Jérôme se leva sous le regard implorant de Sophie semblant dire : « N'y va pas ! » Mais il poursuivit sa marche vers la porte derrière laquelle il trouva Renaud Bertrand, un grenadier de ses amis, bien qu'avec ces autres soldats d'élite, les chasseurs se trouvassent toujours plus ou moins en rivalité pour briller aux yeux de l'Empereur. Mais Jérôme et Renaud s'étaient appréciés depuis leur rencontre au Lamblin deux ans plus tôt, après en avoir décousu, justement au sujet de la supériorité de leur unité respective. Après avoir croisé le fer, ils en avaient ri et avaient fini devant une pinte de bière. Mais, cette fois, le grenadier n'avait plus cette lueur joyeuse dans ses yeux, verts, comme ceux de Jérôme.

— Renaud, tu as l'air affligé ; que se passe-t-il ?

— C'est ma bonne amie, elle a disparu !

— Disparu, de quelle façon ?

— Elle m'avait donné rendez-vous devant la boutique où elle travaille et elle n'y est pas. Sa patronne m'a dit qu'elle était souffrante, mais elle n'est pas non plus dans la chambrée qu'elle partage avec les autres vendeuses, sous les toits au Palais…

Jérôme sentit poindre une inquiétude. Sophie aussi, qui s'était rapprochée. Le grenadier eut une inclinaison de tête à son égard.

— Comment s'appelle votre tendre amie ? demanda la jeune femme, peut-être que je la connais, si elle travaille au Palais.

— Marie Magne, elle est vendeuse à La Rose de Damas…

Chapitre 3
À La Rose de Damas

Suivis de Sophie, les deux hommes gagnèrent le Palais-Royal, repassant devant la mine réjouie du jeune rousseau « pontonnier » qui goguenarda en empochant l'obole :

— À vous revoir une troisième fois, monsieur, et même plus !

Jérôme allait passer son chemin lorsqu'il se ravisa.

— Comment t'appelles-tu ?

— Étienne Mey... Pour vous servir, répondit le rousseau en s'inclinant avec ostentation.

Parce qu'il espérait en tirer quelque chose, Jérôme renonça à lui botter les fesses comme il convenait pour lui faire passer son insolence.

— Tu vois passer bien du monde ?

— Ça, oui.

— As-tu vu sortir une jeune fille ?

— Pas une, plusieurs, j'en vois même toute la journée...

Sophie, habituée de La Rose de Damas, intervint :

— Celle-ci se nomme Marie Magne et elle est blonde avec des yeux très bleus…

Mey eut une lippe dubitative que démentait son regard. Tout comme lui ou le décrotteur, ceux qui travaillaient au Palais ou à ses abords pouvaient se révéler des témoins de choix concernant les allées et venues des promeneurs comme des boutiquiers. Il était même à peu près probable que certains fussent des agents des argousins d'autant plus à la veille du mariage de l'Empereur avec l'archiduchesse d'Autriche où la surveillance était resserrée pour parer à toute tentative d'attentat.

Étienne Mey baissa le regard vers ses souliers et marmonna :

— Il se peut que j'aie vu vot' dame…

Jérôme eut un signe de tête pour son ami grenadier qui commença par soulever des sourcils interrogateurs avant de comprendre qu'il fallait délier les cordons de sa bourse.

— Si je m'trompe pas… parce que j'en vois quelques-unes de pratiques, vous parlez bien de la petite qui travaille chez la Chatanay…

— Oui, c'est cela, répondit Renaud avec un peu d'emballement dans la voix que Jérôme tâcha de tempérer en touchant sa manche. Sans quoi Mey ne manquerait pas de les pressurer.

— Eh bien…

De nouveau, Renaud tendit une pièce.

— Eh bien, j'ai vu votre amie partir en direction des Tuileries…

— Des Tuileries ? s'ébahit le jeune amoureux.

— Comme je vous dis, monsieur.

— Elle était seule ? demanda Sophie.

— Il y a combien de temps ? renchérit Renaud.

Mey eut un sourire pincé en écartant les mains. Jérôme le saisit au collet.

— N'abuse pas de la situation ou bien j'appelle le guet qui t'obligera à nous accompagner au poste de police car, bien sûr, nous allons porter plainte. Et quand tu reviendras, il se pourrait qu'un autre coquin ait pris ta place.

Ce fut cette dernière menace qui effraya le plus le jeune « pontonnier » ; il lâcha aussitôt du lest.

— Tout doux, monsieur, je n'aime pas les histoires, alors je vais vous dire ce que je sais. Votre Marie est passée il y a un gros quart d'heure, elle est montée dans un fiacre, mais elle n'y était pas seule. Elle était accompagnée par un jeune élégant à redingote rouge…

L'image d'un des jeunes pédérastes déjeunant près d'eux au Véry apparut à Jérôme, mais elle ne tarda pas à s'évanouir : il n'était pas le seul à porter une tenue voyante. Et puis, s'il était partisan de la pédérastie, qu'avait-il à faire d'une femme ? À moins que ce ne fût pour s'amuser mortellement.

Jérôme se demanda soudain si son ami savait que la patronne de sa fiancée prostituait ses employées ou cherchait à le faire.

— Tu connais cet élégant ?

— Je l'ai vu circuler plusieurs fois dans le Palais, mais je ne connais pas son nom.

C'était donc un habitué. Dans ce cas, il serait possible d'interroger d'autres personnels pour obtenir l'identité de ce qui ressemblait assez à un client. Estimant qu'il en avait suffisamment appris et même qu'il fallait le ménager, Jérôme abandonna Mey et le trio entra au Palais-Royal par le passage du Perron. Cette fois, il décida de ne pas perdre de temps à questionner le décrotteur, il fallait au plus vite se rendre à La Rose de Damas voir quel genre de boniments Rose Chatanay allait leur servir. Chemin faisant, Renaud se montra très inquiet et gourmanda Jérôme :

— Pourquoi m'as-tu empêché de lui donner plus d'argent ?

— Tu avais envie de payer tes informations à la ligne, si tant est qu'il en détienne encore…

— Il aurait pu nous donner le numéro du fiacre.

— Je ne pense pas qu'il le sache.

— Qu'est-ce que tu en sais ?

— Pourquoi retiendrait-il le numéro de ce fiacre plus qu'un autre ?

Renaud se tint coi. Sophie aussi. Jérôme se demanda ce qu'elle savait exactement de la situation de Marie Magne. Cependant, il n'était pas temps de le lui demander devant Renaud. Si des éléments tragiques étaient révélés, Jérôme connaissait assez son ami pour craindre qu'il ne prît la mouche et ne commît quelque erreur préjudiciable à l'avancée des recherches de sa tendre amie.

Il se remit à songer à Marion Paulier, si effrayée par la présence du roi de Naples. Était-il possible qu'elle sût avec qui était parti avec Marie et pour quelle raison ? Mais il devait lui parler en aparté, car s'il s'agissait de prostitution clandestine, Renaud en serait très choqué, même si, comme tous les hommes, a fortiori les militaires, il était habitué à en croiser à tous les coins de rue.

Jérôme verrait à lui restituer la vérité dans un moment intime et quand la pression serait un peu descendue.

Mais – il consulta discrètement sa montre oignon en argent – pas ce soir où Murat l'attendait. Or il était déjà trois heures passées de bientôt quinze minutes. Après tout, Marie Magne n'était peut-être partie qu'avec un client et serait de retour sitôt l'affaire finie.

Ils parvinrent à La Rose de Damas. Jérôme tint à faire un point avant que d'en pousser la porte. Rose Chatanay ne se montrerait pas clémente si elle les voyait arriver en escadron. Sophie devina ses pensées.

— Il vaudrait mieux que je n'apparaisse pas. D'une part, la Chatanay ne m'achèterait plus rien, d'une autre part, elle ne me laisserait pas revenir et serait totalement sur ses gardes.

— Cela me paraît une excellente idée, approuva Jérôme. Attends-nous un peu plus loin.

Jérôme attendit que Sophie se fût éloignée de quelques pas pour sonder son ami.

— Renaud, la Chatanay te connaît-elle en tant que fiancé de Marie ?

— Non, je l'attendais toujours dans les jardins, ensuite nous allions chez moi puisqu'elle habite chez sa patronne, au-dessus de la boutique avec les autres filles.

— Quand votre relation a-t-elle débuté ?

— À la Noël.

— Que sais-tu d'elle ?

— De Marie ?

— Oui.

Le fier grenadier aux yeux inquiets eut une grimace.

— Son père est métayer au château de Saint-Chamant… dans les monts d'Auvergne ; sa mère y est fileuse. Autant dire, ils ne sont pas riches. Voilà trois ans, ils ont confié Marie à un cousin colporteur qui l'a placée chez la Chatanay l'an passé.

— Quoi d'autre ?

— Rien.

— T'a-t-elle parlé des autres filles ?

— Non, du moins, pas plus que ça.

Marie Magne ne savait-elle rien des crimes des deux filles dans les salons de la Chatanay ? Jérôme ne jugea pas utile, pour l'heure, de rapporter à Renaud ces inquiétants propos.

Il réfléchit très vite : si Renaud réclamait à voir Marie et que celle-ci se prostituait, la Chatanay était fort capable de lui demander d'attendre son tour, révélant ainsi le pot aux roses. Il valait mieux que seul Jérôme se présentât pour demander la jeune fille.

Jérôme posa la main sur son épaule.

— Écoute, mon vieux, il vaudrait mieux que la Chatanay continue d'ignorer le lien qui t'unit à Marie. Sinon elle ne lâchera rien et peut-être même la renverra.

Renaud enfonça la tête dans les épaules.

— T'as raison, mais quand même, j'ai bien envie de rentrer pour tout casser là-dedans et faire causer cette mère maquerelle…

Jérôme dressa l'oreille à cette dernière dénomination, mais il pouvait s'agir d'une insulte comme une autre.

— Du calme, mon ami. Rejoins Sophie et laisse-moi y aller.

— Elle va te rouler… Marie m'a dit que c'était une rouleuse.

— J'ai un avantage sur toi : je ne suis pas amoureux de Marie.

Renaud eut un sourire.

— Toi, c'est Sophie !

— Bon, c'est dit, j'y vais seul ?

— Foutre, est-ce que tu n'as pas déjà décidé ?

Jérôme se retourna et poussa résolument la porte de verre de La Rose de Damas. L'endroit était encombré de marchandises de toutes sortes allant du chapeau de paille aux bas de soie et leurs faveurs roses ou bleues pour les attacher, aux corsets, éventails, gants de peau, bijoux fantaisie ressemblant à s'y méprendre à des vrais, ombrelles, dentelles de Calais, de Valenciennes, du Puy… en passant par les onguents, les vinaigres de vierges censés restaurer la virginité, et les parfums dont celui de la rose, que Jérôme jugea entêtant lorsqu'il pénétra dans cet antre de la féminité.

C'était aussi celui de Rose Chatanay qui trônait derrière son comptoir. Quoiqu'un peu plantureuse, c'était une belle femme blonde aux yeux de ciel de printemps, ayant conservé les manières précieuses du XVIIIe siècle. Elle était assez fardée, mais la poitrine, débordant du corset, était ferme, ornée d'un collier de perles de jade, œuvre de Sophie qui s'était fait une spécialité des créations en perles de pierres semi-précieuses.

Vêtue avec recherche d'une robe en mérinos blanche et d'un mantelet bleu sans manches bordé de dentelle, la Chatanay eut un sourire commerçant qui ouvrit ses lèvres vermillon.

— Monsieur, nous sommes flattés de votre visite… Vous ne trouverez chez nous que de belles marchandises…

Elle fit quelques pas de côté pour encadrer les épaules de sa vendeuse, une jeune fille brune à robe ocre, transie de froid.

— Clémentine, sourit la Chatanay sans cependant découvrir ses dents, saura vous être agréable…

Le sous-entendu était clair. La Chatanay lui proposait sa vendeuse avant même de lui demander de quoi il avait besoin. Avait-il la mine d'un célibataire en mal de compagne ? Jérôme tourna la tête du côté droit menant à l'étage où, selon Marion Paulier, se trouvaient les salons dans l'un desquels les cadavres de Lucie et Catherine avaient été abandonnés par un ou plusieurs tourmenteurs. Rose Chatanay détenait la clef de l'identité des assassins, mais à sa mine rusée, Jérôme savait qu'il allait devoir jouer très serré. Un seul mot laissant penser qu'il était sur la piste de Marie Magne, et par là même des deux autres victimes, et elle se fermerait comme une huître.

— Je suis intéressé par un éventail…

— Mais bien sûr… Nous en avons de très beaux ici, dans cette vitrine…

Rose Chatanay planta sa vendeuse devenue inutile et se dirigea vers un meuble d'acajou, près de la porte d'entrée.

— En fait, madame, j'aimerais un modèle unique…

— Mais ils le sont tous, prenez la peine de vous pencher, monsieur…

Jérôme fit mine de s'intéresser. Mais il se releva bientôt en secouant la tête.

— Ils sont tous très beaux, mais ce n'est pas ce que je recherche… Tant pis.

— Attendez…

La Chatanay se mit à minauder :

— J'ai à mon service une éventailliste de talent qui saura certainement exécuter le travail qui vous tient à cœur.

Elle poursuivit rapidement, craignant de laisser filer un gros client auquel elle comptait bien vendre un tas de choses si ce n'était des filles.

— Elle est un peu nigaude, mais admirez la finesse de son travail…

Sous leur abri de verre, les éventails, à feuille de soie, de tulle ou de papier colorés, à brins d'os ou de nacre, étincelaient de leurs sequins et paillettes. Ceux qui avaient servi à signer les crimes avaient-ils été un de ceux-ci ? Jérôme admira la délicatesse de ces charmants objets pouvant devenir maléfiques soit par leur langage, soit par leur détournement.

— J'admets en effet que cette personne est très douée, puis-je la rencontrer ?

La commerçante eut un signe de tête pour sa vendeuse.

— Va chercher Marion…

Quelques minutes plus tard, la jeune fille soulevait un pan de la tenture de velours vert. Debout derrière la Chatanay, Jérôme posa un doigt sur ses lèvres afin qu'elle ne manifestât aucune surprise. Ce qu'elle fit.

— Marion, monsieur que voilà… monsieur ?

— Ledru…

— Monsieur Ledru donc, aimerait que tu lui crées un éventail pour une occasion spéciale… des fiançailles, je suppose ?

— Non point.

— Je vois, s'amusa Rose Chatanay, votre maîtresse… Quelle délicate attention… Est-elle brune ou blonde? Les blondes préfèrent généralement l'écaille de tortue qui s'assortit à leur teint de porcelaine. Je n'en ai pas ici, mais je puis me fournir très rapidement. Alors?

Le sourire de Rose Chatanay se figea à peine lorsque Jérôme déclara:

— Mon ami est brun aux yeux verts…

Pourquoi Jérôme laissait-il entendre qu'il était pédéraste? Il n'aurait su le dire exactement d'autant que rien, pour le moment, n'assurait que les assassins des deux malheureuses pussent faire partie des amateurs des plaisirs de Sodome.

— Fort bien, monsieur. Dieu a décidé que tous les plaisirs se trouvaient dans la Nature… Alors, cet éventail?

— Si cela ne vous contrarie pas, madame, j'aimerais en discuter seul à seul avec l'artiste…

La Chatanay pinça les lèvres.

— Soit… Vous n'avez qu'à aller dans le salon du haut, car je ne puis abandonner ma boutique.

Jérôme suivit Marion, qui n'avait pas ouvert la bouche, dans l'escalier de bois en colimaçon d'abord, puis sur le palier où un étroit couloir desservait quatre portes. L'endroit était étriqué et sombre. Marion ouvrit la première des portes qui donnait sur un salon blanc plaqué de miroirs dont l'un ornait le ciel de lit bleu. La destination de cette pièce était des plus évidentes. Ce fut au tour de Marion de mettre un doigt sur sa bouche avant de désigner sur le marbre noir d'une commode en bois fruitier aux pieds en toupie comme on les affectionnait dix ans plus tôt, sous le Directoire, un vase de porcelaine de Sèvres supportant des roses de soie, derrière lequel un long tube était fixé au mur : un mouchard relié au rez-de-chaussée !

— Quel genre d'éventail souhaitez-vous ? demanda Marion en ôtant son fichu qu'elle roula en boule pour en masquer l'ouverture.

Puis elle lui fit signe de s'éloigner et Jérôme imita Marion lorsqu'elle tira, à quelques mètres du mouchard, une chaise gondole sous un guéridon d'acajou.

— Est-ce ici que se sont déroulés les crimes ? demanda Jérôme très bas.

— Non, à côté, mais c'est la même pièce en décoration.

— Marie Magne, vous la connaissez ?

Marion fit « oui » avec la tête.

— Elle avait rendez-vous avec son fiancé et elle ne s'y est pas rendue. Après quelques recherches, oh bien sommaires, nous…

— Nous ?

— Son ami et moi…

Il ne mentionna pas le nom de Sophie, pour ne pas avoir à expliquer qu'elle se trouvait chez lui, ceci afin de préserver la réputation de la jeune femme.

— Ah, Renaud…

— Hum… oui, Renaud. Nous avons donc appris que Marie était montée dans un fiacre avec un homme à redingote rouge…

Marion pâlit et murmura :

— L'homme à redingote rouge…

— Vous le connaissez ?

— Non, répondit-elle trop vite.

— Je crois que si.

Jérôme plongea ses yeux dans ceux de Marion, tâchant d'y insuffler du courage, mais celle-ci se détourna.

— Je vous dis que non, mais cela me rappelle un de nos voisins de table, qui, au Véry, m'a accusée d'avoir taché sa manche.

— Ce gonsse…

— Ce quoi ?

— Pardonnez-moi, ce faquin ne portait pas de redingote rouge mais rose.

— Mais l'un de ses amis en portait une.

— Vous connaissez ce groupe ?

— Je les ai vus quelques fois dans le Palais et les jardins, bruyants et pleins de morgue comme le sont souvent les jeunes gens fortunés.

— Sont-ils venus ici ?

— Un vient quelquefois, mais je ne sais son nom, la Chatanay ne le surnomme que Mylord…

— Mylord ? Il serait donc anglais ?

— Du tout, mais il a émigré à la Révolution avec son père qui était le dernier fermier général à ce que j'ai pu en saisir lors d'une conversation entre la Chatanay et la Bastien…

— Lequel des quatre est-ce ?

— Celui tout en noir.

Jérôme repassa ses souvenirs pour découvrir la silhouette de « Mylord ». Ah oui ! c'était celui qu'il avait eu envie d'appeler « mademoiselle », comme ses compagnons d'ailleurs. Il ne serait pas trop difficile de dénicher son identité en recherchant celle de l'auteur de ses jours, le dernier fermier général. D'autant que ces collecteurs d'impôts pour le roi s'étaient montrés fort impopulaires quand, voulant endiguer la contrebande, ils avaient fait élever un mur autour de Paris et multiplier les octrois entre 1784 et 1789, exaspérant la population. La ferme générale fut abolie en 1791. Trois ans plus tard, sous la Terreur, vingt-huit fermiers généraux furent guillotinés pour de prétendus délits de droit commun non démontrés ayant eu lieu avant la Révolution, et non pour des crimes visant à rétablir la royauté ou attentatoires à la sûreté de l'État, seuls du ressort du Tribunal criminel extraordinaire. Ce n'était pas le cas du père de « Mylord » puisqu'il amenait son fils régulièrement chez la Chatanay. Pour y faire quoi d'ailleurs ?

— Que vient faire ce fils de bonne famille dans cette boutique, le savez-vous ? demanda Jérôme à qui son instinct lui soufflait qu'il y avait un lien de parenté.

Marion haussa ses maigres épaules et confirma :

— Il vient voir sa mère !

— Sa mère ? répéta-t-il pour inciter la jeune femme à lui confier ce qu'elle savait.

Si la Chatanay avait un fils, il serait plus facile de l'amener à composition pour obtenir sinon des aveux, du moins des renseignements sur le meurtre des deux jeunes filles. Encore fallait-il apprendre le nom de ce précieux rejeton. Si réellement son père était le dernier fermier général, il ne devait pas être très compliqué de connaître son identité.

— Eh bien, oui, mais elle ne tient pas à ce qu'il l'appelle « mère », encore moins « maman ». Les quelques fois où il l'a fait, elle l'a tancé vertement.

— Vient-il souvent ?

— Pas plus d'une fois par mois.
— Toujours à une même date ?
— Non, ce n'est pas régulier.
— Vous dites que vous l'avez vu au Véry…
— Oui.
— Peut-être va-t-il passer voir sa mère ce tantôt ?
— Non, il ne passe jamais seul, toujours avec son père, qui remet d'ailleurs une bourse rondelette à la Chatanay. Ils sont passés il y a de cela huit jours.
— Donc la semaine passée.
— Oui, lundi, il me semble. Mais je ne suis pas sûre, je suis désolée…
Jérôme secoua la tête.
— Ça n'a pas d'importance, mademoiselle. Parlons de la Bastien.
— Elle est très proche de la Chatanay et elle aime bien son fils, Mylord.
— Elle aussi l'appelle ainsi ?
— Depuis que je suis rentrée ici, il y a un peu plus d'un an, je ne lui ai jamais entendu d'autres noms, mais si la Chatanay le dit sérieusement, la Bastien s'en amuse.
— Je vois. Et avec les autres filles, vous parlez de tout ça ?
La jeune femme eut une moue dubitative.
— Nous n'avons guère le temps de parler, la Chatanay ne nous autorise pas à communiquer, et de toute façon, le soir nous sommes tellement abruties de travail que nous ne pensons qu'à nous coucher.
— Je comprends, mais les dimanches, vous ne sortez pas un peu en promenade avec vos amies ?

— Mes amies ? Ah, monsieur, on voit bien que vous ne connaissez pas la Chatanay, toujours à nous dresser les unes contre les autres et ayant des favorites.

Pour mieux régner en payant moins, pensa Jérôme.

— Et Marie Magne ?

— Marie, elle est gentille, mais elle n'est pas souvent à la boutique.

— Elle se prostitue ?

Un silence brutal faisant office d'aveu tomba. Il eut le cœur serré pour son ami.

— Vous aurait-elle parlé d'un client en particulier ?

— Les filles qui se prostituent occasionnellement ne parlent pas de ces choses honteuses.

— Je comprends. Savez-vous où habite la Bastien ?

— Non, et je ne me le suis jamais demandé. En quoi cela me regarderait-il ?

Jérôme comprit que la jeune femme était apeurée et ne se montrerait peut-être pas très participative pour aider aux recherches de Marie Magne.

— Mais ça ne doit pas être trop loin, reprit-elle, car elle vient presque chaque jour entre deux et cinq heures du soir.

La porte s'ouvrit brusquement et Rose Chatanay entra, la figure maussade. Jérôme se leva aussitôt.

— Est-ce que les choses vont comme vous voulez, monsieur ? demanda la patronne de La Rose de Damas sans aménité.

— Parfaitement, madame, mademoiselle Paulier se propose d'ébaucher un croquis de mon futur éventail.

— Un croquis, vraiment ? demanda Rose Chatanay en fusillant du regard la malheureuse Marion qui se recroquevilla sur sa chaise sans répondre.

La Chatanay se dirigea vers la commode. Jérôme sentit les battements de son cœur augmenter, le bouchon de tissu destiné à masquer la conversation n'avait pas été retiré. La femme le trouva facilement et le brandit.

— Sans doute, vous allez m'expliquer ceci, Marion ?

Celle-ci devint plus blanche qu'un drap d'enterrement, elle rentra la tête dans les épaules sans souffler mot.

— Marion, vous êtes renvoyée…

Chapitre 4
Les loups de Paris

Marion poussa un faible cri en portant ses mains à ses yeux pour en cacher les larmes de désespoir provoquées par ce renvoi. Jérôme, outré, garda cependant son sang-froid.

— Madame, quelle est la raison de ce congé ?

— Les choses sont des plus claires ; vous et cette petite dinde avez cherché à me gruger sur le prix de l'éventail.

— Vous n'y êtes pas du tout, madame…

— Y aurait-il une autre raison que celle de me voler, car je n'en vois pas, vous m'avez affirmé être pédéraste ?

— J'ai affirmé, vous dites ?

— Savez-vous que je pourrais vous dénoncer comme tante ? menaça la Chatanay[17].

17. La Révolution dépénalise l'homosexualité, Napoléon ne la légifère pas dans son Code pénal de 1810, cependant, le délit « d'atteinte publique à la pudeur » de l'article 330 sera utilisé pour la réprimer.

— Tante ? Comme vous y allez, madame… Ai-je laissé entendre par des propos déplacés que j'étais sodomite ? Ai-je par ces mêmes propos provoqué vos clients ?

— Et pour cause, il n'y en avait point, sans quoi vous les eussiez détournés des bonnes mœurs.

Jérôme eut un sourire.

— Les bonnes mœurs, madame, je ne crois pas que ce fût au Palais-Royal qu'il fallût les chercher, encore moins chez vous…

— Oh, ça, monsieur, c'est trop fort !

— Ce qui est encore plus fort, madame, ce sont vos accusations très déplaisantes que je pourrais rapporter à mes supérieurs.

La Chatanay se radoucit aussitôt.

— Allons, monsieur, point d'emportement, c'est mauvais pour les viscères.

— Mes viscères se portent bien, madame.

— Et vous m'en voyez ravie, car vous êtes jeune et fort bel homme, ma foi, mais enfin, tout à l'heure, vous m'avez laissé entendre que…

— … que j'avais un ami à qui plairait un éventail, rien de plus, madame.

— Dans ce cas, quelle est la raison de ce bouchon pour m'empêcher de vous entendre ?

— La même que celle d'être espionné par vous !

— Oh ça, monsieur, vraiment…

La Chatanay fit mine de s'indigner.

— Je suis plus fine mouche que vous ne pensez et point née de la dernière pluie, aussi je crois bien que cette fille vous plaît.

— On ne peut rien vous cacher, madame.

Cette affirmation accentua les pleurs de Marion.

La Chatanay minauda :

— Nous sommes une maison sérieuse, monsieur.

Jérôme s'approcha d'elle et murmura :

— Pourrions-nous discuter seul à seul ?

Après quelques instants de réflexion comme il en fallait à une dame distinguée, du bout des lèvres, la Chatanay donna son accord et fit signe à Marion de quitter la pièce. Puis elle fit face à Jérôme, la mine pincée. Il commença par la fixer, mais celle-ci soutint son regard en susurrant :

— Eh bien, monsieur, je vous écoute.

— Je suis un homme aux goûts éclectiques… que j'aime partager…

— Je crains, monsieur, de ne point saisir vos propos.

— Allons, madame, ne jouez pas à la sainte-nitouche, pas avec moi… Je sais tout.

En fait, Jérôme ne savait rien sinon quelques rumeurs circulant au Palais-Royal selon lesquelles Rose Chatanay avait été pensionnaire chez la Dervieux*, une maquerelle faisant commerce d'élégantes, avant de rechercher les hommes du cercle de jeux le « 50 » tenu par madame de Saint-Amaranthe.

Il songea soudain que c'était dans la maison tenue par la Dervieux que la Chatanay avait dû avoir son fils d'un client fortuné comme pouvait l'être un fermier général.

La Chatanay, habituée à en voir et à en entendre d'autres, ne se démonta pas.

— J'ai ma réputation pour moi et d'excellents amis.

— Comme le père de votre fils ?

— Je… je n'ai pas de fils…

— Allons, madame, il est de mes relations…

— Ah ! vraiment ? Et comment se nommerait cet enfant « Monsieur Je-sais-tout » ?

Jérôme eut un instant d'inquiétude. Comment allait-il s'en tirer en ignorant le nom de ce précieux rejeton ?

Jérôme s'amusa faussement.

— Nous ne l'appelons pas autrement que du sobriquet dont vous l'avez affublé, histoire de le faire enrager et cela fonctionne, n'est-ce pas Mylord…

— Quel est son nom, monsieur ? insista la Chatanay en levant le menton, les sourcils froncés.

Jérôme nota que, pour désigner son fils, elle avait quitté le conditionnel, c'était un demi-aveu qu'il avait bien l'intention de transformer en reconnaissance. S'approchant de la femme à la poitrine généreuse, il la serra contre lui, murmurant à son oreille :

— J'aime aussi beaucoup les femmes avec… de l'expérience…

Pour affirmer ses dires, il posa un baiser à la naissance de son cou à la peau molle où le parfum de rose avait viré à l'âcre, peut-être à cause de sa moiteur. Il avait remarqué qu'à l'approche des assauts, certains soldats dégageaient une transpiration malodorante imputable à la crainte de mourir. La Chatanay craignait quelque chose qui, pour l'instant, était dépassé par ses sens car il la sentit défaillir sous cette caresse ; y avait-il donc si longtemps qu'elle n'avait eu d'amant ?

— Ah, monsieur, mais que faites-vous ? demanda-t-elle faiblement sans pour autant chercher à s'écarter.

Il espéra qu'il ne devrait point dépasser le stade des embrassades, car il redoutait faillir une fois dans le lit de la maquerelle.

Trois coups frappés à la porte éloignèrent cette odieuse éventualité. Rose Chatanay s'écarta brusquement, tira sur son corsage pour le remettre en place et fit de même avec les boucles encadrant son visage.

— Entrez.

Une femme ayant dépassé la quarantaine entra. Ce qui frappa Jérôme, ce n'était pas son allure de simple bourgeoise détonnant dans ce salon élégant ni ses yeux d'un incroyable bleu de porcelaine, mais un important strabisme faisant remonter vers le haut et de côté son globe oculaire gauche. Il était en présence de la Bastien, âme damnée de la Chatanay. Cette vision fit battre son cœur, mais déplut à la Chatanay qui fronça les sourcils tandis que la nouvelle venue laissait tomber après quelques hésitations :

— Un message… important… vient d'arriver…

— Fort bien, Florine, je regagne mon comptoir.

Florine Bastien jeta un regard inamical à Jérôme, qui pensa qu'une affaire était en cours et qu'il n'était pas le bienvenu dans le cercle des maquerelles. La Bastien allait sans aucun doute prévenir son amie – ou patronne – contre lui dès qu'il aurait tourné les talons, aussi convenait-il de garder un air le plus naturel possible. Il ébaucha même un sourire que la femme ne lui rendit pas, subodorant quelques mauvaises intuitions que pour l'instant elle ne pouvait identifier.

— Je vous quitte, madame, n'oubliez pas l'éventail pour mon ami.

— Oui, oui, répondit la Chatanay assez évasivement.

Elle avait clairement l'esprit ailleurs et même paraissait inquiète : un nouveau crime était-il survenu ? Cela concernait-il la disparition de Marie Magne ?

Pour l'heure, impossible de chercher à en savoir plus sans se découvrir. Il ne pourrait même pas suivre la Bastien quand elle regagnerait son logis car son rendez-vous chez le roi de Naples approchait. Et puis maintenant qu'ils s'étaient rencontrés, il était à découvert. Mais Renaud devrait pouvoir faire cela. Il lui fallait échanger avec lui le plus vite possible.

Il saisit son bicorne sur la table, salua les deux femmes, se coiffa et quitta la pièce. Une fois sur le palier, il hésita à coller son oreille contre la porte : les deux commères pouvaient sortir dans la foulée et le surprendre ou se douter d'une telle chose et donc se taire jusqu'à l'assurance de son départ définitif. Cependant, il ne put se résigner à quitter les lieux sans une tentative d'écoute, et tout doucement, se pencha contre la porte. Il dut tendre l'oreille pour percevoir quelques bribes.

— Qu'est-ce que tu faisais avec ce godelureau ? accusa Florine Bastien.

— Ah, ça va bien, tu ne vas pas me faire la morale, répondit Rose Chatanay. Je n'ai pas de comptes à te rendre.

— À moi, non, mais à la police, peut-être plus tôt que tu ne le penses.

Jérôme ne pouvait voir la patronne de La Rose de Damas qui avait pâli.

— La rousse ? Pourquoi ? Que se passe-t-il ? La fille ?

— Non, notre autre affaire.

— Oh, que cela !

— Ne prends pas les choses aussi à la légère, parfois un grain de sable peut détraquer une mécanique bien huilée.

Quelle était cette autre affaire ? Il y eut un silence, exaspérant pour Jérôme qui espérait qu'un nom ou un lieu soit lâché, permettant de retrouver la compagne de Renaud ou d'identifier de dangereux criminels que la fortune de leurs parents plaçait au-dessus des lois.

Mais les deux femmes avaient dû s'éloigner, car il ne parvint plus à distinguer quoi que ce soit de clair. Soudain, la confusion se tut. Il s'éloigna rapidement et s'engagea dans le couloir. Sur le palier, la porte s'était ouverte et la Bastien passait la tête pour vérifier que personne ne les espionnait.

Tapi contre le mur du couloir, Jérôme l'entendit soupirer :

— Il était là, j'en mettrais ma main au feu…

— Et tu la perdrais car ce jeune homme est honnête.

— Parce qu'il t'a lutinée ?

Un « Tais-toi donc ! » agacé – et où perçait une pointe de regret –, lui répondit, puis la porte se referma. Remonter, faire grincer le parquet pour essayer à nouveau de capter la conversation qui devait être intéressante car elle le concernait, eût néanmoins été trop dangereux. Outre qu'il devait se mettre en route pour le Pavillon de Flore, c'était maintenant à Renaud de prendre le relais.

Il regagna le rez-de-chaussée où il chercha Marion des yeux. Mais il ne la vit pas et n'osa pas demander à la jeune vendeuse brune où elle pouvait se trouver. Elle risquerait par ailleurs de le rapporter à sa patronne qui le trouverait moins « honnête jeune homme ». Or cette étreinte semblait l'avoir mené dans les bonnes grâces de la Chatanay; il s'agissait de s'y maintenir. Ce serait bien utile face à Florine Bastien qui paraissait être la tête pensante de cette association.

Mais Jérôme doutait que seules deux femmes pussent diriger un réseau de prostitution ayant déjà eu deux crimes pour décor. Il y avait forcément un homme là-dessous…

Quittant La Rose de Damas, il aperçut Renaud faisant les cent pas non loin. Il vint aussitôt à Jérôme, la voix fébrile.

— Alors, as-tu appris quelque chose concernant Marie?

— Non, mais de ton côté, as-tu vu passer une femme louchant fortement?

— Je n'y ai pas prêté attention, c'est important?

— Il se pourrait fort. Cette femme est l'adjointe de la Chatanay et…

En quelques mots, Jérôme relata à Renaud sa rencontre avec Florine Bastien ainsi que l'impression qui en ressortait.

— Au départ, je pensais demander à Sophie d'effectuer la filature de cette Bastien, mais cela me paraît par trop exposé pour une femme.

— Et même dangereux. C'est une affaire d'homme, je vais m'y employer, assura Renaud en se redressant.

— Hum, de la discrétion et pas de mouvement primesautier.

— Tu me connais.

— Oui, justement.

Jérôme savait son ami généreux et courageux, mais aussi emporté dès lors que les sentiments s'en mêlaient, en amour comme en amitié. Renaud sourit, mais Jérôme fronça soudain les sourcils.

— Où est Sophie ?

— Partie chez une marchande de mode lui proposer ses bijoux. Elle a dit de ne pas l'attendre.

— Ah… fit Jérôme avec une pointe d'inquiétude.

L'image de Marion s'imposa. Où se trouvait-elle ? La Chatanay l'avait-elle vraiment renvoyée ? Dans ce cas, elle ne devait plus avoir de logement. Était-elle à errer dans le Palais-Royal à la recherche d'un nouvel emploi et donc d'un nouveau gîte ? Jérôme s'en sentait coupable. Il s'en ouvrit à Renaud.

— Je ne connais pas ta Marion, mais je sais où est la chambre des employées de la Chatanay. C'est au quatrième étage, au-dessus de la boutique, mais on y entre par la rue d'Arcole. Marie va bientôt quitter cette piaule immonde pour s'installer chez moi… enfin… si elle revient.

Ses épaules se voûtèrent et il parut découragé d'un coup.

— Elle va revenir.

— Dis-moi la vérité, Marie se prostitue ?

— Je n'en sais rien, mentit Jérôme, qui avait besoin de partir tranquille chez Murat, nous n'en avons pas parlé.

— De quoi avez-vous causé alors ?

— D'éventails.

— D'éventails ?

Les yeux verts de Renaud s'arrondirent de stupeur.

— Foutre, il fallait bien trouver un sujet pour faire connaissance.

— Hum… oui… répondit Renaud, peu convaincu.

Il ajouta :

— Veux-tu que j'aille voir si ton amie est là-haut ?

Jérôme hésita.

— Il vaudrait mieux que tu restes en surveillance ici. La Bastien semblait fébrile, quelque chose ne va pas dans les affaires, elle va sûrement repasser sauf s'il y a une sortie arrière.

— Ça, je n'en sais rien, Marie ne m'en a pas parlé. Si tu préfères, on avait d'autres sujets de causeries, mais pars tranquille, je campe !

Jérôme était loin d'être aussi serein que son ami le lui conseillait quand il gagna la monumentale porte sud pour quitter le Palais-Royal. Il prit à droite, la rue Rohan, croisant nombre de passants, bourgeois et militaires, mais aussi marchands de café, coco, gâteaux, fleurs, habits de seconde main…

Il débarqua un moment plus tard dans la nouvelle rue de Rivoli où des travaux d'urbanisation avaient démarré : des immeubles destinés à des commerces de qualité qui se voulaient résolument modernes, luxueux, imaginés par Percier et Fontaine, en pierre de taille, avec arcades. Les Parisiens pourraient ainsi s'y promener par tous les temps. Pour l'heure, la rue, pavée à l'occasion du sacre de Napoléon six ans plus tôt, s'arrêtait au Palais-Royal et n'était bordée que de vingt-deux arches vides construites en 1807, ainsi que de trois maisons édifiées en 1809, aux arcs à l'état de tronçon et leurs échafaudages encore appuyés. Et partout des échoppes mal tenues.

Jérôme se hâta, du moins autant que sa jambe encore souffrante le lui permettait, jusqu'au jardin des Tuileries qui, la nuit, était arpenté par les chevaliers de la manchette[18].

Là, il s'autorisa un court arrêt sur l'un des nombreux bancs de pierre garnissant le jardin. De nouveau, l'image de Marion s'imposa, mais il la chassa pour se remettre en route afin de ne point arriver en retard chez Murat. D'ailleurs, le jour commençait à décliner et les promeneurs hâtaient le pas. Jusqu'à ce que surgisse un impressionnant trio qui retint l'attention des passants encore présents. Devant lui, sous une haie de marronniers aux branches en bourgeons, une grande jeune femme vêtue d'un manteau vert bordé d'or était suivie de deux magnifiques loups blancs parfaitement disciplinés. Certains quidams s'écartèrent vivement; la femme eut un sourire mutin et disparut derrière les arbres, ses loups sur les talons.

Cette apparition évanouie, Jérôme longea le jardin vers le sud jusqu'au pont des Tuileries[19].

Contrairement au Pont-Neuf, celui des Tuileries n'était pas payant, et de mémoire de Parisiens, ne l'avait jamais été. Jérôme le franchit en même temps qu'une carriole et son cheval fatigué.

Tandis qu'il atteignait la rive gauche de la Seine, l'image de la « dresseuse de loups » revint frapper son esprit, il s'étonnait autant que des loups

---

18. Les homosexuels.

19. Ce pont, en pierre depuis 1689, financé par Louis XIV, prend le nom de pont Royal, puis est renommé deux fois avant de retrouver son nom d'origine après 1814 : pont National sous la Révolution, pont des Tuileries sous l'Empire.

puissent être domestiqués qu'une particulière se promène librement avec un tel attelage. Son allure indiquait une certaine position sociale autorisant probablement cette tolérance.

Parvenu au pied du pont et absorbé par ses pensées, Jérôme manqua de renverser un cul-de-jatte, encore habillé d'un habit-veste très sale et déchiré, près d'un bicorne rapiécé renversé dans lequel ne brillaient que deux piécettes.

L'homme qui puait le vin se mit à brailler :

— Sergent Blochon, porte-aigle au 14e de ligne, colonel Henriod, brigade Albert, division Desjardins, 7e corps d'Augereau…

Il débita sur le même ton son histoire qui devait servir d'accroche pour les passants :

— À Eylau, mon officier a été tué, j'ai ramassé l'aigle avec une immense fierté et je l'ai brandie quand un boulet m'a fauché les deux guibolles en me laissant une moitié de cul. Mais qu'est-ce que tu peux y comprendre, hein ?

— Foutre, arrête de gueuler, j'y étais !

— T'étais à Eylau ? Toi ?

— Oui, lieutenant au 11e dragons, colonel Bourbier…

Eylau, 7 et 8 février 1807.

Depuis leur arrivée, le 7, la neige tombait en abondance et sans discontinuer, aveuglant le corps d'Augereau et la division de Saint-Hilaire, qui présentent leurs colonnes de flanc à la batterie russe qui, sans surprise, les décime. Ce qu'il reste du 14e de ligne est encerclé et mitraillé, sous les yeux même de Napoléon ; ses survivants se resserrent sur un monticule qu'ils ont ordre de ne pas quitter. Leur aigle est agitée désespérément pour signaler qu'ils tiennent, mais réclament du secours. Napoléon, touché et déterminé à les sauver, décide de leur envoyer un officier pour organiser leur retour vers l'armée impériale. En principe, c'est aux aides de camp du général de se charger de cette délicate mission, et, dans cette intention, se placent en fil près du chef, ici Augereau. Le capitaine de génie Froissard, bien que n'étant pas aide de camp, est le premier à tenter de franchir la nuée de cosaques. Tué ou autre, il ne parvient pas jusqu'au régiment martyr qui ne bouge pas, indiquant qu'il n'a reçu aucun ordre. Le suivant, David, subit le même sort. « L'officier à marcher » est alors appelé. C'est le capitaine Marbot et son obéissante et rapide jument, Lisette. Contrairement à ses prédécesseurs, Marbot ne dégaine pas son sabre pour affronter les cosaques massés dans la plaine. Il file sans s'occuper des cadavres – humains et animaux –, jonchant le sol, non plus que des Russes qui se signalent entre eux ce cavalier comme s'il s'agissait d'un lièvre. Grâce à la rapidité de Lisette, Marbot parvient sans encombre jusqu'au 14e auquel il explique l'ordre de Napoléon : quitter le monticule pour rejoindre le cimetière en contrebas où il se formera en carré. L'officier porte-aigle répond que c'est une chose impossible et charge Marbot de porter les adieux du régiment à l'Empereur. Marbot ne peut que l'admettre : faire traverser les lignes russes à ce détachement épuisé tant par la faim que par la fatigue relève de la folie. Afin que les Russes ne s'emparent pas de ce puissant symbole, l'aigle est remise à Marbot. Mais l'aigle est lourde et sa hampe encombrante. Afin de ne pas se surcharger lors du trajet retour qui doit se faire comme à l'aller, à la vitesse de l'éclair, Marbot, avec l'accord du porte-aigle, casse la hampe pour ne conserver que l'aigle. En se penchant pour prendre appui, un boulet traverse la corne arrière de son chapeau et lui cause une violente commotion. S'il parvient à rester en selle, Marbot est sonné et le sang lui pisse des yeux, du nez et des oreilles. Les grenadiers russes approchent, mais, s'il reste conscient, il est comme paralysé et ne peut donner aucun ordre à Lisette qui demeure immobile. Les balles sifflent à ses oreilles. Finalement, Marbot reçoit un coup de baïonnette dans le bras tandis qu'un autre entame la cuisse de sa jument, ce qui la rend folle de douleur ; elle arrache la face de son agresseur, puis elle piétine un officier russe avant de fuir à travers le cimetière, son cavalier toujours sur son dos, cramponné à sa selle. Tout sanguinolent, il doit abandonner le dernier carré français que les Russes sont d'ailleurs parvenus à enfoncer. La neige se remet à tomber ; au loin devant lui, le bataillon de la Vieille Garde le prend pour un cavalier ennemi et fait feu… Cette fois, Lisette, sa jument déjà épuisée par sa première entaille, tombe sur le flanc et Marbot roule, évanoui…

— C'est toi qui avais remis l'aigle à Marbot ?

— Non. Moi, j'avais été fauché et même laissé pour mort, et puis je ne suis pas officier, c'est un autre gradé qui s'en est chargé quand je suis tombé, mais je ne sais pas qui ni même s'il est revenu vivant après la charge de Murat. Tu as fait combien de campagnes ?

— Après Eylau, j'étais à Friedland et à Wagram, et avant, à Iéna et Austerlitz et encore avant à Hohenlinden.

Cette dernière bataille n'était pas sans rappeler à Jérôme le sous-lieutenant Louis Poujat, du 11e régiment des chasseurs à cheval, de dix ans son aîné, avec lequel il avait noué une grande amitié. Poujat avait pris à Hohenlinden quatre pièces de canon à l'ennemi et fait prisonnier un cavalier autrichien, ce qui lui avait valu deux ans plus tard de recevoir un sabre d'honneur pour cette action d'éclat. Poujat avait péri de ses blessures à Austerlitz. Sans famille, il avait tenu à offrir son sabre à Jérôme qui se ferait tuer plutôt que d'avoir à le donner.

La voix de Blochon lui parvint :

— Nom d'un autre chien[20], qui es-tu donc ?

— Capitaine Blain, maintenant au corps des chasseurs à pied de la Garde, *officier à la suite*.

L'autre eut une grimace.

— Ah, la Garde ! Les Immortels[21]...

— C'est faux, je pourrais t'en citer plein de chez nous qui ne sont pas revenus. Dois-je te rappeler qu'à Eylau, dans le cimetière, quand Napoléon a fait donner la Garde, il l'avait aussi contrainte de ne pas tirer et de n'employer que la fourchette[22] ?

Le mendiant approuva du chef, Jérôme poursuivit :

---

20. Surnom des Autrichiens par les Français.

21. Surnom des soldats de la Garde impériale parce que Napoléon les faisait intervenir en dernier recours.

22. En argot militaire : la baïonnette.

— À Wagram, lès biscaïens[23] autrichiens ne m'ont pas épargné non plus, j'ai été blessé au bras et à la cuisse, je boite au point de ne pouvoir rejoindre ma nouvelle unité.

— Comme j'aimerais boiter.

— Excuse-moi, dit Jérôme en fouillant la poche intérieure de sa redingote à la recherche d'une pièce à laisser au malheureux.

— Donc, tu t'appelles Blochon ?

— Oui, Jean Blochon, pour te servir si t'as besoin, mais je vois pas bien à quoi.

— On ne sait jamais, à de la surveillance, par exemple.

— Pourquoi pas, personne se méfie d'un cul-de-jatte et je m'déplace rapidement à la force de mes bras, dame, j'ai dû apprendre…

— Tu es toujours à cet emplacement ?

— Ouais, tantôt d'un côté du pont, tantôt de l'autre, et l'dimanche devant Saint-Germain l'Auxerrois. Mais ça rapporte de moins en moins, les bourgeoises ont le cœur comme mon cul, brisé, ajouta-t-il dans une grimace.

Trop occupés par le mariage impérial, les gens conservaient leurs moindres deniers, chacun voulant être de la fête à sa façon. Jérôme croyait savoir que huit mille personnes étaient invitées à la cérémonie. Et partout sur les bâtiments officiels

23. *À l'origine, au XVIIIe siècle, ce terme désignait un gros mousquet utilisé pour la première fois en Biscaye, puis, à partir de 1784, un obus rempli de balles qu'il projetait en éclatant, inventé par l'Anglais Henry Shrapnel (d'où son autre nom de shrapnel), mais, sous le Premier Empire, ce mot de biscaïen – ou biscayen – était couramment employé pour désigner une boîte à mitraille (sorte de grosse cartouche de chasse contenant des balles et les projetant en gerbe à la bouche d'un canon), voire une balle provenant de cette boîte.*

s'étalait l'aigle noire autrichienne comme une tache néfaste…

Après un instant, Blochon dit :

— Ton nom me revient… N'est-ce pas toi le fameux lieutenant Sabre, enfin capitaine, car tu as pris du grade ?

— Oui, mais fameux s'appliquerait plutôt à Murat, Rapp ou Junot… Sans oublier la mémoire de Lasalle et même d'Hautpoul. Pour le reste, c'est bien moi que l'on surnomme ainsi, répondit Jérôme en sentant sous ses doigts ce qu'il cherchait : une pièce de cinq sous, soit vingt centimes ou un quart de franc, avec la tête laurée de l'Empereur.

Il se baissa à la hauteur des yeux de l'ancien sergent Blochon, qui étaient bleus piquetés de brun.

— Plutôt que de t'enivrer, pourquoi ne vas-tu pas aux Invalides ? Ils t'apprendraient un métier.

— Lequel ?

— Mais enfin, tu as encore tes deux bras et tes deux mains, tu pourrais devenir cordonnier par exemple.

L'autre, peu convaincu et habitué à mendier puis à boire le produit de sa manche, ne répondit rien, mais eut un hochement de tête pour remercier son bienfaiteur qui laissa tomber la pièce dans le bicorne rapiécé.

Jérôme comprit qu'il perdait son temps à tenter de convaincre Blochon de retrouver une vie active.

Il allait le quitter lorsqu'il se ravisa.

— Tu n'aurais pas vu passer une femme avec deux loups blancs ?

— La « Comtesse aux loups ». C'est ainsi qu'on la nomme dans les parages, tu penses, deux loups, ça ne passe pas inaperçu, surtout des blancs, domestiqués comme des chiens.

— Tu la connais ?

— Elle t'intéresse ? demanda l'ancien porte-aigle, soupesant mentalement ce qu'il pouvait gagner à renseigner ce mirliflore, même s'il détenait peu d'informations.

— Pas plus que ça, mais je l'ai vue tout à l'heure dans le jardin des Tuileries et je suis comme tout le monde : deux loups blancs qui se comportent comme des chiens, ça m'intrigue.

— Ici, tout le monde dit « La Comtesse ». C'est qu'elle doit en être une, mais j'te parie une bouteille de rogomme que c'est pas une femme de par chez nous, plutôt de l'est. Je dirais une Polonaise. Elle tient de la Waleska...

La blonde Maria Łączyńska, comtesse Walewska, épouse du comte Walewski, avait été durant trois ans la maîtresse polonaise de Napoléon. Sincèrement amoureux, l'Empereur avait créé pour elle le Grand-duché de Varsovie[24]. Mais à l'approche du mariage autrichien, Maria était retournée en Pologne avec le fruit de leur liaison, un fils, Alexandre.

— La comtesse, elle vient toujours à pied promener ses loups et elle arrive de par là, dit Blochon en désignant le Pavillon de Flore* dressé devant eux à l'angle sud du palais des Tuileries.

Jérôme quitta le cul-de-jatte et traversa la rue en tâchant de ne pas se faire renverser par les voitures. De là, il gagna la place du Carrousel où était l'entrée du Louvre. Il fut dépassé par un élégant coupé

24. Le Grand-duché ne survivra pas à la retraite de Russie. Quant à Alexandre Walewski, il deviendra ministre des Affaires étrangères sous Napoléon III.

marron verni qui tourna sous l'arc de triomphe[25] lequel donnait dans la cour de l'ancestral palais du Louvre.

Il y parvint à son tour et eut le temps de voir descendre du coupé la Comtesse aux loups…

25. *Celui du Carrousel, pas celui de l'Étoile.*

Chapitre 5
Un grenadier

Renaud n'eut pas à attendre longtemps pour voir passer la femme indiquée par Jérôme. En effet, le strabisme dont elle était affublée ne laissait personne indifférent. À peine fut-elle sortie du passage du Perron, que deux élégants appuyés sur leurs cannes, qu'elle dépassa, y allèrent de leurs quolibets :

— Tu crois qu'elle parvient à lire l'heure ? demanda le premier, arborant un impressionnant bicorne, une redingote noire et une culotte rose foncé ainsi que des bas et des souliers.

— Je doute qu'elle puisse distinguer les minutes, pouffa le second en culotte de peau enfoncée dans ses bottes à revers, un spencer de castorine[26] sur son habit vert et sa face de lune coiffée d'un demi-haut-de-forme.

— Amusons-nous à le lui demander.

---

26. Textile en poils de castor mélangés à la laine soyeuse.

Renaud s'agaça mentalement ; ces deux imbéciles allaient faire perdre du temps, et en se retournant, la femme risquait de remarquer sa présence. Mais les deux dandys tenaient à leur idée et se lancèrent à sa poursuite.

— Veuillez me pardonner, madame, l'interpella le plus excentrique des deux en se plaçant à sa hauteur, mais j'ai oublié mes bésicles chez moi et sans elles, je n'y vois goutte, aussi ne sais-je quelle heure il est.

Florine Bastien, coiffée d'une capote brune ornée d'une plume rouge, fit face à son interlocuteur dans un regard noir.

— T'as pas bientôt fini de me chercher des noises ? Tu penses que je ne sais pas pourquoi tu me demandes ça ?

La lèvre retroussée de colère, elle approcha son visage de celui du gandin ; sa prunelle valide percuta celle de son offenseur.

— Apprends, mon minet, que quand j'étais putain chez la Dervieux, ce qui te divertit tant faisait mon succès. Aujourd'hui, si j'suis riche, c'est autant grâce à mon cul qu'à mon œil !

Elle tira sur sa paupière inférieure, faisant saillir et rouler avec une hideuse adresse son globe oculaire qui parut plusieurs fois jaillir de son orbite. Les deux amis reculèrent en retroussant le nez de dégoût avant de faire demi-tour pour prendre leurs jambes à leur cou. La Bastien éclata de rire, les poings sur les hanches. Puis son regard croisa celui de Renaud, mais sans s'attarder particulièrement ; les militaires étaient nombreux dans la capitale, surtout à l'occasion du mariage de l'Empereur se déroulant dans un cadre de relative paix internationale. En effet, l'Empire était toujours en guerre avec l'Angleterre et s'il ne se déroulait plus de grandes batailles sur le continent, hormis au Portugal et en Espagne, on ne pouvait exclure de fortes tensions dues au blocus continental ainsi qu'en outre-mer où les Anglais – encore eux ! – occupaient la Guadeloupe depuis février[27].

D'ailleurs une compagnie de dragons au trot dispersa les passants présents et la Bastien disparut de la vue de Renaud, qui pesta :

— Ces deux coqueberts[28] m'ont fait perdre la coureuse de remparts[29] ! Tout de même, elle n'a pas pu disparaître comme un greffier ? Ah, merde, qu'est-ce que je vais dire à Jérôme ?

Renaud en était sûr, la femme n'avait pas fait demi-tour ; il hâta donc le pas et déboucha bientôt dans la rue Neuve-des-Petits-Champs qui donnait dans celle de La Feuillade. Essoufflé et inquiet, il ne vit rien de l'hôtel Crèvecœur, au numéro 2, où avait demeuré le plus célèbre architecte de Louis XIV, Jules Hardouin-Mansart de Sagonne. Il ne vit rien non plus deux numéros plus loin, de l'hôtel de La Feuillade qui avait abrité les bureaux du célèbre financier John Law. Là, il fit une pause pour allumer une bouffarde. C'est en rejetant la fumée que son cœur suspendit un battement en apercevant la plume rouge de la capote de la Bastien qui, arrêtée devant une habitation plus modeste que les bâtiments voisins, vérifiait qu'elle n'était pas suivie. Renaud s'était tapi dans l'embrasure d'une porte cochère

27. *L'île Bourbon en juillet et l'île Maurice en décembre 1810.*

28. *Crétins.*

29. *Prostituée aguerrie.*

en dissimulant sa pipe dans son dos. Plus loin, la femme jetait un dernier regard avant de frapper deux coups à la porte qui ne fut pas longue à s'ouvrir. La Bastien pénétra dans l'habitation. Renaud termina sa bouffarde sans cesser de scruter l'entrée du logis, le corps et l'esprit tendus par le secret espoir que Marie s'y trouvait, amenée là par l'homme en redingote rouge, selon le jeune pontonnier.

Une interrogation se posa aussitôt : ne devrait-il pas attendre le retour de Jérôme pour se pointer chez Florine Bastien ? Oui, mais Jérôme était parti chez Murat, et avec les « puissances »[30], on ne savait jamais quand on était libéré du service.

La nuit commençait à tomber, et dans la rue, deux falotiers entamaient leur patient et dur labeur : allumer les réverbères suspendus à cinq mètres au-dessus du sol et espacés de soixante mètres les uns des autres.

Pour avoir parfois échangé avec les hommes de peine, Renaud savait combien ce métier était harassant, mal payé, soumis aux horaires de l'administration qui exigeait que l'éclairage public, à l'huile de colza l'été additionnée de cameline l'hiver, rayonnât quel que fût le temps, et cela sans aucun jour de relâche. Les falotiers devaient en outre entretenir les réverbères. Ils allaient toujours par deux, car ceux-ci étaient attachés à une corde reliée à une poulie. Or, pour que l'un puisse renverser l'huile dans le réverbère, il fallait que l'autre eût descendu la corde à hauteur adéquate du premier.

Renaud reconnut l'un des allumeurs, qui était de son quartier, et s'approcha.

---

30. Les chefs, en argot de la Grande Armée.

— Hé, Mongrain, bien le bonjour ! l'apostropha Renaud sur un ton volontairement enjoué.

— Bonjour, Bertrand, répondit sobrement l'interpellé, un petit quadragénaire râblé. J'ai pas beaucoup l'temps d'faire la conversation, mon comparse est malade, alité même, et j'dois former çui-ci…

Il désigna du menton un jeune homme brun et boutonneux.

— C'est pas un bien beau cadeau que j'lui fais en lui apprenant cette saleté de métier, mais dame, faut bien travailler. Et toi, ça va ?

— Ben non, pas trop, ma fiancée a disparu…

— Ton Auvergnate ?

— Oui.

Mongrain parut sensible aux angoisses de Renaud.

— Tu ne m'avais pas dit qu'elle travaillait au Palais-Royal ?

— Si, chez la Chatanay qui tient une boutique de nouveautés.

— Autant dire une mère maquerelle ! Je suis désolé, ajouta l'homme très vite en claquant le bras de Renaud en guise de soutien. Bon, faut que je m'occupe de mes réverbères ou le quartier sera dans l'noir sous peu et j'serai pas payé et en prime, j'aurai un avertissement.

— Mongrain, tu connais bien le quartier ?

— Ouais, mais j'suis pas un cogne, j'le surveille pas.

— Tu vois la petite maison là-bas ?

— Ouais, c'est un bordel pour hommes.

Renaud tomba des nues.

— Oh ? Tu es sûr de ce que tu dis ?

— Tu viens de m'demander si j'connaissais l'coin et j't'ai répondu qu'oui. C'est dommage que mon collègue soit pas là, il t'aurait confirmé que le 7 de la rue La Feuillade, c'est un lupanar pour gonsses, enfin les messieurs, car c'est souvent des gens chics !

— Je vois, dit Renaud. Il n'y a rien qui indique sa fonction.

— Pas la peine ; alentour, les gens appellent cet endroit « L'Enfer ».

— L'enfer, le diable, tout ça c'est rien qu'des sottises pour faire tenir les peuples tranquilles et les curés, tous des…

— Ça va, ça va, j'ai pas b'soin d'un prêche, mais de faire manger ma famille, la femme est grosse du septième… N'empêche, même l'Empereur va à la messe.

Renaud se tut un instant avant de reprendre :

— Et la tenancière, tu la connais ?

— J'vois qui qu'c'est, oui. On raconte que c'est une ancienne « raccrocheuse ».

Cela, Renaud le savait déjà, Florine Bastien s'en était même vanté auprès des deux godelureaux qui l'avaient turlupinée. Il enchaîna rapidement :

— Et les clients ?

— Bon sang, Bertrand, j't'ai djà dit, j'suis pas un cogne !

— Pas besoin d'être de la rousse pour savoir des choses.

— Ouais, ben j'sais rien, j'vois des gonsses de la haute qui rentrent et qui r'ssortent, mais j'sais pas leurs noms, et maintenant, excuse-nous, mais Ledoux et moi, faut qu'on besogne.

Tournant résolument le dos à Renaud, Mongrain, saisissant une clef dans sa poche, se dirigea vers la « boîte à corde », une petite niche dans le mur qui abritait le cabestan dans lequel il inséra ensuite sa manivelle.

— Bon, Ledoux, t'actionnes en douceur, s'agirait pas d'casser la corde. Et quand je dis « arrête », tu cesses.

Renaud quitta les deux hommes et s'approcha du bordel dont il fit prudemment le tour en tâchant d'observer par les fenêtres, en partie obstruées par des rideaux de velours bleu turquoise ainsi qu'un barreau devant le carreau empêchant une introduction extérieure, du moins celle d'un adulte.

Il leva la tête vers les niveaux supérieurs du bâtiment, percés chacun de deux fenêtres sur chaque face.

Cela faisait donc au moins huit chambres ou pièces pouvant accueillir des amours illicites.

Renaud souffla du nez, perplexe quant à ce qu'il devait faire. Il tourna la tête du côté des falotiers, de Mongrain surtout, mais il avait disparu tout comme son nouveau jeune comparse, partis vers d'autres réverbères en attente de lumière.

Il était donc seul à prendre une décision qui peut-être déciderait du sort de Marie. Marie… Il était très inquiet : était-elle la proie de jeunes hommes riches et sans scrupule ? Mongrain avait dit que l'endroit était fait pour les hommes, mais qu'est-ce qui empêcherait des pédérastes fortunés de s'amuser avec une jeune fille modeste ?

À cette pensée, le sang de Renaud ne fit qu'un tour et il frappa à la porte en bois munie d'un petit guichet qui, une fois tiré, révéla le visage d'un barbu.

— Qu'est-ce que vous voulez ? demanda l'homme assez rudement.

— Eh bien… bredouilla Renaud, qui n'avait pas songé à la façon de présenter sa requête.

— Eh bien, quoi ? s'impatienta le centaure.

— C'est-à-dire que…

Le barbu pencha la tête pour l'observer avant de sourire goguenardement.

— Un grenadier ?

— Oui…

— C'est ta première fois chez les tantes ?

— Euh…

— Le moins que l'on puisse dire, c'est que t'es pas très causant !

Un bruit de verrou plus tard, la porte de bois s'ouvrait sur un gaillard qui n'aurait pas dépareillé dans la Garde impériale. Il eut un sourire révélant des dents carnassières qui eussent fait merveille pour déchirer les cartouches.

— Entre, mon grand, on va faire connaissance…

Deuxième partie

Les pièges de l'amitié

Chapitre 6
Chez le roi de Naples

Dans la cour du Pavillon de Flore, la « Comtesse » – selon Blochon – confia ses loups à un tout jeune homme brun vêtu d'une livrée bleue. Il se tint un peu en retrait, avec déférence, près du portier, lequel, avec ses huit autres confrères, tous d'anciens soldats méritants, surveillait chaque entrée et sortie du palais.

Levant son index ganté, la femme intima, dans une langue à consonance latine, quelque chose qui devait ressembler à un « sages » ou « tranquilles » car les deux splendides bêtes rentrèrent la tête dans les épaules puis se couchèrent d'un même mouvement, ce qui médusa Jérôme. Deux barbets n'auraient pas mieux obéi !

La femme s'adressa ensuite à un officier de gendarmerie encadrant trois autres gendarmes à pied. Jérôme savait qu'en l'absence de Napoléon, les

Tuileries étaient sous la responsabilité du scrupuleux et fidèle adjudant Augustin Auger, chargé de la police et de la bonne tenue du palais ainsi que de ses approvisionnements[31].

— Le roi de Naples est-il rentré ?

— Oui, madame la comtesse.

Blochon avait vu juste !

C'était bien une comtesse, mais son accent n'était pas celui d'une Polonaise qui n'aurait pas roulé les « r » de la sorte.

Jérôme eut une inclinaison.

— Capitaine Blain, du corps des chasseurs à pied de la Garde, officier à la suite.

Elle lui tendit sa main dans un sourire qui faisait joliment remonter les commissures de ses lèvres, comme celles d'un chat.

— Comtesse Iliescu…

Jérôme s'inclina, cette fois sur la main qu'elle lui tendait.

— Mes hommages, madame.

— Mon mari, le comte Radu Iliescu, est colonel en second au régiment d'Isembourg. Nous sommes valaques et avons fui notre pays à l'arrivée des troupes russes…

Jérôme hocha la tête, ayant déjà croisé des éléments de ce régiment étranger commandé par le colonel Stieler succédant au colonel O'Meara auquel le prince régnant d'Isembourg avait passé la main trois ans plus tôt. Composé d'environ trois mille deux cents hommes habillés de bleu céleste avec collet jaune et liseré blanc, ce régiment d'infanterie légère était organisé en trois bataillons

31. *Onze militaires dont trois officiers (dont deux gendarmes) et huit gendarmes à pied sont de surveillance aux Tuileries en l'absence de Napoléon.*

de neuf compagnies chacun : sept ordinaires de chasseurs, et deux d'élite, dont une de voltigeurs et une de carabiniers plus un quatrième formé pour l'Espagne.

Jérôme savait aussi que les 1er et 3e bataillons se trouvaient à Naples – ce qui expliquait sans doute la présence du comte Iliescu auprès de Murat –, que le 2e cantonnait à Corfou et le 4e en Espagne.

— Ces deux loups blancs sont vraiment les vôtres ?

— Oui, c'est un cadeau de mon mari, un retour de chasse durant laquelle la mère avait été abattue, Minciuna et Adevār sont frères. Cela signifie Mensonge et Vérité…

— Mensonge et vérité, répéta Jérôme.

— Ne rencontre-t-on pas ces deux oppositions tout au long de la vie ?

— Le mensonge, madame, relève d'un acte moral, bon ou mauvais, alors que la vérité découle du fait, vrai ou faux. Le contraire du mensonge serait donc la sincérité et celui de la vérité, l'erreur.

— Il est vrai, monsieur. Cependant, il est trop tard pour rebaptiser mes bêtes, mais je suppose que vous avez sans doute un pli à porter ou une mission à remplir.

Jérôme revint de son étonnement tant pour cette intrigante comtesse que pour ses loups.

— En effet, madame, et je ne puis rien dévoiler de l'objet de ma visite chez le roi de Naples.

La comtesse Iliescu lui décocha son sourire de chat.

— Nous nous y retrouverons alors, je suis également l'invitée du roi Murat pour le dîner.

Étant en civil, Jérôme eut une inclinaison de tête en guise de salut pour « l'Immortel »[32], un capitaine de gendarmerie en culotte jaune et habit-veste bleu marine à grands revers écarlates frappant d'emblée l'interlocuteur.

— Capitaine Blain, du corps des chasseurs à pied de la Garde, officier à la suite, je suis attendu par le roi de Naples.

— Oui, j'ai entendu, répondit celui-ci en portant la main à sa tempe, et d'ailleurs Sa Majesté nous a fait savoir votre venue. C'est au second étage.

Le ton était sec, de là en déduire que l'officier n'était pas acquis au roi de Naples n'était peut-être pas le reflet de la réalité, mais plus celui de montrer une certaine intransigeance pour sa sûreté.

Quoi qu'il en fût, le trio accompagné des loups pénétra dans l'immense vestibule du Pavillon de Flore, nanti de colonnes de marbre et aux plafonds en arcs de cercle peints au siècle de Louis XIV, épargnés, ô miracle, par les révolutionnaires.

On y croisait des militaires chargés de la sécurité voulue irréprochable par Duroc, des ingénieurs et des architectes, des plans roulés sous leurs bras, des serviteurs des deux sexes, quelques civils, des femmes surtout, venues déposer des « placets » afin d'espérer quelques secours. Somme toute, l'endroit était peu fréquenté ; il était vrai qu'en l'absence de Napoléon, la cour se montrait moins.

— J'ai un petit logement au troisième étage, expliqua la comtesse sur un ton enjoué, que je partage avec les dames d'honneur de la reine Caroline qui

32. *Surnom donné aux gendarmes par les Grognards, car ils participent peu aux batailles.*

est au château de Compiègne avec son frère, l'Empereur, à accueillir la future impératrice.

Cela, Jérôme le savait ; il se demanda soudain si la comtesse Iliescu était la maîtresse de Murat, grand séducteur devant l'Éternel. Or la jeune femme, avec son allure svelte d'écuyère, possédait tous les attributs propres à séduire un homme exigeant comme pouvait l'être le roi de Naples : port de tête fier, épaisse chevelure brune, teint blanc, dents de porcelaine, sourire félin, yeux de velours. Quant à son accent, il ajoutait à son charme.

Ils abordèrent l'escalier de marbre, qui, au premier étage, dit étage noble, accueillait les appartements de l'Empereur, ordinaires et de représentation.

— Évidemment, ce petit logement est bien éloigné de ce que nous possédions en Valachie, un château dans les Carpates. Vous connaissez les Carpates ?

— Non, madame, je n'y suis pas passé lors des campagnes.

— Mais nous avons tout de même une assez jolie maison, quoique fort modeste, au 45 Grande-Rue-Verte[33].

Ils étaient parvenus au second étage où il eut une inclinaison pour la quitter.

— À tout à l'heure, répondit-elle en poursuivant son ascension vers son appartement sans le lâcher du regard, du moins jusqu'à ce qu'il pénètre dans une antichambre. Là, un tout jeune militaire aux couleurs de la maison de Naples patientait sur l'une des quatre chaises à assise en crin de cheval de jacquard gris.

---

33. *Rue de Penthièvre.*

À la vue de Jérôme, il se leva d'un bond et s'empressa, rouge.

— *Scuzi signore.*

Il poursuivit dans sa langue en virevoltant autour de Jérôme, qui comprit que le volubile éphèbe italien ne parlait pas français. Enfin il se tut et le débarrassa de son manteau, de son haut-de-forme ainsi que de ses gants qu'il déposa sur une chaise. Puis il ouvrit une porte en lui faisant signe de le suivre. Ils déambulèrent dans un couloir avant que Giacomo, avait-il saisi en cheminant, ne l'introduise dans un salon où flambait un bon feu. Murat, en chemise blanche suffisamment dégrafée pour laisser apparaître la naissance de sa toison, l'accueillit, un verre de cognac à la main, d'un tonitruant : « Enfin te voilà, Blain ! »

— Votre Altesse… commença Jérôme, vaguement impressionné par les lieux et la présence de Murat.

— Arrête ça, ici on est entre soldats, des soldats de l'an II[34]…

Jérôme savait que Murat aimait à rappeler qu'il était un fidèle républicain, ce qui lui valait de la popularité au sein de l'armée. Avec quelques incohérences : le fidèle républicain n'était pas le dernier à crier en matière de préséance. N'avait-il pas, en 1807, lors du mariage de prince Jérôme avec Catherine de Westphalie, exigé d'avoir le pas sur ses deux beaux-frères Baciocchi et Borghèse, en qualité de grand-duc de Berg qui lui conférait un statut royal ? Il en avait appelé à Ségur, grand maître des

34. *Dans le calendrier républicain, l'an II correspond aux années 1793-1794, elle commence en effet le 6 octobre 1793 et se termine le 21 septembre 1794.*

Cérémonies, et à Napoléon, lequel l'avait remisé par un cours d'étiquette : les dignités tenaient rang entre elles et étaient fixées par date de nomination. Son rang à lui était fixé par celui de sa femme, Caroline, sœur de l'Empereur, laquelle n'était pas l'aînée, mais la cadette de la fratrie.

— En l'an II, j'avais dix ans...

— Et alors, n'étais-tu pas déjà tout acquis à la chose militaire au lycée Mac Dermott où t'avait fait placer Penthièvre ?

Il n'attendit pas de réponse et poursuivit :

— Ici, je suis Murat et tu es Blain... À moins que tu ne préfères Beaumont...

Colonel Beaumont avait été le nom d'emprunt sous lequel Murat avait effectué des missions de reconnaissance peu avant la reprise des guerres avec les coalitions russes-autrichiennes et anglaises de 1805. Jérôme ne l'ignorait pas.

— C'est comme vous préférez.

— Nous verrons cela... pour l'instant, tutoie-moi ! ordonna Murat.

— Oh, je ne sais si j'en serai capable...

— Prends un cognac, ça t'aidera... ou un punch, si tu préfères, quelque chose de plus léger.

— Un cognac ira très bien.

Murat eut un signe de tête pour Giacomo qui s'empressa vers une desserte en acajou ornée d'une multitude de bouteilles aux contenus colorés et autres verres de toutes tailles et formes en cristal taillé. Tandis que le jeune Italien s'affairait, Jérôme embrassa la pièce d'un regard, un salon aux murs tendus de grège et pourvu de tables, guéridons, sofas et autres sièges et fauteuils Paumier[35] recouverts de toile vert émeraude.

C'est dans l'un de ceux-ci que Murat s'affala, passant ses bottes à la hongroise sur le plus petit des pans ; Jérôme s'assit normalement dans le sien. Il prit sur un plateau d'argent le cognac apporté par Giacomo, qui se retira ensuite dans une inclinaison. Jérôme prit le temps d'admirer son cognac en élevant son verre à la hauteur de ses yeux, puis il le huma, appréciant ses notes aromatiques. Il eut un mouvement de tête appréciateur : son hôte savait recevoir et n'était pas avare.

— Que penses-tu de ce drôle que j'ai ramené de Naples ?

— Que vou… que veux-tu que j'en pense ? Je ne le connais que d'un quart d'heure.

Murat s'esclaffa en avisant la mise de Jérôme : veste redingote verte, gilet beige à rayures et culotte beige.

— Comme te voilà attifé, tu as tout du notaire de province, j'ai failli ne pas te reconnaître au Véry.

— À ce sujet, je tiens à… te remercier de nous avoir offert le dessert.

Murat leva sa large main pour signifier que c'était peu de chose, Jérôme insista, sachant qu'il aimait la lumière, d'où qu'elle vînt. Surtout il aimait être aimé.

Et puis, Jérôme ne mentait pas. Sophie et son amie Marion avaient été vraiment subjuguées, les dîneurs également, enfin les dames surtout. Ce n'était pas tous les jours que l'on croisait du

---

35. Fauteuil bas dont l'un des dossiers est plus bas que l'autre pour s'y installer de guingois et passer ses bottes par-dessus.

« gratin »[36] impérial, qui plus est le plus saisissant tant par sa prestance, sa mise, que par sa réputation de bravoure au combat.

— Tu as ébloui mes amies et tous les convives présents.

Il eut un sourire satisfait.

Puis les deux hommes burent de conserve une gorgée de cognac. Ce faisant, Jérôme continuait à s'interroger sur sa présence auprès du roi de Naples et sur le lien qu'il pouvait avoir avec l'étrange comtesse Iliescu, également invitée au dîner. Il s'aperçut alors de l'absence du capitaine Prévost d'Arlincourt. Le général Mahnès n'était pas là non plus. Et où était sa kyrielle d'aides de camp et autres ordonnances ? Ils étaient seuls, même Giacomo avait disparu, c'était donc que Murat avait quelque chose à lui demander, quelque chose qui relevait de la mission secrète. Mais auprès de qui ? Et surtout quoi ?

La voix du roi de Naples le ramena à la réalité.

— Il est grand temps que tu reviennes à l'armée. Seul l'uniforme sied à un homme digne de ce nom.

— Je suis bien de cet avis, mais cette garce n'est pas décidée à me laisser rempiler, dit Jérôme en tapotant sa jambe douloureuse du plat de la main.

— Tu es passé capitaine chez les chasseurs ?

— Oui, à la suite de ma blessure, et je suis enchanté de cette promotion.

— Ah ! la prestigieuse Garde impériale… Tu as raison d'être fier. Mais pour l'instant, tu es à la disposition du corps des chasseurs de Curial, *à la suite*, c'est-à-dire en attente d'un régiment.

36. Le mot « gratin » est ici anachronique car il n'est entré dans le langage courant qu'en 1881.

— Curial m'a dit que l'Empereur allait créer un 2e chasseurs.

— Hum, oui, il y songe, mais ce n'est pas encore fait[37].

Il laissa passer un temps à faire tourner son cognac dans son verre qu'il respira ensuite à pleines narines.

— Que dirais-tu de passer à mon service, dans ma garde napolitaine ? Je pourrais te faire *colonnello maggiore-comandante*, major commandant avec le grade de colonel, traduisit-il.

Jérôme eut toutes les peines du monde à ne pas recracher sa gorgée. Murat était tout simplement en train de jouer les sergents recruteurs en lui octroyant des grades supérieurs sans autre valeur que celle de sa volonté, et encore celle-ci était-elle restreinte : à Naples, il n'était que le lieutenant de l'Empereur qui trouvait toujours à redire et à s'immiscer dans les affaires napolitaines comme il le faisait, du reste, dans les autres royaumes de sa création.

Pour quelle raison une telle générosité de la part de Murat ? Certes, ils s'étaient croisés plusieurs fois, notamment à Austerlitz et à Iéna où le beau-frère de l'Empereur avait pu apprécier sa témérité, mais cela ne justifiait pas un tel avancement de pacotille.

Il y avait forcément un loup… L'image des deux *canis lupus* blancs de la comtesse Iliescu s'imposa. Et avec eux, une question : qui était exactement la « Comtesse aux loups » pour vivre dans le sillage du roi de Naples en l'absence de son mari et de la reine Caroline ?

---

37. Ce régiment prendra vie par décret du 18 mai 1811, à partir du 1er régiment de tirailleurs et du 1er régiment de voltigeurs, créés en 1809.

— Je m'attendais à un peu plus d'enthousiasme, le tança Murat, habitué à ce que peu de choses lui soient refusées, du moins de la part de subalternes. Tu sais bien sûr que Joseph est parti en Espagne avec l'ancienne garde napolitaine. Grâce à la conscription, j'ai pu lever un beau 3e régiment de ligne à quatre bataillons. Cette nouvelle garde est bien meilleure, et ce n'est pas fini.

Cela, Jérôme n'en doutait pas trop, mais il n'avait pas pour autant l'intention d'aller à Naples le vérifier ni de tâter de la douceur du climat, encore moins des humeurs de Joachim 1er [38], malmenées comme sur les montagnes russes du jardin de Tivoli par Napoléon.

En cela, il ne différait pas de ses beaux-frères et de sa belle-sœur, les autres souverains « napoléoniens » : Joseph en Espagne, Louis en Hollande, Élisa en Toscane, Jérôme en Westphalie, et Eugène, le fils de Joséphine, qui venait de prendre la tête du duché de Francfort. Chacun s'accommodait de son apanage et des ingérences impériales comme il le pouvait : avec plus ou moins de philosophie.

Jérôme bafouilla, cherchant des arguments pour ne pas le vexer.

— Comprends-moi, je viens fraîchement d'être promu capitaine… Et puis il me reste encore mon père, à Vernon. Il n'est pas bien portant…

— Tant que j'ai eu mes parents, j'ai toujours pourvu à leurs besoins et je continue avec ma famille, j'ai même une nièce que j'ai adoptée et élevée avec nous à l'Élysée. Une autre a épousé Agar, mon ministre des Finances à Naples et ami, mais bref. Si le titre est prestigieux, je crois savoir que la solde

---

38. On prononce Joachim (comme « chin ») et non Joachim (comme « kim »).

laisse à désirer, ce n'est pas avec une telle bourse que tu pourras vivre à Paris et faire parvenir des subsides à ton père. Encore moins si tu te maries !

— Me marier ? Où es-tu allé chercher une pareille ineptie ?

— À d'autres, capitaine, les deux filles te dévoraient des yeux. Mais ce ne sont pas de bien beaux partis, j'entends par là, de ceux qui t'apporteront fortune et avancement.

— Je ne pense pas épouser une comtesse, je sais rester à ma place.

— Quelle couillonnade ! Je ne serais pas roi de Naples si j'avais pensé comme ça.

— L'époque était différente ; la Révolution t'a permis de t'élever et d'approcher le général Bonaparte…

Murat s'indigna avec humour :

— Crois-tu que j'avais lu dans sa main qu'il deviendrait Empereur ?

— Certes, mais il était déjà un héros des guerres d'Italie. Tu pouvais en toute logique faire des projets sur l'avenir.

— Et aussi une croix définitive sur le passé : bénir les hosties au fond du Quercy ! Tu me verrais en curé ?

Reposant son verre sur un guéridon, il écarta ses larges paumes, les yeux au plafond.

— *In nomine Patris, amen.*

Les deux hommes rirent franchement, puis Murat déclara mélancoliquement :

— Ça fait du bien, tu sais, la simplicité, pouvoir être soi, ne plus être observé, soupesé, jugé, critiqué… condamné…

Si Jérôme ne doutait pas de la sincérité de l'instant, il savait aussi que l'homme était trop habitué aux fastes pour pouvoir y renoncer, aucun des maréchaux et hauts dignitaires ne pouvait désormais s'en passer. Napoléon avait su remarquablement manier ce qu'il nommait « les hochets de la gloire », ces titres assortis de pensions dont même des miettes faisaient rêver le plus humble des soldats au point d'aller les chercher aux quatre coins de l'Europe, même s'il y avait longtemps que l'on ne trouvait plus de bâton de maréchal au fond de la giberne.

Murat se pencha brusquement, le ton enjoué :

— Quand tu verras mes Napolitaines, yeux de velours, chevelures d'ébène et beaux culs bien blancs…

— Et les Valaques ?

— Quoi, les Valaques ? Tu veux savoir si la comtesse Iliescu est ma maîtresse ?

Jérôme ne répondit pas et porta son verre à ses lèvres pour une gorgée de cognac qui lui brûla la langue et la gorge. Qu'est-ce qu'il lui avait pris de poser une pareille question ? C'était forcer les confidences et il n'était jamais bon de connaître les secrets des grands de ce monde. Ils avaient beau se tutoyer, du moins dans l'intimité, Murat n'en restait pas moins un roi avec suffisamment de puissance pour l'empêcher de poursuivre son avancement.

— Tu la veux ?

Cette fois encore, Jérôme garda le silence, ce qui fit sourire son compagnon.

— Tu as raison, son mari empale tout homme qui pose les yeux sur elle, à la façon du comte Dracula dont ce bon Radu prétend descendre.

— Tu as donc été embroché plus de dix fois !

— Moi, je suis le roi de Naples, le beau-frère de l'Empereur, ce qui le retient de me passer son épée au travers du corps ! Mais c'est un fou, je puis te l'assurer.

Il leva son verre en direction de Jérôme.

— À nos retrouvailles au Véry.

Jérôme fit de même, subodorant l'approche d'un dénouement qui se révélerait probablement embarrassant. Mais Murat choisit encore de délayer.

— Qui sont exactement ces filles du Véry ?

— Pourquoi tu me poses cette question ?

— J'ai besoin de savoir si mes relations sont sûres.

— Je te l'ai dit au Véry…

— Au Véry, tu as parlé devant elles ; là, nous ne sommes que tous les deux.

Jérôme se demanda où il voulait en venir. Il ne lui avait pas échappé que Sophie était de condition modeste et Marion une pauvresse.

— Deux femmes qui n'ont pas eu la chance de naître dans la prospérité et doivent travailler dur pour assurer leur existence. Mais tu t'en étais rendu compte puisque tu m'as dit tout à l'heure qu'elles ne représentaient pas un bien beau parti.

— Hum, oui. Alors, qu'est-ce qu'un capitaine de la Garde, prometteur et redoutable sabreur, fait à table au Véry avec deux indigentes ?

— Je ne suis pas le seul redoutable sabreur comme tu l'affirmes.

— À part Lasalle disparu à Wagram, je n'en vois pas d'autre.

— Fournier-Sarlovèze se débrouille plutôt bien, il y a aussi Rapp…

— Aussi, oui, répondit-il en se caressant le menton, attendant un autre nom.

— Cesse d'aboyer à la lune, tout le monde sait que tu es le plus grand cavalier et un tout aussi grand sabreur.

— Non, pas tout le monde.

Il faisait clairement allusion à l'Empereur avec lequel un malaise subsistait depuis l'expédition espagnole, deux ans auparavant. Mais il choisit de revenir aux filles.

— Je flaire quelque chose avec tes deux donzelles dont je ne doute absolument pas de l'intégrité. Alors, qu'est-ce que c'est ?

Jérôme hésitait à évoquer les crimes des deux grisettes ; était-ce bien l'endroit et la bonne personne avec qui le faire ? Le regard bleu de son interlocuteur se fit insistant. Jérôme soupira.

— Toutes deux travaillent pour une boutique de nouveautés du Palais-Royal dont la tenancière est une maquerelle…

— Toutes deux se prostituent donc ?

— Non, Sophie fabrique des bijoux en indépendante, et jusqu'à présent elle a réussi à résister aux avances de la Chatanay. Marion a aussi tenu bon, bien que pour elle, sans famille, ce soit de plus en plus difficile. Mais deux filles qui travaillaient également pour cette maquerelle ont été retrouvées mortes, étranglées, un brin d'éventail posé sur un sein.

— C'est très grave ce que tu me racontes là.

— Et une troisième, Marie, compagne d'un ami grenadier, a disparu.

— Tu la penses victime de ce même cercle, car cela me semble l'œuvre de jeunes riches désœuvrés.

Jérôme observa Murat. Avait-il eu vent de ces crimes, peut-être perpétrés par les fils de ses proches ? Il s'affola à la pensée d'enquêter dans l'entourage du beau-frère de l'Empereur. Ignorant les peurs silencieuses de Jérôme, Murat poursuivit :

— Si tes deux amies t'ont parlé de ces crimes, c'est qu'ils n'ont pas été dénoncés à la police ?

— Tu supposes bien. Les malheureuses sont pauvres et sans famille…

— Ce qui permet une impunité bien commode.

Murat hocha la tête, l'air sincèrement préoccupé, et dit :

— Il y a un réseau derrière ta maquerelle. Et qui dit réseau, dit personne influente qui le protège. Ce gonsse, même emplumé, doit être neutralisé.

— Ça peut être aussi une femme.

— Une âme noire de toute façon.

Les deux hommes approuvèrent. La prostitution, notamment à Paris, était légion, depuis la pierreuse au bas de l'échelle jusqu'à la « calège », femme entretenue et maîtresse d'un homme d'influence, donc qui ne risquait rien, en passant par les grisettes, les prostituées occasionnelles et les femmes de spectacle. Pour autant, toutes les raccrocheuses ne finissaient pas assassinées.

— Je vais en parler à Fouché, déclara Murat.

— Pas plus tard que cet après-midi, la Chatanay a été prévenue par sa créature, qui se nomme Florine Bastien, que la police se méfiait de quelque chose, mais je ne puis assurer qu'il s'agisse des filles.

— Comment le sais-tu ?

— Eh bien, j'avais pris langue avec la Chatanay, ensuite cette Bastien est arrivée…

— Elle a parlé devant toi ?

— Non, je suis parti… et revenu sur mes pas pour écouter à la porte.

— Comme un valet ?

— Oui.

— Je suppose que l'on apprend une foule de choses de cette façon, soupira Murat.

— Je te le confirme !

Il eut une lippe dubitative.

— Bon alors, je parle à Fouché ? Si c'est moi qui le lui demande, il mettra son meilleur limier sur l'affaire qui supplantera aisément n'importe quel commissaire de quartier, et en quelques jours ton affaire sera résolue.

Mais Jérôme n'était pas convaincu. Un agent de Fouché risquait de mettre le réseau en dormance, le temps que les choses se calment et les affaires reprendraient de plus belle, une fois Murat reparti à Naples.

— Tu as peut-être raison, admit celui-ci, après que Jérôme lui eut exposé ses réflexions.

Ce dernier n'ajouta pas qu'il n'avait guère confiance dans la police de Fouché, lequel ne manquerait pas de s'entendre financièrement avec la personnalité qui dirigeait le réseau. Il pourrait même en faire un complot visant à destituer Napoléon pour l'heure encore célibataire et sans descendance officielle, même si pour le clergé qui n'avait pas reconnu le divorce et l'avait même frappé d'excommunication, il était bigame. Ça ne serait pas la première fois que Fouché comploterait, mais il devrait faire vite, Napoléon serait remarié dans quelques jours.

Comme s'il lisait dans ses pensées, Murat chercha à le convaincre :

— Tu te fais des idées sur Fouché. Je sais que son passé de mitrailleur de Lyon ne plaide pas en sa faveur, mais il peut rendre bien des services et il est extrêmement bien renseigné. Il a des agents partout.

— Même chez toi ?

— Mais je l'espère bien !

Murat éclata de rire devant la mine perplexe de Jérôme.

— Ça veut dire que l'on s'intéresse à moi en haut lieu !

— Cela ne te donne-t-il pas l'impression de vivre dans une vitrine éclairée de toutes parts ?

— C'est le lot des princes et des rois, et puis je préfère vivre dans la vitrine que d'être le passant qui s'en retourne ensuite gagner chichement sa pitance. Crois-tu que les agents de Fouché, Talleyrand, Duroc, Dubois ou même ceux de Moncey[39] aient de bons traitements ?

— N'étant pas dans mes intentions de passer mouchard, je ne me pose pas la question.

— Tu ne penses quand même pas qu'il n'y a que les mouchards officiels à renseigner les uns et les autres ?

— Nous autres, simples Jean-Jean, ne pensons rien.

— Et c'est prudent ! Revenons à ton affaire. Tu veux enquêter toi-même ?

39. Duroc : police militaire et du palais, Dubois à la préfecture, Moncey patron des gendarmes.

— J'ai une ou deux idées à vérifier.

— Fais-moi connaître ton avancée dans cette affaire.

— Si tu y tiens.

— J'y tiens, en effet.

— Pour quelle raison ?

Il ne répondit pas tout de suite, ce qui fit naître une interrogation dans l'esprit de Jérôme : cette enquête menée à bien pourrait-elle servir ses intérêts en démontrant qu'un dangereux réseau sévissant dans Paris avait été démantelé ?

— Simplement parce que je ne suis pas né avec une cuillère en argent dans la bouche et que je n'aurais pas aimé que mes sœurs tombent sur ce genre de gonsses.

Il y eut un silence que les deux hommes occupèrent à se jauger puis Murat se rassit en position normale et planta son regard azur cerné de fines ridules dans celui de Jérôme.

— J'ai besoin d'un homme de confiance.

— Tu as d'Arlincourt…

— Mon ordonnance, je ne peux pas tout lui confier.

— Manhès, alors ?

— Hum, oui… On s'entend bien, mais il est général, donc pas disponible.

— Agar, tu m'as dit tout à l'heure que vous étiez amis.

— Certes, mais il est occupé à gérer les finances de Naples, ce qui n'est pas une petite affaire du fait que c'est peu industrialisé. Sans parler du Trésor vidé par mon cher beau-frère avant son départ.

Il laissa planer un instant de suspense qu'il occupa à vider son verre avant d'appeler d'une voix forte :

— Giacomo !

Le jeune éphèbe surgit de nulle part.

— *Sua maestà*[40]…

— Sers-moi un autre cognac, ainsi qu'à mon ami.

Mon ami.

Jérôme souleva les sourcils en terminant rapidement son verre qu'il déposa sur le plateau d'argent tenu par Giacomo.

Murat attendit que le page se fût retiré pour déclarer :

— J'ai dit que j'avais besoin d'un homme de confiance, mais pas seulement…

— Quoi d'autre ?

— Cet homme doit être aussi intelligent et bon bretteur, en deux mots allier le sabre et l'esprit.

— Tout un programme, ironisa Jérôme pour masquer son inquiétude.

— Le roi qui aura cet homme à son service sera bien secondé et pourra faire de grandes choses pour son royaume, asséna Murat en saisissant son nouveau cognac présenté par l'onctueux Giacomo dont Jérôme se demanda s'il ne feignait pas la niaiserie pour épier le roi de Naples. Peut-être était-il à la solde de Fouché qui n'hésitait pas à espionner ses « amis » tout en comptant ses jours dans son ministère pour avoir l'an passé entamé des tractations secrètes en faveur de la paix avec l'Angleterre. Aidé par Talleyrand, qui n'était pas non plus dans les meilleures grâces de l'Empereur, depuis sa démission du poste de ministère des Relations extérieures, même s'il demeurait conseiller. La confiance n'y était

---

40. *Votre majesté en italien.*

plus. Mais les racines du mal étaient plus anciennes encore, lorsque durant la guerre d'Espagne où la guérilla faisait rage et que l'on était sans nouvelles de Napoléon – la rumeur s'était même répandue qu'il était mort –, les deux compères avaient intrigué au grand jour pour offrir la régence à Joséphine avec le soutien de Murat, alors grand-duc de Berg. Même si celui-ci était prudemment resté dans le silence, une lettre remise par Eugène à Napoléon attestait qu'il avait été approché. Caroline lui avait-elle alors dicté de se taire plutôt que de prendre les devants ? Mais les Murat avaient été très déçus de ne de pas obtenir l'Espagne à côté de laquelle Naples faisait figure de caillou. Et puis il fallait admettre que cet échange de souverains ne resterait pas l'une des meilleures décisions prises par Napoléon : Joseph, qui d'ailleurs souhaitait rester à Naples, n'avait pas la poigne nécessaire pour contenir les flambées nationalistes et ne connaissait rien de son nouveau pays alors que Murat, qui avait vu de quoi il retournait lors de la campagne espagnole, possédait l'envergure propre sinon à réconcilier les deux nations, du moins à contenir les débordements indépendantistes.

— Je voudrais que tu escortes à la Malmaison la comtesse Iliescu qui passe au service de Joséphine en qualité de dame du palais et doit l'accompagner au château de Navarre.

— Je croyais la comtesse dame d'honneur de ta femme ?

— En effet, c'est encore le cas, mais Caroline est assez jalouse.

Il eut un sourire entendu.

— C'est que la comtesse est tombée amoureuse…

— Je vois.

Ce n'était pas la première fois que ce bel étalon provoquait les passions. Déjà en Italie et tout juste marié, il avait laissé derrière lui plusieurs belles éplorées.

— Si tu voyais son mari, il n'a plus qu'un œil, l'autre a été perdu en Espagne où il s'est battu en duel pour elle, dit-on. C'est un redoutable duelliste.

— Oh! s'il lui en reste un, il peut encore l'admirer, plaisanta Jérôme, rassuré que la demande de Murat ne se résumât qu'à servir d'ange gardien à la « Comtesse aux loups ». Et où est présentement le colonel Iliescu ?

— En convalescence aux eaux de Bourbon-l'Archambault, du moins, c'est ce qu'il m'avait fait savoir.

— Oh, bien. Quand sera le départ ?

— Demain matin, aux aurores.

— Foutre!

— Il reste peu de temps avant que Joséphine ne parte pour son château de Navarre, elle a annoncé sa venue au maire d'Évreux pour le 29 mars. Tu ne vas quand même pas me dire que se lever sur le coup de sept heures du matin fait peur à un vaillant soldat comme toi ?

— Non, bien sûr. Mais pourquoi si tôt ?

— Parce que je quitterai moi-même les lieux de bon matin pour retrouver l'Empereur à Compiègne et que je veux m'assurer que Violetta prendra bien la direction de la Malmaison. Vous partirez en voiture particulière.

— D'accord, j'escorterai demain ta comtesse chez l'impératrice, mais je rentrerai le soir même.

— Oui, enfin, ça dépend.
— De quoi ?
— D'un message que tu porteras de ma part à Joséphine…
— Ah !
Murat haussa les épaules.
— Je ne l'ai pas soutenue lors du divorce alors qu'elle avait appuyé ma demande en mariage pour Caroline auprès de Bonaparte.
— C'est un peu tardif pour des excuses…
— Ce n'en sont pas. Je veux lui exprimer mon amitié. Quand j'ai épousé Caroline, j'ai aussi épousé les querelles familiales sans penser véritablement que je faisais du mal à Joséphine et aussi à Napoléon, car moi qui les ai côtoyés longtemps, je puis affirmer qu'il avait de vrais sentiments pour elle et que seul le fait qu'elle ne puisse lui donner d'héritier pour asseoir son règne l'a poussé à divorcer. Et puis, elle a cru que j'intriguais contre elle…
— Au retour d'Espagne ?
— Non, l'année d'avant. Ce failli-chien d'Eugène lui avait écrit dans ce sens. Depuis son adoption, il accole encore plus à la cuisse de l'Empereur[41] !
Il laissa planer quelques instants avant de reprendre :
— Joséphine est toujours puissante…
Jérôme hocha la tête.
— Très bien, je lui remettrai ta lettre.
— Une lettre ? Tu n'y penses pas, mon ami, si tu te faisais prendre et que l'on trouve mon courrier sur toi, je ne donnerais pas cher de ma tête !
— Tu exagères peut-être un peu.

41. Napoléon l'adopte officiellement en 1807.

— À peine. Écoute-moi plutôt…

Alors que Jérôme se rapprochait de Murat, Giacomo introduisit la comtesse Iliescu, sculpturale dans une robe de gaze jaune dont la haute taille était soulignée d'un galon en pierres d'améthyste bordant également ses manches ballons. Un collier et des bracelets en grosses perles d'améthyste paraient son cou et ses bras, assortis aux pendants qui ornaient ses oreilles. Ce qui retint l'attention de Jérôme fut son impressionnante couronne tressée piquetée d'étoiles de diamant…

Chapitre 7
Chez les tantes

Renaud pénétra dans un vestibule tendu de cramoisi. Plusieurs candélabres étaient allumés apportant du relief aux portraits de jeunes hommes que le grenadier supposa être les pensionnaires de la maison. Il se pencha sur l'un d'eux, un moustachu aux yeux globuleux. La gravure titrait :

Olympia, peau de pêche et membre dur comme la pierre.

Suivaient les compétences d'« Olympia » qui firent soulever les sourcils du lecteur :

Astique la baguette : 2 francs
Fait le pompier : 3 francs ; avale la fumée : 4 francs
Coït à deux : 4 francs ou à plusieurs : 6 francs

Quoique onéreuses, les choses avaient le mérite d'être claires !

Néanmoins, Renaud se demandait bien comment il allait sortir de cette situation pour le moins hasardeuse sans avoir à toucher ou à se faire toucher. Il frémit à l'idée d'une main velue cherchant à se glisser dans l'entrebâillement du pont de sa culotte. Mais l'image de Marie s'imposa, balayant ses pudeurs. Marie… Se trouvait-elle ici, retenue dans l'une des chambres de cet hôtel, à la merci d'un dépravé que la fortune plaçait au-dessus des lois ? Et la Bastien, donnait-elle la main à leurs forfaits en rabattant les jeunes oies jusqu'à ce lupanar ?

— Elle t'intéresse Olympia ? demanda le grand barbu.

— Je suis curieux.

— Curieux ? Hum, ce n'est généralement pas la curiosité qui amène les gens chez nous. Plutôt un besoin impossible à satisfaire dans le monde, enfin leur monde où la sodomie est considérée comme une tare sauf à s'appeler Cambacérès…

S'il y avait un nom que Renaud ne s'attendait pas à entendre dans un tel endroit, c'était bien celui de l'archichancelier. Du concepteur du Code civil, il ne savait pas grand-chose sinon qu'il était un personnage de haut rang, « plus qu'un numéro deux, mais pas un numéro un » selon le mot du précieux Jean-Jacques Régis de Cambacérès, duc de Parme, dont la table réputée le disputait à celle de Talleyrand. Les gazettes relatant en détail les somptueux mets servis faisaient saliver le Tout-Paris, certains même acquéraient une renommée, il en allait ainsi de son foie gras en croustade de pommes sauce Madère, ses pintades mi-rôties, mi-grillées ou encore du potage Cambacérès.

La voix du centaure le ramena à la réalité.

— Olympia est rarement là en semaine, elle est de service. À Compiègne, si tu vois ce que je veux dire.

— Un militaire?

— Tout juste. Tu vois que tu n'es pas le seul à tâter de la braguette. Au fait, je ne me suis pas présenté, monsieur Joseph. Et toi, c'est quoi, ton petit nom?

— Arnaud, mentit Renaud. L'établissement est à vous? demanda-t-il pour délayer et aussi pour réfléchir à la façon de visiter le bordel sans attirer l'attention, ce qui, a priori, paraissait difficile voire impossible et plus encore quand il vit monsieur Joseph froncer les sourcils.

— C'est bien vrai que t'es curieux comme gonsse. T'es un cabestan?

— Moi, officier de police? Vous voyez bien que non, répondit candidement Renaud en désignant son uniforme. Mais comme vous l'avez deviné en m'ouvrant la porte, c'est ma première fois dans ce genre d'endroit, alors je ne suis pas très à l'aise.

L'autre se radoucit.

— Bon, j'espère que dans ton domaine, t'es plus affûté. Alors, qu'est-ce qui te ferait plaisir pour commencer?

Renaud lança, à tout hasard:

— M'amuser... avec un autre gars et... une fille...

— Une fille?

— Ben oui, vous voyez ce que je veux dire, le genre bécasse que l'on accommoderait tout de rôti[42].

Monsieur Joseph prit le temps de se repasser la barbe comme s'il souhaitait l'allonger.

De temps en temps, un éclat de rire masculin leur parvenait depuis l'escalier de marbre. Enfin il se décida:

---

42. Que l'on maltraiterait.

— Où as-tu pris que l'on pratiquait ce genre de choses ici ?

— À l'armée, on cause !

— Je vois… Mais on ne fait pas dans ce genre-là, ici.

— Qu'est-ce que l'on ne fait pas « dans ce genre-là, ici » ? demanda une voix forte de femme qui apparut dans le dos de monsieur Joseph, en haut de l'escalier.

Renaud reconnut avec effroi Florine Bastien et son œil hideux dont il avait du mal à détacher le regard. Il se souvint de ses paroles lancées aux deux godelureaux qui la turlupinaient : « Aujourd'hui, si j'suis riche, c'est autant grâce à mon cul qu'à mon œil ! »

Un dicton populaire lui revint en tête : *Ceux marqués au B* – les bigleux, boiteux, bancals, borgnes –, *sont tout bons ou tout mauvais.*

Celle-ci le passa en revue, mais sans manifester d'intérêt particulier et elle revint aussitôt à monsieur Joseph qui semblait nettement moins serein. Il détournait même le regard, signe qu'elle était sa supérieure hiérarchique, donc la macquecée[43].

— Alors, répéta-t-elle, quelle est cette chose que l'on ne peut pas fournir à ce jeune homme ?

— Il voudrait une femme…

— Une femme, ah ça, mon joli, tu t'es trompé d'adresse, sourit-elle. Joseph raccompagne donc ce beau minet.

— Attendez, s'enhardit Renaud, je veux une femme… à maltraiter avec un autre gonsse.

— T'en as de drôles de pensées, toi… le gourmanda-t-elle sur un ton hypocrite.

---

43. Tenancière de bordel et souvent ancienne prostituée.

— On dit à l'armée que votre maison est la meilleure pour ce genre d'amusements.

— On dit bien des choses à l'armée…

La Bastien fixa Renaud qui ne cilla pas, puis elle échangea un coup d'œil avec monsieur Joseph, dont seule la chemise blanche donnait une lueur de gaîté dans une mise presque entièrement noire, les bas y compris. Il finit par écarter les mains en signe de dédouanement. Elle minauda :

— S'il a de l'argent, ce beau garçon…

— Tu as de l'argent ? demanda rudement son comparse pour reprendre la main.

— Oui, j'en ai, et je suis prêt à payer.

Renaud sentit son cœur s'emballer ; il n'avait pas d'argent et personne à qui en emprunter. Quel gage allait-il donner aux deux canailles pour se montrer crédible ? Ah ! qu'il aurait aimé être accompagné de Jérôme. Après tout, c'était lui qui lui avait demandé de suivre la Bastien. Oubliant que c'était de son propre chef qu'il avait frappé à la porte du bordel, il pesta intérieurement à l'adresse de son ami : *Foutre, quand je pense que tu es à te goberger chez cet empanaché de roi de Naples alors que j'ai besoin de toi, ah ! c'est trop fort !*

— Montre, ordonna Joseph.

— Montrez la fille, il faut encore qu'elle me plaise à ravauder. Je ne vais pas acheter chat en poche.

Joseph poussa un soupir d'agacement, mais contre toute attente, la Bastien vint au secours de Renaud.

— C'est assez logique, car ce genre de caprice, ça coûte cher : trente francs !

Renaud hocha la tête en signe d'assentiment, elle avança la main.

— Tope là.

Il ne put faire autrement que toper.

— Et maintenant, faites-moi voir la fille.

— Du calme, si on allait s'asseoir pour parler de tes goûts… Joseph, fais-nous servir une moussante ou tiens, non, un whisky, allez, j'ai envie d'être généreuse ce soir. Ma bonté me perdra.

Elle eut un clignement d'œil à l'adresse de Joseph, qui s'empressa.

— Tout de suite, madame.

— Et va vérifier là-haut ce qui s'y passe, mais ne traîne pas.

Il tourna aussitôt les talons. À cette occasion, Renaud s'aperçut qu'il boitait, ce qui expliquait qu'un aussi vigoureux gaillard ne soit pas incorporé à moins qu'il n'ait été blessé sur un champ de bataille.

Florine Bastien l'invita à la suivre dans la pièce voisine qui était un salon aux murs turquoise assortis aux sofas. Dans la cheminée de marbre rose surmontée d'une glace Régence, un bon feu flambait qui fit soudain éclater une bûche. Un peu partout, dans des vases de Sèvres bleu céleste et or, des bouquets d'iris et de tulipes roses étalaient leurs couleurs printanières.

La macquecée le fit asseoir sur une chaise gondole tandis qu'elle prenait place sur une banquette en étalant les plis de sa robe « d'indienne » à semis de fleurs rouges sur fond ocre. Bien que sa robe possédât des manches longues et qu'il régnât une très agréable chaleur, elle resserra son châle de cachemire vert comme si elle avait froid.

— Alors, mon joli, dis-moi tout, mais vite, parce que nous n'avons pas la nuit devant nous ; tout à l'heure, mes gens vont venir installer des tables. Comme chaque mardi, nous faisons maison de jeux.

— Ah, fit Renaud, qui aurait mieux aimé s'installer devant un whist[44] qu'une « Olympia » dans son plus simple appareil.

— Tu aimes le jeu, toi aussi, c'est un véritable démon, mais je ne vais pas m'en plaindre. Tu sais qu'ici, j'ai vu des gens perdre jusqu'à leur domaine, l'un a même joué la virginité de sa fille. Mais qu'est-ce qu'il fait cet artichaut[45] de Joseph ?

Florine Bastien avait une incroyable voix chaude que l'on avait envie d'écouter.

— On ne trouve plus d'employés sérieux. Et avec ça l'Empereur qui nous prend tous les hommes pour ses guerres. Note bien que je n'ai rien contre la gloire qu'il nous ramène, mais quand l'armée est en campagne, qu'est-ce qu'il reste à Paris, hein ? Les vieux, les voleurs, les estropiés.

Elle conclut dans une grimace qui étira son œil :

— C'est pas de la belle clientèle, du moins pour une maison comme la nôtre. Ceux-là, ils vont aux barrières. Bon, tu les aimes blondes, brunes, rousses ?

— Blonde mais pas trop claire, émit Renaud en pensant à Marie, qui avait des cheveux cendrés. Avec des yeux bleus et pas trop charpentée.

— Quelle précision… toute militaire. C'est parfait, je vais te chercher ça pour demain ou après-demain.

— Vous n'auriez pas « ça », là, tout de suite ?

— C'est-à-dire que…

---

44. *Le whist est l'ancêtre du bridge.*

45. *Imbécile.*

Elle fut interrompue par l'arrivée de monsieur Joseph, armé d'un plateau d'argent sur lequel trônaient deux verres en cristal remplis à demi, et encore tout juste, de liquide mordoré : il y avait des limites à la bonté de Florine Bastien qui était moins avare de ses paroles que de son whisky. En tendant son verre à Renaud, le barbu le gratifia d'un regard peu amical. Pour se donner une contenance, il but une gorgée et réprima un rictus, c'était amer comme chicotin, à coup sûr du rogomme frelaté ! Face à lui, la Bastien lui souriait. Le dégoût qu'elle lui inspirait l'empêcha de lui rendre la pareille, il eut conscience que c'était imprudent. Mais, était-ce l'alcool qui déjà jouait son rôle de décomplexion, il sentait une certaine hardiesse s'emparer de lui.

— Bon alors, vous avez bien une fille à me montrer séance tenante ?

Florine Bastien fit se pencher monsieur Joseph jusqu'à ce qu'elle puisse atteindre son oreille dans laquelle elle chuchota quelques mots qui firent osciller la tête de leurs propriétaires.

— C'est qu'elle déjà en main… répondit-il, la mine offusquée par une telle demande. On dira de nous que nous ne sommes pas une maison sérieuse.

— Juste pour la lui montrer. Le petit amusement est-il commencé ?

— Elle a déjà reçu quelques gifles… appuyées…

À ces mots, Renaud faillit jaillir de sa chaise pour courir à l'étage secourir Marie. Après tout, il avait un pistolet et un sabre, de quoi tenir en respect le tourmenteur le temps de monter l'escalier quatre à quatre. « Oui, mais ensuite ? Tu auras le gonsse bastonneur contre toi et monsieur Joseph qui rappliquera avec du personnel ; quant à la Bastien, elle est fort capable de donner la main », lui souffla une petite voix.

Il valait mieux accéder à la chambre des tortures calmement, c'est-à-dire en continuant à passer pour un salaud.

La Bastien qui l'observait lui demanda :

— Ça te fait de l'effet ?

— Comme vous ne l'imaginez pas, répondit-il sur un ton rauque en pensant : *Vieille lanterne, tu me paieras ça tôt ou tard.*

— Alors si tu veux participer, je te redis, c'est trente francs, pas un sou de moins.

Renaud se leva pour indiquer son accord, mais la Bastien resta assise et demanda :

— Tu ne finis pas ton verre ? Il n'est pas bon le whisky de maman Bastien ?

Quand il se fut exécuté, non sans difficulté face à l'amertume du liquide, elle tendit sa paume ouverte.

— Les trente francs, c'est tout de suite.

Monsieur Joseph toussota ; elle demanda d'un ton agacé :

— Qu'est-ce qu'il y a ?

— Nos jeunes amis tiennent à garder la fille et m'ont chargé de vous remettre ceci…

« Nos jeunes amis. » Renaud nota mentalement cette information désagréable ; ils étaient donc plusieurs lâches à prendre pour toton une femme et la faire souffrir.

Tout à ses pensées, il vit Joseph tirer de sa poche quelque chose qui lui écarquilla les yeux et fit retrousser le nez de la Bastien : un billet de cinq cents francs, imprimé sur une seule face à l'encre noire sur papier blanc filigrané. Comme la plupart des Français, elle n'avait pas confiance dans le papier-monnaie auquel les assignats de la Révolution avaient donné une mauvaise réputation.

— On vous propose de tirer cent francs sur ce billet pour conserver l'amusement et la passade[46].

Elle soupira.

— Il va falloir aller à la banque pour le changement, qu'est-ce qu'ils croient ces chous-chous, que je suis leur commissionnaire ? Enfin, on peut difficilement refuser quelque chose au fils d'un juge, hein ! Je suis désolée, mon joli…

Fils d'un juge. Renaud retint cette donnée et se leva d'un jet.

— Deux cents.

La Bastien et monsieur Joseph échangèrent un regard, Renaud répéta :

— Deux cents francs pour la fille.

Pour donner du poids à sa menace, il se dirigea vers l'entrée d'un pas bien plus assuré que son esprit. Jamais il n'avait autant craint d'échouer. Il pourrait bien sûr aller chercher des agents de police, mais ceux-ci accepteraient-ils pour autant d'effectuer une descente au bordel et cela avant qu'il ne soit trop tard ? Il posa la main sur la poignée dorée de la porte et supplia mentalement en refermant les doigts sur la béquille : « Rappelle-moi, vieille chouette. »

Derrière lui, Joseph secouait la tête de droite à gauche. Renaud ne pouvait le voir, mais il sentait les hésitations de la Bastien qui enfin se décida.

---

46. *Terme synonyme de « passe », remontant au XVIIIe siècle selon le* Dictionnaire de l'argot parisien *de Lorédan Larcher.*

— Attends.

Il se retourna avec soulagement ; elle déclara en souriant :

— On peut dire que tu sais ce que tu veux. C'est d'accord. Signe-moi un effet de commerce que nous irons ensemble faire payer à ta banque. Qui est ton escompteur ?

— Barillon, 31 rue Neuve-du-Luxembourg[47].

— Connais pas, c'est une toute petite boutique ?

— Oui, tout le monde ne peut pas être des grands établissements, les Mallet, les Perrier, les Rothschild, les Le Couteulx, les Delessert, tout ça, c'est pour les bourgeois ; pour les autres, il faut bien qu'ils se contentent des escompteurs.

— C'est assez vrai, mais ne t'avise pas de me tromper en inscrivant un faux nom et une fausse adresse, j'ai d'excellents amis pour t'apprendre l'honnêteté et ce sera une mort moins glorieuse qu'au champ d'honneur.

— C'est entendu.

— Joseph, va chercher de quoi écrire.

Le barbu s'exécuta sans se presser.

Renaud resta face à la Bastien qui ne souriait plus et le fixait avec intensité. Il lui rendit la pareille. Mais le temps à attendre monsieur Joseph, tout aussi sinistre que sa patronne, lui parut infiniment long.

Enfin le serviteur réapparut, portant un portefeuille écritoire en marocain rouge.

— Assieds-toi, ordonna la Bastien, pendant que Joseph tirait une table volante sur laquelle il déposa le portefeuille qu'il déplia.

47. *A réellement existé.*

De l'un des soufflets bordés de palmettes dorées, il extrait une feuille de vélin vierge qu'il installa sur le rabat, puis il souleva le couvercle du plumier, déboucha le flacon à encre en argent et tendit à Renaud une plume d'oie.

Devant ses atermoiements, la Bastien susurra :

— Dépêche-toi où elle sera très abîmée…

La main tremblante de colère, Renaud trempa la plume dans l'encre et griffonna le papier qu'il finit par parapher d'un gribouillis au nom d'Arnaud Boutin, un ami, fusilier-chasseur du général Curial, tombé à Essling…

Monsieur Joseph saisit rapidement la feuille et jeta une pincée de sable sur l'encre fraîche afin de sécher les écrits.

— Tout y est, Joseph, je n'ai pas mes bésicles ? demanda l'abbesse sans lâcher Renaud du regard.

Il hocha la tête en glissant rapidement le papier dans le soufflet.

— Alors, allons-y. Quelle chambre ?

— La Neptune, madame.

— Donc premier étage, au fond à droite.

Elle se leva avec quelques peines. Renaud la suivit dans l'escalier, monsieur Joseph fermant la marche. L'ascension, derrière la Bastien, parut durer une éternité au jeune grenadier qui piaffait en silence avec une terrible envie de lui appliquer le coup du Père François : refermer par l'arrière ses deux larges mains autour de son cou. Ils parvinrent enfin au premier étage. Renaud, qui cherchait une échappatoire, nota mentalement cinq portes se faisant face, soit dix chambres aux murs peu épais qui laissaient échapper des vocalises copulatoires assorties parfois de mots orduriers, mais aussi des odeurs du jeu de l'amour et du sexe.

La Bastien eut un sourire de côté à l'adresse du jeune grenadier.

— T'entends ?

Pour toute réponse, Renaud se pinça le nez pour parer aux fumets d'accouplement.

— Pfutt… béjaune ! souffla Joseph dans son dos.

Le grenadier étouffa un « agneau de garce »[48] en serrant le poing.

La porte de la chambre, sur laquelle était peint en médaillon, et pas à son meilleur avantage, le dieu des mers romain, était, elle, seulement traversée de pleurs et de suppliques.

Florine Bastien frappa trois coups. Le cœur battant la chamade, Renaud attendit avec fébrilité que l'on ouvre. Qui allait se dessiner derrière cette mince cloison ? Des jeunes hommes efféminés ? Des brutes épaisses ? Combien étaient-ils ? Enfin la porte s'ouvrit ou plutôt s'entrebâilla…

---

48. *Fils de p…*

Chapitre 8
Les ombres de la nuit

Jérôme avait quitté fort tard le Pavillon de Flore, raccompagné chez lui dans la voiture particulière du prince, la même qui viendrait le prendre à sept heures du matin avec à son bord la comtesse Iliescu et ses loups que Joséphine avait très envie de voir.

— Mais que, pour ma part, j'aimerais mieux tenir au bout de mon fusil, avait ajouté Murat discrètement.

La tête appuyée contre la banquette de velours bleu, Jérôme ne vit pas grand-chose des rues mal éclairées remplies d'ombres à demi dévêtues cherchant à raccrocher. Cependant, le coupé allait au pas ; les gens, après avoir été au spectacle, étaient allés manger, maintenant chacun s'en retournait chez soi.

Et plus on approchait du Palais-Royal, plus les ralentissements se faisaient sentir.

Il ferma les yeux et plutôt que de se remémorer le message de Murat pour Joséphine, il préféra songer au dîner fastueux servi dans un petit salon attenant à celui où ils avaient précédemment bu le cognac. En compagnie de la comtesse Iliescu, vive et joyeuse en dépit de son entrée au service de Joséphine à la Malmaison, ce qui l'éloignerait de Paris, ils avaient commencé par un potage à la citrouille, spécialité de Laguipière, attaché à Murat.

Au tournant du siècle, Laguipière avait régné sur les cuisines du café de Chartres, au Palais-Royal[49], c'était là qu'il avait servi pour la première fois ce potage à trois jeunes généraux : Murat, Daumesnil et Desaix. Il avait officié un temps auprès de Napoléon, mais celui-ci, ni gourmand ni gourmet et toujours pressé, avait fini par lasser son chef qui était passé au service de Murat pour le suivre à Naples.

Que ce fût au Palais-Royal, à Caserte ou encore au Positano, la résidence d'été des Murat, Laguipière pouvait y donner la pleine mesure de ses talents. Jérôme en avait eu la brillante démonstration ce soir. Après le potage à la citrouille, avaient suivi de la dinde en galantine, des buissons d'écrevisses et de truffes dans lesquelles la comtesse avait pioché sans se faire prier, un turbot à la royale, une timbale de macaronis au faisan, des canetons sur canapés, des asperges en branches et des aubergines à l'espagnole, le tout arrosé au champagne. Puis ce furent du fromage de Brie, une bombe glacée et des fruits. Un excellent café et des liqueurs italiennes avaient clôturé ces agapes servies à la russe : par ordre d'apparition des entrées, puis des plats, enfin des desserts. Murat avait souhaité de la simplicité et des mets non refroidis par le service à la française, certes plus

49. *Actuel Grand Véfour depuis 1820.*

éblouissant par la multitude des plats disposés sur la table, mais que l'on finissait par manger tiède.

Le mariage de l'Empereur avec l'archiduchesse Marie-Louise avait occupé l'essentiel de la conversation.

— J'étais contre cette union, avait asséné Murat en enfournant une bouchée de turbot, comme j'avais été contre celle d'Eugène et d'Augusta de Bavière, et je ne me suis pas privé de le faire savoir à l'Empereur.

« La France, quand elle vous a élevé sur le trône, a cru trouver un chef populaire, un chef plébéien, décoré d'un titre qui devait le placer au-dessus de tous les souverains d'Europe, elle n'a pas entendu renouveler la monarchie de Louis XIV avec tous les abus et toutes les prétentions des vieilles cours. Cependant, vous vous entourez d'ancienne noblesse, vous en avez rempli les salons des Tuileries, elle s'y croit rétablie dans ses droits, elle s'y croit chez elle plus qu'elle ne vous croit chez vous, elle y considère tous vos compagnons d'armes, et vous-même peut-être, comme des parvenus, des intrus, des usurpateurs. Aujourd'hui, vous prétendez vous allier par le mariage d'Eugène à la maison de Bavière et vous allez seulement montrer à l'Europe combien vous mettez de prix à ce qui nous manque à tous : l'illustration de la naissance. » Voilà, en substance, ce que Murat avait déclaré à l'Empereur lors d'une froide entrevue tant climatique que relationnelle peu avant le mariage d'Eugène, le 13 janvier 1806.

— J'avais conclu sur les arguments suivants : « Vous rendez hommage avec des titres de puissance qui ne sont pas les vôtres, qui sont en opposition avec les nôtres, vous déclarez à la France et aux souverains que vous êtes la continuation d'une ancienne dynastie. Cependant, si vous régnez, c'est parce que la France ne veut pas d'une dynastie ancienne, et quant aux souverains, la vôtre, n'en doutez pas, leur paraîtra nouvelle. »

Jérôme devait convenir que c'était un genre discours qu'il appréciait et qui ne manquait pas de panache, surtout face à Napoléon, célèbre pour ses colères quand on discutait ses décisions.

— Je lui ai tenu à peu près le même laïus quand il a été question de chercher une princesse pour lui « servir de ventre » !

Il eut un geste de la main.

— Tout le monde oublie que Marie-Louise est une nièce de Marie-Antoinette que l'on a guillotinée…

— Elle est surtout la petite-fille de Marie-Caroline, avança Jérôme.

— Ce n'est pas moi qui ai chassé Marie-Caroline de Naples, c'est l'Empereur pour y placer Joseph.

— Mais c'est maintenant qu'il épouse l'archiduchesse, cela risque de donner des ailes aux chancelleries étrangères qui avanceront des exigences et des demandes de rétrocession. D'autant que Marie-Caroline a toujours été une adversaire acharnée de la Révolution et des Français.

— Ton analyse est fine, mais je ne laisserai personne me reprendre Naples que j'ai entrepris de moderniser à grand renfort d'urbanisation, mais aussi en introduisant la vaccine. Les Napolitains me seront forcément reconnaissants du bien que je leur procure.

Cela, Jérôme n'en était pas aussi sûr que lui. Partout où il était passé lors des campagnes, il avait pu constater que si les peuples appréciaient les idées de liberté apportées par l'armée française ainsi que l'ouverture d'une fenêtre sur la possibilité de disposer d'eux-mêmes, ils ne soutenaient pas ensuite cette même armée quand elle se trouvait en difficulté et parfois même se joignaient à leurs anciens tyrans pour la malmener.

— Marie-Caroline est bien la sœur aînée de Marie-Antoinette ? demanda la comtesse Iliescu.

— On ne peut rien vous cacher, chère Violetta, repartit Murat, elle est la fille de feu Marie-Thérèse d'Autriche qui avait avalé pas moins de seize fois le pépin sans pour autant cesser de diriger son Empire.

— Le pépin ? demanda tout bas la comtesse à Jérôme qui répondit sur le même ton : Les grossesses.

Il reprit :

— Tout le monde s'accorde à dire que c'était une maîtresse femme.

— Et c'est vrai, mais Marie-Thérèse est morte bien avant la Révolution et aucun des souverains d'Europe n'a levé le petit doigt pour venir à la rescousse de la famille royale. Tous ont préféré insuffler la haine des Français à leur progéniture, dont Marie-Louise. Dans quel esprit mettra-t-elle sa main dans celle de l'Empereur ? Cela reste à voir. Enfin, c'est surtout lui qui verra, parce que moi, je serai retourné à Naples que je n'ai plus l'intention de quitter et où j'espère que tu me suivras.

Jérôme se garda de répondre, il fut en cela aidé par la comtesse Iliescu qui objecta :

— Si l'Empereur se montre patient, attentionné et sincère dans son amour, cela s'arrangera.

— Voilà bien les femmes, toujours à brandir l'amour comme un étendard. Qu'en penses-tu, Blain ?

— Que c'est ce même étendard qui t'a mené vers Caroline, non ?

La comtesse le fusilla du regard. Murat, insensible ou blasé, poursuivit :

— J'étais jeune et je n'avais pas de pays à diriger. Je n'y songeais même pas. Et puis, que ce soit Eugène ou l'Empereur, n'aurait-il pu trouver en France un financier, un ministre, un militaire de haut rang, doté d'une fille à marier ? Ça ne doit pas manquer.

— Sans doute, mais ce n'est plus cela que l'Empereur recherche. Il veut maintenant discuter d'égal à égal avec les autres souverains.

— « Habit d'emprunt ne tient pas chaud » dit un dicton valaque.

— Violetta a raison, tôt ou tard, la France paiera sa folie des grandeurs et nous tous avec, hélas, ajouta sombrement Murat en désossant rageusement un caneton.

— Il reste qu'un mariage politique peut aussi se transformer en mariage d'amour et ce n'est pas à négliger pour les deux parties, le prince Eugène et la princesse Augusta en sont la vibrante incarnation.

— Hum… Je te ferai tenir une invitation pour le mariage afin que tu voies de tes yeux cette « vibrante incarnation », et puis ça te donnera l'occasion de remettre ton uniforme, pas question de venir en civil.

Jérôme ne put faire autrement que de remercier tandis que la comtesse s'indignait :

— Et moi ?

— Vous, vous n'aurez qu'à lire les journaux : *La Gazette de France*, *le Journal de l'Empire*, *le Journal de Paris*, *Le Moniteur*, que sais-je encore… Joséphine aura bien au moins une de ces feuilles chez elle.

Jérôme avait soulevé les sourcils : depuis le rétablissement de la censure le 5 février précédent, tous les événements officiels étaient recensés avec force éloges, et si par hasard un article déplaisant avait échappé au contrôle vigilant de Fouché, le quotidien était purement supprimé. Enfin, les meilleurs auteurs étaient recrutés pour honorer la politique gouvernementale – et payés par les quotidiens ! –, Napoléon tenait la main à la surveillance de ces journaux en en lisant une pile chaque matin. « Ils doivent servir le gouvernement, non le desservir », affirmait-il. Il était vrai que la Révolution, en libérant la presse et même en l'inscrivant dans les droits de l'homme, que par ailleurs elle n'avait pas toujours respectés, avait eu des excès préjudiciables dont le peuple était lassé.

Passez, muscade[50]…

Jérôme s'amusa en pensées. Sulfureuses, séditieuses, politiques ou littéraires, les feuilles des journaux finiraient de la même façon : découpées en rectangles réguliers pour torcher les postérieurs ! Et tout y passait, brouillons, courriers sans importance, vieux livres… Seule la poésie échappait à cette fonction sans éclat.

Mais si Jérôme ne croyait guère plus que Murat au mariage autrichien, il faisait comme tout le monde, il se réjouissait pour l'Empereur et espérait

---

50. Le tour est joué.

que ce sacrifice serait couronné de succès : la naissance d'un fils qui apporterait la paix en Europe.

Violetta Iliescu lui avait accordé beaucoup d'attention sans pour autant lâcher Murat de l'œil. Cependant, sitôt le café achevé, elle les avait quittés, prétextant le besoin de repos en vue se lever tôt. Jérôme en avait profité pour l'imiter et l'on s'était séparés sur le coup de minuit.

Vingt minutes plus tard, le coupé le déposait devant chez lui. Jérôme remercia le cocher qui, dans un bâillement, toucha le bord de son haut-de-forme en guise de salut, puis il fit claquer son fouet pour indiquer le départ à ses chevaux, deux beaux alezans qui reprirent leur pas cadencé sur le pavé.

Dans le vestibule où l'effluve de chou ne désarmait pas, il saisit sur une console une des lanternes que la concierge laissait à disposition pour ceux qui rentraient tard ou partaient tôt. À la lueur de la flamme tremblotante, il monta doucement l'escalier car si Jérôme mourait d'envie de se mettre au lit, il tenait à respecter le sommeil des dormeurs, pour la plupart des employés des boutiques du Palais et des ouvriers de l'habillement.

Parvenu au deuxième, il sortit la clef de sa poche et allait l'insérer dans la serrure quand il buta sur quelque chose de mou et résistant à la fois. Il éleva sa lanterne au-dessus de l'obstacle semblant être un paquet de linge gris, qui se mit à remuer et même à marmonner :

— C'est moi, monsieur, Marion, l'amie de Sophie.

Le visage ensommeillé de la jeune éventailliste apparut. Jérôme se baissa pour l'aider à se relever.

Son envie de dormir l'avait soudainement quitté et il était très inquiet. Si Marion avait fait le planton sur son palier, c'était que quelque chose de grave était survenu. Il demanda fébrilement *sotto voce* :

— Que se passe-t-il ? Un autre crime ? C'est Sophie ?

Elle répondit sur le même ton :

— Non. Elle m'a chargée de vous transmettre une information.

Il fut soulagé d'un coup. Rien ne lui aurait été plus désagréable que d'apprendre que la jeune bijoutière était en mauvaise posture ou, pire, qu'un malheur lui était arrivé.

— D'accord, mais ne restons pas là…

Il ouvrit la porte de son logement, mais Marion hésitait à entrer chez lui. Il saisit ses inquiétudes : abuser de la situation.

— N'ayez aucune crainte, mademoiselle, vous avez ma parole d'honneur… ma parole d'officier de la Garde impériale, ajouta-t-il, ce qui parut la convaincre.

Elle hocha la tête et pénétra chez lui. Lorsqu'il referma la porte, elle eut un petit sursaut, il pensa qu'il allait devoir prendre beaucoup de précautions pour l'aborder. Posant sa lanterne sur la table, il alluma une autre chandelle pour apporter un maximum de lumière sans pour autant gâter sa provision d'éclairage ; puis il tira une chaise qu'il lui présenta.

— Avez-vous soupé ?

— Non, mais le déjeuner à la fourchette de ce midi que vous nous avez offert m'a bien calée.

— Je n'ai plus de limonade, je ne puis vous offrir qu'un verre d'eau sucrée ?

Elle battit des mains, le rose aux joues.

— Ce midi le sorbet, et ce soir l'eau sucrée, ah ! comme je suis gâtée.

Avec la guerre contre l'Angleterre et le blocus continental, le sucre de canne en provenance des îles n'arrivait qu'au compte-gouttes ; quant à celui des possessions anglaises, il était de contrebande. Ces deux conséquences avaient fait passer le prix du pain conique colonial de trois francs avant la Révolution à trente francs pour l'heure. Même dans les familles aisées, on le rationnait en pendant au plafond un cube de sucre pour un sucrage collectif : quand arrivait l'heure du café, le cube était descendu et trempé quelques secondes à tour de rôle dans chaque tasse. Celui qui dépassait ce temps était taxé d'égoïsme. Cette pratique n'avait pas été de mise chez Murat qui avait même fait remettre à Jérôme un bloc d'une demi-livre de beau sucre bien blanc en guise de remerciement pour jouer les messagers auprès de l'Impératrice Joséphine.

Il n'eut que deux pas à faire pour atteindre le recoin cuisine où, saisissant le broc de terre cuite, il remplit un verre d'eau au-dessus duquel il râpa généreusement un peu de la précieuse denrée. Revenant à la table, il déposa le verre et une cuillère devant Marion, émerveillée. Puis, plaçant sa redingote sur une chaise, il alla ranimer le feu dans la cheminée. Quand les flammes s'élevèrent en crépitant, il vint s'asseoir face à elle.

— Que c'est agréable un bon feu.

— Alors, dites-moi ce qui vous amène à point d'heure.

— Quand j'ai quitté la Chatanay, j'ai d'abord erré dans le Palais toute décontenancée que j'étais par ce renvoi bien injuste.

Jérôme lui prit les mains qu'elle retira aussitôt, il s'en voulut de cette maladresse.

— Veuillez m'excuser pour ce geste et aussi pour avoir provoqué votre renvoi sans intention de le faire, je vous prie de le croire.

— Je vous crois, monsieur.

Elle but une première gorgée qu'elle fit durer dans sa bouche avant de l'avaler avec satisfaction.

— Hum, que c'est bon…

— Je vais vous dédommager.

— C'est aimable, monsieur, mais j'aimerais mieux retrouver un travail.

— À part vous faire employer aux armées comme vivandière, je crains de ne pouvoir vous être utile.

Marion se mit à rire, un rire gai qui illumina ses traits fins et découvrit de jolies dents blanches.

— Ah ça, monsieur, je ne sais qui m'y achèterait mes éventails !

Son rire mourut brusquement.

— Je vous disais donc que je marchais sans but dans le Palais quand je suis tombée sur Sophie. Je lui ai expliqué ma situation et elle m'a proposé de venir chez ses parents, mais je ne suis pas une « sans-gêne » ni une écornifleuse. Pour parler d'autre chose, je lui ai dit que vous cherchiez à connaître le nom du fils de la Chatanay et elle m'a donné ce billet pour vous.

Marion sortit de son corsage, ou ce qui lui en tenait lieu sous son pauvre châle, un papier plié en quatre. Tandis qu'elle se régalait d'une nouvelle gorgée sucrée, Jérôme déplia la note avidement.

Sa lecture le ravit : il venait d'apprendre sans effort ni recherche, donc sans perte de temps, le nom de celui qu'il estimait être l'un des protagonistes dans l'assassinat de ces deux malheureuses grisettes. Ne restait qu'à connaître leur adresse, ce qui devait être de notoriété publique.

— Sophie vous a-t-elle donné le nom du fils de la Chatanay en vous remettant le billet ?

— Non, monsieur. Mais vous pensez qu'il fait partie du Cercle des Éventails ?

— Le Cercle des Éventails... répéta Jérôme. Eh bien, désormais, c'est ainsi que nous désignerons l'affaire quand nous en parlerons. Maintenant que nous sommes loin de la Chatanay, Marion, si vous me disiez ce que vous savez ou pensez...

— Ce que je pense... vous voulez savoir ce que je pense ?

La jeune femme avait pris un air effaré. Personne ne s'était jamais intéressé à ses pensées ni même ne lui avait demandé son avis. Jérôme la rassura :

— En qualité d'éventailliste pour la Chatanay, vous avez été témoin de ce qui se passe chez elle et de qui y vient.

Pour lui prouver sa confiance, il lui lut le billet de Sophie :

— *Le fils de la Chatanay se nomme Silvère Le Roy, fils de Fernand Le Roy, dernier fermier général.*

— Ah, fit la jeune femme.

— Ce nom ne vous parle toujours pas ?

— Non. Aussi bien je vois de qui il s'agit, aussi bien je ne connais le fils que sous le sobriquet de Mylord.

— Mais Rose Chatanay dément avoir un fils.

— Sans doute comme elle ne l'a pas élevé, elle n'y est pas attachée. On ne peut aimer ceux qui sont loin des yeux.

— Où habitent vos parents déjà ?

— À Méru dans l'Oise. Mon père était paysan l'été et tabletier l'hiver, spécialisé dans le travail de l'écaille, pareil pour mes trois frères.

— Vous dites « était » ? Il est mort ?

— Tout comme, monsieur, l'automne dernier, après avoir semé le blé, il a été renversé par une voiture qui lui a brisé la jambe. Mes frères ont fait venir l'officier de santé[51], mais il n'a pas fait du beau travail, la jambe ne s'est pas remise bien et maintenant il boite. Pour tailler ses éventails, ses brosses ou ses peignes, ça ne lui fait trop rien de marcher de guingois, mais pour récolter, il va beaucoup lui en coûter. Et comme il est veuf et pas remarié, personne ne pourra l'aider. Et vous ?

— Moi, ma mère était lingère au château de Bizy, c'est en Normandie, elle est morte quand j'avais trois ans. J'ai toujours mon père qui est tisserand, à Vernon.

— C'est donc lui qui s'est occupé de vous ?

— Non, mon parrain…

Jérôme n'osait le nommer pour ne pas vexer ni effrayer la jeune femme à l'évocation d'un si haut personnage : le duc de Penthièvre, petit-fils de Louis XIV. D'une bonté et d'une générosité proverbiales, il ne ressemblait en rien à son grand-père. Très pieux, Penthièvre avait pourtant été bien éprouvé par le ciel, une épouse aimée, morte après seulement

51. Entre l'infirmier et le docteur, par un décret de 1803, pour soigner les couches populaires.

dix ans de mariage ; de ses six enfants, seuls deux étaient parvenus à l'âge adulte : un fils débauché mort à vingt ans, dont l'épouse, titrée princesse de Lamballe, avait été dépecée par les révolutionnaires ; une fille mariée au duc d'Orléans qui, non content de rendre sa femme malheureuse, avait aussi voté la mort de son cousin, Louis XVI, avant de basculer sa tête dans le panier…

À travers ses lettres que Jérôme avait conservées, Penthièvre lui avait dispensé de précieux conseils lui ayant jusqu'à présent toujours réussi :

« Aimez la France plus que vous-même, servez-la toujours bien.

Fuyez les compliments, ils se paient cher ensuite.

Faites-le bien sans rien attendre.

Ne soyez pas dépositaire de confidences, on vous les reprochera plus tard.

N'accordez pas trop vite votre confiance, on vous la dévorera.

Bannissez la trahison, la tromperie et la délation.

L'amitié n'a d'existence que si elle y a intérêt. »

Seul le dernier précepte avait échappé à Jérôme, pourtant élevé par un abbé jusqu'à l'âge de onze ans :

« Soyez bon chrétien. »…

La voix de Marion le ramena à la réalité.

— Un homme de bien, vous avez eu beaucoup de chance.

Jérôme en convint avec une pensée émue adressée à ses souvenirs au collège irlandais fondé par Patrice Mac Dermott, à Saint-Germain-en-Laye, tout proche de la maison d'éducation de madame Campan, ancienne femme de chambre de Marie-Antoinette.

« Que mon filleul soit placé dans une bonne institution afin d'en faire un militaire et un citoyen dévoué à son pays », avaient été les vœux de son parrain, couchés sur testament auprès de maître Polome, notaire à Vernon. C'est ainsi que deux ans après la mort de Penthièvre survenue en 1793, il avait quitté les soutanes de l'abbé Jabouille pour le collège Mac Dermott où il avait quand même pu lier quelques belles amitiés pour l'instant sans escompte.

Oui, il avait eu de la chance…

Jérôme revint à Marion qui terminait son verre en tordant le bout de sa langue rose pour en saisir les dernières précieuses gouttes.

— Maintenant que vous êtes hors les murs de la Chatanay, voulez-vous me parler de l'homme à la redingote rouge ?

— Mais je vous ai déjà dit ce que je savais, c'est-à-dire rien.

— Et je vous ai dit, moi, que je n'en croyais rien. C'est toujours le cas. Allons, Marion, que craigniez-vous pour mentir de la sorte ? Ici, vous êtes à l'abri.

Elle rentra les épaules, vaincue, et répondit d'un ton las :

— Ici, sans doute, mais je ne puis y demeurer ma vie entière.

— Vous pouvez rester autant que vous voulez.

— Que me demanderez-vous en échange ?

— Rien.

— Rien ?

— Non, rien.

— Là, c'est vous qui mentez, monsieur.

Jérôme recula sur sa chaise.

— Je n'ai pas été éduqué à cela et je n'ai jamais rien pris que l'on ne m'ait proposé, et encore n'ai-je pas toujours accepté.

— Fi donc, monsieur, vous seriez bien une exception.

— Je n'irai pas jusqu'à cette prétention. Et puis, voulez-vous bien m'accorder une faveur ?

— Laquelle ? s'inquiéta-t-elle.

— Cessez de me donner du « monsieur ». Ne pouvons-nous être amis ? N'avons-nous pas trinqué à notre amitié au Véry ?

— Je ne sais pas si je peux vous faire confiance.

La jeune femme ne parvenait pas à se défaire de sa réserve et restait sur la défensive, quoi qu'il pût dire. Il s'en trouva ému sans bien en comprendre les raisons sinon qu'elle lui faisait songer à l'un de ces moineaux des jardins du Palais-Royal, s'enfuyant dès que l'on s'approchait d'un peu trop près.

— Cela ne fait rien, prenez votre temps.

Il reprit sur un ton volontairement gai :

— On pourrait demander à Sophie de vous trouver du travail en chambre qui se ferait ici.

— Sophie est bijoutière, elle ne connaît rien aux éventails.

— Sophie sait beaucoup de choses et elle a des relations.

La jeune femme tourna la tête de côté, pour qu'il ne vît pas sa lèvre trembler en même temps qu'elle sentait les larmes prêtes à couler. Mais Jérôme se rendit compte que quelque chose n'allait pas.

— Qu'y a-t-il, Marion ?

— Je vais retourner chez la Chatanay.

— Ah, elle est d'accord pour vous reprendre ?

— Non, mais je vais lui dire que j'accepte l'offre de monsieur Lorry

— Quelle est cette offre ? demanda Jérôme en subodorant une mauvaise issue.

— Vendre ma virginité.

Il se leva d'un bond et secoua le bras de Marion pour lui faire pénétrer ses vues.

— N'en faites rien, c'est un acte abject ! Lui et la Chatanay doivent être dénoncés.

— Qui me croira ?

— Moi.

— Avez-vous donc tant de puissance ?

— Mon grade servira de probité.

— Cela ne suffira pas, Lorry est juge…

— Cela ne lui donne pas tous les droits. Et puis la Chatanay ne vous paiera pas.

— La Chatanay a promis de me donner un napoléon. C'est beaucoup d'argent pour les gens comme moi.

— Vous ne verrez jamais la couleur de vos vingt francs.

— Lâchez-moi, monsieur, vous me faites mal…

Jérôme fut douché par la plainte de Marion. Il eut honte de s'être emporté.

— Pardon, dit-il en se rasseyant.

Il ne s'avança pas à évoquer le soutien de Murat, il devait d'abord en parler avec celui-ci ; en fait, bien des choses dépendaient de son entrevue avec l'Empereur. Si elle était bonne, alors Jérôme pourrait fonder quelque espoir. En attendant, il fallait gagner du temps et dissuader la malheureuse de vendre sa virginité au plus offrant.

Sur le petit buffet de merisier, son horloge de voyage d'officier dite « capucine » carillonna une heure du matin.

— Il est tard, vous allez rester ici, vous prendrez ma chambre et mon lit.

— Et vous ?

Il désigna dans un coin un fauteuil Directoire de velours bleu.

— En ramenant une chaise pour étendre mes jambes, cela ira très bien. À la guerre, j'ai eu des couchages bien moins agréables que ça. Je vais changer les draps.

— Oh ! laissez donc, monsieur, je serai encore bien heureuse d'en avoir. Chez la Chatanay, il n'y a qu'une vilaine couverture, si maigre que même un cheval n'en voudrait pas.

— Très bien. Alors, bonne nuit, je dois me lever très tôt.

Il eut une hésitation.

— Si vous attendiez que je revienne pour prendre une décision quant à votre retour chez la Chatanay et… le reste…

— Je vais réfléchir. Bonne nuit, monsieur.

Elle se leva, imitée par Jérôme, qui lui indiqua de la main un minuscule couloir.

— C'est tout à côté.

— Merci.

Lorsque la jeune femme eut quitté la pièce, il alla aménager sa literie de fortune. Ne possédant pas de second édredon, il se couvrit de son carrick. Soudain, Marion réapparut dans l'encadrement de la porte.

— Monsieur ?

— Oui.

— Le juge Lorry est le père de l'homme à la redingote rouge qui est un bon ami de Mylord…

Chapitre 9
Au carrefour de l'Étoile

Jeudi 22 mars.

Jérôme s'était éveillé vers six heures. Comme le jour pointait à peine le bout son nez, il alluma la chandelle mouchée quelques heures plus tôt. N'ayant pas le temps de ranimer les braises de son potager pour y faire réchauffer son café de la veille, il déjeuna d'un craquelin sorti d'une boîte en carton qu'il laissa sur la table à l'attention de la jeune femme. Il fit ensuite quelques rapides ablutions en tâchant de faire le moins de bruit possible. Mais, soit que la dormeuse eût des heures de sommeil en retard, soit que ses oreilles ne fussent pas trop délicates, elle ne s'éveilla pas lorsqu'il s'en fut pour quitter son logement. Il revint soudain sur ses pas et poussa doucement la porte de la chambre afin de s'assurer que la jeune femme n'était pas sortie en catimini pour aller se jeter aux pieds de l'infâme Chatanay.

Il sourit à la vue de la frêle forme dormant à poings fermés, sur l'oreiller ; ses cheveux blonds épars encadraient son visage reposé sur lequel s'esquissait un sourire sans doute adressé à des rêves qui ne devaient rien avoir de présomptueux. Soudain son front se barra d'un pli soucieux et elle s'agita en gémissant :

— Non… non… non… Lucie… Catherine…

Jérôme comprit que les filles assassinées lui apparaissaient en cauchemar et que l'épouvante se manifestait encore.

Son corps fut secoué de spasmes. Il alla s'asseoir près d'elle et posa sa main sur son front humide, lui parlant doucement :

— Marion… calmez-vous… tout va bien…

Elle s'éveilla en sursaut et en larmes pour se blottir contre sa poitrine.

— Non… je ne veux plus revoir leurs figures déformées de douleurs et leurs corps torturés.

— Ça passera.

— Qu'est-ce qui empêchera ma tête d'y penser ?

— Le temps.

— Et tout ce sang…

Elle sanglota.

— Ah ! quelle odeur épouvantable…

— Je sais, après la bataille, les champs empestent le sang…

Ils échangèrent un regard à la fois complice et triste. Jérôme la sentait prête à s'abandonner comme une sorte de pied de nez au malheur qui l'attendait. Elle se rapprocha encore et murmura :

— Prenez-moi, ainsi le juge Lorry n'aura que des restes.

— Parce que vous pensez que la Chatanay n'ira pas vérifier que vous êtes encore vierge ?

— Bien sûr, et elle me giflera pour avoir donné ma virginité à un inconnu, mais elle aime trop l'argent ; elle utilisera son vinaigre de vierges pour refaire ce qui manque.

— Marion, ce vinaigre est une supercherie. Lorry s'en apercevra très vite, il demandera des comptes à la Chatanay qui se vengera sur vous.

— Du moins, aurais-je pu choisir à qui me donner pour la première fois.

Elle tendit ses lèvres vers les siennes, mais il recula.

— Ce n'est pas une bonne idée. Cela abîmera notre amitié.

— Je ne vous plais pas, ou bien est-ce à cause de Sophie qui est votre bonne amie ?

— Ni l'un ni l'autre, je ne veux pas profiter de ce genre de situation, aucun n'y trouverait de plaisir. Et puis il faut donner du temps à l'amour, surtout pour une première fois.

Elle s'écarta de lui et dit tristement :

— Un homme qui a pour ami le roi de Naples ne peut pas avoir de goût que pour les femmes de la haute société.

Le roi de Naples… Il tira sa montre de gousset de son gilet à rayures ; elle indiquait sept heures passées de cinq minutes. Il se dirigea vers la fenêtre, tira d'un coup sec les rideaux de coton brun l'obstruant et aperçut, stationnée au bas de l'immeuble, la voiture du prince. La comtesse Iliescu devait s'impatienter.

Eh bien, qu'elle s'impatiente ! Quelle idée avait eue Murat de lui faire jouer les nourrices. Il revint s'asseoir près de Marion et lui prit les mains que cette fois elle ne lui refusa pas.

— Je dois partir, une mission que je ne puis remettre. Promettez-moi de ne point faire de sottise. Ne retournez pas encore chez la Chatanay. Vous pouvez rester ici.

— Quand reviendrez-vous ?

— Je ne sais pas. Le plus vite possible, je l'espère, et je m'y emploierai.

Elle eut un petit signe de tête, il ne chercha plus à la convaincre, il n'avait plus le temps. Il se leva, passa ses gants de cuir beige et coiffa son bicorne. Cinq minutes plus tard, il était sur le perron où le jour tâchait de s'imposer, mais le ciel était lourd. Il pleuvrait avant peu, il n'avait fait que ça depuis le début du mois.

En face, le passage Pierron. Bien que les boutiques n'ouvrissent que dans une heure, hommes et femmes y affluaient déjà, rouages de cet immense centre commercial qu'était le Palais-Royal.

Un peu partout dans la rue, les concierges alignaient contre les murs des immeubles les ordures des locataires convoitées par l'armée de chiffonniers déjà en action ; avant la fin de matinée, il ne resterait pas grand-chose des rebuts hors les déjections, sauf celles des chevaux et des ânes utilisées comme fertilisants.

Étienne Mey, le jeune « pontonnier », finissait d'installer son franchissement de bois entre les deux chaussées que le temps très humide avait embouées. Quant aux « boueux », ils étaient encore dans leur lit !

Mey eut un signe de la main pour Jérôme qui répondit par un hochement de tête : que ce crapoussin[52] n'aille pas s'imaginer qu'ils pouvaient être amis.

Il savait plus de choses qu'il n'en avait révélées, par appât du gain.

Lorsque je reviendrai de la Malmaison, j'irai lui dire deux mots, accompagnés au besoin d'un coup de pied au cul! songea Jérôme en voyant descendre le cocher de son siège pour lui ouvrir la portière et déplier le marchepied.

— Pas trop courte la nuit, monsieur ? demanda celui-ci en touchant son chapeau.

— À la guerre, elles sont bien moins longues, répondit Jérôme en ôtant son couvre-chef pour pénétrer dans l'habitacle où il fut happé par une bouffée de lavande émanant de la comtesse.

Il dut se courber et enjamber les deux loups couchés au pied de leur maîtresse, vêtue d'une douillette de Florence verte doublée de zibeline et d'une capote de velours bleu marine, assise près de son page qu'il avait aperçu la veille dans la cour du Pavillon de Flore. Celui-ci eut un hochement de tête à son adresse puis se détourna du côté de la fenêtre.

Jérôme s'inclina, du moins autant qu'il le pouvait dans cet espace réduit.

— Madame la comtesse…

— Eh bien, capitaine, mes loups et moi avons failli attendre.

— Veuillez m'excuser, des affaires à mettre en ordre avant de partir, répondit-il en s'asseyant.

52. *Petit et contrefait.*

Elle eut son sourire de chat qui fit briller ses yeux de jaspe vert tirant sur le brun.

— Est-ce que tout le monde y est ? demanda le cocher bedonnant au nez rouge et piqueté.

— Oui, nous y sommes, répondit la comtesse sur ce ton haut perché qui était le sien.

Le conducteur replia le marchepied et ferma la portière. Quelques instants plus tard, une secousse indiqua qu'il était remonté sur son siège, une autre que l'on partait.

La voiture s'ébranla au pas. La circulation était déjà intense : charrettes, véhicules publics, berlines, tilburys, paysans menant leur âne sur le dos duquel était fixée leur marchandise, cavaliers, ouvriers, porteurs d'eau ou de lait traversant la rue subitement sans parler des innombrables poules détalant sous les sabots des équidés dans un piaillement indigné.

La comtesse se pencha vers ses loups, et d'une main gantée de cuir rouge, leur caressa la tête. Ceux-ci émirent un soupir de satisfaction sans pour autant lever une paupière.

Près d'elle, son page, un brun à cheveux longs d'une quinzaine d'années, tournait toujours la tête du côté de la vitre à travers laquelle on apercevait la silhouette du palais des Tuileries dont les grilles avaient été redorées à neuf à l'occasion du mariage.

— En vérité, je suis triste de quitter Paris, il n'y a pas de plus belle ville au monde sauf Bucarest, sourit-elle.

— Je n'en doute pas, madame. Enfin, tout de même, vous allez au château de la Malmaison, chez l'impératrice Joséphine.

— Mais c'est à Paris que se fêtera le mariage avec l'archiduchesse Marie-Louise dans une semaine. Et puis, je préférerais de loin servir la nouvelle impératrice qui est plus jeune.

— Je comprends, mais seuls l'Empereur et Ségur, le grand maître des Cérémonies, décident de ces choses-là.

Elle eut un soupir en guise de réponse. À son tour, Jérôme observa l'extérieur par la vitre et vit que la voiture s'engageait dans la rue de Rivoli dont les immeubles n'atteignaient pas encore le premier étage.

Comme il était placé en sens inverse de la marche, il aperçut un coupé attelé de deux petits chevaux gris souris comme il en avait vu dans les armées austro-hongroises.

La voix de la comtesse le ramena à la réalité :

— Je ne peux retourner à Naples, pourtant c'est un endroit délicieux.

— On ne fait pas toujours ce que l'on veut, répondit-il prudemment pour ne pas entrer dans les confidences qui devaient être simples : la comtesse avait été la maîtresse de Murat dont elle était tombée amoureuse, ce qui avait fait sourciller Caroline, pourtant adepte des aventures extra-conjugales.

De nouveau, la comtesse soupira.

— Et quand les sentiments s'en mêlent, ça l'est encore moins. Vous êtes marié ?

— Non.

— Fiancé sans doute ?

— Non plus.

— J'étais fiancée à seize ans et mariée à dix-sept avec le comte Radu Iliescu. Je n'ai pas choisi.

— Les femmes choisissent rarement leurs époux, je conviens que ce n'est pas très juste.

— Voilà pourquoi ensuite les hommes prennent maîtresse et les femmes un amant. Mais au moins, quand on est riche, on devrait pouvoir choisir.

— Plus la position est haute dans la société, moins on s'appartient. On se doit ensuite à l'État.

Elle eut une moue, indiquant qu'elle n'était pas convaincue. Jérôme espéra qu'ils s'en tiendraient là sur l'épineuse question du mariage. Il avait envie de penser aux révélations de Marion peu avant de se coucher : le nom et surtout la position du jeune homme à la redingote rouge, qui avait laissé Jérôme pantois et un peu épouvanté même si, pour le moment, il ne pouvait le relier au crime des deux grisettes. Pourtant, son instinct lui indiquait qu'il le pouvait et celui-ci l'avait jusqu'à présent plutôt bien servi. Il fallait tout de même faire preuve d'une grande prudence.

— On m'a dit que l'impératrice Joséphine est née à la Martinique…

— C'est vrai, elle a épousé en premières noces le vicomte de Beauharnais avec lequel elle a eu deux enfants, un fils et une fille.

— Mais le couple ne s'entendait pas, ils se sont séparés…

— C'est aussi vrai. Quand la Révolution a éclaté, le vicomte s'est engagé dans l'armée révolutionnaire, Joséphine a fui dans une petite maison hors de Paris. Puis il a été emprisonné et elle est venue à son secours avant d'être à son tour internée.

— Que c'est romantique… soupira-t-elle en s'étirant voluptueusement.

— Beauharnais a été guillotiné, et Joséphine, qui s'appelait alors Rose, a bien failli l'être aussi. Il s'en est fallu de peu que leurs enfants, la reine de Hollande et le roi de Westphalie, soient orphelins, leur destin eût été alors tout autre.

Car, sans sa rencontre avec le général Bonaparte, en 1795, que rien ne prédisait qu'il deviendrait empereur, qui sait ce qu'il serait advenu de la belle créole.

— L'impératrice Joséphine est aussi d'un caractère très doux et d'une grande générosité. En outre, son château est charmant et sa cour très agréable. Vous auriez pu être nommée chez Madame Mère qui est très avare de ses deniers bien que l'Empereur dote très correctement sa maison, on parle d'une pension de trois cent mille francs, mais Madame Mère ne parvient pas à oublier les années difficiles en Corse et l'ambiance en son hôtel[53] y est décrite comme étouffante, digne d'un tombeau, à moins d'aimer les interminables parties de whist dont elle raffole.

Cette fois, la comtesse se tint coite. Après avoir dépassé la Folie-Beaujon, ils approchaient des groupes de chevaux de marbre marquant le rond-point de l'Étoile et l'engagement sur les Champs-Élysées bordés de quinconces d'ormes dont les roses floraisons disparaissaient sous les lampions multicolores accrochés en vue des festivités à venir. Il y aurait sous peu des constructions éphémères : bals, débits de boissons, marchands de glaces, pâtissiers, amusements. Jérôme y emmènerait Sophie et Marion.

---

53. Hôtel de Brienne, 14 rue Saint-Dominique, actuel ministère de la Défense.

Les lieux assez vides de constructions étaient peu fréquentés, la voiture put prendre un peu d'allure, de sorte qu'ils atteignirent assez rapidement la barrière de l'Étoile, deux bâtiments à frontons et à colonnes[54] derrière lesquels se dressait le futur Arc de Triomphe. Passer l'octroi ne fut qu'une formalité, le sauf-conduit de Murat fit porter la main à la tempe du lieutenant de gendarmerie présent, il ne jeta qu'un coup d'œil et encore fort vague aux passeports de Jérôme, de la comtesse Iliescu et du page.

Une fois le mur des fermiers généraux franchi, le cocher ne put relancer la berline, on était parvenu sur le chantier de l'Arc de Triomphe, voulu par l'Empereur pour honorer la gloire de ses armées.

Tandis que la voiture le contournait au pas, Jérôme ne put s'empêcher d'admirer la maquette grandeur nature en carton et toile peinte que des ouvriers finissaient de tendre sur une ossature de bois.

Il fit glisser la vitre pour mieux saisir les détails de ce futur arc dont la première pierre avait été posée par Napoléon le 15 août 1806. Mais quatre ans plus tard, seules les fondations à huit mètres étaient acquises ; quant aux murs, ils ne s'élevaient guère plus que de la hauteur de deux hommes.

C'est sous cet arc de carton haut de cinquante mètres que le nouveau couple impérial passerait le 1er avril prochain après le mariage civil qui aurait lieu au palais de Saint-Cloud.

La voiture s'immobilisa brutalement, rejetant Jérôme au fond de la banquette. Soudain, un

---

54. *Élevés par Ledoux comme les soixante autres barrières du mur des fermiers généraux de 1785 à 1790;* « le mur murant Paris rend Paris murmurant », *selon Beaumarchais.*

homme s'agrippa à la portière et passa son visage à travers la vitre restée ouverte. La comtesse recula en poussant un cri. Bogdan, le page, se leva d'un bond pour lui faire barrage de son corps, en la rassurant dans leur langue natale tandis que les loups grondaient.

— Quatre francs ! brailla le gonsse, quatre francs par jour pour travailler comme des nègres afin que l'Empereur et sa Prussienne puissent passer sous l'arc… Et pourquoi qu'ils y coucheraient pas, tant qu'ils y seront…

Jérôme comprit qu'il s'agissait d'un des grévistes qui protestaient contre le travail trop intense et mal payé de l'élévation de cette effigie proposée par l'architecte Chalgrin. Et comme le temps pressait, Chalgrin avait fini par faire venir d'autres ouvriers rémunérés six fois plus cher, ce qui alimentait la grogne. Bogdan brandit une petite dague à manche de nacre en vociférant :

— *Peacă ticālos*[55] *!*

— Du calme, s'interposa Jérôme en souriant devant l'attitude de petit coq du page visiblement amoureux de sa maîtresse.

— Qu'est-ce qu'il lui prend à ce mion ? J'lui veux pas d'mal à sa marquise…

— *Peacă ticālos !*

— Du calme. Rasseyez-vous.

Cette fois, Bogdan obéit de mauvaise grâce.

— C'est quoi, ces loups ?

— Ce sont des chiens, assura Jérôme.

— Mais non, protesta la comtesse, ce sont des loups.

55. *Éloigne-toi, vaurien !*

L'homme, un trentenaire maigre à la tignasse blonde bouclée coiffé d'un chapeau plat à visière[56], demanda rudement :

— Qui êtes-vous ? Des allumeurs de Fouché venus nous pousser à la faute pour nous embarquer à La Force et laisser le champ libre aux vendus ?

— Rien de tout cela.

Un claquement de fouet retentit et l'ouvrier gréviste tomba à la renverse dans un cri. Le cocher qui venait de le frapper le bourra de coups de pied.

— Agneau de garce, pou affamé, feignant, retourne au travail…

Jérôme sauta de la voiture et arrêta le cocher d'un geste.

— Cessez immédiatement, on ne frappe pas un homme à terre !

— Vous êtes trop bon avec cette engeance, monsieur, ils finiront par nous tuer ainsi que nos femmes et nos enfants.

— C'est vous qui allez nous faire tuer, les autres vont rappliquer et il ne sera plus possible de se faire entendre.

Le cocher agita son fouet.

— Je les attends !

— Du calme, vous dis-je.

Jérôme balaya l'horizon dans lequel se découpa le coupé aux petits chevaux autrichiens, à l'arrêt. Son passager craignait-il l'émeute ?

Au chantier de l'arc, les ouvriers poursuivaient leur labeur, qui peignant, qui crochetant, en tout cas, faisant mine de ne rien voir, ce qui indiquait qu'il s'agissait des « vendus ». Alors que Jérôme tendait la

56. *Une casquette ! Le mot n'apparaîtra qu'en 1813.*

main pour aider le gréviste à se relever, celui-ci sortit de sa poche un sifflet.

— Ne fais pas ça, lui conseilla Jérôme. Bien sûr, tes amis viendront, mais vous ne gagnerez rien à nous retenir.

— Ça, c'est pas dit, vous m'avez l'air d'être de la haute… On pourra p't'être négocier la marquise contre la r'prise du travail à douze francs la journée, soit la moitié d'ces pourris qui touchent la « haute paie ».

— Comment t'appelles-tu ?

— François Renoux.

— Eh bien, François Renoux, quoi que tu décides de faire, fais-le en homme debout.

— Ouais, vous avez raison.

Jérôme lui tendit de nouveau sa main et il l'accepta.

— Bon alors, marquise, ça vous dirait d'passer quelques jours avec nous ?

Jérôme s'imposa.

— Rien du tout, nous sommes attendus chez l'impératrice Joséphine…

— Chez l'impératrice Joséphine ? répéta-t-il en paraissant impressionné par ce nom.

— Comme je te dis, l'ami. Sa générosité est proverbiale, je te propose de lui remettre un placet de ta part, que j'appuierai.

— Vous feriez ça ?

— Tu as ma parole.

Il se gratta la tête.

— Ouais, mais voilà, j'sais pas écrire.

— Je peux le faire pour toi, proposa Jérôme en tirant de la poche intérieure de sa redingote un carnet et son crayon de papier. Alors, on peut commencer par « Votre Majesté… ».

— Ouais, ça m'paraît bien…

Jérôme fit se retourner le cocher afin de se servir de son dos pour écrire plus commodément.

« Moi, François Renoux, humble ouvrier désirant ardemment servir à la gloire de l'Empire en travaillant à l'érection de l'Arc de Triomphe, voilà que depuis… »

— Trois mois…

— « … que depuis trois mois, parce que les travaux n'avancent pas assez vite, je suis en porte-à-faux… »

— Ça veut dire quoi ?

Il agita son sifflet.

— Ne me faites pas dire des sottises ou j'appelle…

— Tout doux, ça veut dire « dans une situation embarrassante » du fait de la venue d'autres ouvriers payés plus cher…

— Hum…

Jérôme termina sa lettre et relut :

« *Moi, François Renoux, humble ouvrier désirant ardemment servir à la gloire de l'Empire en travaillant à l'érection de l'Arc de Triomphe, voilà que depuis trois mois, parce que les travaux n'avancent pas assez vite, je suis sans travail car mis en porte-à-faux par l'arrivée d'autres ouvriers payés quatre fois plus que nous pour travailler jusqu'à épuisement.* » Cela te convient-il ?

— Hum…

— Quoi, « hum » ? s'impatienta Jérôme. Je suis là à essayer de te sortir de la panade et tu ergotes ?

— Les autres gonsses qui travaillaient dans mon équipe…

— Eh bien quoi ?

— Y sont pas sur vot' papier et c'est pas juste.

Le jeune capitaine devait convenir que ce Renoux était un homme honnête et avec des valeurs. Cependant, il avait très envie de reprendre la route. Mais comment partir sans qu'il alerte le reste de ses collègues – qui étaient où d'ailleurs ? Dans ces baraques de mauvais bois alignées en bordure des contre-allées ?

— Je suis capitaine au corps des chasseurs à pied de la Garde, capitaine à la suite, c'est-à-dire que je suis en attente de régiment.

— T'es comme moi alors, sans gagne-pain ? demanda Renoux en passant au tutoiement, ce dont Jérôme ne se formalisa pas. Il estima même que Renoux exprimait ainsi une certaine solidarité, ce qui était bon signe.

— Pas tout à fait, j'ai ma solde. Mais à l'armée, celui qui déniche le bouilli partage avec les autres. Tu n'auras qu'à redistribuer ce que l'impératrice te donnera.

— J'aimerais mieux qu'elle m'donne moins à moi et plus à mes gars. Oh, et puis, tiens, écris-lui plutôt de faire renvoyer les autres salauds, là-bas…

— Non, ça, ce n'est pas possible. Ils ont été mis là par l'architecte nommé par l'Empereur. Ta requête ne peut être politisée.

— Pourquoi ?

— Réfléchis.

Renoux se gratta la tête.

— Parce qu'elle n'est plus impératrice régnante.

— Exactement, mon brave. Quelle est ton adresse que je l'ajoute ?

— Renoux, 6 rue du Colisée.

— Parfait, conclut Jérôme en terminant ses écritures. Es-tu en capacité de signer ?

— Ben d'une croix alors ?

— Va pour une croix.

Avec un air de défiance, l'ouvrier saisit le crayon tendu par Jérôme qui eut un signe pour le cocher.

Celui-ci offrit de nouveau son dos en maugréant :

— De l'engeance, je vous l'dis…

— Ta gueule, s'enhardit Renoux.

— Suffit, dépêche-toi de signer, il va bientôt pleuvoir.

Renoux avança sa main tremblante comme si on lui demandait de signer son arrêt de mort. Lorsqu'il eut terminé, Jérôme replia la feuille avec soulagement : il avait hâte d'arriver à la Malmaison, de confier la comtesse aux dames du Palais, de…

Un hurlement jaillit de la voiture…

Chapitre 10
Monsieur Joseph

Paris, mercredi 21 mars, fin d'après-midi, au bordel « L'Enfer ».

La porte s'ouvrit enfin sur un jeune escogriffe nu qui se rabattit vivement contre le mur pour ne pas être vu dans le plus simple appareil, du moins le supposa Renaud à qui la matrone ordonna rudement en le bousculant :

— Enlève-toi de là, laisse-moi faire, grande bête.

Le grenadier n'apprécia pas d'être ainsi malmené et s'apprêtait à répliquer vertement quand il entendit Joseph dans son dos murmurer avec une grande tranquillité :

— Tout doux, sinon ces damoiseaux vont se braquer.

Bouillonnant d'indignation, Renaud se força à se tenir coi pour écouter la Bastien en rajouter une couche :

— Écoute, mon mignon, vous pouvez bien faire une exception… Ce grand flandrin veut juste voir si la fille lui plairait…

— Hé non, s'indigna-t-il, incapable de se tenir silencieux plus longtemps, j'ai payé assez cher pour m'amuser aussi.

— Pas tant que ta lettre n'a pas été échangée, je n'achète pas chat en poche !

— Quant à nous, reprit le jeune homme, nous nous sommes montrés suffisamment généreux en allongeant la prime au-delà de ce que vaut la bête, alors laissez-nous tranquilles.

Il avait une voix extrêmement mélodieuse qui ravissait l'oreille et charmait les tempéraments, ce que Florine Bastien confirma en le flattant :

— Allons, allons, mon oiseau chanteur, point de fâcherie. Monsieur, que tu vois, a fait dans la surenchère et…

Cette fois, la porte s'ouvrit en grand et un splendide gaillard blond tirant sur le roux vêtu d'un caleçon court se découpa dans l'encadrement. Bras croisés, il déclara :

— Tu veux plus d'argent, c'est cela ?

Renaud nota que le nouveau venu, aux traits un peu efféminés, tutoyait la Bastien qui eut un sourire hypocrite.

— Que veux-tu, mon bijou, les temps sont durs…

Le « bijou » avisa Renaud du menton.

— Qui est-ce ?

— Tu le vois bien, un soldat, comme toi.

— Grenadier de la Garde, précisa Renaud.

— Je ne crois pas vous avoir demandé quelque

chose monsieur de la Garde, à défaut de connaître votre grade, persifla le bel étalon.

— Je n'ai pas l'honneur de connaître le vôtre non plus, et je m'en fous, je suis venu ici pour une drôlerie qui m'a coûté fort cher, alors laissez-moi passer, lâcha Renaud en tentant de le bousculer.

Mais le gonsse était suffisamment charpenté pour arrêter son geste, il se paya même le luxe d'éclater de rire.

— Fort cher, dites-vous ? Point encore, puisque votre lettre n'a pas été honorée.

— Pas plus que votre billet. Mais ça le sera, je fais confiance à madame.

— Et tu peux, opina Florine Bastien, que tu consommes ou non. Faudrait voir à pas me prendre pour une écrevisse, je ne suis pas née d'hier.

— Je parie qu'il est sans le sou. Il sent son insignifiant à trois lieues.

— Pariez si vous voulez, mais ne m'insultez pas et laissez-moi entrer. Je veux ma part, gronda Renaud, dont la moutarde était montée au nez.

Ce mirliflore était proprement imbuvable ; cependant, dans l'espoir que la Bastien puisse encore sauver la situation, il parvint à rester calme et tâcha de guetter un murmure, une plainte, un sanglot, de la part de Marie… ou de celle que ces monstres torturaient. Mais soit qu'elle fût menacée, soit qu'elle fût déjà inconsciente, rien ne se dégagea.

— C'est un coup monté pour nous soutirer plus d'argent. Ça ne se passera pas comme ça. Le père de Jules fera fermer votre établissement.

— Tais-toi ! ordonna-t-on dans son dos, ordre devant émaner de « Jules », qui ne tenait certainement pas à révéler son identité via celle de son puissant papa au premier inconnu venu.

— Ah oui ? susurra la Bastien piquée au vif. Et où trouverez-vous dans tout Paris une maison aussi accueillante que la mienne, qui vous cherche des accommodements sur mesure, qui couvre les pires de vos frasques de jeunes dépravés ?

— Avec de l'argent, tout se trouve.

Il voulut refermer la porte sur cette mise au point, mais Joseph interposa son large pied.

— Qui t'a permis de nous congédier de la sorte, jeune coq ?

Renaud remarqua que le bras droit de la Bastien avait les narines frémissantes de colère. Peut-être n'approuvait-il pas les mœurs des « jeunes coqs », mais ne pouvait aller contre la maquerelle qui l'employait.

Une nausée s'empara soudain de Renaud qu'il réussit à réprimer tandis que son esprit lui envoyait plusieurs informations : le père de Jules devait être ce juge évoqué par la Bastien quand Joseph avait apporté le billet de cinq cents francs. Pourtant cette menace n'avait été d'aucun effet sur Florine Bastien, ce qui tendait à indiquer qu'elle avait des relations plus puissantes encore. Se pouvait-il qu'elle approvisionne en chair fraîche, voire infantile, certains hauts dignitaires ? Renaud ne voulut mettre aucun nom ni visage sur ces âmes noires, c'était trop effrayant et surtout trop dangereux.

Une nausée s'imposa soudain, accompagnée d'une violente douleur au ventre comme si une main inconnue lui pressait les intestins. Il n'avait rencontré ces symptômes qu'une seule fois, à Eylau, où il avait été cloué sur sa paillasse avec la « courante », fort heureusement à l'issue de la bataille. Il songea aussitôt au whisky, frelaté comme son goût amer le lui avait indiqué, mais outre qu'il n'avait pas pu faire autrement que de le boire, il avait espéré que si malaise il y avait, ce serait plus tard. Au vu de la rapidité des manifestations, la pipelette était outillée.

Non, pas ça, pas maintenant. Ah, les salauds… Il avait besoin de toutes ses facultés pour sortir Marie de cet enfer. Il entendit la voix du gandin :

— Il vous gruge…

Joseph réitéra :

— Il nous a signé une lettre de change…

— … sur laquelle il n'y aura rien à prendre. Tu as perdu la main, Florine, tu ne sais plus distinguer un nanti d'un misérable…

Renaud se sentait de plus en plus mal, l'échange lui parvenait de plus en plus loin. Une bouffée de chaleur s'empara de lui, qui inonda son dos d'une sueur froide. Il se sentit fébrile.

Son allure interpella le jeune gonsse.

— Regardez-le, il est près de s'évanouir… Jouez donc les infirmiers et laissez-nous tranquilles… Ah ! elle est belle, la Garde impériale.

Il eut un rire insolent puis :

— Dites, mon brave, c'est tous des fillettes dans votre unité ?

Par un bienheureux miracle, le spasme s'éloigna et avec lui les douleurs. Mais Renaud connaissait trop les effets de ce qui s'apparentait à une grippe intestinale pour savoir que ce n'était qu'un répit, il fallait agir, vite, et faire taire ce fat.

— Non, parce que…

Il ne put poursuivre : Renaud, bandant toutes ses forces, venait de lui envoyer un formidable coup de poing dans l'estomac qui le plia en deux, et il glissa comme une loque le long de la porte. Profitant de sa bonne santé recouvrée et de la surprise générale, le grenadier s'engouffra dans l'espace dégagé où régnait une puissante note de patchouli.

— Ça va, Arthur ? s'inquiéta la Bastien, qui songea qu'elle allait devoir s'en expliquer avec le père du jeune homme.

C'était aussi l'avis de Joseph qui s'était accroupi près de lui, la mine soucieuse, tandis que Renaud pénétrait dans la pièce aux rideaux tirés, éclairée par deux candélabres diffusant une ambiance intimiste plus propice au rapprochement des corps qu'à leur cabossage.

Il y eut des « Ah ! » et des « Oh ! » outrés de la part des deux autres participants nus comme des petits vers.

Mû par son énergie du désespoir et par le compte à rebours de son intestin qui déjà envoyait quelques signes de relance, Renaud fondit sur la forme accroupie par terre, les bras repliés sur la tête et sa longue chevelure étalée sur le moelleux tapis coloré, jonché de cordes, fouets, couteaux et même d'une fourchette en argent dont l'usage pervers ne faisait aucun doute.

D'un rapide coup d'œil, il balaya la scène, son esprit enregistra des centaines de détails qu'il remettrait en ordre plus tard : un impressionnant lit en forme de nef en acajou blond plaqué de bronze doré, sur lequel était affalé l'escogriffe leur ayant ouvert la porte, un brun aux traits fins et à la bouche peinte, ce qui jurait avec son torse velu. Il cacha sa bouche, comme une sorte de coquetterie provocante, derrière un petit éventail doré comme un missel. À l'un des chevets du lit, en col-de-cygne, pendait une perruque blonde bouclée échevelée.

Près de là, assis sur un X, les jambes gracieusement croisées, un autre gonsse ayant tout du tanagra agitait lui aussi nonchalamment un éventail dont la feuille détaillait Zéphire sodomisant le Spartiate Hyacinthe. Il eut un sourire dédaigneux et ne fit rien pour cacher un début de poitrine, galbée comme celle d'une adolescente, totalement glabre, dont il était visiblement très fier.

Renaud eut le temps de penser qu'il devait lui manquer la troisième jambe. Il ne s'attarda pas à vérifier et profita de la situation surréaliste pour dégainer son pistolet qu'il apprêta au dernier cran. Dans un cri aigu et une grimace, les deux tantes se recroquevillèrent, l'une au fond du lit, l'autre sur son tabouret.

Il saisit par le bras Marie, vêtue d'une simple chemise tachée de sang, notamment au niveau du bassin. Elle gardait la tête baissée, en victime obéissante. Il ne perdit pas de temps à lui demander comment elle allait et ils s'avancèrent tous deux, lui pistolet braqué, elle accrochée à sa taille. Joseph et la Bastien s'écartèrent, abandonnant « Arthur » assis par terre, encore estomaqué, qui cracha comme un chat en colère :

— Je te retrouverai !

Renaud n'en eut cure et passa devant la Bastien, qui maugréa :

— Je me fous de cette fille, mais tu t'es bien payé ma tête et, ça, tu ne l'emporteras pas au paradis.

— Ça tombe bien, on est en Enfer !

— Tu n'as pas idée à quel point ça le deviendra quand Joseph t'aura retrouvé.

— En attendant, donnez-lui votre châle.

— Tu peux te brosser !

Renaud posa la bouche noire de son pistolet sur son front. La macquecée ne cilla même pas et darda sur lui un œil farouche, l'autre étant toujours à scruter les cieux ou les plafonds. Ils se jaugèrent du regard comme deux fauves. Au bout d'un temps qui parut un siècle au malheureux grenadier, elle finit par se défaire de son châle qu'elle fourra dans les bras de la pauvresse.

— À très vite, menaça la Bastien.

— Avec la police…

— Autant te le dire tout de suite, je suis au mieux avec Fouché.

Le nom du duc d'Otrante suspendit un battement au cœur de Renaud.

Qui ne savait que le cauteleux ministre de la Police rétribuait des mouchards dans toutes les couches de la société, même les plus basses, et que peu lui importait les façons d'obtenir des renseignements, quitte à laisser proliférer la fange pourvu qu'elle lui rapportât ?

Ils passèrent devant Joseph qui semblait de marbre comme une statue, puis ils refluèrent dans le couloir dont les portes s'ouvraient, avant de se refermer d'effroi à la vue de l'arme à feu. Cependant Renaud sentait cent yeux le scruter, tapis derrière les entrebâillements.

Il ne se cacha pas que le plus difficile était à venir : la descente de l'escalier sans s'y rompre le cou et le comité d'accueil du personnel du bordel qu'il ne pouvait évaluer, n'ayant aperçu qu'un jeune garçon noir venu épousseter le salon quand ils l'avaient quitté pour l'étage.

Était-il le jouet de la Bastien comme l'avait été « Zamor » pour la comtesse du Barry, qui, dénoncée par lui, avait été guillotinée ?

Pour entamer la descente, Renaud préféra ne pas passer en premier afin de dominer la situation.

— Fais attention de ne pas tomber, Marie…

Elle eut un hochement de tête en plaçant précautionneusement ses petits pieds nus sur les marches de bois. Il jeta un œil scrutateur en bas du palier où il n'aperçut personne pour l'instant. Il forma des vœux pour qu'un client passe la porte, mais il se rappela qu'elle ne pouvait être ouverte sans aide extérieure permettant de contrôler les allées et venues. Ah ! que n'était-il l'heure des parties de jeux ; devant témoins, ils auraient eu la voie libre.

La voix de Florine Bastien retentit :

— Tu n'iras pas loin…

Il ne répondit rien et poursuivit sa descente. Parvenu à la moitié de l'escalier, il se retourna instinctivement. Il vit la Bastien se pencher vers Joseph, mais il ne put saisir leur échange que, bien entendu, il supposa le concerner.

— S'il sort d'ici, il sera notre perte à tous.

— Vous avez dit tout à l'heure que vous aviez la protection de Fouché.

— Et c'est vrai, mais tu ne connais pas ce vieux requin qui pourrait tourner casaque si cet artichaut lui confirme des faits.

— Quels faits ?

— Depuis quelques jours, il se passe des choses bizarres. Ce matin, j'ai surpris Rose dans les bras d'un godelureau qui s'intéressait de près à un éventail et qui s'est soudainement esbigné quand je suis arrivée. N'empêche que je suis sûre qu'il a tenté d'écouter à la porte, le parquet a craqué devant quelques minutes après son départ. Tu ne me la fais pas à moi, une ancienne de la Dervieux. Et avant encore, l'inspecteur Moriel du commissariat[57] du Palais-Royal m'avait accostée au marché pour me dire de nous tenir tranquilles, rapport aux bouteilles. Le problème, c'est que cette jeunesse dorée est insatiable.

Joseph hocha la tête.

— Avec vos relations, on ne va pas vous faire des histoires pour quelques bouteilles disparues sur le trajet des caves de Chambertin à celles des Tuileries.

— Quelques bouteilles ? Tu plaisantes, Joseph, le vin préféré de l'Empereur qui part en plus en Angleterre en passant outre le blocus.

— N'ayez crainte, tout le monde trafique, les commissaires aux guerres, les fournisseurs, les ministres même. Dame ! il faut bien que tout le monde vive.

— Comme tu dis, enfin, il faut espérer qu'aucun de nos bons pères de famille ne craque sinon il lâchera les autres.

— Ça ne peut pas arriver.

La Bastien haussa des épaules coléreuses.

— Comme si tu ne connaissais pas les ambitions du juge Lorry.

— Son titre de comte d'Empire ne lui suffit pas ?

57. Situé 21 rue des Bons-Enfants.

— Que non ! Alors, débarrasse-toi de ce maudit grenadier, après tout, c'est ta faute, c'est toi qui as fait rentrer ce loup dans la bergerie. Et colle-lui au train avant qu'il se la casse[58].

— N'ayez aucune inquiétude de cela. La porte est fermée à double tour et il n'est pas assez maigre pour passer à travers les barreaux.

— Lui non, mais la fille, oui. Et Edem ?

— Vous le traitez trop bien pour qu'il ait envie de donner la main à ces deux misérables.

— Je l'espère bien ou il finira pareil. Je te fais confiance pour te débarrasser d'eux.

Pour un maximum de clarté, la Bastien passa son index sur son cou pour indiquer à son subordonné la façon dont elle entendait que cette affaire se terminât. Joseph eut un hochement de tête et dégagea, à l'arrière de sa ceinture, de son fourreau en chagrin, un poignard à manche d'ébène quadrillé à lame bleuie de Solingen, rapporté de ses campagnes en Allemagne. Il éleva la lame au niveau de ses yeux, la fit pivoter lentement, pour accrocher la lumière des bras de torche, enfin la jonction se fit entre la lumière et l'acier qui arrachèrent à la lame un éclat meurtrier.

— Parfait, dit la Bastien, je vais rassurer ces messieurs, rapporte-moi une preuve de leurs morts.

Joseph opina et rabattit son couteau le long de sa cuisse, puis il s'engagea dans l'escalier.

Rendu sur le palier, Renaud n'avait pu saisir le contenu de la conversation des deux assassins, mais il avait vu leur rapprochement et se doutait que ça le concernait ainsi que sa compagne. Sans s'être

---

58. Expression du XIXe qui perdra son article en évoluant : se casser.

concerté avec eux, il se demandait bien comment sortir de ce piège et faisait fonctionner son cerveau à plein régime. En désespoir de cause, il poussa la jeune fille dans le salon éclairé seulement d'une lanterne sur l'une des petites tables placées au centre de la pièce. Dans la cheminée, le feu se mourait faute de bûches ranimées, mais cela apportait tout de même un peu de lueur permettant de se diriger sans renverser chaises et autres guéridons ou même le grand vase de tulipes.

— Cours à la fenêtre et ouvre-la.

Tandis que la fille s'exécutait, il tâcha de pousser une commode en acajou à plateau de marbre noir derrière la porte afin de gagner du temps. Mais avec ses deux colonnes pleines, celle-ci était lourde, il parvint cependant à la positionner juste au moment où Joseph faisait tourner la poignée dorée.

— Tu ne perds rien pour attendre, sale petit morveux…

Renaud se précipita vers la fenêtre ouverte où l'attendait la jeune fille. Il la prit dans ses bras.

— Marie, ma chérie, ensauve-toi et rends-toi le plus vite possible chez Jérôme Blain, 10 rue d'Arcole…

Il écarta les cheveux de son visage pour l'embrasser et eut un mouvement de recul.

— Vous n'êtes pas Marie.

— Je suis désolée… Vous n'allez pas m'abandonner maintenant ?

Elle avait un regard suppliant noyé de larmes. Si désarçonné qu'il fût par cette déception, il n'eut pas le cœur à la laisser aux mains de ses ravisseurs, d'ailleurs leur sort était lié.

— Je m'appelle Euphrasie Brion, la Chatanay m'a vendue contre mon gré.

— Tu travailles chez la Chatanay ?

— Oui.

— Tu connais ma fiancée, Marie Magne ?

— De la boutique seulement, car je n'ai pas pris pension chez cette maquerelle.

— Maquerelle ? Que veux-tu dire ?

Un bruit de meuble déplacé sur le parquet indiquait que la situation se dégradait. Renaud ne se retourna pourtant pas et, fébrile, interrogea Euphrasie :

— Sais-tu où est Marie ?

— Comment le saurais-je ?

— Qui t'a emmenée ici ?

Il y eut un nouveau bruit. Cette fois, il se retourna et vit que bien que la commode ne fût pas déplacée dans son entièreté, la porte était déjà entrouverte. Joseph put passer la tête et une partie du buste. Il eut un mauvais sourire à l'adresse de Renaud qui sentit une nouvelle nausée, plus fulgurante que la première.

— Sauvez-vous, réussit-il à articuler. Jérôme Blain… Rue d'Arcole…

— Ça va, monsieur ? demanda la jeune fille très inquiète devant la pâleur et les traits crispés de son sauveur.

— Partez…

— Je ne peux pas vous laisser ainsi.

— Se faire prendre à deux ne… servira… à… rien…

— Mais voyez comme je suis attifée, je vais me faire accoster au premier coin de rue.

— Enroulez-vous bien dans le châle… et prenez ça, dit-il en lui tendant son pistolet.

— Je ne saurai pas m'en servir et je ne veux pas risquer de tuer quelqu'un ; gardez-le, vous en aurez besoin.

— Dans ce cas… foncez… Blain…

— Oui… Merci…

Tandis que le parquet grinçait encore d'être maltraité, Renaud eut la satisfaction de voir Euphrasie se contorsionner pour passer entre le barreau de fer et le mur d'encadrement. Lorsqu'elle fut dehors, ils échangèrent un nouveau regard, puis elle disparut, absorbée par la nuit. Renaud referma la fenêtre, frêle et dérisoire rempart. Puis il respira un grand coup et se porta à la rencontre de Joseph, cette fois entré dans la pièce. Parvenu à distance respectable, il le mit en joue, mais son bras trembla.

Monsieur Joseph ironisa :

— Tu es plus coriace que je pensais.

Cependant, à la vue du grenadier prêt à s'évanouir, il remit son poignard dans son étui. Renaud grimaça en posant sa main libre sur son ventre.

— Vous aviez donc l'intention de m'estourbir ?

— Moi, non, mais tu as rudement fâché la patronne qui risque d'être en porte-à-faux avec les géniteurs de ses chous-chous. Tu étais venu pour récupérer ta fiancée ?

— On ne… peut… rien vous cacher.

— Je dois dire que c'est assez courageux.

— Merci… et maintenant… laissez-moi passer.

— À ta guise, répondit le sbire en se décalant.

Le jeune grenadier le dépassa, il se sentait de plus en plus faible et se morigéna, il ne devait pas faillir maintenant, mieux valait s'écrouler dans la rue où il y aurait peut-être une bonne âme pour se pencher sur lui… et lui faire les poches, les ténèbres faisant croître et se multiplier les tire-laines et autres escarpes.

À tout prendre, il préférait encore s'arranger avec Joseph.

— On pourrait parler entre hommes ? proposa Renaud.

— Mais bien sûr, tiens, asseyons-nous, veux-tu ?

Il donna l'exemple et s'assit avec grâce sur une chaise curule à sa portée. De la main, il désigna la voisine où prendre place.

Renaud s'y laissa tomber avec satisfaction, son pistolet toujours braqué. Joseph avisa l'arme du menton.

— Ne pourrais-tu t'en séparer ou, à tout le moins, le positionner de côté ? C'est assez désobligeant pour moi, surtout si on doit converser et sans doute… négocier ta sortie.

Bien que peu convaincu par la soudaine consensualité avancée par la créature de la Bastien, il consentit à rabattre son arme rien que pour pouvoir soulager son bras un instant tant il se sentait épuisé et faible.

Une fois son pistolet le long de sa cuisse, Joseph eut un sourire. Renaud n'alla pas jusqu'à le lui rendre et tâcha d'impressionner son interlocuteur.

— La fille est partie à la police. Elle ne va pas tarder à revenir avec.

— Encore faudrait-il qu'elle sût où elle a été emmenée, nous tâchons de choisir nos victimes sottes et peu éduquées… Ah, j'oubliais, elles sont aussi de basse extraction donc comme cette demoiselle ne saura pas où aller, elle va tout bonnement retourner chez sa patronne, le Palais-Royal est le seul endroit où se dirigent, même quand elles ne savent pas lire, d'instinct, si je puis m'exprimer ainsi, toutes les putains de France et de Navarre.

Le mot « putains » frappa Renaud comme un coup de poing. Il voulut braquer de nouveau Joseph, mais son bras ne s'exécuta pas, comme s'il était engourdi ou bien que le pistolet pesait plus lourd qu'un âne mort.

— Pourquoi m'avez-vous… empoisonné? articula-t-il avec peine.

— Rassure-toi, tu n'es pas empoisonné, c'est juste un puissant somnifère qui devait servir le temps d'aller vérifier que tu avais bien l'argent pour honorer ta lettre de change.

— Où… est… Marie…? demanda encore Renaud.

Joseph se leva en silence; Renaud voulut en faire autant, mais son corps ne répondait plus à aucun ordre. C'est donc sans entrave que le sbire le dessaisit de son pistolet qu'il glissa à l'arrière de sa ceinture et de son sabre qu'il jeta plus loin. Il pêcha ensuite sur une table voisine un vase de roses qu'il vida de ses occupantes, avant de jeter le contenu d'eau froide à la tête de Renaud qui se secoua comme un barbet en retrouvant un peu de vitalité.

— Vous avez une écrevisse dans la tête?

— Lève-toi.

— Hein?

Joseph dégaina le pistolet et braqua Renaud:

— Tu es sourd? J'ai dit: « lève-toi ».

— Mais…

Joseph pointa le front du grenadier.

— Pas de « mais ». Pour la dernière fois, lève-toi.

Renaud se mit debout avec peine et avança mécaniquement vers le vestibule où un jeune Noir vint à leur rencontre. Joseph lui fit signe d'ouvrir la porte. Renaud supposa qu'il allait être emmené dans un autre endroit afin d'y être abattu en toute discrétion.

La porte à présent grande ouverte lui laissait voir des passants affairés, pressés de rentrer chez eux et qui ne jetaient aucun coup d'œil de leur côté, ayant probablement l'impression de voir le diable en personne.

— Va-t'en !

Et comme Renaud hésitait, sous le coup de l'incrédulité, Joseph lui mit un coup de poing dans le dos pour hâter sa sortie.

— Va te faire pendre ailleurs !

— Mais mon pistolet…

— Rien du tout, et maintenant casse-la-toi.

Troisième partie

La comtesse des Ténèbres

Chapitre 11
L'attentat

Jeudi 22 mars, barrière de l'Étoile.

D'un bond, Jérôme fut à la portière ouverte, il ne vit d'abord qu'un amas de tissus et de poils blancs, puis Bogdan, couché dans la traverse, retenant par une manche un inconnu moustachu. Mais d'où sortait ce gonsse ? Et par où était-il arrivé sans être vu ? La vision de Jérôme s'affina : l'homme était vêtu comme Renoux, d'un sarrau gris ; pourtant, il n'avait en rien l'allure d'un ouvrier d'autant qu'il était muni d'une dague dans le goût de celle de Bogdan.

Jérôme le vit essuyer avec une lenteur calculée le fil de sa dague sur les poignets du page ; les chairs étaient déjà bien entamées au vu des stries sanguinolentes. Pourtant, pas un cri de douleur, pas même une plainte ne s'échappait du jeune gosier tandis que la comtesse sanglotait :

— On m'a tuée, je suis assassinée…

Jérôme vit qu'elle n'était pas à sa dernière extrémité. Il n'en allait pas de même de son serviteur qui ne tiendrait pas longtemps à se faire charcuter d'autant que le gonsse pouvait à tout moment enfoncer sa dague dans le cou de Bogdan si proche de lui, que leurs haleines, exhalées à chaque parole, formaient des volutes de buée.

Jérôme comprit qu'il préférait l'accommoder, pour le plaisir de faire souffrir sans même réfléchir qu'à trop rester, il risquait de ne plus pouvoir s'extraire.

Contournant la voiture, il entendit un cri. Était-ce Bogdan, qui avait eu la gorge transpercée ? Le cœur battant, Jérôme fut enfin sur le dos de l'attaquant qu'il empoigna par le col de son sarrau. Il le jeta avec rage à terre où il atterrit, après un roulé-boulé, face contre ciel. Puis, posant le bout de sa botte sur sa poitrine et sa lame sur la pomme d'Adam du tourmenteur, il déclara :

— Tss ou tu ne reverras jamais ta terre.

L'autre laissa tomber son arme trempée de sang et montra ses deux mains pour indiquer sa soumission.

— Qui es-tu car tu n'es pas un ouvrier ?

Un silence lui répondit. Jérôme insista :

— Qui t'envoie ? Tu parles français ?

Du bout de sa botte, il remonta le sarrau qui découvrit un habit bourgeois, redingote grise, culotte brune et bottes noires. Rien que du très passe-partout qui ne lui apprit rien sinon qu'il n'était pas un ouvrier puisqu'il parlait valaque. S'agissait-il de l'époux de la comtesse, travesti ?

Renoux et le cocher, qui avaient assisté à la scène sans oser s'interposer, s'approchèrent.

— L'est déguisé en ouvrier, mais c'en n'est pas un, jamais vu ce gars-là, ni parmi les nôtres ni chez les pourris.

— Oui, mais c'est comme ça qu'il a dû arriver, en se faufilant dans leurs rangs.

— Voulez-vous que j'aille au bureau de l'octroi chercher le lieutenant, je suis un bon marcheur? proposa le cocher.

— C'est pas la peine, renseigna Renoux, ils se déplacent pas hors du mur, z'ont bien trop peur.

— Et puis c'est assez loin, ça prendra du temps. Mieux vaudrait chercher un policier dans le coin.

— Un cogne dans l'coin? Il n'y faut pas songer, dit encore Renoux. Ici, les agressions et les crimes, c'est tous les jours que le diable fait.

— Monsieur, permettez-moi d'insister en vous proposant de retourner à l'octroi avec le sauf-conduit du prince, ça m'étonnerait que personne ne se déplace jusqu'ici, d'autant que le lieutenant aura son cheval, il arrivera avant moi, observa le cocher.

Jérôme réfléchit: aller chercher le lieutenant, ça serait aussi perdre un temps précieux et devoir répondre à un tas de questions tatillonnes comme seuls les gendarmes en avaient le secret. Certes, il possédait le sauf-conduit aux armes de Murat, mais celui-ci n'apprécierait certainement pas d'être mêlé à une enquête pour tentative de meurtre ou à tout le moins une agression.

Mieux valait embarquer le gonsse pour le mettre face à la comtesse, puis l'abandonner tout ficelé sous les ormes.

— On verra ça tout à l'heure. Va vérifier où en est la comtesse et surtout le page; est-il vivant? priat-il Renoux, qui n'eut que quelques pas à faire pour effectuer sa mission.

Il revint presque aussitôt mais seul.

— La dame est pas trop bien. Faudrait lui trouver un médecin.

— Bon, et le page ? demanda Jérôme sans s'inquiéter outre mesure pour la comtesse.

— Il a eu la main transpercée, mais ça va. Il ne veut pas quitter sa marquise.

Au loin, le coupé était toujours présent. Jérôme parvint à la conclusion qu'ils étaient suivis depuis Paris. Mais qui était l'objet de cette filature ? Lui, porteur du message du prince pour l'impératrice, auquel cas il aurait été dénoncé par des agents opérant chez Murat ? Ou bien était-ce la comtesse ? La présence de l'agresseur valaque allait dans ce sens, mais Jérôme avait appris à se méfier des évidences. Pour l'instant, il espérait seulement du secours, des ouvriers peut-être.

Renoux mit un terme à ses espérances :

— Y viendront pas, z'ont bien trop peur de perdre leurs vingt-quatre francs par jour. Jamais ils r'trouveront une somme pareille. Je te l'ai d'jà dit, le coin, il est mal famé. Sans parler qu'ces sacrés cons, ils m'ont vu causer avec toi, et comme c'est assez souvent que j'vais les asticoter, ils vont pas v'nir risquer de s'faire renvoyer. Quant aux pierreuses, elles arrivent qu'le soir et souvent elles sont d'jà brouillées avec l'équilibre, si tu vois c'que j'veux dire.

Jérôme hocha la tête et défit sa cravate.

— Tu sais faire les nœuds ?

— Ben, si c'est un nœud simple…

— Moi je sais, dit le cocher en retroussant ses manches, aussi sûr que je m'appelle Jean Mallerouse, natif de Brest où mon père était pêcheur. Alors, les nœuds, ça me connaît. Qu'est-ce que vous voulez : une épissure, une queue de cochon, un cabestan, une chaise… ?

— Ce que vous voudrez, pourvu que ça tienne.

Il lança sa cravate au dénommé Mallerouse, qui la saisit au vol dans un rire édenté.

— Ça va me rappeler mes jeunes années.

Jérôme recula d'un pas pour lui permettre de relever le Valaque auquel il ramena les mains dans son dos. Donnant un coup de pied dans la dague pour la mettre hors de portée de son propriétaire, Jérôme effectua ensuite une palpation pour vérifier qu'il n'avait pas d'arme dissimulée, dans ses bottes notamment. Dans l'une d'entre elles, il trouva une tabatière colorée qu'il remit à sa place, dans une autre, un pistolet de voyage pas plus grand que l'index, qu'il glissa dans sa botte. Puis il abandonna sa proie au cocher et à Renoux, et revint à la voiture où il vit les loups couchés, chacun sur une banquette.

Foutre, pourquoi ils n'ont pas sauté à la gorge du gonsse pour défendre leur maîtresse, comme s'ils le connaissaient ?

On disait les loups très hiérarchisés et fidèles au chef de meute que pouvait représenter la comtesse qui les avait élevés ; dans une telle situation, ils auraient dû jouer leur rôle, et au contraire ils étaient restés calmes, voire craintifs. Il trouva madame Iliescu assise, son page près d'elle. Il avait entouré sa main dans sa cravate rougie qui n'allait pas tarder à ne plus absorber le sang.

— Comment allez-vous ?
— Comment voulez-vous que j'aille ?
— Ce n'est pas à vous que je pose la question, mais à votre page. Il a risqué beaucoup à vous défendre et il est blessé.
Bogdan eut un signe de tête pour indiquer que ce n'était pas important. La comtesse Iliescu expliqua :
— Il comprend le français, mais ne le parle pas, et puis c'est moi que l'on a tenté de tuer et encore ne suis-je pas tirée d'affaire, qui me dit que je ne vais pas faire une hémorragie ?
— Moi !
— Vous êtes chirurgien, à tout le moins médecin ?
— Non, mais j'ai pratiqué suffisamment de soins d'urgence lors des batailles pour savoir parer au plus pressé ou évaluer la gravité. Vous permettez ?
Jérôme écarta le châle et observa sur la douillette la déchirure laissée par l'entrée de la lame de la dague au niveau de la taille.
— Votre manteau est suffisamment matelassé pour faire office de rempart. Voulez-vous bien l'ouvrir ?
Elle s'exécuta non sans gémir :
— Je vous dis que ma blessure est grave…
Jérôme passa le bout de son index sur sa robe de soie rose à peine entaillée, entourée de gouttes de sang grosses comme des têtes d'épingle.
— Quel type de corset portez-vous ?
— Monsieur, de quoi me parlez-vous ? s'offusqua-t-elle.
— Je vous pose cette question d'un point de vue médical, répondez-y dans la même idée.
— Je… je… porte… un corset court… qui tient de celui « à la divorcé », précisa-t-elle.

Jérôme ne put s'empêcher de sourire ; même « assassinée », la comtesse restait séductrice puisqu'elle tenait à cette précision que le « divorcé » perchait les seins hauts en les éloignant l'un de l'autre.

— Dommage, un long vous aurait totalement protégée. Quoi qu'il en soit, je puis vous affirmer que la blessure n'est qu'une égratignure.

— Mais moralement, c'est bien autre chose…

Des éclats de voix et une bousculade empêchèrent Jérôme de répondre. Il se retourna et vit à plusieurs mètres déjà le Valaque reculer en maintenant Renoux contre lui, le canon de son pistolet appuyé contre sa tempe. À l'un de ses poignets pendait la cravate de Jérôme, preuve que Mallerouse avait perdu la main en matière de nœuds. Jérôme se serait battu : pourquoi n'était-il pas resté à vérifier la solidité des liens ? Mais surtout, d'où avait-il sorti ce pistolet, il l'avait pourtant bien tâté ?

— C'est mon arme, avoua Mallerouse en sourdine.

— Ah… Est-elle chargée ?

— Toujours quand je pars pour un long trajet.

Jérôme apostropha le fuyard d'une voix forte :

— Du flan[59], tu ne tireras pas…

— Je n'ai pas envie qu'on vérifie, supplia Renoux, j'ai une femme et trois mions…

Jérôme expliqua pour tenter de dédramatiser la situation :

— La pierre de silex, la batterie et la poudre d'amorce dans le bassinet doivent être bien sèches

59. *Métal dont on frappait les pièces, par extension la fausse monnaie, le mensonge et non le gâteau !*

afin que l'étincelle se produise et enflamme la poudre ; or, il fait trop humide…

— Je comprends rien à c'que tu dis, pitié…

Bien que Jérôme fût à peu près sûr de lui, il se sentait impuissant face à la détresse de l'ouvrier pris en otage. Il souffla du nez en rageant intérieurement. Il vit le coupé s'avancer et effectuer un habile demi-tour.

La portière s'ouvrit pour accueillir le Valaque qui projeta Renoux à terre. Jérôme et Mallerouse se précipitèrent pour l'aider à se relever tandis que la petite voiture légère détalait dans un halo de poussière en direction du boulevard du Roule qui longeait le mur des fermiers, ce qui lui évitait de repasser par l'octroi.

— Ça va ? s'inquiéta Jérôme devant la mine pâle de Renoux en ramassant la dague de l'assaillant, qu'il glissa à sa ceinture.

Il hocha la tête et cracha des grains de terre. Mallerouse s'avança penaudement.

— Je suis désolé pour les nœuds, monsieur, ça fait bien longtemps que j'ai quitté la pêcherie de mon père.

— Avez-vous seulement eu le temps d'en faire un ?

— Oui, une queue-de-cochon. En principe, ça tient bien, mais avec une cravate, c'est moins aisé et puis ce diable s'est tortillé comme une vipère, et avant que j'aie pu dire ouf, il s'était libéré et m'avait dépouillé de mon arme…

— Une telle dextérité indique un certain entraînement.

— Je ne sais pas, monsieur…

Jérôme ne voulut pas l'accabler davantage et lui tapota l'épaule en guise de réconfort tout en songeant à la comtesse Iliescu.

Cette femme est une bouteille à l'encre[60]*... Il faut qu'elle m'explique pourquoi ses loups ne se sont pas manifestés alors qu'ils ont tenté de dévorer Renoux.*

La petite voiture qui s'était arrêtée suspendit ses pensées. Six paires d'yeux se braquèrent sur le véhicule.

Renoux fut le premier à réagir :

— Il revient pour finir de me tuer, vous croyez ?

— Sans t'offenser, je doute que tu les intéresses, dit Jérôme. Tu as seulement servi d'otage pour que le gonsse puisse s'extraire.

— Alors, c'est nous tous qui allons y passer...

— Cette fois, affirma Mallerouse en retroussant ses manches, je ne raterai pas mes nœuds. Ah, si j'avais encore mon arme...

Jérôme tira de sa botte le minuscule pistolet qu'il lui tendit.

— Ceci vous consolerait-il ?

— Faudra bien, répondit-il en s'en emparant, tandis que Jérôme tirait le sien.

Tous trois virent le coupé s'arrêter à une distance respectable, la portière s'ouvrit, et un corps fut éjecté sans ménagement.

---

60. *Pas clair.*

Chapitre 12
La cible

Les trois hommes s'approchèrent du corps qu'ils tirèrent avec beaucoup de précautions hors de la route. Le trafic s'intensifiait, deux berlines légères et la diligence des Messageries étaient en vue. La victime, tombée sur le dos, avait un poignard à manche de bronze enfoncé dans le ventre qu'elle tenait à deux mains comme si elle cherchait à l'extraire ou bien à s'y accrocher. Ses paupières s'ouvrirent. Jérôme comprit que le Valaque allait expirer sous peu. Il mit un genou à terre pour lui parler :

— Qui t'a fait ça ?

Pour toute réponse, ses yeux déjà vitreux roulèrent dans leurs orbites.

— Pourquoi t'a-t-on assassiné ? Tu n'as pas rempli ta mission ? C'est la comtesse Iliescu qui était visée ?

— Il ne parle peut-être pas notre langue, opina Mallerouse.

— Pourquoi ils l'ont rejeté ainsi ? demanda Renoux.

— Je vois ça comme une sorte d'avertissement pour la comtesse, répondit Jérôme. Justement, cours chercher son page.

— Mais elle a précisé qu'il ne parle pas français...

— Je n'en crois rien. Il le baragouine forcément, même à Naples où il a suivi sa maîtresse, on parle français, du moins à la cour.

— D'accord, j'y vais.

— J'ai peur que ce pauvre diable ne tienne pas longtemps, pour un peu que le page se fasse prier. M'a l'air un peu chichiteux, cui-là, dit Mallerouse en regardant Renoux s'éloigner.

Effectivement, quelques instants plus tard, il revint seul.

— Sa marquise dit qu'il doit rester vers elle parce qu'elle a peur. Faut r'connaître qu'une voiture sur l'bas-côté, ça attire l'attention des détrousseurs et y'en a dans l'coin.

Jérôme souffla du nez d'exaspération et aussi d'indécision : devait-il courir empoigner le page ou bien tenter d'arracher un mot, un nom, une explication au gonsse tant qu'il en était encore temps, ce qui ne saurait durer ?

— Vous voulez que j'y aille ? proposa le cocher.

— Oui, et au besoin, mettez-lui votre pied au cul pour le faire descendre.

— Oh, pour ça, je ne vais pas me gêner !

Il partit au pas de charge. Jérôme resta avec Renoux, qui écarta les mains d'incertitude.

Plusieurs véhicules passèrent, ralentissant à peine, le bruit des essieux et des sabots des chevaux, notamment ceux des quatre équidés tirant l'énorme et cahotante voiture publique des Messageries, couvrirent quelques instants les voix. Un des cochers tourna la tête de leur côté, mais sans manifester d'intérêt particulier. Il pleuvait assez franchement, et comme toutes les pluies, celle-ci avait le don de moisir les âmes et de diluer les bonnes volontés.

Au reste, charrettes surchargées renversées, cavaliers désarçonnés, passants écrasés, voitures mal entretenues se brisant, chevaux épuisés agonisant sur la voie publique, les accidents de circulation aussi nombreux que variés étaient le lot quotidien des Français en ces premières années du XIXe siècle, en particulier de ceux vivant dans les grandes villes.

Jérôme et Renoux se décalèrent pour éviter les projections. Une fois la voie libre, ils revinrent au mourant. Impatient, Jérôme se releva, son bicorne dégoulinant d'eau, pour accueillir le cocher dont le haut-de-forme était dans le même état. Il poussait devant lui le page, tenant sa main ensanglantée enveloppée dans son linge rougi. Sourcils froncés et vociférant en valaque, il se contorsionnait pour échapper à la poigne vigoureuse de Mallerouse. Mais une fois devant Jérôme, il se tint coi et droit comme un « I » en croisant les bras, ce qui lui arracha une grimace silencieuse de douleur. Il se mit même à toiser Jérôme, qui décida de ne pas relever et avisa du menton l'homme à terre.

— Qui est-ce ?

Devant son silence, il tâcha de se montrer magnanime.

— Écoute, j'admire ton dévouement pour la comtesse, mais si celui-là a cherché à attenter à sa vie, ceux qui l'envoient recommenceront et je ne serai pas toujours là pour les expédier, alors autant régler l'affaire de suite.

Le page pinça ostensiblement les lèvres, Jérôme soupira.

— Je sais que tu parles un peu français, si tu tiens à ta maîtresse, alors parle !

— Vous voulez qu'il tâte de ma botte dans son fondement ? grogna Mallerouse tout aussi exaspéré.

— Voyez sa main, il n'a pas cédé, alors ne perdons pas de temps.

D'un geste de la tête, Jérôme fit signe d'écarter Bogdan et reprit sa pose auprès du moribond.

— Parle tant que tu le peux… Ou bien écris…

Il saisit rapidement son carnet sur lequel de grosses gouttes s'écrasaient et lui tendit son crayon. L'homme détacha lentement sa main du manche de la dague pour le saisir. Jérôme tint le carnet en hochant la tête pour l'inciter à l'action, il l'encouragea même :

— Vas-y… oui…

Il ouvrit la bouche. Jérôme se pencha pour saisir un murmure d'épanchement. Mais au bout d'un long instant, il n'obtint qu'un râle, sa tête retomba de côté et sa main le long de son corps. Jérôme posa son index sur la carotide qui lui indiqua que le pouls s'était arrêté. Il n'y avait plus rien à faire sauf à tâter ses poches à la recherche très improbable d'un passeport ou de quelque chose permettant de l'identifier. Mais il ne retrouva que la belle tabatière qu'il détailla, cette fois : son couvercle était orné d'un portrait de moustachu à longs cheveux bruns, coiffé d'un bonnet de velours à aigrettes et perles. Jérôme gagea qu'il s'agissait d'un prince ou d'un roi valaque d'un temps éloigné. Il la glissa dans sa poche puis il détacha le fourreau de la dague afin d'y glisser la lame. Enfin, il ferma les yeux du mort et ramassa son carnet ainsi que son crayon tombés par terre puis se releva.

— Tu veux toujours que j'aille voir à l'octroi ? demanda Renoux en se signant rapidement à la vue du cadavre.

— Non, ça ne servirait pas à grand-chose, du moins en ce qui nous concerne, et ça ne t'arrangera pas non plus.

— C'était pour t'aider parce que j'veux pas qu'on m'accuse.

— On ne t'accusera pas, et maintenant rentre chez toi.

— Tu sais, le sifflet c'était pour de faux, de toute façon, y'a plus personne dans les baraquements, enfin plus personne de mon équipe, c'est les autres salauds qui s'y sont installés.

Jérôme sourit.

— Rentre avant que quelqu'un ne s'arrête, et moi je dois partir.

— Et ma lettre à l'impératrice ?

— Je t'ai promis de la lui remettre.

— Quand ça ? Aujourd'hui ?

— Je l'espère bien, je compte être de retour chez moi ce soir, affirma Jérôme avec une pensée pour Marion.

Pourvu qu'elle l'attende et n'aille pas se jeter aux pieds de la Chatanay.

— Tu voudrais bien me dire ton nom ?

— Jérôme Blain, j'habite rue d'Arcole, derrière le Palais-Royal.

— Ah bien, merci. Bon, ben adieu, Blain.

— Adieu, Renoux, répondit Jérôme en lui tapant l'épaule avant de se diriger vers la voiture, suivi de Bogdan et de Mallerouse.

Ce dernier attendit que les deux hommes fussent rentrés dans la voiture pour refermer la portière. Mais à peine celle-ci fut-elle claquée que la comtesse laissait éclater sa colère :

— De quel droit avez-vous envoyé cet horrible cocher saisir mon page comme un vulgaire criminel ? Et vous prétendez être la civilisation la mieux éduquée d'Europe, du monde même ? Mais dans quel pays sommes-nous ?

Jérôme s'interrogea : était-ce une colère destinée à détourner la conversation du sujet principal : ses liens avec l'agresseur ou bien les commanditaires ? Auquel cas, cela ne saurait durer longtemps, la route était encore longue jusque chez Joséphine et il saurait bien la fin de cette histoire avant d'arriver à la Malmaison.

Ils traversaient le village de Neuilly en longeant la plaine des Sablons, où, en 1786, le pharmacien Parmentier avait expérimenté la culture de la pomme de terre. Il avait tout de même fallu que Louis XVI ornât sa boutonnière d'une fleur blanche à cœur jaune des plants, et Marie-Antoinette sa coiffure ; il avait fallu que le souverain exigeât que l'on en servît chaque jour à sa table ; il avait fallu que Parmentier fît garder la nuit les champs par des hommes en armes pour que, enfin, les Français acceptassent d'en manger et ainsi de moins mourir de faim.

— Nous sommes en France, madame, et il n'est pas d'usage qu'un pays étranger y exporte ses conflits. La Valachie est opposée à la Russie, mais pas la France qui est tenue au respect de la paix de Tilsit.

— Votre Empereur n'y gagnera rien.

— C'est l'affaire du souverain et des diplomates. Pas celle du commun des sujets de l'Empire dont vous et votre mari faites partie puisque vous y vivez ; dois-je vous rappeler que Naples est un État satellite de la France ?

— Je vous parle de cela par expérience, rien de plus. Pour le reste, je ne comprends pas où vous voulez en venir.

— Enfin, madame, il vous est bien apparu que c'est à votre vie que l'on a attenté et il ne s'agissait pas de chauffeurs, avec eux, les choses auraient été plus claires une fois vos biens saisis. Et puis il y a votre page qui échangeait avec l'agresseur, et d'une autre part, vos loups qui ne se sont pas manifestés, preuve s'il en est, qu'ils connaissaient celui-ci.

Il vit les yeux de jaspe vert de la comtesse se rétrécir de fureur tandis que Bogdan ignorait superbement la conversation, fermant même les paupières.

Jérôme poursuivit :

— Je ne suis pas né noble, mais j'ai reçu une éducation aussi digne et je suis a fortiori un officier de la Garde impériale. Il est donc naturel, après vous avoir débarrassée de votre assaillant, de vouloir connaître les raisons d'un tel attentat, ceci dans le but de ne pas le voir se réitérer afin de vous protéger. C'est donc à cet effet que j'ai fait saisir votre page, pour son utilité à la traduction…

— Je vous ai dit qu'il ne parlait pas français…

— À d'autres, madame, le français est parlé dans toutes les cours d'Europe, les serviteurs finissent par en intégrer quelques bases. Or il s'est obstiné à ne rien tenter et à rester muet, sur votre ordre sans doute.

La comtesse parut suffoquée.

— De quoi osez-vous m'accuser ? J'en aviserai le roi de Naples.

— À votre guise. Il sera bien aise de savoir que votre mari vous a fait poursuivre jusque sur le chemin de votre nouvelle nomination.

— Ce n'était pas mon mari.

— Où est-il ?

— Aux eaux de Bourbon-l'Archambault où il se repose d'une blessure à l'œil.

En cela, cette version était conforme à celle de Murat.

— C'est très désagréable, monsieur…

— Quoi donc ?

— Cet interrogatoire que vous me faites subir. Je vous croyais officier, pas policier.

Jérôme darda sur la comtesse ses yeux verts qu'elle soutint.

— Je veux comprendre de quelles griffes je vous ai sortie, alors, qui était-ce ? L'ordonnance de votre mari ?

Elle ne répondit rien. À bout d'arguments, il sortit la tabatière de l'agresseur de la poche intérieure de son manteau redingote et l'ouvrit ; un puissant parfum de tabac s'en exhala. La comtesse retroussa les narines de dégoût, son page lui tendit aussitôt un mouchoir bordé de dentelle dans lequel elle enfouit son nez.

— Ce n'est pas à moi, je ne prise pas, dit-il en présentant la tabatière refermée. C'était dans les poches de votre agresseur, vous connaissez ce souverain ?

La voix étouffée de la comtesse lui parvint :

— Vlad Tepes, prince de Valachie où il vivait vers la fin du XIVe siècle que les Européens connaissent mieux sous le nom de Dracula, ce qui signifie « Dragon ». On l'appelle aussi l'Empaleur, car c'est de cette façon qu'il punissait ses ennemis, c'était un grand chrétien.

Dracula... C'était donc de ce roi que le comte Iliescu prétendait descendre, du moins d'après Murat.

— C'est l'évidence même ! ironisa Jérôme en remettant la tabatière en place.

— Pour un peuple qui, il y a quelques années, passait le plus clair de son temps à couper les têtes, je vous trouve bien sévère, monsieur.

— À cette différence près, madame, que la lame de la guillotine est infiniment plus rapide et moins douloureuse que le pal.

Elle eut un hochement de tête moqueur.

— Vlad empalait les voleurs et les assassins tandis que vos révolutionnaires, reprenez-moi si je me trompe, « raccourcissaient »...

— C'est bien cela, madame, « raccourcissaient ».

— Donc, vos révolutionnaires raccourcissaient des victimes innocentes, des enfants même...

Si Jérôme s'était enthousiasmé pour les idées de la Révolution, il s'était montré assez rapidement écœuré de ses débordements sanglants, mais il ne pouvait laisser dire que des enfants étaient montés à l'échafaud.

— Qu'appelez-vous « enfants », madame ?

— Eh bien, des bambins !

Voilà bien l'intoxication des agents étrangers pour diaboliser le changement de régime français et inscrire en faux les idées de liberté qui ne pouvaient que donner des espoirs à leurs peuples asservis. Non, Jérôme ne laisserait pas dire que des enfants hauts comme trois pommes avaient connu le rasoir national.

Évidemment, en Vendée, cela avait été une autre affaire ; les colonnes infernales de Turreau, traquant les rebelles de l'armée catholique et royale, avaient appliqué une répression qui pouvait être requalifiée d'extermination. Les « bleus » avaient incendié des villages entiers, déplacé les « blancs » qu'ils avaient affamés, violé les femmes tuées ensuite avec les enfants à l'arme blanche pour économiser la poudre.

— Personne en dessous de seize ans, madame, et à cet âge, on a souvent charge de responsabilités et d'âmes, ou bien pour les hommes, on est engagé dans l'armée. Et je tiens à dire que je ne cautionne pas ces faits.

Elle fit mine de n'avoir rien entendu et, abaissant le mouchoir dont la dentelle vint souligner ses belles lèvres ourlées, elle observa par la vitre mouillée la Seine depuis le pont de pierre à cinq arches qui traversait les deux bras du fleuve.

Bogdan regardait de l'autre côté et les loups dormaient paisiblement, on aurait pu croire à une parfaite promenade de campagne entre amis bercés par le balancement de la confortable voiture. Jérôme n'en scrutait pas moins le long ruban de la route qu'ils laissaient derrière eux afin de vérifier que la petite voiture aux chevaux autrichiens n'était pas de retour.

Au bas du pont s'étalaient les champs de « roses de Puteaux », une variante de la rose de Damas que se disputaient pharmaciens et parfumeurs.

Pour l'heure à l'état de bourgeons, leur floraison embaumait tout le village dont le port attirait de plus en plus de petites manufactures bien que ce fût encore une bourgade de blanchisseuses et de vignerons qui produisaient un vin sans prétention sur la colline de Chantecoq.

Jérôme vit l'occasion de relancer la conversation.

— Vous aimez les roses ?

— Quelle femme ne les aime pas ?

— Ces champs que vous voyez produisent une rose très parfumée dite « la rose des parfumeurs », elle ne fleurit qu'une fois par an, au mois de mai…

Il accompagna sa dernière phrase d'un regard appuyé auquel la comtesse répondit mélancoliquement :

— Si peu de temps au firmament et ensuite mourir.

— C'est ce qu'il vous arrivera, madame, si vous ne me confiez pas ce que vous savez au sujet de l'attentat dont je pense que vous êtes la cible. Le corps de votre agresseur qui a été rejeté n'est rien d'autre qu'un avertissement.

— De quoi ?

— À vous de me le dire.

— Dans mon pays, toute parole doit être mesurée, soupesée, avant d'être révélée.

— Ce n'est sûrement pas sans raison que le roi de Naples vous a confiée à ma garde.

Elle parut tressaillir.

— Que sait-il exactement des menaces qui planent sur vous ?

— Vous n'aurez qu'à le lui demander, à son retour de Compiègne.

— J'espère n'avoir pas à lui confier votre mort. Je vous rappelle que la mission a failli… Ils enverront quelqu'un d'autre et je ne serai plus là pour vous venir en aide.

Elle se referma comme une huître. Pestant intérieurement, Jérôme se demanda quelle raison la poussait à se taire, à ne pas lui révéler les motifs de cette mortelle excursion dirigée contre elle. Que savait exactement Murat des pressions pesant sur elle ? S'ils étaient amants, ce que Murat avait laissé entendre, et que le mari cherchât à venger, qu'elle le dît, au moins les choses seraient claires ; quant à la juger en qualité de maîtresse du roi de Naples, la belle affaire…

Un moment plus tard, alors qu'on laissait Nanterre, la comtesse remarqua :

— La pluie s'est arrêtée.

En effet, les trombes d'eau avaient subitement fait place à un soleil blanc et aveuglant dans un ciel presque noir indiquant que ce répit serait bref.

— Mes loups ont besoin de se dégourdir les pattes… ajouta-t-elle, et moi d'aller où personne ne peut se rendre à ma place !

À ces derniers mots, Bogdan se leva pour attraper de sa main valide et assez maladroitement dans le compartiment du haut de la voiture un sac de cuir qui devait contenir un Bourdaloue, un pot de chambre de porcelaine portatif en forme de haricot. La comtesse le confirma :

— Bien que j'aie ce qu'il faut, vous comprendrez que je ne puisse me soulager devant un inconnu.

Jérôme tira sur le cordon reliant le petit doigt du cocher. Celui-ci freina ses deux montures qui s'immobilisèrent, puis il apparut à la portière dont la vitre avait été baissée.

— Quelqu'un est malade ? s'inquiéta-t-il.

— La comtesse souhaiterait satisfaire un besoin naturel.

— Bien sûr, mais, hum… Comme vous le voyez, depuis la sortie de Nanterre, la route est assez morne et seulement bordée de terrains vagues, ce qui n'est guère accueillant même si j'imagine qu'elle ne sortira pas de la voiture. Peut-elle patienter encore un peu, il y a un petit bois à quelques minutes ?

— Oui, je peux aller jusqu'au bois, répondit l'intéressée.

On reprit la route, pour peu de temps. Comme Mallerouse l'avait indiqué, ils pénétrèrent dans un ensemble boisé où la voiture finit par se stationner dans une clairière.

— Pouvez-vous prendre mes loups ? demanda la comtesse à Jérôme, qui s'apprêtait à quitter la voiture pour lui laisser le champ libre. Bogdan doit rester pour m'aider.

Maugréant intérieurement car il avait lui aussi l'intention d'aller se soulager, Jérôme prit les deux laisses de cuir que lui tendait Violetta Iliescu dans un sourire propre à séduire le diable et sauta à terre avec les deux « lupi » qui le suivirent sans difficulté. Tandis qu'il refermait la portière, il fut rejoint par Mallerouse qui bourrait une pipe.

— Sommes-nous encore loin ? demanda Jérôme. Je suis venu quelques fois, mais toujours par Saint-Cloud.

— Volonté du prince, monsieur, qui a souhaité un itinéraire différent.

Jérôme flaira une manœuvre de Murat, mais dans quel but ? Protéger la comtesse qui, si elle était bien une cible comme il le pensait, serait forcément attendue sur le trajet habituel ? Le cocher connaissait-il la raison de cet autre chemin ?

— Pourquoi ce détour ?

— Oh, monsieur, je n'ai pas pour habitude de discuter les ordres qui viennent de si haut.

Cela pouvait être vrai comme faux. Jérôme, qui cependant trouvait étrange qu'il n'évoquât pas l'attentat à présent qu'ils étaient seuls, ne chercha pas à le sonder plus avant, d'ailleurs Mallerouse poursuivait sur un ton léger :

— Le château de Sa Majesté est à une dizaine de minutes. Vous savez sans doute que Masséna y a aussi une belle demeure ?

Oui, Jérôme le savait, et aussi que le duc de Rivoli avait acheté le château du Val-de-Reuil en 1800, soit quelques mois après Joséphine, la Malmaison, en avril 1799. Le duc de Rivoli, et assez récent prince d'Essling, demeurait un proche de l'impératrice répudiée et ne voulait pas se mêler du remariage de Napoléon avec l'archiduchesse autrichienne. En attendant son départ pour l'Espagne, en vue d'y prendre le commandement de l'armée du Portugal, Masséna avait préféré s'éloigner.

Mallerouse eut un hochement de tête en direction des loups.

— Voulez-vous que je vous les tienne, si vous avez besoin de pisser, sauf votre respect, monsieur ?

— Une certaine verdeur ne messied pas au langage afin de donner de la clarté, répondit

Jérôme en lui remettant les longes, à la condition que cela ne tombe pas dans toutes les oreilles.

— Il va de soi, monsieur.

Jérôme s'éloigna derrière plusieurs arbres. Lorsqu'il raccrocha les boutons du pont de sa culotte, la dague valaque dont il avait mal arrimé le fourreau tomba. Il se pencha pour le ramasser et l'examina, mais c'était un simple boîtier de cuir sans aucune indication quant à la dague elle-même, sa lame en acier trempé était surmontée d'un manche à pommeau de nacre et d'une garde recouverte d'or. C'était un assez bel objet dont il mania par acquit de conscience le pommeau. Or, sous ses doigts, celui-ci effectua un quart de tour. Le cœur battant, Jérôme continua à le dévisser jusqu'à pouvoir l'ôter. Il glissa son œil à l'intérieur du corps dégagé et aperçut un mince rouleau de papier. Il l'extirpa avec beaucoup de peine. Ses doigts fébriles déplièrent le document qu'il dut relire plusieurs fois pour y croire. Son cœur manqua un battement : ce n'était rien moins que les positions, à Wagram, du 8e hussards dans la brigade de Piré, qui, avec celle de Bruyère, constituait une division de cavalerie légère, commandée par le fameux général Lasalle, laquelle était rattachée au IVe corps sous le maréchal Masséna.

Le destinataire de ces informations était le colonel Tchernychev, officiellement courrier du tsar, décoré de la Légion d'honneur par Napoléon. Quant au traître, il s'agissait du capitaine Arthur de Colombel, trésorier du 16e régiment de chasseurs à cheval, qui formait, avec le 8e hussards, la brigade de cavalerie légère de Piré[61]. Le papier non signé indiquait une copie, et il était écrit en marge « *A rejoint l'Alliance* ». Fort heureusement, ses indications, qui n'étaient rien d'autre qu'« une manœuvre de déception »[62] n'avaient pas remis en cause la bataille, mais si ce renégat était rejoint par d'autres, l'Empire, déjà ébranlé par l'Espagne, finirait par se fissurer totalement.

Jérôme laissa éclater sa colère :

— Foutre de sale con !

C'était un brûlot qu'il glissa contre son sein. Cette conjuration visant à destituer l'Empereur n'était certes ni la première et pas non plus la dernière, ils étaient si nombreux à vouloir coiffer la couronne de Saint-Louis que Bonaparte avait trouvé abandonnée dans un ruisseau de sang, mais celle-ci émanant des Russes était plus dangereuse. En effet, les relations entre la Russie et la France, quoique cordiales, du moins en façade, restaient fragiles, le tsar ayant tergiversé – tergiversations que d'aucuns soupçonnaient de volontaires – pour accorder la main de sa sœur, la grande-duchesse Anna Pavlovna, à Napoléon au point que ce dernier avait fini par abandonner cette idée au profit de Marie-Louise d'Autriche afin de ne pas froisser les susceptibilités. Il y avait aussi la paix de Tilsit imposée après Friedland, laquelle exigeait des Russes qu'ils appliquent le blocus continental. Mais alors que leur politique était tournée contre la domination économique anglaise, les Russes se montraient contrariés du blocus.

---

61. Hippolyte-Marie-Guillaume de Rosnyvinen de Piré, que l'on retrouvera à Mont-Saint-Jean à la tête de la division de cavalerie légère du 2ᵉ corps sous Reille.

62. Trahison.

La raison était qu'ils importaient beaucoup de produits manufacturés et coloniaux anglais, et exportaient en Angleterre de grandes quantités de céréales. Or l'économie française était incapable de compenser ces échanges. D'une part, la France se suffisait en denrées agricoles, d'autre part, il était impossible d'acheminer autant de marchandises par la voie terrestre, celle des mers étant bloquée. Il arriva ce qui devait arriver : un important commerce de contrebande se développa rapidement entre l'Angleterre et la Russie, notamment par la mer Baltique et toutes les mesures prises par Napoléon restaient pour le moment sans grands résultats. L'entrevue d'Erfurt, l'année suivant Tilsit, n'y avait rien changé. Alexandre s'y était montré des plus insaisissables, comme s'il avait été assuré de certaines choses. Seul le diable savait lesquelles…

Quant au colonel Alexandre Tchernychev, à la tête d'un régiment de cosaques, il s'était illustré brillamment – et même vaillamment, Jérôme en convenait – sur plusieurs champs de bataille. À Wischau et Austerlitz, il avait reçu l'ordre de Saint-Wladimir, à Heilsberg et à Friedland, l'ordre de Saint-Georges ainsi qu'une épée d'or. Le cas de Tchernychev était particulier. Émissaire du tsar auprès de Napoléon dont il avait réussi à gagner la confiance, il jouissait du statut d'ambassadeur sans ambassade et était bien vu du cercle impérial rapproché, notamment des princesses Caroline et Pauline.

Jérôme n'était pas assez naïf pour penser que les deux pays ne se surveillaient pas, mais de là à avoir dans les mains le nom du capitaine français

« pensionné » des services de renseignements russes avait de quoi faire craindre un incident diplomatique et il n'était jamais bon pour un humble citoyen de se trouver impliqué dans ce genre d'affaire.

Quel rôle jouait la comtesse Iliescu pour que ce Valaque ait voulu l'atteindre ? Il restait assez peu de doutes qu'elle fût une espionne sans doute passée à l'ennemi qu'elle devait séduire : Murat dont elle était tombée amoureuse. L'introduire chez Joséphine était-il une si bonne idée que ça ?

À son retour, il ne trouva pas le cocher, déjà remonté sur son siège, et il aperçut Bogdan qui s'éloignait avec les loups, sans doute chargé par la comtesse de leur délier les pattes. Il n'était pas fâché de se trouver seul avec elle, pensant qu'elle se montrerait peut-être plus naturelle.

Il se rapprocha rapidement de la voiture dont la portière s'ouvrit. Violetta Iliescu apparut, posant un pied délicat sur le marchepied ; il lui offrit sa main afin de l'aider à descendre. Mais elle sauta à terre en riant et en se retenant à lui qui, instinctivement, referma ses bras pour l'empêcher de tomber.

— Madame, voilà qui n'est guère prudent.

Elle leva vers lui ses grands yeux brun-vert et l'instant d'après posa ses lèvres sur les siennes. D'abord surpris, il relâcha son étreinte et recula d'un pas.

— Les temps ne sont pas au marivaudage, madame, des assassins courent le pays à votre recherche.

— Là où je vais, je serai protégée.

— N'en croyez rien, les traîtres sont partout, jusque dans le manche de ce poignard, dit-il en posant sa main sur le pommeau de la dague sur lequel elle dirigea son regard.

— Vous affabulez !

Jérôme fit disparaître son sourire.

— Comme j'aimerais, madame, vous dire qu'en effet ce que j'ai lu relève de la fable ; hélas, cela menace non seulement la sécurité de l'Empereur, mais aussi celle de la France. En tant qu'officier, je dois aviser mes supérieurs, j'écrirai dès ce soir au général Curial.

— Faites, je ne suis pas concernée.

— Croyez-vous ? Votre mari sera convoqué en haut lieu et une enquête sera diligentée qui ne vous épargnera pas. Pour quelle raison cet homme cherchait-il à vous tuer ?

— Je ne sais pas.

— Je vous préviens, madame, que nous ne reprendrons pas la route tant que vous ne m'aurez pas dit de quoi il retourne.

Bien qu'elle demeurât calme et que son visage ne trahît aucune émotion, Jérôme ne doutait pas qu'une tempête s'était levée dans son crâne.

— Vous m'aviez dit avoir fui l'invasion russe…

— C'est la vérité, monsieur.

Elle prit soudain un air incrédule qui fronça ses sourcils tandis que sa voix se mettait à trembler :

— Est-ce que par hasard, monsieur, vous me prendriez pour une espionne du tsar ?

— Par le biais du colonel Tchernychev, fort bel homme au demeurant, qui est depuis son arrivée à Paris la coqueluche de ces dames, un doute m'habite.

— Monsieur, vous ne pouvez pas croire une telle chose.

— Ce papier tend à l'indiquer.

— Voulez-vous bien me le montrer ?

Elle s'était rapprochée de lui, souple comme un serpent et affichant son sourire de chat que Jérôme trouvait très séduisant, il devait bien se l'avouer. L'instant d'après, elle était contre lui, murmurant :

— Je ne suis pas une espionne. Seulement une femme traquée…

— Donnez-moi les raisons de cette traque et je vous aiderai.

Elle rit doucement et de nouveau chercha ses lèvres, mais un cri brisa cet aparté :

— Roi de Naples… fais-moi face !

Jérôme se retourna tandis que la comtesse reculait d'effroi.

— Radu…

L'homme qui avait prononcé ces mots en roulant prodigieusement les « r » ne parut pas l'entendre et fixait Jérôme de son œil unique, l'autre étant dissimulé par un bandeau noir disparaissant sous un haut shako noir à double liseré blanc avec cordon natté terminé par deux tresses, raquettes et glands argentés, aigle frontale et hausse-col dorés avec cor de chasse argenté, plumet blanc, deux épaulettes à franges grosses torsades avec attentes coupées d'un cordon rouge, ce qui indiquait le grade de colonel en second, habit-veste bleu céleste à collet et parements jonquille, culotte bleu céleste enfoncée dans des bottes noires à la hongroise à passepoil et glands blancs.

Il était à pied, mais son cheval, un superbe Frison, broutait paisiblement près d'un arbre. Comment ne l'avaient-ils pas entendu venir ?

— Colonel comte Iliescu, je suppose, avança Jérôme.

— Colonel en second du 2e régiment étranger d'infanterie légère, annonça-t-il, dit d'Isembourg, comme si tu ne le savais pas, coquin…

— Je crains qu'il y ait méprise, je ne suis pas le roi de Naples.

— Et lâche par-dessus le marché…

Le colonel comte avança sur Jérôme. Dans un bruit métallique, il dégaina avec une certaine majesté un sabre massif à lame d'argent comme il en circulait dans les armées prussiennes, dotations britanniques pour aider à combattre « Boney[63] ».

Jérôme ne put faire autrement que de dégager le sien, sur lequel était gravé « *Bonaparte, Premier consul au citoyen Poujat, sous-lieutenant au 11e régiment de chasseurs à cheval, pour action d'éclat* ».

---

63. *Diminutif de Bonaparte, donné par les Britanniques et visant à la familiarité.*

Chapitre 13
Moi, Radu Iliescu…

Sous le regard ébahi du cocher Mallerouse redescendu précipitamment de son siège et des sourcils froncés du page Bogdan qui tâchait tant bien que mal de retenir les loups se cabrant en direction de leur maître, les deux hommes croisèrent le fer. Quant à la comtesse, elle était hors du champ de vision de Jérôme.

Tous se taisaient, comme fascinés par le combat qui s'engageait. Par-dessus les deux lames croisées, Jérôme vit que le comte, plutôt grand et de belle prestance, avait un visage en lame de couteau assez marqué. Il était clairement plus âgé que sa femme. En Valachie comme ailleurs, ce n'était pas demain que les mariages arrangés prendraient fin. Non plus que les cocuages, réels ou supposés. Justement, il ne tenait pas à ce qu'on le crût amant de la comtesse Iliescu.

Il était également stupéfait ; comment Iliescu pouvait-il le confondre avec Murat – même si Sophie avait fait le même rapprochement –, comment n'avait-il pas remarqué qu'ils étaient sans escorte, ce qui aurait été impossible pour le prince ?

— Mon colonel, j'insiste, je ne suis pas le roi de Naples…

Le comte recula en positionnant son sabre pointe en bas et sortit un monocle qu'il encastra dans son orbite libre. Puis il prit le temps de détailler Jérôme comme il l'aurait fait d'une carte d'état-major. Enfin il laissa tomber en ôtant sa lentille de contact :

— Tiens, c'est vrai, je vous dois des excuses, monsieur.

— Je les accepte, mon colonel, répondit Jérôme en s'apprêtant à ranger son sabre dans son fourreau.

— C'est égal, vous étiez en train de lutiner ma femme, vous devez m'en rendre compte.

— Ah ça, mon colonel, c'est fort dommage que vous n'ayez pas chaussé plus tôt votre lorgnon, vous auriez vu que je n'ai pas lutiné votre épouse…

— Je n'ai besoin d'aucune loupe pour constater qu'elle était dans vos bras.

Ayant dit, le comte fondit sur lui et les deux lames s'entrecroisèrent de nouveau, dans un éclair froid et un bruit caractéristique. Mais Jérôme gardait la position défensive, ce qui finit par agacer son adversaire.

— Seriez-vous aussi lâche que le roi Franconi ?

— Le roi Franconi, monsieur, n'est pas un lâche, il a maintes fois prouvé sa valeur au combat.

— Ainsi que dans les alcôves, hum ! Violetta m'appartient et nul ne me la prendra ou à tout le moins, une seule fois, et ensuite il aura toute la mort pour le regretter.

— Et vous, toute la vie, vous le remordrez[64], fit Jérôme en repoussant le comte qui avait tenté de lui percer la poitrine.

— Qu'importe, mon honneur et celui de Violetta seront saufs. Mais, hum… vous êtes plutôt adroit au sabre et je m'y connais. Qui êtes-vous donc ?

— Je m'appelle Jérôme Blain…

— Le lieutenant Sabre ?

— Mon colonel, j'ai été fait capitaine, à Wagram.

— Quel régiment ?

— Le 2e chasseurs à pied, capitaine *à la suite*, je précise.

Le comte cessa aussitôt le combat.

— Mes félicitations, capitaine. Mais que ne le disiez-vous plus tôt ?

— Mon colonel, je vous renvoie le compliment, vous êtes un redoutable escrimeur.

— Justement, je vais être fort ennuyé…

— De quoi ?

— De vous embrocher, conclut le comte dans un sourire féroce en effectuant un saut arrière pour retrouver de l'amplitude.

Il fonça sur Jérôme qui parvint à l'esquiver, non sans mal, le comte était vraiment adroit.

— Monsieur, je n'ai pas amignoté votre femme.

— Alors, vous avez babouiné[65], ce qui ne vaut guère mieux. Mais je comprends, elle est si belle, si envoûtante, une vraie sorcière…

---

64. Expression d'époque, verbe venant du mot remords.

65. Faire le joli cœur.

De nouveau, il tenta d'embrocher Jérôme qui commençait à se lasser de combattre pour un crime dont il ne s'estimait pas coupable. Il perdit encore quelques minutes à fatiguer Iliescu par un coup droit et une feinte de coupé avant de le débarrasser de son sabre par une technique d'enveloppement.

Surpris, le comte eut une inclinaison de tête.

— Votre réputation, monsieur, ne saurait que grandir avec le temps. Il reste que mon honneur n'est pas lavé et que nous nous retrouverons.

— Écoutez-moi plutôt, mon colonel, votre femme est en grand danger de mort.

— Quoi ? Que dites-vous ?

— Que sur le trajet qui nous a menés chez Sa Majesté l'impératrice, nous avons été attaqués, peu après la barrière de l'Étoile… sur le chantier de l'Arc pour être précis.

— Les noms de ces manants, capitaine, s'emporta le comte, que je ferai empaler à la manière de mon aïeul, le comte Dracula, qui pratiquait ainsi avec les hors-la-loi !

— C'est-à-dire tous ceux qui n'étaient pas de son avis ? plaisanta Jérôme en remettant son sabre au fourreau avant de ramasser celui du comte.

Il le lui tendit, ajoutant :

— Cela va bien au-delà d'une simple attaque pour délester des bijoux et des bourses, l'assaillant était valaque et a tenté d'assassiner votre femme. Son page a pu le contenir le temps que je le maîtrise, mais votre épouse a eu très peur, c'est seulement toute son angoisse qu'elle a confiée à mes bras.

— Oh…

Le comte prit un air navré et ôta son shako qui découvrit une chevelure totalement argentée dans laquelle il passa une main nerveuse.

— Ah ! quel rustre je fais. Nous autres, Valaques, sommes des Latins en pays slaves, nous nous emportons facilement, hum.

— Cela peut arriver à tout le monde, mais je vous croyais à Bourbon-l'Archambault ?

— J'y étais, en effet, mais à rester plusieurs longs jours confiné dans une chambre d'auberge à n'observer que la tour crénelée Quiquengrogne, j'ai fini par broyer du noir.

— Je comprends. Vous ne me demandez pas pourquoi on a tenté de l'assassiner ?

— Si c'est un Valaque qui a fait le coup, je pense en connaître les raisons.

Il y eut un silence que les deux hommes occupèrent à se jauger. Jérôme devait-il se montrer opportun en demandant au comte quelles étaient ces raisons ou bien attendre qu'il les lui donnât ? Mais le comte accepterait-il d'avouer de but en blanc à un inconnu quelque chose qui s'apparentait à une mission secrète ?

— Où est ce sous-homme qui a osé s'en prendre à une femme ? Ne m'avez-vous pas dit que vous l'aviez maîtrisé ?

— Il a en effet été ligoté, plutôt mal, car il a réussi à se défaire de ses liens. Ensuite, sous la menace d'exécuter un otage, il est parvenu à s'enfuir pour rejoindre ses comparses dans un coupé qui nous suivait depuis Paris, j'en jurerais. Ils l'ont tué, puis jeté sur la voie encore en vie, quoique mourant. Je n'ai rien pu apprendre, ni de cet homme ni de votre épouse qui prétend tout ignorer et ne rien comprendre. Ne parlons même pas du page que j'ai fait chercher pour engager le dialogue avec l'assaillant qui ne parlait peut-être pas français.

Là encore, Jérôme lançait une perche au comte qu'il ne saisit pas. Le jeune capitaine *à la suite*, décida alors de taire sa découverte. Le comte pouvait aussi bien infiltrer l'Alliance pour les besoins d'une mission qu'en faire partie dans l'idée d'en tirer quelque chose ; à moins que seule sa femme y fût impliquée. Ou il s'agissait d'une méprise totale. Peu importait, il vit que le comte avait écouté attentivement ce qu'il venait de dire et même avait relevé la tête lorsqu'il avait évoqué le page.

— Puis-je savoir, mon colonel, la raison de votre présence en ces lieux ?

— Eh bien, j'étais rentré dans notre maison de la Grande Rue Verte depuis deux jours quand un courrier qui m'a été porté tôt ce matin m'a informé de mon infortune : ma femme s'était enfuie avec le roi de Naples qui devait l'accompagner chez Joséphine.

Jérôme tomba des nues devant la naïveté du comte.

— Mon colonel, sauf votre respect, les ficelles sont grosses, le roi de Naples a pris la route de Compiègne où il est attendu par l'Empereur pour accueillir l'archiduchesse Marie-Louise. C'est un devoir auquel il ne peut déroger. Quant à votre épouse, s'il est vrai qu'elle est attendue aujourd'hui pour prendre son service comme dame du palais de Joséphine, quand bien même serait-elle la maîtresse du roi Murat, il ne l'aurait pas accompagnée, cela aurait été en quelque sorte légitimer leur liaison et il est homme trop fin pour cela.

— Il reste que cette nomination est une punition, après avoir été au service de la reine Caroline.

— Ou bien une protection…

— Expliquez-vous, capitaine.

— J'aimerais moi aussi que l'on m'explique, mon colonel. Mais vous êtes venu seul, sans même votre ordonnance ? demanda Jérôme en observant les alentours à la recherche d'une silhouette.

— J'étais venu avec un ami également du régiment d'Isembourg, je l'ai envoyé sur la route de Neuilly et il doit me rejoindre ici bientôt.

— Pouvez-vous me le décrire ?

— Plus tard. Maintenant, laissez-moi voir mon épouse, ordonna-t-il en se recoiffant.

Jérôme chercha des yeux la comtesse, il ne la vit pas, non plus que le page et les loups. De l'index, Mallerouse lui indiqua la voiture dont l'habitacle avait dû faire figure de refuge.

Il s'approcha, ouvrit la portière et trouva la jeune femme pelotonnée au fond du siège, les paupières closes et les mains sur les oreilles. À ses pieds, les deux loups couchés dans une attitude craintive. Quant au page, il tendait un flacon de sel à sa maîtresse, qui ne tourna le regard que lorsqu'il lui eut dit quelques mots en valaque. Alors, seulement, ses yeux où perlaient deux larmes se posèrent sur Jérôme.

— Est-ce que Radu est… mort… est-ce que vous l'avez… ?

— Tué ? Non.

Il entendit le pas du comte derrière lui et s'effaça pour le laisser aller à la rencontre de sa femme. Le page d'ailleurs sautait de la voiture, la mine boudeuse. Avant que son maître ne pénètre dans l'habitacle, Jérôme le pria :

— Mon colonel, quelque hâte que vous ayez de voir et d'interroger votre femme, et cela n'est que trop naturel, donnez-moi votre parole d'officier que ces échanges se feront en français, non en valaque.

— Si je saisis bien, vous ne nous laisserez pas un moment d'intimité ?

— Pas encore, vous m'en voyez sincèrement désolé.

— Seriez-vous détenteur d'informations sensibles ?

— Il se peut, monsieur, il se peut.

Le comte hocha la tête et de nouveau ôta son shako qu'il tendit à Jérôme pour qu'il le lui gardât.

— Vous avez donc ma parole.

Il entra dans la voiture où les loups lui firent fête. Puis il prit les mains de sa femme, gantées de cuir rouge.

— Le capitaine m'a dit que l'on avait cherché à vous tuer.

Elle répondit dans sa langue natale avec volubilité, mais le comte l'arrêta en jetant un regard du côté de Jérôme resté près de la portière.

— Violetta, en français, je vous prie, j'ai donné ma parole au capitaine Blain. Que s'est-il passé ?

— Eh bien…

— Pardonnez-moi de vous interrompre, mon colonel, mais nous sommes attendus chez l'impératrice. Je vous ai déjà raconté ce qui s'est passé.

Pouvez-vous lui demander ainsi qu'au page, ce que voulait cet agresseur ?

Iliescu ne parut pas tenir compte de l'intervention de Jérôme et rassura sa femme :

— Ma rose des glaces, je tiens à vous plus qu'à ma vie, mon seul souhait est que nous puissions enfin former une vraie famille et que vous me donniez ce dont tout homme rêve, un fils. L'attentat dont vous avez été victime est dû à ma faute, je vous prie instamment de m'en excuser et croyez que je n'aurai pas assez de mon existence pour me faire pardonner, je vous couvrirai de diamants…

Les yeux de la comtesse affichèrent mille étoiles.

— Votre mine du Golconde…

— … a enfin donné des espérances et trois beaux diamants sont en route vers Anvers pour y être taillés en un collier qui ornera votre gorge, la plus belle du monde…

Tout près d'eux, Jérôme ne perdait pas une miette du dialogue dont le contenu léger le médusa. Soit Iliescu souhaitait par la flatterie amener sa femme à composition, soit il cherchait à noyer le poisson vis-à-vis de Jérôme qui penchait plutôt pour cette alternative. Il toussota pour mettre un terme à ce qu'il estimait être des digressions.

— Sauf votre respect, mon colonel…

— Encore vous ? aboya Iliescu.

— Oui encore moi, dit Jérôme en sortant sa montre oignon, le temps passe et on ne saurait faire attendre l'impératrice.

— Force m'est de reconnaître que vous avez raison… répondit-il en piquant sur les mains de sa femme de petits baisers rapides et voraces. Ma douce, je dois vous abandonner, mais je vous confie aux bons soins du capitaine Blain qui va me donner sa parole d'officier de veiller sur vous.

— Seulement jusqu'à notre arrivée à la Malmaison, corrigea Jérôme. Ensuite, je repartirai et advienne que pourra des suites de cet attentat dont je ne sais toujours rien et autour duquel règne un mystère qui a failli nous coûter la vie.

— Capitaine, puis-je vous parler en aparté ?

— Bien sûr.

Le comte mit pied à terre assez prestement, et récupérant des mains de Jérôme son shako dont il se coiffa, il lui indiqua d'un mouvement de tête qu'il souhaitait s'éloigner de la berline. Ils firent côte à côte quelques pas en direction du cheval du comte attaché à quelques mètres de là.

— Comme vous le savez sans doute, nous avons fui notre pays à cause de l'expansion russe.

— Oui, votre femme m'a expliqué que vous aviez dû quitter votre château des Carpates, je suppose que c'est aussi la raison de votre entrée dans le régiment d'Isembourg qui est au service de l'Empereur plutôt que dans une unité russe.

— La France est le pays des Lumières, monsieur, je n'aurais jamais pu entrer dans une autre armée sauf celle de la Valachie qui reste à lever et à entraîner pour ensuite parvenir à l'unification avec la Moldavie et la Transylvanie. Le prince de Transylvanie, Michel 1er le Brave, de la dynastie des Besarab, y était brièvement parvenu avant d'être assassiné en 1601. C'est que nos affaires sont très compliquées, nous avons tour à tour été asservis par les Turcs, les Autrichiens, les Polonais, les Hongrois et je vous fais grâce des époques antérieures.

Jérôme subodora une volonté d'indépendance de son pays dans laquelle le colonel espérait peut-être une place de choix. Mais qui aiderait ce petit pays à conquérir ses voisins pour n'en former plus qu'un qui devrait en outre gagner sa souveraineté ? Jérôme ne voyait que deux puissances susceptibles de donner la main : l'Angleterre, qui verrait là un moyen de mettre le pied en Europe de l'Est, et la Russie qui, ayant annexé la Valachie, avait encore l'intention d'accaparer des territoires au détriment des Habsbourg dont l'empire était étendu jusque-là, qu'ils avaient partagé avec la Sublime Porte. Or celle-ci était ménagée par toutes les chancelleries européennes sans exception, plus encore par Napoléon qui espérait bien que la guerre russo-turque allait se poursuivre encore longtemps, ce qui lui laisserait les mains libres en Espagne et ailleurs !

Jérôme doutait que la France et l'Autriche, désormais alliées, veuillent se brouiller face aux ambitions russes, et les relations étaient trop tendues avec Alexandre pour que Napoléon s'opposât à son avancée en Transylvanie.

— Auriez-vous été approché pour envisager la création d'un nouvel État dans lequel entrerait la Valachie ? demanda Jérôme.

— Oui, laissa tomber le comte. Monsieur, il m'est parvenu beaucoup de belles choses sur vous, et pas seulement que vous êtes un excellent sabreur, on dit aussi que vous êtes intègre, franc et fidèle.

— Je tâche de l'être, monsieur, considérant qu'il faut respecter tout un chacun pour ce qu'il est. Et je n'ai encore jamais fait à autrui ce que je n'aimerais pas que l'on me fît. J'apprécie également ces qualités chez les autres.

— Eh bien, je vais vous parler d'abondance de cœur, j'ai été approché par un émissaire du tsar…

— Le colonel Tchernychev ?

— En effet. Le tsar a dans l'idée, du moins est-ce en germination, de créer un royaume de Bessarabie qui, au XIVe siècle, désignait l'ancienne province de Valachie alors dominée par la dynastie de Besarab qui a engendré Michel le Brave.

— Quelle y serait votre fonction ?

— Gouverneur.

Jérôme hocha la tête.

— En échange de quoi ?

— Pardon ?

Le comte avait stoppé son pas et se tourna vers Jérôme en le toisant. Il ne devait guère compter que quelques centimètres de moins que Jérôme, de sorte que celui-ci reçut de plein fouet son œil gris qui, de colère, avait viré au noir.

Il déclara autant pour apaiser le comte que pour éviter à celui-ci de le prendre pour un béjaune :

— Inutile de prouter[66], mon colonel, ce n'est pas nier vos valeurs que de regarder les choses en face : aucun souverain ne fait rien pour rien. Ce futur poste a-t-il à voir avec l'attentat dont votre femme a été la cible ?

Le comte reprit sa marche.

— Il se pourrait bien.

Jérôme commençait à bouillir intérieurement. Le comte parlait d'accorder sa confiance, lâchait

66. *Vous fâcher.*

quelques bribes avant de cesser brutalement ses demi-confidences dont on ne pouvait tirer grand-chose. Ah! c'était trop fort, et avec ça le temps qui tournait, presque onze heures, l'heure du dîner. Joséphine était trop bonne pour le leur faire remarquer à leur arrivée et il s'excuserait, bien sûr, mais c'était désagréable rien que d'y penser.

— Mon colonel, vous en avez trop dit ou pas assez.

— Et vous, m'avez-vous bien tout dit?

Jérôme lui adressa un regard interrogateur.

— Ma femme a eu le temps de me dire quelques mots en valaque avant que je ne lui demande de cesser.

— Mais encore?

— Elle affirme que vous auriez saisi sur l'agresseur une dague dans laquelle était enfermé un papier stipulant le nom d'un…

Il eut une hésitation que Jérôme compléta:

— Transfuge?

— Le mot est peut-être un peu fort.

— Donner les positions de son armée à celle d'en face, c'est-à-dire l'ennemi, vous trouvez que c'est trop fort?

De nouveau, le comte stoppa sa marche pour se tourner vers Jérôme, cette fois en ouvrant sa paume gantée de cuir blanc.

— Remettez-moi ce document, capitaine.

Et comme Jérôme demeurait incrédule devant ce revirement, le comte insista doucereusement:

— En ma qualité de colonel, je suis votre supérieur, vous devez donc me remettre cette malencontreuse découverte.

— Vous connaissez bien mal, monsieur, le fonctionnement de la Grande Armée voulu par l'Empereur. Chacun doit obéir à ses cadres et ceux-ci n'ont pas à intervenir dans une autre unité que la leur, sauf situation d'extrême urgence au cœur d'une bataille, ce qui n'est pas notre cas. J'en référerai au général Curial ; s'il n'est pas joignable, ce sera donc au général Dumoustier.

— Ce en quoi vous commettriez une grande sottise.

— Expliquez-vous.

— Nous recherchons des alliés.

— Je regrette d'avoir à me répéter, mais donner nos positions à l'ennemi en pleine bataille, c'est faire preuve de trahison, non de ralliement. Et quand bien même cela serait, en quoi le tsar a-t-il besoin d'alliés ?

Le comte secoua la tête.

— Vous n'y êtes pas du tout, du moins concernant le capitaine dont il est question. Il est jeune et a outrepassé les desseins de notre organisation ; pour tout vous dire, il est de tendance royaliste. Quant au tsar, il aura tout de même besoin d'obtenir une certaine reconnaissance de ce nouvel État quand il s'en retirera.

Jérôme faillit éclater de rire, mais se retint par respect.

— Le tsar gardera toujours la mainmise sur votre Bessarabie. Sauf votre respect, mon colonel, vous lui servirez de marionnette.

— Vous n'avez pas confiance en Alexandre ?

— N'avez-vous pas été chassé par lui de votre château des Carpates ?

Le colonel comte ne répondit pas tout de suite et alla flatter l'encolure de son cheval dont les deux hommes s'étaient approchés.

— *Diamant negru*... diamant noir, traduisit-il. Chez nous, en Valachie, le cheval est un membre à part entière de la famille. Ce n'est pas ce que j'ai pu voir dans les rues de Paris...

Jérôme convenait que les possesseurs d'équidés devraient mieux prendre soin de leur outil de travail, mais il faudrait du temps avant qu'ils ne comprennent que l'animal était un être vivant, qui, non content de souffrir, devait aussi être nourri et abreuvé. C'était peut-être même ce dernier point qui péchait le plus ; comment offrir aux trente mille chevaux parisiens leur ration quotidienne en eau, soit trente litres par monture, quand les habitants les plus modestes en disposaient d'à peine cinq pour une famille ? Les vingt-neuf pompes héritées de l'Ancien Régime, les fontaines publiques et les puits privés ne suffisaient pas aux besoins six cent mille Parisiens, et la création d'une compagnie privée de distributions des eaux, en 1778 par les frères Perrier, reprise dix ans plus tard par l'administration des eaux royales, avait définitivement sombré avec la Révolution. L'ouverture du canal de l'Ourcq ne pourrait qu'apporter du confort.

— C'est le colonel Tchernychev qui coordonne les ralliements ?

Le comte ne chercha pas à mentir.

— Pour ce qui est des soutiens français, oui. Il est très bien vu du tsar et a belle réputation dans ce pays-ci.

— Vous ne craignez pas qu'il vous double ?

Le comte ne répondit rien, preuve que sa confiance était limitée. Jérôme n'insista pas et demanda en balayant du regard les alentours :

— Votre ami ne vous a pas rejoint ?

— C'est qu'il lui sera arrivé malheur, répondit Iliescu en mettant le bout de sa botte à l'étrier.

— Où allez-vous ?

— Voir ce qu'il en est à la barrière de l'Étoile.

Il s'interrompit le temps de se mettre en selle.

— Que je sache, je ne suis pas encore mis aux arrêts.

Jérôme écarta les pans de sa redingote noire pour saisir la dague de l'assaillant.

— Ce poignard appartenait à l'agresseur qui a été tué par ses comparses, est-ce celui de votre ami ?

— Je ne le lui ai jamais vu.

— Les loups ne se sont pas manifestés, comme avec vous tout à l'heure, c'est donc qu'il connaissait votre épouse.

— Justement non, Minciuna et Adevăr détestent le lieutenant Forasco qui n'a jamais pu en caresser un. N'est-ce pas votre Empereur qui prétend que celui qui n'aime pas les chiens n'est pas fidèle ?

— Sauf que des loups ne sont pas des chiens, même si certains prétendent qu'ils sont leurs ancêtres. Quant à vous, monsieur, vous parlez par énigme, c'est assez fatigant à suivre.

— Je n'ai moi-même pas toutes les cartes en main.

— Il reste que vous avez dit à votre épouse tout à l'heure que vous étiez en partie responsable de l'attentat…

— C'est moi qui ai choisi de rentrer dans l'Alliance, elle a tenté de m'en dissuader en arguant que l'on ne pouvait faire confiance à ceux qui nous avaient chassés de chez nous.

— Voilà un avis rempli de bon sens.

— Il y a aussi méprise sur les intentions d'un de nos membres, je crains qu'il y en ait d'autres, ce qui mettra ce bel avenir en péril. Le royaume de Transylvanie vivra, foi de Radu Iliescu. Mais pour l'instant, je dois rentrer à Paris régler cette affaire-là… Prenez soin de ma femme. Et donnez-moi trois jours avant d'écrire à Curial.

Il n'attendit pas de réponse pour talonner sa monture qui se cabra avant de s'enlever puissamment. Debout sur ses étriers, le comte au galop dépassa la voiture en poussant un cri strident que Jérôme supposa être un message à l'adresse de la comtesse qu'il rejoignit en même temps que le page.

Moins d'un quart d'heure plus tard, la voiture passait devant une grande grille dorée sertie entre deux pavillons à frontons triangulaires et pilastres carrés. Des guérites tricolores abritaient des soldats vêtus d'habits-vestes bleu impérial passepoilés de blanc à collet, parements et pattes verts, épaulettes à attentes vertes et franges jonquille, coiffés d'un shako noir à cordon jonquille et plumet vert : les tirailleurs corses.

Jérôme sourit en leur montrant le sauf-conduit de Murat : n'y avait-il pas une montagne de tendresse dans le choix de Napoléon pour ce bataillon ?

Depuis qu'ils étaient repartis, la comtesse Iliescu avait superbement ignoré Jérôme, qui n'avait pas cherché à l'interroger plus avant et méditait sur la conduite à tenir tant vis-à-vis du comte que de l'impératrice. Mais à quoi bon effrayer Joséphine qui avait toujours craint les conjurations et dont la demeure était gardée comme un palais impérial ? En outre, elle avertirait l'Empereur, qui, craignant pour la sécurité de sa nouvelle épouse, prendrait des mesures aussi hâtives qu'expéditives, trois jours de plus n'y changeraient rien. Du moins fallait-il l'espérer.

Au bout de l'allée bordée de pelouses à l'anglaise, le château se détacha blanc et lumineux parmi les nuages gris. Une tente militaire, signée Percier et Fontaine, en fer bleu et or, vitrée, servait aux domestiques qui s'y tenaient à l'abri du vent et de la pluie et accueillaient les visiteurs.

Mallerouse arrêta la voiture devant l'édifice. Alors que Jérôme avait déjà la main sur la poignée de la portière, il sentit celle de la comtesse se poser sur son bras.

— Monsieur, n'accablez pas trop rapidement un homme dont toute l'âme est tournée vers le devoir de servir son pays en le reformant.

— Madame, loin de moi une telle idée, mais pour ne point y parvenir, encore faudrait-il que je fusse informé de certains éléments, ceux que j'ai en ma possession me font imaginer que vous allez trahir la France au profit de la future Transylvanie, en admettant que le tsar la laissât vivre pour elle-même.

— Savez-vous ce que c'est que d'être sans pays ?

— Non, mais il ne me semble pas que cela justifie de trahir le pays hôte au profit de celui qui vous a privé de votre nation.

— Faites-nous confiance.

— Donnez-moi une preuve.

La comtesse soupira fortement.

Au-dehors, la porte de la tente sur laquelle la pluie s'écrasait en gouttes molles s'ouvrit sur un serviteur âgé et compassé qui avait dû faire ses classes sous Louis XV. Mallerouse s'approcha à son tour pour déplier le marchepied.

Jérôme continuait à darder un regard convaincant sur la comtesse qui esquissa son sourire de chat pour tenter de l'amadouer. Mais cette fois, il ne se laissa pas prendre et quitta la voiture. Néanmoins, en homme élégant, il lui tendit la main pour l'aider à descendre.

— Dois-je vous attendre, monsieur ? demanda le cocher.

— Oui, s'il vous plaît.

— Pas toute la journée, j'aimerais ne pas rentrer de nuit, je crains les mauvaises rencontres, dame, j'ai eu mon compte pour aujourd'hui.

— Et moi aussi.

Le sauf-conduit de Murat fit miracle, amenant un chambellan en frac noir et culotte blanche qui devait avoir dans les cinquante ans comme semblaient en témoigner sa chevelure et ses favoris blonds grisonnants. Il s'agissait du comte André de Beaumont, qui, en chevalier d'honneur de l'impératrice, lui servait de garde du corps. Il était suivi de la dame d'honneur, madame d'Arberg, connue pour savoir son armorial de l'Empire sur le bout de doigts.

Jérôme se présenta ainsi que la comtesse et son page. À celui-ci qui tenait les loups, il fut signifié d'attendre dans la tente tandis que la comtesse suivait madame d'Arberg.

— Nous ne vous attendions pas, capitaine, dit le chambellan en rendant à Jérôme le sauf-conduit de Murat contre lequel il ne pouvait cependant pas aller.

— J'ai un message du prince pour Sa Majesté l'impératrice et ce message attend une réponse.

Beaumont haussa les sourcils, mais ne fit pas de commentaire sur l'expéditeur du message.

— Capitaine, vous arrivez bien tard ou bien tôt, reprit-il, Sa Majesté est encore à table.

— J'en suis bien désolé et je vous présente mes excuses. Nous avons eu maille à partir avec des tire-laines à la barrière de l'Étoile.

— Mais quand donc l'Empereur se décidera-t-il à prendre des mesures sévères en matière de sécurité ?

Ils traversèrent le vestibule faisant suite à la tente. Des bruits de couverts, de conversation et même un éclat de rire leur parvinrent depuis la salle à manger sur leur gauche. Mais Beaumont tourna à l'opposé, traversant une longue pièce aux murs peints en vert sauge dont le sol était un damier. Un splendide billard en acajou y trônait, ses queues abandonnées sur le tapis. Peu après était une antichambre, petite et étroite, assez simplement meublée de deux chaises à assise brune et d'un guéridon.

— L'impératrice vous recevra quand elle aura terminé, et moi-même, si vous le permettez, je vais aller finir mon agneau braisé avant qu'il ne refroidisse.

Beaumont se retira sur cette formule de politesse. Jérôme prit place sur l'une des chaises et attendit un temps assez long qu'il occupa à ressasser le message de Murat, lequel ne lui avait d'ailleurs fourni qu'un substrat qu'il lui laissait le soin de développer au vu des circonstances et de l'humeur de Joséphine.

Jérôme tournait et retournait des phrases sans jamais les trouver bonnes.

Et soudain, dans un bouquet de roses vanillées, l'impératrice fut devant lui, à la fois élégante et sobre, dans une robe à fines rayures « marron glacé » à manches longues et un châle de cachemire bleu ciel. Le visage encore beau était coiffé d'un haut chignon bouclé brun retenu par un diadème à trois camés.

Il se leva et s'inclina profondément sur la main qu'elle lui tendait, ornée d'une bague, assortie à son collier et à son peigne.

— Beaumont m'a avisée de l'objet de votre visite, capitaine. Ainsi donc, mon ex-beau-frère a soudain souvenance de moi ?

— Beaucoup de gens ont souvenance de vous, Votre Majesté, seul le contexte du remariage de l'Empereur ne leur permet pas de vous manifester autant d'amitié qu'ils le souhaiteraient.

Les lèvres vermillon de Joséphine se pincèrent sur un sourire fermé pour masquer une mauvaise dentition, due non au manque d'entretien, mais à la fragilité de son émail et à son goût prononcé pour le sucré depuis son enfance, en bonne créole.

— C'est amusant cette ressemblance que vous avez avec le roi de Naples, vous pourriez aisément vous faire passer pour son fils.

Voilà la troisième fois que l'on faisait cette remarque à Jérôme alors qu'il n'en était pas convaincu, mais il n'allait pas contrarier l'impératrice qui d'ailleurs ajoutait :

— Mais vos yeux en émeraude sont bien plus beaux. Passons au salon, voulez-vous ?

Elle eut un signe pour sa dame d'honneur qui, après une révérence, se retira. Il suivit la silhouette aérienne dans la pièce suivante, un salon, composé de deux canapés, deux bergères, huit fauteuils et une douzaine de chaises en acajou ornées de figures égyptiennes. Les sièges avaient l'assise en velours de soie bleue ornée de galons d'or.

Elle prit place sur une bergère et désigna un fauteuil à Jérôme.

— Vous m'excuserez de vous recevoir dans ce salon vieillissant émanant pourtant des Frères Jacob, mais c'était il y a dix ans déjà, je ferai faire des travaux l'an prochain…

Jérôme sourit, ne sachant que répondre, il ne trouvait pas l'ensemble démodé, mais au contraire tout à fait élégant. Dans de multiples vases de Sèvres s'épanouissaient des bouquets de fleurs rares comme il n'en avait jamais vu, telles ces grandes tiges vertes crêtées d'orange et de violet, témoins de la vive passion que l'impératrice avait toujours eue pour la botanique.

— Eh bien, capitaine, sont-ce mes « oiseaux de paradis » qui vous intimident ?

— N… non…

Elle eut un sourire qui monta jusqu'à ses yeux bleus marqués de pattes-d'oie.

— Quel est le message de mon cher ex-beau-frère ?

— Il tient à assurer Votre Majesté de son amitié dont, il le reconnaît, il n'a pas toujours su faire démonstration.

Joséphine inclina la tête, mais ne répondit rien et laissa s'installer le silence. Jérôme ne savait s'il devait poursuivre son plaidoyer ou bien laisser Joséphine reprendre la parole. Au bout de longs instants, elle eut un soupir.

— Si encore il n'y avait que lui…

Elle croisa gracieusement les pans de son châle bleu autour de sa poitrine.

— Je pourrais éventuellement passer sur cette démonstration en… pointillés… ! Mais il n'est pas divorcé de la reine Caroline qui me déteste comme tous les Bonaparte, et se réjouissent de mon infortune. À moins que ce témoignage ne soit porté en leurs deux noms ?

— Cette marque d'estime est au seul nom du roi, Votre Majesté.

— Évidemment, qu'étais-je allée m'imaginer…

— Votre Majesté, le roi m'a assuré avoir une grande estime pour vous et n'apprécie pas plus que ça le remariage de l'Empereur avec l'archiduchesse Marie-Louise.

À ce nom, il vit que Joséphine avait eu un bref regard intéressé, il poursuivit :

— Le roi pense que la fille d'un maréchal ou d'un ministre eût aussi bien fait l'affaire…

— Pour porter un fils, oui, pour assurer le prestige de l'Empire, non ; quant à signer la paix en Europe, encore moins.

Jérôme regretta aussitôt son avancée et pesta intérieurement : il était soldat, non diplomate.

Joséphine, superstitieuse, ajouta :

— Il est vrai que Marie-Louise, en tant que nièce de Marie-Antoinette, est un choix dont l'augure n'est pas assuré. Une princesse russe eût mieux répondu aux trois conditions.

— Hélas, Votre Majesté, la princesse Anna Pavlovna est jeune, et se posait aussi le problème de la religion.

Joséphine ne parut pas l'entendre et répéta sur un ton bas comme si elle se parlait à elle-même :

— Le choix russe aurait été le meilleur… oui, il aurait été le meilleur…

— Quelle réponse dois-je porter au roi de Naples, Votre Majesté ?

Chapitre 14
À bâtons rompus

— En avant pour Paris, mon bon Mallerouse, jeta Jérôme en quittant la véranda militaire, raccompagné par Beaumont devant lequel il s'était incliné.

Il trouva le cocher occupé à ranger les restes de son repas dans un panier tressé qu'il fit disparaître sous son siège qu'il n'avait pas quitté pour cause de mauvais temps.

Jérôme se sentit vaguement mal à l'aise : il avait eu la chance de passer par les cuisines du château où on lui avait servi les restes du repas : une bisque d'écrevisses, des artichauts à la ravigote, de l'agneau braisé et du poulet rôti, des petits pois à la française et des salsifis frits, du fromage de Brie et des tartelettes à la crème, le tout arrosé de vins fins et de liqueurs, le palais de Joséphine étant plus raffiné que celui de son impérial ex-mari et sa cave plus opulente, en tout cas, plus généreuse.

Joséphine avait tenu à ce qu'il reparte l'estomac plein au cas où il devrait affronter à nouveau des escarpes, Jérôme n'ayant pas précisé que cette attaque concernait sa nouvelle dame du palais dont elle avait hâte de voir les loups. Où au juste ceux-ci et le page avaient-ils été conduits, Jérôme l'ignorait et ne l'avait pas demandé, sans doute Bogdan avait-il été emmené pour être soigné.

Jérôme était assez satisfait d'avoir mené sa mission à terme : la comtesse Iliescu était à présent dans les mains de madame d'Arberg, il avait pu finir de délivrer à l'impératrice le message de Murat. Elle avait conclu sur un « Dites-lui que je reçois son amitié » ; elle n'avait pas ajouté : « Assurez-le de la mienne. » Pour le prince, c'était une demi-victoire ou une demi-défaite, selon que l'on prenait la chose, et Jérôme craignait fort que le tempérament inquiet de Murat ne choisisse la seconde éventualité.

Joséphine s'était montrée sensible et réceptive au placet de Renoux. Elle avait quand même retenu Jérôme assez longtemps, voulant savoir tout de ce qui se passait à Paris et comment le peuple se préparait « au mariage ». Jérôme avait compris qu'elle aurait aimé être regrettée et lui avait donné satisfaction, sans réel mensonge : le peuple parisien n'était pas lui non plus totalement convaincu par le choix de Marie-Louise, craignant l'arrogance de la nouvelle impératrice qui se montrerait peut-être méprisante en souvenir de sa tante.

Il était reparti sans qu'elle lui donnât rien, ce dont il avait été déçu pour Renoux. Mais juste avant de quitter la véranda, Beaumont lui avait remis deux billets de mille francs « de la part de Sa Majesté l'impératrice » à l'adresse de l'ouvrier au chômage. À employer de la façon qui paraissait à Jérôme la plus appropriée, en une fois s'il avait confiance ou en plusieurs s'il craignait que le malheureux n'aille noyer son désespoir dans quelque estaminet mal famé où il aurait tôt fait de se faire dépouiller. Autant dire une responsabilité dont il n'avait pas besoin en ce moment. Mais il choisit d'en sourire, l'impératrice demeurait fidèle à sa réputation de générosité.

Il avait hâte à présent de regagner Paris, hâte de savoir si Marion était encore au logis ou bien partie se jeter aux pieds de la Chatanay, ce qui l'attristerait quant à la suite immonde : vendre sa virginité au plus offrant. Il avait beau savoir que c'était monnaie courante dans les couches modestes de la société, il n'en éprouvait pas moins du dégoût et de l'injustice.

— Avez-vous un itinéraire préféré, monsieur ? demanda le cocher en refermant le marchepied.

— Au plus rapide !

— Alors par Saint-Cloud.

La portière claqua. Jérôme s'installa confortablement sur la banquette de velours. Si la matinée avait été riche en événements qui n'avaient pas tous bien fini, l'après-midi s'était montré agréable et clément. Il était même heureux pour Renoux de ces deux billets.

Il se mit à fredonner cet air à la mode, du chansonnier Désaugiers, inspiré d'un triste fait survenu à Saint-Malo en 1770 : un officier de marine en goguette au crépuscule venu s'était fait « manger inconsidérément les jambes » par les vingt-quatre dogues de la garde de nuit de la ville.

Bon voyage, Monsieur Dumollet,
À Saint-Malo, débarquez sans naufrage.
Bon voyage, Monsieur Dumollet,
Et revenez si le pays vous plaît.
Si vous venez revoir la capitale,
Méfiez-vous des amis, des flatteurs,
Des billets doux, des gens de la cabale,
Des pistolets, des filous, des voleurs.
Bon voyage, Monsieur Dumollet,
À Saint-Malo, débarquez sans naufrage.
Bon voyage, Monsieur Dumollet,
Et revenez si le pays vous plaît.
Des polissons vous feront bien des niches,
À votre nez riront bien des valets,
Craignez surtout les barbets, les caniches,
Car ils voudront caresser vos mollets.
Bon voyage, Monsieur Dumollet,
À Saint-Malo, débarquez sans naufrage.
Bon voyage, Monsieur Dumollet,
Et revenez si le pays vous plaît.
Là vous verrez les deux mains dans les poches,
Aller, venir des sages et des fous,
Des gens bien faits, des tordus, des bancroches,
Nul ne sera si bien jambé que vous.
Bon voyage, Monsieur Dumollet,
À Saint-Malo, débarquez sans naufrage.
Bon voyage, Monsieur Dumollet,
Et revenez si le pays vous plaît.

Mallerouse avait fouetté les chevaux de sorte que deux heures plus tard, il pouvait déposer Jérôme au pied de son immeuble. Bien qu'il le sût rétribué par Murat, le jeune capitaine lui donna la pièce, ce qui éclaira le visage buriné du cocher qui toucha son haut-de-forme :

— Bien le merci, monsieur. Puis-je aussi garder le petit pistolet de l'agresseur ?

— Oui. À ce sujet, si notre affaire devait avoir des suites, où puis-je vous trouver ?

— Je travaille pour le loueur de carrosses Simon, au 24 rue des Messageries[67], mais le prince a réquisitionné ce véhicule ainsi que ma personne pour ses déplacements officieux tout le temps de son séjour en France, expliqua Mallerouse en lui glissant sa carte sur laquelle Jérôme lut rapidement :

François Mallerouse
7 rue des Francs-Bourgeois

— Mais je fréquente assez les gens de la haute pour savoir que l'affaire sera probablement étouffée dans l'œuf – Mallerouse cligna de l'œil –, le tout étant de se trouver assez loin du coup de balai qui sera donné ensuite car il faudra bien que certains paient, et ce ne sera certainement pas ces messieurs.

Jérôme eut un haussement de sourcils dubitatif puis les deux hommes se séparèrent et il monta rapidement l'escalier jusqu'à son logement ; il s'aperçut à cette occasion qu'il ne ressentait pratiquement plus de douleur dans sa jambe, mais peut-être était-ce dû aux dernières activités qui avaient chauffé les muscles.

Parvenu sur le palier, il hésita : devait-il entrer à l'aide de sa clef ou frapper et attendre qu'on lui ouvre ? Des bruits de paroles échangées lui

67. *Authentique.*

indiquèrent qu'au moins deux personnes étaient chez lui : il introduisit sa clef !

Il fut assailli par deux tornades blondes qui lui firent fête, l'une prit le dessus sur l'autre : c'était Sophie.

— Tu es revenu. Ah ! que je suis heureuse.

La jeune femme toujours accrochée à son cou, il vit Marion s'éloigner tristement tandis que sur une chaise était assise une brune habillée d'une robe de « perkale » bleue à quatre bas volants, d'un spencer de velours chamois et d'un chapeau en paille d'Italie d'où s'échappaient des boucles de jais.

Jérôme détacha doucement les mains de Sophie.

— Tout va bien ? Mais que se passe-t-il ici ? Qui est cette demoiselle ?

— Nous te présentons mademoiselle Euphrasie Brion qui est vendeuse chez la Chatanay…

— Était, précisa la nouvelle venue, je n'ai pas l'intention d'y retourner. Quitte à me prostituer, autant être une maîtresse établie.

Le ton était donné. Jérôme s'avança et eut une inclinaison.

— Je m'appelle…

— Je sais qui vous êtes et c'est précisément vous que je voulais voir.

— Eh bien, me voici.

Sophie entra dans l'échange en se tordant les mains :

— Oh, Jérôme, c'est affreux ce qui est arrivé, il n'y a pas de mots pour…

Elle éclata en sanglots, imitée par Marion. Euphrasie Brion se borna à pincer les lèvres d'un air vaguement hautain.

Déconcerté par une telle scène, subodorant quelque mauvaise nouvelle et fatigué de sa journée, il demanda avec humeur en ôtant son bicorne :

— Ah, ça, à la fin des fins, va-t-on enfin me dire de quoi il retourne ?

— Viens t'asseoir, dit Sophie. Veux-tu un verre de limonade ? J'en ai acheté en bas. Nous avons tant de choses à te raconter.

— Quelle est la plus urgente ? approuva Jérôme en tirant une chaise.

— Renaud a disparu.

— Disparu ? Comment ça ? Où a-t-il été vu pour la dernière fois ?

— Au bordel pour hommes de la rue La Feuillade.

— Renaud dans un bordel pour hommes ? Il faut aller l'y chercher tout de suite ! s'écria le jeune homme.

Sophie posa sa main sur la sienne et sourit.

— Irais-tu à la guerre sans arme ? Écoute plutôt ce qu'Euphrasie a à te retracer.

— Cela ne peut-il attendre ?

— Non, car elle est la dernière personne à avoir vu Renaud.

— Ah.

Tout en versant de la limonade dans un verre sorti à l'intention du jeune capitaine, Sophie eut un signe de tête encourageant à l'adresse d'Euphrasie qui narra sa mésaventure : mandatée par la Chatanay pour porter son nouveau chapeau à son amie, la Bastien, habitant rue La Feuillade, la jeune fille s'était aperçue trop tard qu'il s'agissait d'un bordel pour hommes tenu précisément par la grosse femme loucheuse. La malheureuse avait été précipitée sans ménagement dans la chambre de trois débauchés qui l'avaient tourmentée de la plus horrible façon qui soit avant qu'un grand grenadier apparu comme par miracle ne la sauve d'une fin épouvantable, l'un ayant préparé un foulard pour l'étrangler une fois les amusements terminés.

— Il cherchait Marie, pour laquelle il m'avait prise.

— Marie est sa fiancée qui a disparu, expliqua Jérôme. J'avais demandé à Renaud de suivre cette Bastien, je savais qu'il se tramait des choses louches en relation avec la Chatanay.

— Oui. Sophie me l'a dit et je connaissais un peu Marie en tant que collègue. Elle est morte, expliqua Euphrasie, aussi simplement qu'elle aurait déclaré « Voici un verre de limonade ».

Jérôme vit Sophie faire « oui » de la tête et demanda :

— Morte, comment ça, morte ? L'avez-vous vue sans vie ?

— Aussi sûre que je vous vois, monsieur. C'est même la première chose qu'ils m'ont montrée en arrivant au bordel.

— Qui sont ces « ils » ?

— La Bastien et son bras droit, un barbu dénommé monsieur Joseph, un être aussi diabolique que sa patronne.

Jérôme nota mentalement l'information : le bordel était géré par deux personnes. Si la Bastien connaissait ses traits et était en mesure de l'identifier, ce n'était pas le cas de ce Joseph, c'était donc par lui qu'il fallait passer.

— Marie a été étranglée…

— Par qui ? interrompit encore Jérôme.

— Cela, je l'ignore, c'était déjà fait à mon arrivée, mais pas de longtemps, elle était encore chaude, j'ai pu le constater quand, à cette vue, je me suis échappée de la poigne de mes ravisseurs pour courir à elle, tenter de la ranimer. Ce qui a fait rire l'affreuse tenancière à s'en tenir les côtes.

Elle se cacha les yeux dans ses mains gantées de bordeaux.

— Pauvre Marie, son corps était affreusement abîmé, et elle avait, sortant de sa partie intime, un brin d'éventail en nacre.

Jérôme échangea un regard avec Sophie et Marion. Le Cercle des Éventails avait encore frappé. Il se reprit rapidement.

— Pardon de dire cela, mais on ne peut plus rien pour cette malheureuse. En revanche, Renaud peut encore être sauvé, il doit être sauvé, affirma-t-il pour conjurer le mauvais sort. Quand vous êtes-vous séparés tous deux ?

— Hier vers les six heures du soir…

Jérôme grimaça, il s'était passé beaucoup de temps depuis, il avait pu arriver cent choses terribles au jeune grenadier.

— Je suis désolée, s'excusa Euphrasie, mais je n'ai pas pu venir plus tôt, j'étais à peine vêtue et encore parce que l'on a frappé à la porte et qu'ils ont eu peur, l'un m'a jeté ma chemise de corps afin que je m'en vêtisse pour être présentable. Ensuite votre brave ami a pu m'obtenir un châle qui était celui de la patronne, mais à circuler ainsi, tête nue et sans manteau, dans les rues, j'ai bien failli ne pas m'en retourner chez moi vivante. Enfin…

— C'est Renaud qui a demandé à Euphrasie de venir t'avertir, conclut Sophie.

— Savez-vous les noms de ces débauchés ?

— La Bastien en a appelé un « Arthur », j'ai cru comprendre qu'il est militaire, et un autre a parlé du « père de Jules » avant de s'arrêter brusquement.

Le prénom « Arthur » frappa Jérôme, le même que celui du traître de l'Alliance. Était-ce possible que ce fût lui ? Absorbé par cette éventualité, il ne vit pas le regard tendu de Marion.

— Bon, la première chose à faire est d'aller chez Renaud, des fois qu'il serait parvenu à s'échapper…

Sophie haussa ironiquement les sourcils.

— Ah, parce que tu penses que je ne suis pas déjà allée le vérifier ? Sa logeuse m'a dit qu'il n'était pas rentré, elle a même accepté de m'ouvrir son logement pour m'en assurer. Il n'y était point, hélas.

— Quand y es-tu allée ?

— Il y a de ça une heure.

Jérôme se leva.

— Je vais aller voir du côté de ce bordel.

— Qu'y feras-tu exactement ? l'interpella la jeune bijoutière. Tu vas frapper et dire « Bonjour, je cherche mon ami Renaud qui s'est égaré chez vous » ?

Elle haussa les épaules.

— Réfléchissons et agissons ensemble. Pour commencer, laissons terminer Euphrasie nous raconter tout ce qu'elle a vu dans cet enfer…

Celle-ci raconta : la Bastien doucereuse et ferme et son horrible homme à tout faire lui avaient montré le corps de Marie en la menaçant du même sort si elle ne se montrait pas accommodante. Mais une fois dans la chambre des trois hommes au regard halluciné, elle avait compris que sa vie allait finir entre ces quatre murs. Aucun d'eux n'avait été intéressé par sa virginité. Ils voulaient juste s'amuser. Cela avait commencé par une paire de gifles chacun, puis des coups de fourchette sur ses tétons et dans son intimité. Ils l'avaient fait s'agenouiller pour lui faire faire des choses avec sa bouche. À ce stade, elle s'interrompit, rougissante, et communiqua sa rougeur à Marion et Sophie. Jérôme tâcha de rester sobre pour lui permettre de poursuivre, ce qu'elle fit après une large respiration : l'un avait tenté d'avoir une relation contre nature et comme elle avait bondi pour échapper à sa poigne, les trois l'avaient battue comme plâtre tandis que celui qui…

Cette fois la jeune femme eut un hoquet qui lui souleva le haut du corps tandis que des larmes silencieuses jaillissaient de ses yeux. Marion fut la première à réagir en lui tendant un mouchoir, puis Sophie vint mettre ses bras autour de ses épaules pour tenter de la calmer.

— Celui qui voulait… enfin… il… il n'a pas de… oh, je ne puis dire le mot…

— Je crois que j'ai compris, dit doucement Jérôme.

— C'est lui qui a voulu m'étrangler avec sa cravate, « pour me punir » a-t-il annoncé à ses comparses dans un sourire mauvais, ce qui les a fait réagir vivement, et ils se sont mis à scander : « Tue, tue, tue ! » Moi je cherchais désespérément à m'ensauver, mais il y en avait toujours un pour se placer devant la porte ou la fenêtre, ou même ils se servaient de moi comme balle qu'ils se renvoyaient en riant jusqu'à ce que l'un d'eux me pousse encore plus fort et je suis tombée. C'est à ce moment-là que la Bastien a frappé à la porte, ce qui a permis à votre ami d'arriver.

— Connaissiez-vous ces trois hommes ?

— Non, je ne crois pas.

Marion intervint :

— Tu en connais au moins un, c'est un ami de « Mylord », le fils de la Chatanay.

— Oui, je sais qui est « Mylord », mais ses amis je ne les connais pas. Tu oublies que je ne travaille pas tous les jours à La Rose de Damas.

— C'est le fils Lorry, affirma Marion sourdement. C'est lui qui est parti avec Marie, le garçon qui tient le pont nous l'a dit. Et le fils Lorry se prénomme Jules, et son père est juge.

— Non, Marion, rectifia Jérôme, le garçon qui tient le pont nous a dit avoir vu Marie partir avec un homme à redingote rouge comme celle que portait un de nos voisins du Véry. C'est ce dernier que vous avez identifié.

— L'homme à la redingote rouge est Jules Lorry ! s'exaspéra Marion.

— Peut-être que ces deux personnes n'en font qu'une, mais pour l'instant, nous ne pouvons pas l'affirmer, et sans preuve, nous ne pouvons rien faire, pas même aller voir la police car s'il s'agit de fils de bonne famille, il faudra donc des arguments solides.

Marion se rembrunit tandis que Sophie repartit :

— Eh bien, allons voir ce drôle pour nous en assurer.

— Ça n'avancera pas à grand-chose pour le moment, il faut que j'aille au bordel.

— Encore une fois, comment vas-tu t'y introduire ? En te faisant passer pour une tante ?

— Foutre, Sophie, tu ne m'en crois pas capable pour sauver mon ami ?

— C'est aussi ce que Renaud a dû faire pour s'y faire admettre ; ils ne se laisseront pas prendre deux fois aussi rapprochées.

Jérôme dut admettre que Sophie avait raison. Ils soupirèrent de conserve, les trois femmes étant aussi mornes que lui. Jérôme émit l'idée d'aller faire le guet devant le bordel pour surveiller les allées et venues.

— Les allées et venues de qui ? objecta Sophie.

— Celles de la maisonnée, s'ils ont un habitant de plus, ça finira par se voir.

— De quelle façon ?

— Il faut bien qu'ils se nourrissent, je suivrai celui qui va au ravitaillement et je prendrai langue avec lui.

— Ça peut prendre des semaines.

— Cela, je peux le faire pour vous, monsieur, proposa Marion. On se méfiera moins d'une femme.

Jérôme observa la douce Marion, plus craintive qu'un écureuil, et qui pourtant offrait de se mettre en danger pour lui rendre service car elle ne connaissait pas Renaud. Les yeux verts croisèrent le regard myosotis de la jeune fille, où se reflétait une supplique. Marion ne voulait pas seulement sauver Renaud, elle voulait dédommager Jérôme de son hospitalité.

— C'est trop dangereux, Marion. S'ils ont un doute, ils vous tueront.

— Pas en pleine rue, tout de même.

— Un coup de couteau est vite donné.

— Peu importe ma vie, elle n'a guère de valeur.

— Ne dites pas une chose pareille. En tant que soldat, je connais la valeur de l'existence. Combien de pauvres hères à la poitrine enfoncée par un boulet ai-je vus supplier Dieu en lequel ils ne croyaient pas de les sauver afin qu'ils pussent rentrer chez eux soutenir leurs familles ?

— C'étaient des hommes, monsieur, la valeur d'une femme est bien moindre.

— Et ce alors que les hommes naissent tous des femmes, ironisa Sophie. Il n'est pas temps de débattre de ce vaste sujet.

— Je crois, dit timidement Euphrasie, enfin il me semble avoir entendu qu'ils font table de jeu le soir.

Trois paires d'yeux se braquèrent sur elle.

— Eh bien, la voilà l'opportunité pour entrer au bordel sans me faire passer pour une tante, sourit Jérôme, ravi de cet exutoire.

— Mais peut-être en te travestissant, émit Sophie. Est-ce que la Bastien connaît ton visage ?

— Oui, elle a interrompu mon aparté avec la Chatanay quand j'ai gourmandé cette dernière pour avoir renvoyé Marion.

Il vit que la jeune éventailliste rougissait à cette évocation, mais il ne voulut pas confier à sa compagnie la teneur exacte de cet entretien ; outre que cet aveu n'apporterait rien à leurs recherches, cela risquait d'offusquer les jeunes femmes et de mettre Marion dans la gêne.

— Pour la Bastien, j'ai des lunettes fumées qui me servent quand je suis en campagne et qu'il y a trop de soleil.

Sophie secoua la tête.

— Cela ne suffira pas, il te faudrait au moins une barbe postiche et un autre chapeau.

— Je n'ai pas d'autre couvre-chef, je mettrai mon bicorne en colonne. Quant à la barbe, cela me paraît une bonne idée : il y a au Palais quantité de marchands d'articles de carnaval, je devrais pouvoir trouver cela facilement, répondit Jérôme en fouillant sa bourse, qui n'afficha que deux pièces de trois demi-francs et une de cinq sous, autrement dit vingt centimes. Pas de quoi donner des garanties aux joueurs, encore moins aux tauliers. Il devait absolument passer chez son escompteur retirer au moins trois napoléons.

Jérôme se leva pour prendre congé et coiffa son bicorne perpendiculairement en inclinant la pointe vers son visage. Euphrasie Brion se leva à son tour.

— Je dois rentrer chez moi.

— Ne pourriez-vous déposer plainte pour ce qui vous est arrivé ?

— Non, monsieur, je ne le ferai pas, ma mère est une prostituée qui s'est sacrifiée pour que je n'en devienne pas une, elle m'a même fait donner quelques leçons par un ancien professeur très âgé, je sais lire et écrire. Je ne veux pas attirer l'opprobre sur elle, elle n'en a pas besoin.

Jérôme hocha la tête.

— Je comprends. Où pouvons-nous vous trouver ?

— Je préfère que l'on ne le sache pas, ne m'en veuillez pas. Si vous retrouvez votre ami, dites-lui toute ma reconnaissance de m'avoir sauvé la vie. Je vais me fiancer à un tapissier du Marais, un brave garçon dont la famille est besogneuse et honnête, ils ne doivent rien savoir de cet affreux événement.

Jérôme faillit dire « Vous êtes victime, pas coupable », mais il se tut, conscient des travers de la société que la morale étouffait au moyen d'un solide galon nommé « pudeur ».

— Je dois vous faire un aveu, dit Euphrasie, j'ai… menti à votre ami quand il m'a demandé si je savais où était Marie dans le bordel. J'avais trop peur qu'il m'abandonne pour courir la chercher mais je vous assure d'une chose, Marie était déjà morte… Je… n'ai pas osé lui dire…

La malheureuse éclata en sanglots que Sophie et Marion ne cherchèrent pas à apaiser, vaguement choquées par l'attitude de la jeune femme envers son sauveteur. Jérôme se montra plus compréhensif, la guerre lui avait appris que personne n'est égal face aux épreuves.

— Allez en paix, dit-il.

— Bonne chance à vous ce soir…

— Il nous en faudra et pas seulement pour retrouver Renaud, mais aussi pour mettre cet horrible réseau hors d'état de nuire.

Jérôme raccompagna la jeune femme jusqu'à la porte de l'appartement, puis, une fois qu'il l'eut claquée, il revint faire ses adieux à Marion et à Sophie.

— Je t'accompagne, jeta cette dernière en bondissant de sa chaise pour passer son manteau redingote bleu avant de planter sa toque noire sur ses cheveux blonds. Nous interrogerons le jeune garçon du pont et aussi le décrotteur, il connaît bien du monde celui-là.

— Je ne crois pas que l'on fasse tout ceci aujourd'hui. Jérôme consulta sa montre oignon : Bientôt six heures, je veux être sûr de trouver mon escompteur encore ouvert.

Il fut convenu que Marion resterait au logis et que Sophie rentrerait chez elle, mais reviendrait au petit matin prendre des nouvelles. Si la soirée au bordel s'était révélée infructueuse, ils iraient ensemble voir le décrotteur. Et s'il n'était pas rentré, alors elle se rendrait au commissariat du Palais-Royal. La jeune bijoutière grimaça, tant à l'idée d'avoir affaire aux policiers que de ne pas le voir revenir. Il n'eut pas le temps de tenir compte de ses craintes et ils quittèrent ensemble l'appartement sous le regard critique de Marion qu'aucun ne vit.

Au bas de l'immeuble, Jérôme arrêta Sophie qui voulait lui emboîter le pas pour le suivre au Palais.

— Rentre chez toi, tu as de la marche et il va faire nuit, tu risques de faire de mauvaises rencontres et je ne veux pas m'inquiéter.

— Est-ce que tout s'est bien passé chez le roi de Naples ?

— Oui, répondit-il sobrement sans entrer dans les détails qui devaient rester secrets tant pour la suite des événements que pour ne pas la troubler.

— Jérôme ?

— Oui ?

— J'ai peur que tu ne reviennes pas…

Elle se jeta à son cou, il sentit son corps se coller au sien.

— Je vais revenir, assura-t-il en respirant à plein nez son parfum ambré.

— Oui, ou bien tu n'es plus le lieutenant Sabre.

— Capitaine à présent !

— Oui, pardon.

Elle sourit et se pencha pour poser un rapide baiser sur ses lèvres avant de s'enfuir. Il ne savait s'il devait se réjouir de cette déclaration amoureuse, d'autres femmes se partageaient son esprit : Marion comme un petit oiseau fragile, la comtesse Iliescu en louve. Il les chassa toutes pour se concentrer sur sa mission.

Il ne vit pas le jeune pontonnier, sans doute avait-il terminé sa journée. Le décrotteur était, lui, en place, grand escogriffe brun à catogan qui s'assit sur son tabouret de cuir pour lui « faire les talons ». Jérôme mourait d'envie de l'interroger tandis qu'il officiait, mais il se morigéna, il perdrait un temps précieux. Au contraire, il donna à l'homme de l'art sa dernière pièce de cinq sous pour activer l'intervention de sorte qu'en quelques minutes l'affaire était dans le sac.

Il entra dans la galerie de Beaujolais où affluaient les soupeurs, il la longea rapidement pour rejoindre celle de Valois où il aperçut au loin l'établissement à devanture rouge de la Banque Doucet. Il vit surtout son escompteur en train de glisser la clef dans la serrure pour fermer sa boutique avant de déplier les volets de bois intérieurs propres à dissuader les crocheteurs, du moins en principe.

Jérôme hâta le pas et poussa la porte à temps, bousculant le quidam qui se récria :

— Or, ça, monsieur, quelles sont ces manières ?

— Veuillez m'excuser, monsieur Doucet, c'est moi, Jérôme Blain…

— Ah ! cette jeunesse impatiente, se radoucit le mince bonhomme aux cheveux gris qui repassa derrière son comptoir. Que puis-je pour vous ?

— Il me faudrait trois napoléons ou plutôt quatre ?

— Trois ou quatre ? Ne vous dégarnissez pas, car rappelez-vous que je ne fais pas crédit.

— C'est juste, monsieur Doucet, trois suffiront, répondit Jérôme en pensant : *Il le faudra bien.*

— Je parie que c'est pour le jeu…

— Euh…

— Allez, jeune homme, toute la journée on défile dans mon établissement pour cela, c'est à croire que la France est devenue un immense tripot. Ah ! on court à la décadence, foi de Doucet. Signez là, conclut-il en lui tendant une plume trempée dans l'encre et un récépissé à signer.

En échange de quoi, il fit glisser sur la crédence de bois trois pièces d'or de vingt francs que Jérôme fit tomber dans sa bourse. Puis il quitta les lieux en le remerciant et en réitérant ses excuses, il était pris par le temps.

— C'est ça ! cria Doucet dans son dos. Courez vite faire des dettes, il faut bien faire vivre les usuriers !

Il se dirigea rapidement vers le jardin et les galeries de bois où il savait pouvoir trouver la veuve Storr, proposant outre des pantins, des farces et attrapes en tous genres. Il négocia trois sous une barbe postiche en mohair noir « du plus bel effet naturel », assura la marchande, qui ajouta :

— Vous pouvez être en confiance, monsieur, chez moi, il n'y a que de la belle marchandise, j'ai eu l'honneur de voir figurer en tête de mes mémoires « Fournisseur de l'impératrice »[68]…

---

68. Authentique.

Devant le miroir tendu par la veuve Storr, Jérôme trouva qu'il avait tout d'un sapeur de Garde. Enfin, cela ferait l'affaire.

Il retraversa les jardins au pas de charge en se tenant la barbe de peur qu'elle ne tombât, et une fois hors du Palais-Royal, en dépit de la nuit tombante, il chaussa ses lunettes fumées pour rejoindre la rue Neuve-des-Petits-Champs avant de sauter dans celle de La Feuillade. Il aperçut l'hôtel du même nom en face duquel était le bâtiment abritant le bordel dont les fenêtres étaient barrées d'un barreau. La porte munie d'un guichet s'imposa à ses yeux. Il fut bousculé par deux compères en habit de soie qui se gaussèrent :

— Vous venez pour le whist, le pharaon ou la braguette ?

— Les trois ! répondit Jérôme avec une nonchalance qu'il était loin d'éprouver.

— À vous l'honneur, mon brave, répondit l'élégant en s'inclinant ostentatoirement sous les rires de son ami qui frappa deux coups vigoureux à la porte.

Une rafale de vent dirigea la lumière du falot de leur côté : Jérôme reconnut deux des dîneurs du Véry…

Chapitre 15
Dans le Bas Astral

Jeudi 22 mars, fin de soirée, bordel l'Enfer.

Ils furent accueillis par un jeune Noir d'environ quinze ans.

— Edem ? s'étonna l'un des deux élégants vêtu d'une redingote jonquille. Où est Joseph ?

— Il est blessé, alors il reste au salon à surveiller les parties de jeux qui sont déjà bien entamées.

— Oh, bien.

— Vous venez pour le jeu ou la braguette ? demanda le nommé Edem.

— Hum… pour commencer, le jeu, on verra ensuite…

— Et vous ?

— Pareillement, répondit Jérôme en tâchant de ne pas avaler le haut de sa barbe qui avait tendance à s'insinuer dans sa bouche chaque fois qu'il parlait.

— Entrez tous, il ne fait pas chaud, conclut le jeune garçon en refermant la porte derrière eux.

— Pauvre petit singe, tu n'arrives toujours pas à te faire à la météo de ce pays-ci ? ricana celui en habit jaune.

Sacré con, pesta Jérôme intérieurement tandis que les deux hommes lui remettaient leurs cannes et leurs hauts-de-forme. Puis il observa les portraits affichés des prostitués, sans jugement, mais non sans réticence à l'idée de devoir monter dans une chambre avec l'un d'eux.

La Bastien apparut tout sourire et le ton patelin.

— Ah, voilà mes chous-chous…

Le second élégant, qui portait un habit gris brodé de feuillage argent, était beaucoup plus petit que son ami, il était aussi mince et d'une apparence délicate.

— Sylvère est-il arrivé ? demanda ce dernier.

Le cœur de Jérôme suspendit un battement : le fils de la Chatanay était attendu.

— Non, mais Arthur est déjà là.

Il eut un nouveau choc : Euphrasie Brion avait mentionné ce nom.

Des deux individus présents, l'un était « Jules ». Mais lequel ? Il pensa à Marion qui avait vu juste et aurait pu le reconnaître.

Il se força à se souvenir du repas au Véry vieux d'à peine une journée, mais où il ne les avait vus qu'assis et pas tous de face. Sa seule certitude : « Jules » portait la redingote rouge… Cependant ne lui revinrent que les traits de celui avec lequel il s'était accroché au sujet d'une prétendue tache sur sa redingote rose.

Son esprit travaillant à toute allure fut en mesure de superposer le visage d'un des hommes à celui de ses souvenirs qui ce soir avait troqué son habit « églantine » contre celui « jonquille ». « Jules » portait donc le frac gris argenté. Et si Sylvère, alias « Mylord », apparaissait ce soir, alors ce que Jérôme pensait être le Cercle des Éventails se formerait sous ses yeux.

Il sentit un sentiment de puissance l'envahir, mais il devait garder la tête froide. Il était seul dans l'antre du diable et il n'était pas venu pour ceux du Cercle, mais pour chercher Renaud. Ce qui ne l'empêchait en rien d'observer les figures et les habitudes de ces malfaisants pour en imprimer sa mémoire.

Les deux élégants s'écartèrent et il fut le point de mire de la Bastien.

— Vous avez amené un ami ?

— Non, ce quidam était déjà là quand nous sommes arrivés, repartit « Jules » sur un ton négligent pour signifier le peu de cas qu'il faisait du nouvel entrant. C'était aussi bien pour Jérôme qui pourrait prospecter plus discrètement.

Edem ouvrit une porte à double vantail d'où s'échappèrent des échos de conversations, des rires et des bruits cristallins, ceux des flûtes de champagne que l'on pose ou que choque pour trinquer ainsi que l'odeur des cigares ou des bouffardes accompagnée de volutes. Le jeune Noir referma les portes sur « Jules » et son comparse qui disparurent de la vue de Jérôme auquel la Bastien adressa un large sourire commercial.

— Soyez le bienvenu, vous pouvez ôter vos lunettes, mes chandelles n'éblouissent pas.

— Je crains que non, j'ai été atteint par des éclats d'obus et toute vision de ce qui brille me fait souffrir.

— Un militaire ?

— Oui.

— Comme les deux précédents... Décidément, ça vous démange. Où étiez-vous ?

Jérôme nota l'information ; hors « Mylord », les trois autres appartenaient au milieu martial, ce qui n'irait pas sans prise de gants pour les démasquer, pour peu qu'ils fussent gradés.

— En Espagne, répondit-il calmement.

Elle passa un long instant à l'observer comme une mère cherchant à savoir si son enfant ment et il espéra fortement qu'elle ne lui demanderait pas d'ôter ses lunettes pour vérification. Enfin, elle laissa tomber :

— Pour quoi venez-vous ?

— Le jeu.

— Edem, prends la redingote, le sabre et le bicorne de monsieur.

Une minute plus tard, ce fut au tour de Jérôme de pénétrer dans le salon, bondé et enfumé, dressé de multiples tables recouvertes pour la plupart d'un tapis vert en feutre. Sur toutes, des lampes « bouillotte » en laiton à rebord et abat-jour de fer surmonté d'une flèche dorée – de Parthe ou de Cupidon ! – servaient à éclairer le jeu qui avait donné son nom à l'éclairage[69].

Assis à jouer ou debout à observer, des hommes en frac coloré, en bottes ou en souliers à boucles d'argent, certains, souvent les plus âgés, portant perruques blanches à catogan, d'autres ayant conservé

69. Le jeu de la bouillotte est l'héritier du brelan et l'ancêtre du poker.

leur couvre-chef, un chapeau rond. Parmi cette multitude, les deux militaires efféminés semblaient s'être évaporés.

Jérôme scruta les visages à la recherche d'« Arthur », décrit comme bien bâti et blond par Euphrasie. Mais rien ne paraissait lui ressembler.

Il vit la haute fenêtre encadrée de doubles rideaux bleu turquoise par laquelle la jeune fille avait pu s'enfuir en laissant Renaud face à…

Un grand barbu se levant de derrière un bureau en acajou à pieds de lion interrompit le fil de ses pensées. Jérôme sut qu'il s'agissait de l'adjoint de la Bastien, Joseph, dont l'un de ses bras enveloppé de bandage était retenu par une étole blanche détonnant sur son habit entièrement noir.

Il alla à sa rencontre et s'inclina. L'autre fit de même.

— Nous sommes toujours heureux d'accueillir une nouvelle compagnie. Quel jeu vous distrairait ? J'aperçois une place à une table de bouillotte ? À moins que vous ne préfériez le whist, l'écarté. Tous nos tric-trac sont pris, mais il y a une tablée de pharaon prête à vous accueillir…

Jérôme savait que les règles du pharaon étaient plus à l'avantage du banquier que des joueurs, il n'aimait pas le tric-trac et n'entendait rien au whist qui était la grande affaire du colonel au 9e de ligne, Victor de Vautré, terreur des tables de jeu.

— La bouillotte ira parfaitement, monsieur.

— Je vous accompagne, car vous ne devez y voir goutte avec vos lunettes.

Jérôme réitéra le prétexte servi à la Bastien. Le barbu eut un signe de tête de compatissant.

— J'étais aussi en Espagne, bataille de La Corogne[70] où j'étais lieutenant ; 2e compagnie au premier bataillon de fusiliers du 1er bataillon d'infanterie de ligne, colonel Pierre-André-Hercule Berlier.

Une vraie plaie que l'Espagne, répondit Jérôme assez platement en espérant que le barbu ne voudrait pas s'engager plus loin dans les souvenirs ; il n'avait pas envie de s'étendre sur son bref passage dans la péninsule ibérique au sein du 11e régiment de dragons, lequel faisait partie de la division de cavalerie de ligne du général François-Étienne Kellermann.

— Comme vous dites. Je commandais la 1re section de la 2e compagnie à La Corogne où j'ai moi aussi reçu des éclats d'obus, dans les jambes.

— Mais cette blessure au bras est trop fraîche pour être de guerre ?

— Oh, cela, une rixe avec un tire-laine qui en voulait à la recette, mais n'ayez crainte, je l'ai accommodé. On est si honteusement volé de nos jours. Ah ! l'Empereur est bien trop indulgent.

Ils étaient parvenus à une table de trois joueurs, placée près de la cheminée où flambait un bon feu.

— Voilà votre quatrième, annonça Joseph.

— Il est aguerri au moins, hé ? chuinta un des quidams dont la face de lune paraissait composée uniquement d'un nez et d'une paire de favoris bruns.

— Ce sera la surprise, mon cher Chazay ! s'esclaffa Joseph en claquant l'épaule de Jérôme, qui prit place face à une créature éthérée emmitouflée dans son jabot de dentelles.

---

70. 16 janvier 1809.

En frac mauve et le visage poudré tout comme sa perruque, il ressemblait à quelque fantôme échappé de l'époque Louis XV. Le troisième homme était un rousseau malodorant d'une trentaine d'années qui semblait plus s'intéresser à ce qui se passait autour de lui qu'à son jeu.

Était-ce un agent des services de police ?

— Vous ferai-je servir du vin de champagne, chers amis ? proposa Joseph sur un ton qui n'attendait pas de réponse, ce qui n'empêcha pas le trio d'approuver avec force. Jérôme ne put faire autrement que d'abonder. Chazay, son voisin, se pencha vers lui.

— C'est ici que l'on sert le meilleur vin de Champagne de tout Paris, hé.

Jérôme hocha la tête et espéra fortement que le placement des joueurs déterminés par les cartes lui permettrait de rester près de ce gonsse qui semblait loquace. Tandis que le rousseau battait les cartes, il parcourut les invités du regard et repéra enfin, non pas « Jules », mais son comparse attablé au pharaon.

Il retourna lentement la carte que l'on venait de déposer devant lui, c'était un as, la plus forte. Il pourrait choisir son emplacement et c'est lui qui distribuerait les cartes. Son voisin eut un valet, le rousseau un dix de trèfle et le fantôme un cinq de carreau. Jérôme décida de conserver sa place, ce qui parut déplaire au rousseau. Il se demanda bien de quoi, le sort venait de le désigner comme croupier. Quant à lui, outre qu'il n'avait pas envie de renifler à plein nez ses effluves de transpiration, comme il tournait le dos à la cheminée, il avait une bonne vue d'ensemble de la salle peuplée d'environ une vingtaine d'hommes de tous âges.

Chacun avança au centre de la table un napoléon, puis, lorsqu'on fut servi en cartes et en champagne, Jérôme saisit sa flûte et dégusta une première gorgée qu'il ponctua d'une interjection appréciative. Son voisin se pencha de nouveau.

— Alors, que vous disais-je ? Voilà un vin de Champagne qui ferait honneur aux plus belles tables de nos ministres, hé ?

— Assurément. Où la maison se fournit-elle ?

Chazay eut un petit rire de crécelle qui fit tressauter ses épaules.

— Cette cuvée-ci est un cadeau britannique, hé ! chuchota-t-il.

Jérôme fit mine d'être outré par cette entorse pour l'engager à poursuivre ses confidences.

— Oh…

— Qui ne trafique pas, hé ? C'est un non-sens que ce blocus qui étouffe les braves gens et enrichit les parvenus, hé…

Jérôme admettait que bien des Français souffraient des restrictions du blocus et tâchaient de le contourner plus ou moins discrètement. Était-ce cette affaire-là qui avait fait se déplacer la Bastien chez la Chatanay pour la prévenir ?

Un coup de poing sur la table fit sursauter cartes et flûtes et tressaillir le fantôme qui sortit un flacon à sel en cristal à bouchon d'or dont il inspira une pleine et bruyante bouffée. Un éternuement aigu suivit.

— De quoi parlez-vous ? s'indigna le rousseau, insensible aux manifestations émotionnelles de son voisin. Cherchez-vous à flouer ?

— Allons, mon cher Roberge, calmez-vous. Monsieur apprécie le vin et me le faisait savoir, hé.

— Vous me la baillez belle !

— Vraiment, assura Jérôme. Je paierais cher pour en trouver un aussi bon à servir à mes invités.

— Sacrelotte, alors jouons ! Je parie que Chazay a la main…

Ayant dit, il misa un nouveau napoléon, imité de la tablée.

L'interpellé retourna ses cartes, trois dix. Le fantôme ne put rien aligner de supérieur, le rousseau non plus. On attendit impatiemment le jeu de Jérôme qui afficha non sans satisfaction un brelan de valets. Il rafla la mise au grand dam du rousseau qui fit glisser une nouvelle pièce dans un air de défi.

— Je suis, hé, dit Chazay en ramenant au niveau de ses yeux un face-à-main en or pendu au bout d'une chaîne afin de fouiller plus commodément dans sa bourse en cuir blanc posée près de lui.

— Je passe, exhala le fantôme dans une nouvelle inspiration de sels.

— De même, dit Jérôme, estimant que la bonne fortune ne le servirait pas deux fois de suite et aussi qu'il devait aller fureter à une autre table.

Il sentit soudain un contact sous la table ; celui d'un soulier de cuir remontant délicatement le long de sa botte. Cela ne pouvait provenir que du fantôme, remis de son émoi. Il l'observa derrière ses lunettes, mais son examen fut interrompu par une exclamation générale qui fit brusquement reculer le « soulier prospecteur ».

Une jolie petite créature s'était matérialisée, véritable sylphide dans sa robe blanche au profond décolleté, la gorge petite et haute ornée d'un collier de diamants, les lèvres vermillon et le regard souligné de noir. Les cheveux étaient dissimulés sous un « cache-folie » relevé en chignon bouclé, et à ses oreilles pendaient des boucles en perles et en diamants.

Cette nymphe qui n'était autre que « Jules », fils du juge Lorry, s'éventait gracieusement de sa main gantée de vert. Tous les spectateurs s'étaient levés, et Chazay, visiblement sous le charme, chuchota à Jérôme :

— N'est-elle pas gracieuse notre demoiselle « Lilas Blanc » qui, comme vous le savez, symbolise l'innocence, hé ?

Non, Jérôme ne connaissait pas la symbolique du lilas blanc ni même du mauve, mais si réellement « Jules » s'était donné ce surnom, c'est qu'il devait y avoir un lien avec son absence de sexe.

— Qui est-ce ? Un pensionnaire ?

— « Lilas Blanc » est la plus belle tante que j'aie jamais vue et je m'y connais en la matière, allez, gloussa-t-il. Mais elle ne s'est encore donnée à personne et entretient un grand mystère que tous ici, nous aimerions percer, hé.

Jérôme, que l'interjection « hé » de Chazay mise à tout bout de phrase commençait à agacer, vit apparaître « Mylord ». Tout de noir vêtu, comme au Véry, il était accompagné de l'ami avec lequel « Jules » était arrivé, mais aussi d'un grand blond dont la musculature se devinait sous son frac aubergine ajusté qui ne pouvait qu'être « Arthur ». Était-ce le traître d'Alliance ?

À la vue du Cercle des Éventails, Jérôme en eut le souffle coupé et n'eut même pas à interroger son voisin qui en zozota de plus belle :

— Ses amis d'enfance, ces quatre-là ne se quittent jamais. Tout d'ébène vêtu comme à son habitude, Sylvère Leroy, fils du dernier fermier général, hé…

Cela, Jérôme le savait et bouillait intérieurement pour qu'il se hâtât de lui livrer les noms de ceux qu'il ignorait encore. Mais le gros homme continuait à se répandre sur la beauté de « Lilas Blanc » qui, point de mire de son cercle d'intimes, buvait son vin de champagne à petites rasades sans cesser de s'éventer et d'envoyer des œillades.

— Qui sont les autres ?

— Les autres ?

— Oui, les deux autres qui sont près de lui, enfin elle ?

— Mais je vous l'ai dit, ce sont des amis intimes. Une autre partie de bouillotte, hé ?

Combien devrait-il laisser au jeu de bouillotte pour apprendre les noms qui lui manquaient ?

— Hé non ! Je vais regarder jouer.

Chazay eut l'air déçu, Jérôme ne s'attarda pas vers lui, il n'avait plus rien à lui apprendre ou pas envie. Il hésita entre se rapprocher du fantôme pour bercer sa componction afin de le cuisiner ou bien jouer son va-tout en tentant de prendre langue avec « Lilas Blanc » qui s'était montré assez hautain sous son habit masculin. Mais peut-être qu'adulé en femme le rendrait amène…

Autour de lui, les gens s'étaient rassis et les jeux reprirent avec fureur, l'alcool aidant, véhiculé par Edem et Joseph, qui servaient et resservaient vins de Champagne, mais aussi chambertin, cognac, punch, whisky… Ce soir encore, la recette du bordel serait bonne.

Jérôme vit le fantôme s'installer auprès des joueurs de pharaon. Trop tard.

À l'autre bout de la pièce, au-dessus d'une commode surmontée d'un grand miroir vénitien, « Lilas Blanc » s'admirait, entouré de ses trois amis, et Jérôme se demanda si ces malfaisants n'étaient pas plus nombreux. Étaient-ils tous des assassins ou bien un seul agissait-il sous le regard des autres ? « Lilas Blanc » paraissait si fragile… Jérôme était curieux de connaître son unité. Comment son genre pédéraste n'avait-il pas été deviné par les hommes de troupe, notamment les siens ?

Une odeur de transpiration agressa son nez.

— Êtes-vous sûr de ne rechercher que du vin de Champagne ? demanda Roberge, le rousseau, un cigare à la main et lui tendant la flûte oubliée sur la table de jeu.

— Ni ça ni du reste, monsieur, répondit Jérôme, méfiant, dans une inclinaison de tête pour le remercier.

— Pour quelle raison êtes-vous ici alors, vous ne paraissez pas être un rivette ?

— Et vous-même, qui êtes-vous ? Un argousin ?

Plus loin, « Lilas Blanc » s'éloignait, suivi de sa cour ; bientôt tous quittèrent la salle de jeux. Jérôme pesta intérieurement, cet esbroufeur lui avait fait perdre une belle occasion.

— Je puis vous aider, susurra Roberge, je connais bien la maison.

— Je suis venu sur l'indication d'un ami qui m'avait assuré que c'était une bonne maison de jeux.

— Je connais peut-être votre ami si c'est une corvette, comme on dit au bagne.

Pourquoi employait-il cette expression ?

Était-il un ancien bagnard ou bien un come ou un sous-come[71] ?

— Il était venu comme moi, sur l'indication du bouche-à-oreille, et je pensais le trouver ce soir, il a dû venir hier et nous nous serons ratés.

— Hier, personne de nouveau n'est venu. À moins que votre ami ne soit monté directement dans la chambre d'un pensionnaire lui fourgonner son trou d'Aix[72] !

Jérôme, habitué à la rudesse des camps, ne s'offusqua pas du langage ordurier de Roberge, il se demandait plutôt où il voulait en venir. Il ne fut pas long à le savoir.

— Je ne suis pas non plus un tinteur[73], ce qui m'amène ici ce sont les affaires, et dans ce genre de société, on en fait des excellentes, ce sont tous ou presque des gens de goût. Mais venez, ne restons pas plantés là comme des réverbères, ça va finir par paraître suspect.

— À qui ?

— Joseph, la Bastien ou Dieu sait qui de l'assemblée. Tenez, à la table de tric-trac…

Jérôme dirigea son regard vers un homme à cheveux mi-longs striés de fils d'argent, au nez fort dans un visage aux traits marqués souligné par une frange, le dos rendu bossu par les coups de son maître quand il était enfant. Roberge baissa d'un ton :

— La Révellière-Lépeaux, l'ancien directeur… Bien que marié et père de famille, il en est aussi.

---

71. Adjudant/sous-adjudant chargé de la surveillance au bagne.

72. Anus en argot du début XIXe.

73. Homosexuel.

L'autre directeur, Barras, avait bien ses mignons…

Jérôme hocha la tête, l'époque directoriale lui avait un peu échappé, il était jeunet alors et pensionnaire du collège Mac Dermott de Saint-Germain-en-Laye.

Il suivit Roberge et ils déambulèrent entre les tables en souriant comme deux anciennes relations qui se retrouvent après une longue absence.

— Tout à l'heure, vous m'avez pris pour un argousin ou un cogne, et moi pour un filouteur. Mais savez-vous que le gros Chazay est un espion à la solde de la préfecture qui ferme les yeux sur ses petits travers ? Si c'est à lui que vous aviez voulu acheter du vin, il vous aurait dénoncé.

Il attendit quelques instants pour juger de l'effet de ses révélations sur Jérôme qui n'y accorda pas plus de crédit que ça. Cela pouvait être une vérité comme un mensonge destiné à l'endormir. Si, comme il le pensait, Roberge était un chevalier d'industrie, quelle raison le poussait-il à se confier si facilement à un étranger sinon pour tenter d'en faire un acolyte ?

Pour toute réponse, Jérôme se contenta d'un demi-sourire, ce qui suffit à son compagnon.

— Quant à l'autre enfariné, il s'agit du vicomte Henri de Méridol, authentique aristocrate provençal ruiné, authentique pédéraste, et authentique « grec ».

Autrement dit, un voleur de haut vol. Roberge était passionnant, mais, foutre, ce qu'il puait ! Cela tenait de la moiteur de rousseau, du jus d'oignon et du musc destiné à masquer le tout.

— Et « Lilas Blanc » ?

— Son père est un riche veuf, juge, baron d'Empire et amateur de très jeunes filles, il ne mettra donc jamais les pieds dans ce genre d'endroit.

— Étrange personnage… La Bastien m'a laissé entendre qu'il était militaire ?

— En effet, il est capitaine d'habillement au 4e chasseurs à cheval.

Jérôme faillit lâcher un juron : ce régiment était intégré à l'armée napolitaine.

Il devait être en congé pour être si loin de son unité. Mais si Jules Lorry, alias « Lilas Blanc », était lié au crime des grisettes, alors Murat aurait quelques raisons de s'inquiéter. Déjà qu'il avait sur les talons le couple Iliescu mêlé à une conspiration…

— Il vous intéresse, « Lilas Blanc » ?

— Pas plus que ça, mais comme vous l'avez deviné, je ne suis pas un… comment dites-vous… ?

— Une corvette, un rivette, un tinteur, au choix !

— Je m'étonne qu'un homme s'habille en femme.

Roberge eut un petit rire.

— Ici, c'est assez monnaie courante pour ceux qui ont de jolis attributs physiques, mais je dois dire que « Lilas Blanc » est une tante pas comme les autres et sur cette affaire-là, je suis comme tout le monde, je me demande à quoi cela peut tenir. Les secrets se monnaient cher pour demeurer clandestins.

Jérôme mourait d'envie de savoir si Roberge était aussi un indicateur de la police en plus d'être un escroc, ce en quoi il aurait été loin d'être une exception. Mais il préféra continuer de passer pour un job[74].

— Et ses amis, ils s'habillent aussi en femme ?

— Non, « Lilas Blanc » est le seul. Deux sont des corvettes, « Lilas Blanc » est une tante, et Colombel semble être un vrai mâle.

---

74. Un idiot; deviendra jobard.

À ce nom, Jérôme faillit marquer un temps d'arrêt et répéta, le cœur battant :

— Colombel ?

— Arthur de Colombel, fils du général du même nom, capitaine trésorier au 16e chasseurs à cheval.

Cette fois, il ne put réprimer un juron : le traître de l'Alliance était là et il faisait partie des assassins du Cercle des Éventails.

— Vous le connaissez ?

— Du tout, du tout, je m'étonne simplement de la présence aussi grande de militaires en ce genre de lieu.

— Il y en a bien plus que vous pensez, et puis ici, c'est plus discret que les « canapés » des quais du Louvre qui courent jusqu'à Pont-Royal…

Jérôme écoutait à peine Roberge et songeait à Colombel : encore un qui devait être en congé, son régiment était en Allemagne.

Ne manquait plus qu'à connaître le quatrième comparse du Cercle et Jérôme pourrait s'estimer satisfait d'avoir appris l'identité des quatre suspects de l'affaire des assassinats des grisettes. À ce propos, si Roberge était un habitué du bordel, même uniquement en affairiste, il devait forcément savoir quelque chose de ces crimes.

— J'ai cru comprendre que « Lilas Blanc » avait pour ami le fils d'un ancien fermier général ?

— Oui, Sylvère Leroy, le plus discret, qui se destine à devenir avocat.

— Et l'autre ?

— Tout va comme vous voulez, messieurs ? s'inquiéta Joseph, brusquement surgi devant eux.

— En Enfer, tout va toujours très bien, mon cher Joseph. Mon associé et moi reprendrons du vin de Champagne. Ce sera pour moi.

« Mon associé »! Roberge allait vite en besogne, souhaitant sans doute rentabiliser ses informations.

— Tout de suite, mon cher Roberge.

Joseph disparut dans une inclinaison.

— L'art de se débarrasser d'un opportun, persifla son compagnon. Je puis vous fournir en vin de Champagne tel que vous l'avez dégusté ce soir. La Bastien et moi avons le même fournisseur. Étant donné qu'il est anglais, je n'en ai pas parlé devant Chazay, il craint la Bastien qui est soutenue par Fouché; qu'elle en profite bien, cela ne saurait durer.

La Bastien soutenue par Fouché: voilà une autre information importante alors que Murat prétendait pouvoir régler l'affaire du Cercle des Éventails justement grâce à l'amitié de Fouché. Mais ce dernier hésiterait-il entre les revenus que devaient lui rapporter les trafics du bordel et le lien avec le beau-frère de l'Empereur avec lequel les deux hommes étaient en moins bonne entente?

— Combien désirez-vous de ce vin de Champagne? insista Roberge.

— C'est-à-dire que…

— Trente, quarante bouteilles?

— Foutre, non, que ferais-je de quarante bouteilles? Je n'ai pas quarante amis.

— Vous les replacerez avec une commission. Vous m'avez l'air habile, plutôt bel homme, je pourrais vous revendre une liste de veuves qui ne demandent qu'à être livrées et peut-être… consolées…

C'est ça, prends-moi pour un pigeon, ta liste creuse pue autant que toi, ragea Jérôme en pensée.

— Donnez-moi quatre napoléons et je vous fais livrer la liste plus dix bouteilles à votre adresse à la première heure demain matin…

— Je dois réfléchir, répondit Jérôme en songeant au meilleur usage qu'il ferait du gain du jeu de la bouillotte.

— Vous avez tort, jamais vous ne retrouverez une si bonne occasion. Allez, je passerai chez vous demain et nous en reparlerons, quelle est votre adresse ?

— Ne serait-il pas plus sage que ce soit moi qui passe vous voir ? J'ai quelques amis que votre affaire pourrait intéresser.

Roberge recula de quelques pas, la mine contrariée, avant de sourire faussement.

— C'est une bonne idée, je demeure 9 rue Quincampoix.

Jérôme inclina la tête, bien décidé à ne pas aller vérifier ce qu'il en était au risque de se faire délester puis étourdir.

— Veuillez m'excuser, je dois aller où personne ne le peut pour moi.

— C'est dans le vestibule, Edem vous indiquera.

Jérôme n'avait nulle envie de se rendre au cabinet d'aisances, mais autant pour échapper à l'opportun que pour tenter de faire parler Edem, qui, l'avait-il remarqué au cours de la soirée n'était pas spécialement bien traité, fût-ce par la macquecée ou les clients. Il aurait peut-être envie de déverser son amertume dans l'oreille bienveillante de Jérôme ou bien de confier ce qu'il savait de Renaud venu chercher sa fiancée ici. Jérôme avait le sentiment qu'il s'était passé des choses anormales.

Il s'apprêtait à regagner le vestibule lorsqu'il fut rejoint par monsieur Joseph.

— Vous nous quittez déjà ? J'ai servi monsieur Roberge de deux flûtes de champagne comme convenu avec lui, il vous attend près de la cheminée, de nouveau attablé à la bouillotte.

— Il me faut aller au cabinet d'aisances…

— Oh… Bien sûr, Edem vous conduira…

— Je vous remercie.

— Je vous en prie, ça fera cinq sous…

Jérôme pesta intérieurement tout en cherchant sa bourse. Après avoir tendu son obole au barbu, il passa dans le vestibule en jetant un regard dans l'escalier ; le quatuor était-il monté dans une chambre ou bien s'était-il esquivé ailleurs ? La porte du salon se rouvrit et deux hommes enlacés passèrent devant lui pour se rendre à l'étage.

Edem apparut, vaguement nerveux.

— Monsieur, que puis-je pour vous être agréable ?

Jérôme lui expliqua ce qu'il cherchait. Le Noir lui désigna sous l'escalier un rideau en toile de Jouy à motifs de Diane chasseresse dissimulant un simple seau d'aisances en bois où l'on ne pouvait pisser que tordu vu l'étroitesse des lieux. Avant de se courber, Jérôme demanda :

— Tout va bien, Edem ?

— Oui, monsieur… C'est bien aimable à vous de me demander, ajouta-t-il après une hésitation.

— Je cherche « Mylord », c'est un ami…

— Si c'est un ami, alors vous devriez savoir qu'il doit être rentré chez lui avant que onze heures ne sonnent à l'église Saint-Roch, la voiture de son père est passée il y a dix minutes de cela.

Jérôme sortit sa montre.

— Ah, ma toquante retarde, voilà pourquoi je l'ai raté…

Il poursuivit rapidement :

— J'aurais dû venir hier, mais j'ai eu un empêchement, un autre ami est venu, un grenadier…

Edem ne répondit rien et se raidit. Jérôme acquit la certitude qu'il avait été le témoin de quelque chose d'anormal. Il songea à lui offrir un napoléon, mais il craignait de l'offusquer. Il savait les gens de couleur superstitieux, mais hésitait à se servir d'un tel artifice pour parvenir à ses fins. Néanmoins, la vie de Renaud était en jeu.

— Vous me ferez tenir ma redingote, mon sabre et mon bicorne, je vous prie.

— Monsieur nous quitte ?

— À ma table, j'ai entendu dire qu'un fantôme rôdait dans les couloirs du bordel…

Edem secoua la tête en se signant, mais resta silencieux.

— Celui d'une femme m'a-t-on dit… Je n'aime pas ça…

Jérôme se pencha vers le jeune garçon qui s'était mis à claquer des dents.

— Si c'est une rumeur, cela ne portera pas chance à la maison…

— Je… je… ne… peux… rien dire… rien, monsieur…

On frappa dans les mains.

— Hé là, que se passe-t-il ? brailla la Bastien. Qu'avez-vous raconté à mon nègre, il est tout blanc ?

— Rien, je réclamais mes affaires pour partir.

— Déjà ? Vous ne souhaitez pas consommer ?

— J'ai joué et bu.

— Nous avons de très belles tantes à vous proposer.

— « Lilas Blanc » ?

La Bastien pâlit.

— « Lilas Blanc » ne fait pas partie de mes pensionnaires, mais nous pouvons vous trouver quelqu'un d'aussi joli si vous nous laissez du temps.

Dans le dos de la macquecée, il vit Edem lui faire un signe discret pour lui indiquer Joseph apparu derrière la Bastien. Mais il ne comprit pas où le jeune garçon voulait en venir. Il était évident que le barbu était un témoin de choix, mais Jérôme n'avait pas en sa possession de moyens pour l'interroger, du moins ce soir… sauf à attendre dehors la fin du cercle de jeux et suivre discrètement Joseph jusque chez lui. À condition qu'il ne logeât pas au bordel.

— Je repasserai certainement, vous me paraissez être une très bonne maison.

Ce compliment arracha un sourire à la Bastien qui déclara :

— Ça fera cinq francs… la flûte de champagne…

Jérôme s'acquitta, se vêtit aidé d'Edem et sortit.

Quatrième partie

Œil pour œil

Chapitre 16
Un sabre dans la nuit

La première chose que Jérôme fit en sortant du bordel fut d'ôter ses lunettes. Il faisait nuit noire et les lampadaires éclairaient juste assez pour mettre un pied devant l'autre sans s'étaler. Il fourra aussi sa barbe dans sa poche, ce serait plus aisé pour filer Joseph tout à l'heure.

Traversant la rue, il rejoignit la porte cochère où s'était abrité Renaud la veille, et attendit. Deux heures passèrent à voir avancer les coupés des clients qui sortaient parfois éméchés au point d'obliger leurs cochers à les mettre en voiture. Également sorti des vignes de Bacchus, l'ancien directeur La Révellière-Lépeaux. Enroulé dans une cape noire et coiffé d'un impressionnant bicorne orné d'une non moins impressionnante plume blanche, il s'avança au beau milieu de la rue La Feuillade en dégoisant contre l'Empire « que jamais il ne reconnaîtrait ! ».

Il manqua un pavé, évita la chute en se cramponnant à sa canne et réussit à ne mettre qu'un genou à terre tandis que son bicorne s'en allait rouler plus loin.

Mais ainsi positionné, il ne parvenait plus à se relever, et pour s'encourager, se mit à débiter un tas de noms d'oiseaux impériaux. Sans résultat.

Jérôme, maugréant, se décida à quitter son abri pour lui offrir son aide.

— Merci, monsieur.

— Je vous en prie.

Ramassant le bicorne qu'il tendit à l'ancien directeur encore vacillant malgré le secours de sa canne à tête de lion en ivoire, le jeune capitaine demanda :

— Votre voiture n'est pas arrivée ?

— Je n'ai point de voiture, monsieur, j'avais commandé une vinaigrette[75] pour minuit et il est…

Il tâta ses poches.

— Ah, je ne trouve plus ma montre…

— Il est minuit trente, monsieur, indiqua Jérôme en sortant la sienne.

— Ah, les bougres, les jean-foutre, les paltoquets… Je me plaindrai au loueur de carrosses de la rue…

Il eut un soupir.

— Si ce n'était un effet de votre bonté, monsieur, accepteriez-vous de me raccompagner ? Quand je ne suis pas chez moi en Anjou, je demeure près de l'Institut que j'ai tant aimé où je ne peux hélas plus siéger, ayant refusé de prêter serment à l'Empire…

---

75. Aussi appelée brouette, la vinaigrette est un véhicule tracté par un homme.

Jérôme connaissait cette rue qui était celle où demeurait le chirurgien « miracle » de la Grande Armée : Larrey.

— C'est-à-dire, monsieur, que je souhaitais attendre quelqu'un…

— Je vous en prie, implora La Révellière-Lépeaux, je crains les mauvaises rencontres, je ne suis plus jeune, et comme vous le voyez, de faible constitution. Jérôme constata que l'homme était même petit, lui arrivant à la taille, mais sa minceur et son immense plume lui donnaient encore quelque allure.

— De plus, en ma qualité d'ancien directeur, on me fait subir mille tracasseries qui ne font pas honneur au gouvernement…

Jérôme pesta intérieurement, cette escorte allait lui faire rater Joseph. Son regard croisa celui de l'ancien conventionnel, qui brilla d'un éclat farouche dans son visage marqué. Par Roberge, Jérôme avait appris que La Révellière avait voté la mort du roi, dirigé cinq ans la France avec quatre autres directeurs, fomenté plusieurs coups d'État, dont le dernier lui avait été fatal, et il implorait de l'aide sur le ton geignard d'un petit enfant qui néanmoins vous défie. Mais il paraissait très difficile de refuser. D'un autre côté, le quai de Conti n'était pas si loin, une demi-lieue en longeant le Palais-Royal, à peine un quart d'heure pour un bon marcheur ce que, hum… ne semblait pas être l'ancien conventionnel. Enfin, chemin faisant, peut-être se montrerait-il causant sur les habitués du bordel. Jérôme espérait n'avoir pas à le mettre au lit et ainsi hâter le pas au retour ; avec un peu de chance, Joseph ne serait pas encore parti.

— Allons-y, monsieur, voulez-vous mon bras ?

— Bien volontiers, vous êtes jeune et je vois un beau sabre accroché à votre côté, vous saurez mettre en fuite les fripons et autres coupe-jarrets qui voudraient nous escoffier.

L'inquiétude de Jérôme concernait surtout son ami Renaud ; il était venu au bordel et il n'avait rien appris. Et s'il avait tout de même eu la satisfaction d'avoir vu se constituer le Cercle des Éventails, il lui manquait le nom du quatrième comparse. Il s'épouvanta à la pensée de Colombel traître et assassin, indirectement lié à Murat par le couple Iliescu.

Ils tournèrent dans la rue Neuve-des-Petits-Champs, croisant deux noctambules échangeant avec des raccrocheuses. La voix de son compagnon lui parvint :

— Puis-je connaître l'identité de mon chevalier servant ?

— Je m'appelle Jérôme Blain…

— Vous portez le nom d'une ville dans le département voisin de celui qui m'a vu naître, l'armée vendéenne en déroute y avait abandonné un nombre impressionnant de cadavres…

Il eut un petit rire aigrelet que Jérôme trouva déplacé. Il n'y avait rien d'hilarant à compter les macchabées.

— Mais vous me semblez trop jeune pour avoir connu ces temps affreux.

— J'ai vingt-cinq ans, monsieur, et je ne suis pas originaire de Blain, mais de Vernon en Normandie où vit encore mon père.

— Une très belle région aussi. Quelle profession exercez-vous ?

— Je suis capitaine en attente au 2e chasseurs à pied.

Cette fois, l'ancien conventionnel ne répondit rien. Jérôme en déduisit qu'il n'appréciait pas l'armée, en tout cas, celle de Napoléon.

Le chemin se poursuivit dans le silence ponctué des coups de canne sur les pavés inégaux. Jérôme cherchait ses mots pour relancer la conversation et surtout l'orienter sur le bordel, mais il ne trouva rien qui ne fût artificiel. La fatigue accumulée de ces deux derniers jours sans doute.

— Aucun homme, entendit-il soudain, ne devrait mourir loin de chez lui, dans un pays qu'il ne connaît pas, à essayer de convertir un peuple qui n'est pas le sien à une cause qui ne le concerne pas. Quelle prétention !

— Ce sont les droits de l'homme dont vous faites si peu de cas ?

— Foutaise, j'étais là à leur établissement !

Jérôme tomba des nues. L'ancien directeur s'était-il à ce point éloigné de la politique pour refuser d'admettre que les guerres n'étaient pas toutes du fait de Napoléon ? Celui-ci ne devait-il pas défendre et protéger son empire des convoitises étrangères qui ne voyaient pas toutes d'un bon œil qu'un Corse – autant dire un étranger – se fût assis sur le trône de France ? Et le comte de Provence, frère de Louis XVI, n'était pas le dernier à penser que seul son tour de tête convenait pour ceindre la couronne de Saint-Louis.

— Il faut planter des arbres, non des barricades. Nous sommes faits pour vivre en harmonie avec la Nature ; au lieu de quoi, des guerres et encore des guerres. Au train où vont les choses, bientôt les fleurs ne serviront plus qu'à orner les tombes. J'ai un fils de onze ans, Ossian, je n'ai pas hâte qu'il grandisse car je redoute la conscription.

— Il existe des remplaçants.

— Pourquoi payer un pauvre hère qui manquera à sa famille alors que la paix résoudrait tous nos maux ?

L'ex-directeur balayait un peu vite les campagnes déroulées sous l'égide de son gouvernement, une bonne demi-douzaine en cinq ans, sans parler des batailles navales, mais Jérôme n'avait pas envie d'argumenter.

Sans qu'il pût dire pourquoi, il avait la désagréable impression d'être suivi. Il se retourna plusieurs fois sans apercevoir autre chose que des fêtards et des prostituées dont le flot s'intensifiait à l'approche du Palais-Royal qui, à ces heures tardives, ralliait tous les interlopes que Paris pouvait contenir, Parisiens, provinciaux et visiteurs étrangers.

— Vous pensez que je suis amer… que je regrette le temps où j'étais directeur ?

— Je ne pense rien, monsieur.

— C'est bien le hic, la société est muselée, empêchée de parler, de dire ce qu'elle pense.

Il s'enflamma soudain.

— Mais laissez-nous dire ce que l'on pense, par exemple que le style Empire n'a aucune grâce, qu'il est à l'image des militaires, rude et sans noblesse !

— Chut…

La Révellière se radoucit un peu.

— À ce sujet, savez-vous que j'ai été le premier directeur élu par l'Assemblée nationale en 1795 ?

Les autres ne sont arrivés qu'après moi. Ah ! que n'a-t-on raconté pour pouvoir nous renverser. Il reste que beaucoup de lois promulguées par le Consulat et l'Empire ont été mises en place par le Directoire dont l'Histoire retiendra que nous étions des dépravés ! Ah ! la puissance des calomnies…

Jérôme espéra qu'après cette diatribe il allait se calmer. Ce fut peine perdue ; ravi de son docile auditoire, l'ancien avocat entamait une nouvelle plaidoirie :

— Je resterai le « pape », comme disent mes ennemis, et le diable sait si j'en comptais et en compte encore, le pape des théo-philantropistes…

Il s'arrêta en pleine rue pour écarter les bras en déclamant :

— C'était beau, vous savez, cette religion qui mélangeait le civisme, le culte de l'Être Suprême et l'amour des hommes ! Oh, je ne m'en attribue pas la paternité, elle revient à Chemin, libraire, si je me souviens bien, mais c'est grâce à moi que cette belle religion a… Mais qu'est-ce que vous faites ? Enfin, monsieur, sont-ce là des manières de gentilhomme ?

— Justement, je n'en suis pas un, répliqua Jérôme sèchement en le tirant par le bras pour l'obliger à reprendre la marche et surtout mettre un terme à son lyrisme.

— Ce n'est ni l'heure ni le lieu pour plaider. Avez-vous donc envie de vous faire dépouiller comme au coin d'un bois ?

— Oh ça ? J'ai tout perdu et tout bu chez la Bastien et cette garce n'a pas voulu me faire crédit pour monter mignoter.

— Bon, mais allons toujours. Vous me conterez en route… Au fait, pourquoi la Bastien a-t-elle refusé de vous faire crédit, vous n'êtes pas un client… régulier ?

— Je n'y viens pas toute l'année, je vous l'ai dit ; ici, je suis toujours visé par des ergotages et des vexations. Alors je préfère retourner chez moi en Anjou, mais, évidemment, on n'y trouve pas les mêmes plaisirs. Ah ! je regrette le temps où j'étais directeur… du Jardin des Plantes…

Jérôme n'écoutait plus, la sensation pesante d'un incident imminent l'avait repris. Il le sentait à cette moiteur inondant son dos, à ce mal-être qui s'emparait de son corps et à ses yeux douloureux d'être trop à l'affût.

— C'était au début des années 1780, je venais de me marier…

Alors qu'ils longeaient la masse noire du Louvre, une voiture les dépassa puis s'arrêta brusquement au beau milieu de la chaussée. Les deux portières s'ouvrirent, libérant chacune un homme qui en sortirent brusquement, un troisième sauta du siège du cocher, tous sabres au poing.

— Ah ! voyez, s'écria La Révellière, c'est encore moi que l'on veut assassiner…

Jérôme le plaqua contre la grille du palais et lui fit rempart de son corps. Il dégaina lentement son sabre en dépit de son cœur battant la chamade.

Après qui ou après quoi en avaient ces trois gonsses ? Lui ? L'ancien conventionnel ? Leurs portefeuilles à tous deux ?

Pourtant, leur mise, entièrement noire, mais de belle facture, indiquait une extraction aisée. Quant aux visages, ils étaient dissimulés par les cravates remontées assez haut pour cacher jusqu'au nez et par des bicornes enfoncés assez bas pour dissimuler le front. Seuls les yeux et une partie des paupières inférieures étaient apparents.

Jérôme songea un instant qu'il pouvait s'agir de trois des protagonistes du Cercle des Éventails, mais ces derniers étaient de taille inégale alors que l'harmonie régnait entre les statures. Aux rides qui commençaient à s'installer au coin de ses yeux bleus, l'un était clairement plus âgé.

Lorsque l'un de ces trois individus fit luire le canon d'un pistolet sous la lune, Jérôme claqua la langue.

— Tss… Allons, monsieur, avez-vous besoin de cela en plus de votre sabre ? Vous êtes déjà trois contre deux…

— Un et demi, ricana son comparse, tandis que le plus âgé opinait en faveur de Jérôme.

— Il a raison, ce n'est pas loyal.

— Et lui ? Il est loyal de nous avoir soustrait un document aussi important que la reddition de…

Jérôme se félicita d'avoir glissé dans la poche de Sophie la preuve de la trahison d'Arthur de Colombel tandis qu'elle l'embrassait. Il lui restait encore les deux billets de mille francs de Joséphine, mais il ne pensait pas être en danger de ce côté-ci. Mais pour qui œuvraient-ils ? Colombel, que l'on avait averti ? L'Alliance ?

— Silence ! gronda le plus ancien qui semblait être le chef, d'ailleurs sa voix était plus mûre et le ton plus amène.

— Voulez-vous bien nous rendre ce qui nous appartient…

— Je ne sais pas de quoi vous parlez.

— Vous ne méritez pas votre surnom de capitaine Sabre, railla l'homme au pistolet qui, cependant, l'avait rangé sur un signe.

— Messieurs, je n'ai pas votre papier, alors finissons-en.

Il fondit sur le chef qui para. Les deux lames se croisèrent bruyamment dans le silence de la nuit. Il évita le propriétaire du pistolet qui tentait de l'embrocher tandis qu'à sa gauche, le troisième en avait après ses jarrets.

Tout en ferraillant, il vit La Révellière-Lépeaux recroquevillé contre la grille et étouffant de petits cris ; seule sa plume blanche s'agitait comme un lumignon dans la nuit. Il espéra qu'un des assaillants n'eût pas la brillante idée de s'en saisir comme otage.

Il souhaitait ardemment voir apparaître le guet ou une paire de policiers qui auraient tôt fait d'égailler les trois quidams à coups de gourdin.

Jérôme s'interrogea rageusement : n'y avait-il donc personne pour aller les prévenir ? Mais les quelques passants hâtaient le pas en détournant le regard, dame, on n'était pas à l'abri de prendre un mauvais coup.

Pourquoi Jérôme avait-il accepté de reconduire l'ancien directeur était une question qu'il se poserait longtemps.

Et soudain, par une habile manœuvre d'enveloppement de la part du chef, qui dès le départ lui avait paru le plus aguerri des trois, il fut débarrassé de son sabre qui s'en alla tournoyer sur les pavés. Jérôme, hébété, le regarda couché sur le sol et se sentit comme dépouillé, vide, nu et sans défense tandis que dans sa bouche montait le sentiment âcre de l'humiliation.

Haletant, il gratifia ses agresseurs d'un regard méprisant alors que le chef reprenait :

— Monsieur, sachez que je considère comme un honneur de vous avoir désarmé.

— Comment se nomme celui qui pourra s'en vanter ?

— Peu importe, cela vaut mieux pour tout le monde.

Sur un signe du chef, un des sbires s'avança et il fut fouillé. Son portefeuille fut remonté et il craignit d'être délesté des deux billets de mille francs de Joséphine. Après tout, ils n'auraient pas tout perdu. Quelle folie de les avoir conservés mais le moyen de se prémunir quand on était cambriolé à tout va. Même les Tuileries n'étaient pas épargnées…

L'homme fouilla le portefeuille et tomba rapidement sur les deux billets. Il regarda Jérôme dans les yeux en haussant les sourcils. Le cœur du jeune capitaine battit la chamade tout le temps de cet échange de regards. Finalement, il remit les billets en place sans poser aucune question et continua à le tâter.

Son carnet fut aussi ouvert. N'y trouvant rien, il recula en secouant la tête à l'adresse du chef. Jérôme poussa un « ouf » de soulagement, le sauf-conduit de Murat, glissé contre son sein, n'avait pas été décelé. Les conjurés n'auraient pas manqué de l'interroger pour connaître les raisons d'un tel document en sa possession.

— Comment êtes-vous remontés jusqu'à moi ?

— Oh, d'une façon tellement simple que c'en est gênant de la révéler.

— Mais encore ?

— À la barrière des Champs-Élysées, nous sommes tombés sur un ouvrier…

Renoux, à qui Jérôme avait confié son adresse.

— Vous l'avez tué ?

— Non, juste un peu secoué, cela a suffi pour frapper à votre porte ce soir où une charmante demoiselle…

— Marion… non…

Son cœur manqua un battement. Dire qu'il avait cru la protéger en la gardant chez lui ; s'il lui arrivait quelque chose, il s'en voudrait toute sa vie. Les lâches.

— Que lui avez-vous fait ? articula-t-il en tâchant de masquer sa colère car il n'était plus en position de force.

— Eh bien, comme elle refusait de se montrer coopérative…

— Et pour cause, elle ne sait rien.

— Oui, je le pense aussi, nous nous sommes permis de fouiller chez vous…

— Cela n'a guère dû vous prendre de temps !

— Monsieur, je ne sous-entends rien, je ne m'abaisse jamais à cela.

— Quelle noblesse forcément digne d'un apôtre de l'Alliance.

Il y eut un moment de flottement comme si le chef avait du mal à assumer ses choix, craignant peut-être de compromettre davantage ses membres plus que lui-même.

— Vous ne demandez pas si votre amie va bien ?

— Si vous m'en parlez, c'est qu'elle va bien, du moins qu'elle est en vie.

— Elle est en vie et elle va bien, mais elle est au secret…

Inconscient comme on peut l'être au jeune âge et au mépris du risque de finir empalé sur le sabre du chef, Jérôme sauta à la gorge de celui-ci. Surpris, l'autre se laissa renverser sur le sol. Tout aussi surpris, ses hommes restèrent quelques instants sidérés tandis que La Révellière eut la présence d'esprit de ramasser le sabre de Jérôme.

— Arrière ! cria-t-il en l'agitant à deux mains, ce qui eut pour effet, non d'effrayer les offenseurs, mais de les faire rire, les faisant sortir de leur torpeur.

À cheval sur le chef qu'il tentait d'étrangler, Jérôme constatait avec rage que celui-ci bénéficiait d'une certaine force lui permettant de tenir éloignées de plusieurs centimètres salutaires à son cou les mains de son agresseur.

— Tu t'en es pris à une femme, tu ne vaux pas grand-chose, grondait-il.

— Si… vous… me… laissiez… parler…

Jérôme cessa de chercher à le garrotter et tira brusquement la cravate, découvrant le visage d'un quinquagénaire au menton carré mais inconnu.

— Va te faire foutre ! Je ne parle pas aux traîtres… Où est Marion ?

Il sentit soudain le canon du pistolet sur sa tempe.

— En voilà assez, soyons modernes. Calmez-vous ou je vous troue la tempe.

Jérôme écarta les mains pour montrer sa soumission, mourir là ne servirait à personne : Renaud ne serait pas sauvé ni Marion retrouvée, le Cercle des

Éventails continuerait de torturer et tuer de malheureuses grisettes, la Bastien poursuivrait ses trafics en tous genres…

Chapitre 17
L'inattendu

— Tirez et je vous perfore les reins, menaça une voix soudainement sortie des ténèbres.

Jérôme sentit le canon du pistolet s'éloigner de sa tempe et ouvrit les yeux, n'osant croire à sa bonne fortune. Mais tel qu'il était placé, assis sur le chef et le quidam braqueur de côté, il ne pouvait rien voir de son sauveur. Quant à l'inflexion, elle lui était inconnue.

Il entendit celle de La Révellière :

— Ah ! monsieur, que ravi je suis de trouver à cette heure de la nuit un homme aussi distingué pour oser risquer de nous sortir de ce mauvais pas.

— Les rues de la capitale de notre Empereur sont-elles donc si mal éclairées que vous ne me reconnaissiez pas, cher directeur, et ces gentils-hommes non plus ?

— Bien sûr que l'on vous reconnaît, grogna le troisième comparse, et je vous conseille vivement de vous tenir en dehors de cette affaire. Retournez donc à vos mignons et à vos larcins…

Jérôme comprit que tous se connaissaient ; c'étaient donc des clients du bordel, mais cela ne lui donnait pas pour autant l'identité de son ange gardien. Et pour quelle raison le chef se tenait-il silencieux, pourquoi ne venait-il pas au secours, du moins en paroles, de son séide ? Il est vrai qu'allongé sur le sol et Jérôme à califourchon sur le ventre, il ne devait pas avoir une vision très nette de la situation. Mais il était en mesure d'identifier la voix. À moins que son honneur ne lui commandât de ne point s'exprimer ainsi positionné. Ou bien il craignait de trop en dévoiler. Quoi qu'il en fût, le nouveau venu clarifia les choses :

— Si vous pensiez me vexer, il vous faudra trouver autre chose, je n'ai aucun amour-propre. Voulez-vous bien donner votre arme à ce jeune homme…

— Jamais ! brailla son propriétaire.

— Êtes-vous sûr ?

La réponse se perdit dans un gargouillis outré consécutif au contact de la pointe de l'épée avec les chairs, ce qui eut pour effet de faire changer de main le pistolet.

— Voilà, ainsi nous sommes plus à égalité.

Jérôme mit en joue le troisième complice, toujours armé de son sabre, et se releva lentement.

— Monsieur le vicomte de Méridole, suis-je en train de faire un songe éveillé ? s'exclama le chef, qui s'était soulevé sur un coude.

Jérôme faillit répéter la même chose en découvrant que sa providence était le fantôme ayant sursauté au coup de poing sur la table de son voisin.

Il s'aperçut que l'épée provenait de sa canne. La lame, extrêmement fine, était pourvue d'un bon fil qui devait s'introduire dans les chairs comme dans une motte de beurre.

— Lui-même, pour vous servir, répondit l'interpellé en soulevant son bicorne beige empanaché.

— Comment vous remercier, monsieur ? demanda Jérôme.

Il ajouta :

— Vous venez de faire preuve d'un grand courage.

— Il m'arrive d'avoir des accès de virilité quand l'urgence se fait sentir. Quant à me remercier, je vous demanderai tout à l'heure une faveur.

— Je vous l'accorde d'ores et déjà.

— Vous ne devriez pas être si sûr de vous…

Jérôme se souvint qu'il avait tenté de le séduire en lui caressant le pied ; il n'oserait tout de même pas lui demander une nuit avec lui en gage de remerciements ? Mais l'avait-il reconnu sans sa barbe et ses lunettes ?

— Tant que cela n'atteint pas mon honneur, ajouta-t-il prudemment.

— L'honneur, mon cher, est très souvent fort mal placé !

Jérôme ne répondit rien et tendit la main au chef qui s'était mis sur son séant et enfonçait rageusement sur sa tête son bicorne échappé dans sa chute. Mais il déclina la proposition et ce fut son séide qui l'aida à se relever.

Le vicomte avait renvoyé son « otage » parmi les siens de sorte qu'ils étaient maintenant trois à se faire face avec chacun une arme à la main, hors celui qui n'avait plus son pistolet. C'était tout de même plus équitable même si Jérôme ne comptait guère sur la dextérité de l'ancien directeur, pourtant équipé de son sabre qui paraissait lourd à ses mains et dont la lame dépassait sa tête.

Il avait une folle envie de l'échanger contre le pistolet, mais un mouvement risquait de renverser la fragile situation. Mieux valait obtenir du vicomte des informations.

— Vous connaissez ces gentilshommes ?

— Pas postérieurement !

Jérôme comprit que les agresseurs étaient des clients du cercle de jeux de la Bastien, non de ses tantes.

— Leurs noms, monsieur le vicomte ?

— Je vous ai demandé tout à l'heure une faveur…

— Et je vous ai dit que je vous l'accorderais si cela ne menaçait pas mon honneur.

— Oui, je m'en souviens parfaitement. N'ayez crainte, cela n'engagera que le mien et il y a longtemps que je l'ai jeté… par-dessus les ifs des bosquets des jardins de Versailles…

Jérôme vit les épaules de La Révellière se soulever d'un rire silencieux. Méridole s'en aperçut aussi et retroussa une lèvre rougie artificiellement.

— Vous souvenez-vous, cher directeur, de ces temps délicieux disparus sous le couperet de votre fichue guillotine ?

— Comme si c'était hier, mais pour ma part, j'ai toujours préféré botaniser, vous le savez bien.

— Qu'est-ce qui vous a empêché de continuer ?

— La Constitution qui m'appelait au devoir et qui, entre autres décrets, déboucha, si j'ose dire, sur la dépénalisation de la pédérastie.

Le vicomte eut un petit rire aigrelet.

— Déboucher… Cher directeur, vous êtes impayable !

— Oh, c'est-à-dire qu'en me forçant un peu, j'y parviendrai sûrement.

— Vous gagnez à être connu.

— Je préférerais reconnu.

— Dire que l'on vous qualifie de bonnet de nuit, il n'en est rien.

— Mes détracteurs font un travail remarquable qui se retrouvera dans les livres d'histoire que l'on recopiera de siècle en siècle. « La Révellière-Lépeaux, contrefait, conventionnel, acrimonieux, pédéraste… » Enfin, si la mention « botaniste » clôture cette litanie de fourberies, je m'en trouverai satisfait !

Jérôme vit que cet échange de saillies amusait fort leurs opposants et il n'était pas loin lui-même d'en rire – il ne put d'ailleurs s'empêcher d'en sourire –, mais il ne fallait tout de même pas que la situation finisse en pique-nique entre gens de bonne compagnie : ces gonsses avaient enlevé Marion et ils devaient dire où ils l'avaient séquestrée.

— Messieurs, fin de partie. J'ai quelque chose à demander à ceux d'en face. Ils se sont saisis d'une jeune femme qui résidait chez moi, je veux savoir où ils l'ont mise.

Le vicomte de Méridole toussota pour s'éclaircir la voix et s'adressa au chef :

— Qu'avez-vous à lui répondre ?

— Qu'il nous rende ce qu'il nous a pris, on lui rendra son amie.

— Cela me semble une proposition honnête, jeune homme, approuva le vicomte.

— Si vous saviez de quoi il retourne, vous ne diriez pas une chose pareille.

— Et je ne veux pas le savoir.

— Tant pis, vous le saurez tout de même…

— Pas d'insolence, je suis venu à votre rescousse alors que mon intérêt est de rester dans l'ombre. Le hasard, le temps, Dieu ou le diable, finira par dénouer votre situation, ces gens ne sont pas des truands. Pour l'heure, il est temps que vous m'accordiez la faveur demandée.

— Mais enfin, s'exaspéra Jérôme, il y va de mon honneur de connaître le lieu de détention de cette jeune fille et de lui rendre sa liberté !

— Non, jeune homme, il y va de vos sentiments pour elle, rien d'autre.

Il fut sidéré par la réponse de Méridole qui cherchait à justifier sa couardise et à ménager des gens de sa connaissance ou ayant le bras long.

— Vous êtes atteint de folie…

— Il faut bien l'être un peu, la vie est si difficile.

— Foutre, vous n'allez pas me tirer les larmes, monsieur le vicomte.

— À quoi cela me servirait-il ?

— À justifier une décision qui ne va pas me plaire, je sens cela d'ici.

— Laissez ces gens repartir…

Le ciel s'abattant sur la tête de Jérôme n'eût pas fait plus de fracas. Comment osait-il exiger une telle chose ?

— Je vous demande pardon ?

— Ne m'obligez pas à me répéter, je déteste ça.

— Mais enfin, ces gens séquestrent une femme…

Méridole poussa un lourd soupir frisant la

condescendance. Jérôme se tourna vers l'ancien directeur qui souleva les épaules avec un air dubitatif.

— Je pourrais en tuer un, menaça-t-il.

— Non, vous ne le ferez pas, répondit Méridole, vous avez l'honneur trop chevillé au corps pour cela. Permettez-moi un conseil : soyez plus souple ou cela finira par vous perdre.

— C'est un encouragement à la trahison ?

— La trahison est comme la vérité, mon cher, tout le monde en a sa définition.

Il eut un signe de tête pour le trio qui recula vers le coupé. Jérôme se demanda si ce qui ressemblait fort à une dérobade n'était finalement pas destiné à éloigner les assaillants. Le vicomte aurait ensuite tout le loisir de délivrer des informations sur les agissements du trio, à commencer par l'identité du chef. Après tout, tant de choses bizarres étaient arrivées depuis quelques jours qu'il était permis d'y croire. Dans cette éventualité, Jérôme regarda calmement les trois quidams réintégrer la voiture, qui à l'intérieur, qui sur le siège du cocher. Un claquement de rênes sur la croupe des chevaux et ils détalaient.

Il laissa alors éclater sa colère :

— J'espère que vous avez une bonne raison !

— J'ai envie de me coucher ! sourit Méridole en rangeant sa canne-épée.

Jérôme le mit en joue, le sourire disparut.

— Voilà une bien curieuse façon de me remercier, jeune homme.

— Mes remerciements ont disparu avec ces hommes, j'ai tenu ma parole, mais je veux comprendre.

Méridole claqua la langue, Jérôme arma le chien et le regarda droit dans les yeux en tâchant d'y faire passer toute sa détermination qui finit par payer.

— Je dois deux mille francs au chef…

— Qui se nomme ?

— Demandez à La Révellière.

— Ah ! monsieur le vicomte, songez que je ne vous ai pas reconnu, sans mes bésicles je suis comme une taupe…

— Pfutt, de tous les conventionnels, vous étiez et vous êtes encore le plus grand baise-cul !

Ce fut au tour de La Révellière de sortir de ses gonds ; il s'avança sur Méridole qu'il menaça maladroitement du sabre.

— Je ne suis ni vil ni rampant comme vous l'insinuez, j'ai toujours fait face à mes responsabilités, pas comme vous qui êtes allé tâter de la braguette anglaise à la première odeur de roussi !

— Vous auriez bien dû en faire autant, ça vous éviterait aujourd'hui de vivre traqué comme un lièvre dans votre propre pays, à ne pratiquer que la branlotte[76] !

— Assez ! hurla Jérôme, ce qui fit sursauter les deux hommes. Le nom du gonsse ou je vous assassine tous les deux et advienne que pourra !

Un volet claqua brusquement à l'étage de la maison devant laquelle ils s'étaient arrêtés. La voix coléreuse d'un dormeur brusquement réveillé par les éclats de voix leur parvint :

— La ferme, en bas, ou je vous balance mon pot de chambre plein de fèces sur la trogne !

Les trois hommes s'écartèrent vivement de crainte que la menace ne fût mise à exécution. Puis, quand

76. *Expression d'origine.*

la fenêtre se referma, la conversation reprit en sourdine.

— Vous tenez vraiment à cette fille, grinça Méridole, elle est bien chanceuse.

— Je tiens à tenir ma parole chaque fois que je la donne, je vais donc vous tuer, monsieur…

— C'est bon, après tout, vous l'auriez su tôt ou tard. Le chef se nomme Jacques-Louis de Colombel…

Jérôme mesura le poids de l'information obtenue si chèrement et voulut ferrer le poisson.

— Père d'Arthur de Colombel ?

— Vous êtes calé en généalogie.

Jérôme haussa les épaules et rangea le pistolet à l'arrière de sa ceinture, puis il délesta La Révellière de son sabre qu'il remit au fourreau et se sentit tout de suite moins nu. Il sortit sa montre qu'il éleva vers la lueur du réverbère le plus proche ; elle indiquait deux heures trente. À cette vue, l'ancien directeur bâilla sans se cacher. Était-il encore temps pour les questionnements ?

Il fut décidé que le vicomte de Méridole les accompagnerait jusqu'au quai de Conti, il poursuivrait ensuite sur la rue de Grenelle pour rejoindre l'hôtel de Turgot que Germaine de Staël avait loué jusqu'en 1802. Ce fut sa dernière adresse parisienne. Après avoir exaspéré Napoléon, elle fut contrainte à ne plus s'approcher de la capitale à moins de quarante lieues.

— Peste, mon cher, vous êtes plutôt bien en cour pour un voleur ! s'exclama La Révellière.

— Voleur de haut vol, je vous prie, monsieur l'ancien directeur. Tout se monnaie et pas seulement bagues et bracelets, le renseignement est tout aussi lucratif. Or, dans les milieux que je dépouille, on apprend une foule de choses.

— Que savez-vous des Colombel ? demanda Jérôme, tandis qu'ils arrivaient en vue de la Seine.

— Mon jeune ami, je suis un voleur, pas un délateur.

Jérôme ricana :

— Un espion est aussi un délateur !

— C'est plus subtil que ça.

— C'est trop facile.

— Justement, non, c'est même très complexe et je ne puis me permettre de me mettre en danger.

Jérôme stoppa sa marche : se pouvait-il que Méridole fût aussi sur l'affaire de l'Alliance ?

— Eh bien, quoi ? s'impatienta celui-ci, qui s'était aperçu de cet arrêt.

— Monsieur, est-ce qu'un certain accord avec… la Russie serait… à l'origine de ce besoin de rester dans l'ombre ?

Accentué par la poudre blanche de son visage, le regard fatigué de Méridole se heurta aux yeux farouches de Jérôme. Il y eut un silence qu'aucun des deux ne cherchait à rompre comme si cette césure était signe de faiblesse. Mais ce silence était en lui-même un aveu.

Méridole craqua le premier.

— Je suis las, monsieur, pour ce soir et j'aimerais rentrer en paix. Lorsque je vous ai vu en difficulté tout à l'heure, j'ai tout de suite compris à qui je devrais me mesurer pour vous sortir de ce mauvais pas, mais… je ne sais pas résister à un joli garçon, dit-il en soupirant. J'ignore encore quelles conséquences cet apport de main-forte aura sur mon existence. Des Colombel, je ne sais au fond pas grand-chose, sinon que le père, qui est général, est puissant, plutôt dans le sens qu'il a des relations.

Il chercha l'appui de La Révellière-Lépeaux.

— Vous en savez plus que moi ?

— Plutôt moins, je ne réside pas toujours à Paris et je ne me contente pas du bordel de la Bastien, j'aime aussi aller chez la Cottin…

Le vicomte de Méridole eut un hochement de tête appréciateur à l'évocation du bordel masculin de la rue Saint-Honoré, peuplé, selon l'ancien bagnard Vidocq à présent mouchard, « d'êtres amphibies » jusqu'au patron qui se donnait le titre de madame.

Il soupira :

— J'aurais mieux fait d'y aller ce soir, cela m'aurait évité de me trouver en fâcheuse posture pour quelqu'un de trop curieux.

— Oubliez-vous qu'une femme est en danger ? gronda Jérôme.

— En danger, non. Les Colombel ont de l'éducation, ils ne lui feront aucun mal.

— Il est possible que vos éduqués aient fait assassiner un homme pas plus tard qu'hier pour les raisons que vous préférez ignorer et qui ont conduit à l'enlèvement d'une femme.

S'il avait espéré par ces arguments susciter la curiosité de Méridole et l'amener ainsi à une certaine composition, il se trompait. L'homme était rusé et rompu à l'art de l'esquive qui devait être son lot quotidien pour survivre dans un monde mettant au ban tous ceux qui revendiquaient leur différence.

— Je suppose que vous avez des preuves de ce que vous avancez…

— De fortes présomptions me paraissent être un terme plus exact, admit Jérôme.

— C'est bien de le reconnaître. N'ayez crainte, ils ne toucheront pas à une femme…

Le jeune capitaine tomba des nues ; Méridole n'avait-il donc pas entendu parler des tortures se pratiquant chez la Bastien ? Ou bien était-ce monnaie courante dans les bordels masculins ? Lui qui n'avait fréquenté qu'une seule fois les prostituées de l'armée, dont il avait d'ailleurs conservé un souvenir cuisant, s'aperçut qu'il ne savait rien de ce genre de milieu où frayaient bourgeois, militaires, mais aussi dignitaires.

Au visage fermé de Méridole qui pinçait ses lèvres peintes, Jérôme comprit qu'il n'en saurait pas plus ce soir ; d'ailleurs, le vicomte-voleur en savait-il réellement beaucoup, sa charge d'aigrefin devant occuper la majeure partie de son temps ? Quant à celle d'espion, n'était-ce pas un mensonge ou à tout le moins une exagération destinée à légitimer ses escroqueries ? Il serait toujours temps de se présenter à l'hôtel Turgot en cas de nécessité. Et peut-être d'y faire chou blanc, lui souffla une petite voix…

Ils arrivèrent au pont des Arts qui était payant et durent réveiller le gardien pour procéder à leur passage. Le visage encore ensommeillé du gros homme apparut à la porte de sa loge accolée au pied du pont. Il empocha les cinq sous sans même les remercier, alla ouvrir la barrière et retourna se coucher sans mot dire.

— Vivement que je puisse en faire autant, bâilla encore La Révellière.

Jérôme sentait qu'il ne pourrait pas dormir à la pensée de Marion aux mains des Colombel, ou plus vraisemblablement de ses sbires. Trois heures sonnèrent à une église voisine. Il était à présent trop tard pour retourner au bordel qui avait dû fermer ses portes. Le trio poursuivit sa route sur le quai Malaquais puis l'angle du quai de Conti apparut et Méridole déclara :

— C'est ici que nos chemins se séparent.

— Une dernière chose, vicomte, l'adresse des Colombel, je vous prie.

Il eut un haussement d'épaules.

— 5 bis rue de Bellechasse.

Après un échange de saluts et de remerciements, Jérôme accompagna La Révellière devant sa porte, mais il refusa le dernier verre proposé par l'ancien directeur. Celui-ci lui tendit la main. Jérôme, peu habitué à ce genre de salut, resta un moment interdit.

— À l'anglaise, sourit l'ancien directeur, le bras toujours tendu. C'est plus fraternel, vous ne trouvez pas ?

Jérôme acquiesça en posant sa paume sur la sienne et fut surpris de la fermeté de la poignée qui suivit.

— Je ne sais comment vous remercier.

— Sans Méridole, je n'aurais pas donné cher de ma peau.

— Ce n'est pas un mauvais bougre, vous savez. Quant à moi, me croyez-vous si je vous souhaite bonne chance pour retrouver votre compagne ?

Jérôme faillit préciser que Marion n'était pas sa compagne, mais cela n'avait pas d'importance. La Révellière, comme les autres, n'aurait pas admis autant d'investissement pour une quasi-inconnue.

— Oui, je vous crois. Néanmoins, si vous déteniez quelque élément propre à me conduire à elle, je serais votre obligé.

— Je ne sais rien de plus que ce que Méridole vous a dit, mais à la façon dont je vous ai vu manier le sabre et le pistolet, pourquoi n'iriez-vous pas mettre le premier sous la gorge et le second sur la tempe de ce bon Joseph ?

Jérôme ne précisa pas que c'était son idée première et fit l'ignorant ; après tout, au bordel, il était travesti et à présent il ne l'était plus.

— Monsieur Joseph ?

— L'homme de la Bastien, il sait beaucoup de choses sur les clients, des choses qui pourraient faire plier Colombel qui n'a pas plus envie que ça que son précieux rejeton traîne après lui une odeur de soufre.

C'était en effet une idée à exploiter qui permettrait du même coup de remonter jusqu'à Renaud, du moins l'espérait-il. Joseph était la prochaine cible…

— C'est un excellent rabatteur de tantes…

— Dans un endroit de ce genre, c'est assez normal.

— Tous ceux qui sont amenés là ne sont pas consentants.

— C'est-à-dire ?

Savait-il quelque chose au sujet des malheureuses grisettes ? Jérôme, qui ne sentait pas la fatigue, était prêt à l'interroger le restant de la nuit si cela était nécessaire.

— Certains sont amenés très jeunes, tout juste pubères.

— Et vous cautionnez une chose pareille ?

— Mon jeune ami, il y aura bientôt une loi pour cela, le récent article 334 du Code pénal qui n'entrera en vigueur qu'en juin.

Il n'attendit pas de réponse pour poursuivre :

— Mais cela reste très insuffisant car nombreux sont les êtres humains à être exploités de la sorte, une armée d'avocats et de policiers n'y suffirait pas pour y mettre fin. Il faudrait des lois autres que l'interdiction du raccrochage sur la voie publique et des outrages publics à la pudeur ; il faudrait aussi que la populace mange à sa faim, ce qui lui éviterait de vendre son corps ; il faudrait que l'éducation devienne accessible à tous ; il faudrait enfin que la société accepte que deux hommes ou deux femmes qui s'aiment n'a rien de dégradant. Avouez que ça fait beaucoup pour un seul homme.

Jérôme convenait qu'il avait raison sur le fond. Mais il lui semblait que la mise à l'index de ce genre d'établissement était aussi une façon de protester contre l'utilisation abusive des corps et des dignités. Cependant, La Révellière était avocat de formation ; en tant que tel, il savait que la lutte contre la misère, souvent à l'origine de la prostitution tant féminine que masculine, était un combat de longue haleine.

— La seule chose que je puisse faire est de respecter la volonté des uns et des autres. Pour le reste, je n'ai pas été appelé à la rédaction du Code civil ni même consulté. Le bonsoir, capitaine.

— Bonsoir, monsieur.

En reprenant le chemin du retour, Jérôme n'avait pas sommeil et il était terriblement inquiet pour Marion. Où ces rustres avaient-ils bien pu l'emmener ? 5 bis rue de Bellechasse ? Pourtant très proche, il paraissait assez difficile de s'y présenter à cette heure de la nuit sans certitude autre que sa conviction, et aucun agent de police n'accepterait de s'en faire ouvrir les portes sans de solides preuves. Mieux valait rentrer à son logement, il y trouverait peut-être des instructions d'échange du papier compromettant contre Marion.

Moins d'une demi-heure plus tard et après avoir dû sortir deux fois son sabre pour éviter de se faire délester de sa « précieuse » bourse, Jérôme parvenait devant son immeuble. Il grimpa l'escalier quatre à quatre jusqu'au premier étage, mais une fois sur son paillasson et devant la porte laissée entrouverte par les ravisseurs de Marion, il sortit son pistolet dont il arma le chien. Puis il avança à pas de loup, le cœur battant. De fait, il entendit du bruit, comme une personne qui déplacerait des objets… Il posa sa lanterne à terre, pour ne pas être encombré. Puis il poussa très doucement la porte et fit un pas dans le petit couloir où donnait sa chambre qui n'était pas éclairée. Mais le réverbère de la rue apportait une certaine clarté lui permettant de constater que la pièce était vide. Il y eut des pas provenant de la salle à manger, elle aussi plongée dans une demi-pénombre. Il s'approcha encore en tâchant de marcher sur la pointe des pieds afin de ne pas faire résonner ses talons sur le parquet.

Il aperçut une ombre de belle taille, coiffée d'un shako, tâtant la cheminée. Soudain, l'apparition se retourna et fonça sur Jérôme qui fut bousculé et plaqué contre le mur. Ce contact violent lui fit perdre partiellement l'équilibre, mais il parvint à ne pas lâcher son pistolet armé qui se serait déclenché au contact du sol.

— Arrêtez ! cria-t-il en se relevant rapidement.

Mais l'ombre au shako avait disparu dans l'escalier. Jérôme ramassa sa lanterne et courut jusqu'à la rampe par-dessus laquelle il la suspendit pour tenter d'apercevoir la couleur de l'uniforme. Mais le gaillard était singulièrement agile ; à peine s'il l'aperçut franchissant la porte du vestibule.

Jérôme rentra chez lui en soupirant. Quand cette nuit finirait-elle d'apporter son lot de mauvaises surprises ? Soudain, son pied heurta quelque chose de rond et métallique : un bouton… Sûrement détaché de l'habit-veste lors de la confusion.

Il le ramassa et pesta :

— Foutre ! Il ne manquait plus qu'eux.

Il rentra dans son appartement dont il fit le tour pour s'assurer qu'aucune instruction concernant Marion n'avait été laissée par Colombel et son équipe. Mais il dut se rendre à l'évidence : les ravisseurs décideraient où et quand l'échange se ferait. Il s'assit sur une chaise, pensif. Quatre heures sonnèrent à la petite horloge qui l'accompagnait en campagnes et il n'avait toujours pas sommeil. Il se mit à observer le bouton au creux de sa main puis le glissa dans sa poche. Il tira de la poche intérieure de sa redingote son carnet dont il déchira une feuille, puis, avec son crayon à papier, il copia de mémoire le contenu du texte qui intéressait si fort Colombel. Il le reporta de la façon exacte dont il se souvenait. Certes le fils de Colombel était directement cité, mais cela valait-il d'enlever une jeune fille et d'aggraver sa peine ? Il est vrai qu'aux yeux de tous, Marion était sans valeur.

Iliescu voulait aussi ce message et c'était pour lui que l'on avait tenté d'assassiner sa femme. Quel lien y avait-il entre les Iliescu et les Colombel ?

— Ou bien il n'y a aucun lien, marmotta Jérôme, et chacun le veut pour des raisons différentes. Colombel pour faire disparaître la trahison de son fils, Iliescu pour ?

Il s'agaça de ne pas trouver de réponse car son nom n'était finalement cité nulle part. Et pourtant, on avait cherché à tuer.

— Ou bien…

Il déchira une autre feuille de son carnet et appliqua au texte la seule méthode de chiffrement qu'il connût : le chiffre de César, consistant à décaler la première lettre de chaque mot d'un nombre à définir et surtout à trouver ! Par exemple A plus 3 aboutissait au C. Ce décalage s'opérait de droite à gauche, de gauche à droite ou bien les deux à la fois, ce qui promettrait des heures de recherche.

Lorsque cinq heures sonnèrent, il glissa ses essais dans sa poche, ferma la porte à clef et une fois dehors se fondit dans la nuit…

Chapitre 18
La fuite

Vendredi 23 mars, tôt le matin.

Jérôme débarqua dans la rue Saint-Honoré et ralentit à l'approche du numéro 3 que Méridole avait mentionné comme étant un bordel de tantes tenu par une madame Cottin, également tante. L'immeuble ne payait pas de mine et en dépit de l'heure tardive – ou matinale –, l'endroit était encore très fréquenté. Outre les chalands entrant ou sortant par une porte rouge sang, ses abords étaient encombrés de plusieurs beaux coupés.

Jérôme s'étonna qu'une brigade de police ne vînt pas y mettre bon ordre et il hâta le pas afin de ne pas être importuné. Cette rue fourmillante de commerces en plein jour ne recelait la nuit venue que la clientèle louche des cabarets, maisons de jeux et du fameux bordel ayant fait soupirer Méridole. Mais cette voie ne ressemblait plus à celle qu'il avait connue jeune garçon. Disparus le couvent des Feuillants et celui des jacobins dont il gardait le souvenir du porche entre deux immeubles inégaux. La destruction des bâtiments décidée par les révolutionnaires pour faire place à un marché couvert avait finalement été effectuée par Napoléon, et son nom initial « Marché Thermidor » n'avait pas été retenu et se nommait à présent rue du Marché-Saint-Honoré.

Il sauta bientôt dans la rue du Faubourg Saint-Honoré où, là non plus, il ne vit rien des boutiques dont celle de son parfumeur favori, Farina, et poursuivit en direction de la rue du Colisée. Il aperçut au loin l'ombre du Temple de la Gloire, dédié aux armées, dont les travaux avaient été mis en suspens en faveur de l'Arc de Triomphe. À peine si les colonnes commençaient à poindre. Ce temple devait remplacer une église voulue par Louis XV qui en avait posé la première pierre en 1763. À la Révolution, bien qu'il fût prévu de détourner le bâtiment de sa vocation religieuse, les travaux étaient bien avancés. Mais la volonté impériale, qui s'était d'ailleurs faite contre l'avis de l'académie, avait balayé le tout d'un décret : sa Grande Armée serait honorée à travers une construction grecque !

Jérôme espérait bien voir un jour son nom gravé sur la pierre de ce temple ou sur celle de l'Arc de Triomphe.

Il ne s'attarda pas non plus sur le Palais de l'Élysée, ancienne propriété de Murat qui avait dû accepter de s'en défaire au profit de sa gouvernance de Naples.

Il parvint enfin dans la rue du Colisée au bout de laquelle subsistait un antique pavillon donnant sur les Champs-Élysées, qui faisait office de guinguette sous le nom présomptueux de Pavillon de Flore. C'était tout ce qu'il restait de « l'établissement de plaisirs »[77] où devait se tenir le mariage du dauphin et de Marie-Antoinette d'Autriche.

L'entretien de ce lieu, qui offrait notamment des spectacles de naumachies[78] et pouvait accueillir quarante mille personnes, s'était montré dispendieux dès l'année d'ouverture notamment à cause de l'éclairage : deux mille bougies étaient nécessaires à chaque session. Ce vauxhall baptisé Colisée avait laissé son nom à la rue.

Enfin il fut devant le numéro 6, un bâtiment à trois étages qui, par leurs différences d'aspect, témoignaient des rajouts au fil des siècles. Dans le vestibule, point de lanternes pour se rendre aux niveaux supérieurs, ce qui indiquait l'indigence des locataires. Il y avait tout de même une loge de concierge à la porte de laquelle Jérôme se décida à frapper en dépit de l'heure matinale. Au bout de quelques longues minutes, des pas traînant sur le sol de bois lui permirent d'espérer qu'il n'aurait pas à réveiller tous les locataires pour connaître le logement exact de l'homme qu'il recherchait. Un visage contrarié de vieille femme coiffée d'un bonnet de nuit tuyauté apparut. À la vue de Jérôme et de sa mise propre, elle eut une amorce de sourire escompteur d'une obole de remerciement.

— Mon bon monsieur, que puis-je pour vous ?

— Je cherche Renoux.

— Dernier étage, porte gauche quand vous arrivez sur le palier.

---

77. *Parc d'attractions.*

78. *Batailles navales.*

Il tendit une pièce de cinq sous que la vieille rafla en faisant disparaître son sourire puis, sans le remercier, lui claqua la porte au nez. Des lattes gémissant sous un poids signalèrent que la concierge avait réintégré son lit.

Il grimpa les escaliers quatre à quatre jusqu'au troisième étage et gratta plus qu'il ne frappa à la porte indiquée par la logeuse. Il se souvenait que l'ouvrier gréviste avait des enfants en bas âge, il souhaitait ménager leur sommeil. Néanmoins, il dut s'y reprendre à deux fois avant de voir la figure émaciée d'une fillette d'environ dix ans.

— Je cherche Renoux ?

— C'est mon père…

— Je dois le voir, c'est très important.

— Il moud le café et maman est à faire du feu, mais nous n'avons qu'une bûche… Entrez si vous connaissez père…

Elle ouvrit largement la porte et Jérôme aperçut une seule pièce meublée de couchages de fortune d'où émergeaient des êtres maigres et sales aux yeux encore assoupis. Jérôme songea combien l'aide de Joséphine changerait la vie de ces malheureux ; ces enfants pourraient manger à leur faim et il y aurait du feu dans la cheminée chaque jour.

Il se sentit heureux d'être le messager d'un tel bonheur. Il glissa la main dans sa poche jusqu'à son portefeuille qu'il entrouvrit. Son cœur se figea en n'y sentant pas les deux billets de mille francs. Il sortit fébrilement son portefeuille de cuir où il ne put que constater leur absence.

Il pesta en silence : Méridole ! Ce chien galeux avait tenu à l'embrasser en les quittant, lui et

La Révellière, mais il avait tenu à n'enlacer que lui… C'était de cette façon que cet agile voleur s'était « refait » de la perte des deux mille francs de dette contractée auprès de Colombel…

— Monsieur Blain… ?

Renoux apparut, en braies noires et blouse grise sur laquelle il ajustait ses bretelles de cuir élimé.

Il caressa les cheveux blonds de sa fille.

— Va voir la mère si elle a b'soin d'aide, je m'occupe de monsieur…

Une fois l'enfant partie, il proposa :

— Entrez prendre un café, enfin, quelque chose qui en a l'nom mais pas l'goût, c'est du gland, j'tiens à être honnête…

Il était repassé au vouvoiement, marquant le respect de voir un homme de sa classe venir jusqu'à son humble logis. Jérôme fit de même pour témoigner de son égalité.

— Je vous remercie, mais je crains de ne pas avoir le temps.

— La marquise va bien ?

— Je le suppose.

Jérôme ne pensa pas que la comtesse Iliescu fût un prétexte pour savoir si son placet avait obtenu gain de cause. Renoux était brave et ne songeait qu'aux autres. C'était lui, Jérôme, qui était navré de devoir lui annoncer que les deux mille francs étaient perdus… momentanément, car il n'allait pas laisser Méridole s'en tirer comme ça.

— Je dois vous parler seul à seul. J'ai… besoin de vous…

— De moi ?

— Oui.

— Bah, entrez alors, parce que dans l'coin, c'est plein d'oreilles indiscrètes.

Une demi-heure et un café sans goût plus tard, Jérôme quittait le logis de Renoux accompagné de ce dernier qui n'avait manifesté ni acrimonie ni colère au fait que Jérôme se soit fait délester des deux mille francs offerts par l'impératrice. Il s'était même trouvé à la fois désolé et reconnaissant pour son action auprès de Joséphine. Jérôme était un homme de parole, alors, lui, Renoux, allait lui prouver que tout modeste qu'il fût, il connaissait le sens du mot obligation.

Dehors, la nuit cédait et c'est en silence que les deux hommes firent le chemin, à peine quelques minutes à pied, jusqu'à la Grande-Rue-Verte.

Ils dépassèrent au numéro 26 la maison Franklin, à quatre étages, dont le dernier était surmonté d'un fronton, et nommée ainsi non parce que l'illustre Américain y avait séjourné, mais parce que son premier propriétaire avait de l'admiration pour l'un des pères fondateurs des États-Unis d'Amérique. Lucien Bonaparte y avait vécu quelques années jusqu'à son départ pour l'Italie, pour cause de mésentente quand, veuf, il s'était remarié avec la veuve Jouberthon sans l'accord préalable du grand « frater » et refusant le divorce pour se marier « sur ordre ».

C'était dans ce tout petit hôtel que s'était tenue l'entrevue de Bonaparte avec Sieyès qui avait conduit au coup d'État en faveur du Consulat[79].

Jérôme savait aussi qu'Élisa, pour l'heure grande-duchesse de Toscane, avait demeuré au numéro 125,

79. L'entrevue eut lieu le 10 brumaire et le coup d'État huit jours plus tard, le 18.

peu avant sa « nomination » pour l'Italie comme princesse de Lucques et de Piombino. Mais ils ne remontèrent pas jusque-là et s'arrêtèrent au numéro 45 qui était un assez bel hôtel à deux étages.

L'aube naissait dans la gloire pourpre d'une aurore venteuse.

Dans la mission qui leur incombait, les deux hommes étaient finalement et naturellement repassés au tutoiement.

— Qu'est-ce que tu vas faire ? demanda Renoux.

— Je te l'ai dit : me présenter et lui faire dire tout ce qu'il sait au sujet de l'Alliance dont fait partie ce fameux Colombel.

Jérôme n'était pas allé jusqu'à confier à Renoux qu'il avait percé le chiffrement.

— Son fils, si j'ai bien compris. N'empêche que ça m'étonnerait que ton colonel valaque se laisse cuisiner facilement au vu de la façon dont il a cherché à récupérer son gonsse…

Renoux avait en effet expliqué à Jérôme, tandis qu'ils prenaient le café de « glands » sans sucre dans un verre ébréché, qu'au soir de l'agression, il était retourné là où ils avaient abandonné le corps du Valaque. Par curiosité, morbide, il en convenait. Il avait été à peine surpris de la disparition du cadavre qui avait dû être signalé au commissariat du coin. Renoux en était là de ses déductions lorsqu'il avait vu un grand « emplumé » borgne parcourir l'avenue de long en large au niveau des ormes servant de catafalque de fortune au corps.

Renoux se trouvant là avait été interrogé, mais il avait fait mine de ne rien savoir et même de ne pas comprendre. C'était plus prudent avec les militaires. L'officier s'était alors dirigé vers l'octroi. Renoux, qui y avait quelques accointances, avait fini par apprendre que le cadavre avait été dirigé sur la morgue aux disparus, quai du Pont-Neuf. Jérôme savait que sans possibilité d'être identifiés, les corps étaient exposés nus ou à peu près – seule une plaque de cuivre couvrait les parties intimes – sur un plateau de marbre posé sur une couche de glace, et ce durant trois jours. Ensuite c'était la fosse commune ou les amphithéâtres de médecine.

Monsieur et madame Tout-le-Monde parcouraient en famille les couloirs de la morgue, détaillant ceux qui étaient passés de l'autre côté du miroir. Avaient-ils souffert ? Quel effet cela leur avait-il fait de mourir ? Qu'avaient-ils pensé à l'instant ultime ? Dieu existait-il ?

Des questions aussi existentielles qu'intemporelles auxquelles les trépassés exposés ne pouvaient répondre. On finissait par se lasser de ces faces macabres et on s'en allait sur les boulevards se rappeler que l'on était bien vivant.

— J'ai le bouton d'uniforme qui indique que son gonsse appartient bien au régiment d'Isembourg, cela, il faudra bien qu'il l'explique.

Renoux hocha la tête.

— N'empêche, y sont pas bien malins dans c'régiment, aller jouer les monte-en-l'air en uniforme, ça manque de discrétion.

— Sauf s'il s'agissait d'une situation d'urgence.

— Laquelle ?

Jérôme haussa les épaules : cela pouvait être une décision soudaine du comte prise pour une raison qui échappait à ce stade des informations.

Renoux reprit :

— Ils devaient savoir que tu n'étais pas là.

Jérôme devait l'admettre : il avait visiblement été surveillé, et par Colombel et par Iliescu.

— Tu vas frapper à la porte ? demanda encore Renoux.

— Évidemment, je ne suis pas un sauvage, du moins, pas tout le temps !

— T'es sûr que tu n'veux pas que j't'accompagne ?

— Tu attendras une demi-heure, et si je ne suis pas revenu, tu feras comme je t'ai demandé.

— Très bien.

Jérôme s'apprêtait à sonner la cloche quand Renoux l'interpella :

— C'est-à-dire que je n'ai pas de montre…

— Ah ! fit Jérôme en cherchant la sienne.

— C'est pas la peine, j'sais pas lire l'heure.

Mais le jeune capitaine lui mit d'autorité sa montre de gousset sous le nez.

— Vois, la petite aiguille, elle est sur le cinq…

— Donc, il est cinq heures.

— Et la grande est sur le quatre…

— Il est cinq heures et quatre minutes ?

— Non, il est cinq heures et vingt minutes…

Renoux regarda Jérôme d'un air ahuri, celui-ci renonça à lui expliquer la correspondance des minutes et conclut :

— Quand la petite aiguille sera sur le sept, les trente minutes seront passées et tu pourras te rendre où tu sais.

Il n'attendit pas de réponse positive et sonna. Un maigre domestique ensommeillé vint ouvrir la petite porte enchâssée dans le grand portail.

— Le comte Iliescu, je vous prie.

L'autre bâilla.

— À cette heure-ci ? Il est dans son lit, comme tous les braves gens… Revenez plus tard.

Mais Jérôme avait eu le temps d'apercevoir une voiture attelée dans la cour intérieure. Iliescu avait l'intention de partir. Mais pour où ? Naples, la Valachie, la Russie ?

Le domestique allait refermer la porte de bois lorsque la vue du canon de pistolet le fit reculer, les mains en l'air. Cette fois, il était parfaitement réveillé.

— Mène-moi à ton maître, ordonna Jérôme en repoussant le battant derrière lui.

Les deux hommes traversèrent la cour ornée d'un puits. Dépassant la voiture attelée, Jérôme demanda :

— Le comte nous quitte ?

— Monsieur n'a pas pour habitude de nous confier ses intentions, répondit prudemment le valet en pénétrant dans le corps de logis.

Bien qu'il fît à présent jour dehors, le vestibule était plongé dans la pénombre que seule éclairait la lanterne au poing du serviteur. L'endroit était encombré de bagages, annonçant un départ définitif du colonel comte.

Jérôme se sentit trahi. Iliescu avait exigé de lui un délai, non pour résoudre une prétendue méprise, mais pour rejoindre l'Alliance en faveur de laquelle il renierait son serment fait à la France et à l'Empereur. Et cette trahison risquait d'entraîner d'autres personnalités dans sa chute ou sa fuite.

Il sentit la colère s'emparer de lui et rapprocha le canon du pistolet de la tête du valet.

— Ne t'avise pas de me jouer un tour de malice, mène-moi à la chambre de ton maître et plus vite que ça…

L'autre ne broncha pas et activa le pas à travers un couloir rempli de portraits d'ancêtres devant appartenir au propriétaire de l'hôtel, Iliescu n'étant que locataire comme bien des officiers. Ils s'engagèrent ensuite dans un large escalier de marbre en colimaçon. Il était encore assez tôt pour qu'ils ne croisassent pas de personnel, mais cela était imminent. Iliescu ne comptait certainement pas partir à l'heure du dîner.

Soudain, une pensée assaillit Jérôme : et la comtesse ? Qu'en faisait son époux dans ses projets ?

À l'étage se trouvait une énorme commode à pieds de lion, sur laquelle étaient posés une redingote grise et un bicorne noir sans aucun ornement, ganse, galon ou plume.

Le comte avait l'intention de circuler incognito.

Le serviteur s'arrêta devant la porte voisine du meuble. Il s'apprêtait déjà à toquer de son index replié quand Jérôme le bouscula pour entrer sans prévenir. Dans la chambre régnait le clair-obscur : le jour tâchait de se frayer un chemin par-dessus les rideaux de velours. Il referma la porte au nez du serviteur et tourna la clef dans la serrure, ce qui fit marmonner le comte, encore endormi dans son simple lit gris à fronton Directoire :

— Il est l'heure, Turlot ?

Jérôme supposa que « Turlot » était le patronyme du valet l'ayant conduit jusque-là et devait présentement avertir la maisonnée de sa présence. À commencer par l'ordonnance qui avait perdu son bouton et ne devait pas être très loin de son maître. Il n'y avait donc pas une minute à perdre pour aborder le comte.

Il commença par tirer les rideaux brusquement, la pièce devint claire d'un coup, ce qui éveilla Iliescu et le mécontenta :

— Êtes-vous fou, Turlot, de me réveiller de la sorte ?

Chapitre 19
Les secrets d'un comte

Le comte se releva sur un coude, le bonnet de nuit de guingois et son œil crevé offert à la vue. Cette vue n'avait rien de hideux, les deux paupières avaient été recousues fort proprement de sorte que le bourrelet de couture était mince et sans rougeur.

Si Iliescu blêmit devant le pistolet pointé dans sa direction, il ne manifesta pas de signe de peur. Jérôme n'en fut pas étonné ; étant un militaire aguerri, il en avait vu d'autres !

Il eut une exclamation coléreuse :

— Vous ?

— Moi, chez qui vous avez envoyé votre ordonnance chercher ce que vous estimez vous appartenir afin de fuir sans laisser de trace.

Le comte prit le temps de s'asseoir dans son lit, ôta son bonnet de nuit et para son infirmité d'un mouchoir de tête noir savamment roulé. Bien qu'il fût en robe de nuit, il devait s'estimer plus présentable ainsi car il redressa le torse et eut un sourire de dédain.

— Vous n'avez aucune preuve de ce que vous avancez…

Jérôme ouvrit sa main libre au creux de laquelle brilla le bouton d'argent au chiffre 2 entouré d'un cor de chasse et de la mention Isembourg.

Iliescu ne prit pas la peine de se pencher sur l'attache, cela aurait supposé une forme de reconnaissance coupable. Mais le ton se fit moins provocant :

— Si vous n'avez que ça…

— « Que ça », dites-vous ?

— Oui, vous pouvez l'avoir ramassé n'importe où.

— Je puis vous retourner l'argument, monsieur : « N'avez-vous que ça » pour justifier l'intrusion de votre militaire chez moi ? Les boutons d'uniforme, vous le savez bien, sont vérifiés scrupuleusement chaque jour par les ordonnances. L'Empereur tient à ce que ses armées ne soient pas dépenaillées.

Cette fois, Iliescu se tint coi ; quant à Jérôme, il choisit de ne pas abattre encore sa carte maîtresse.

— Allez-vous enfin me donner la raison pour laquelle vous tenez tant à récupérer cette copie d'adhésion à l'Alliance qui ne concerne finalement que le fils Colombel ?

— Mais où mon nom sera forcément cité puisque j'appartiens à cette entente, vous le savez…

Il fit une pause qu'il occupa à jauger Jérôme, puis reprit :

— Monsieur, si vous me remettiez cette copie, je la détruirais comme je l'ai fait avec l'original et je ne serai pas obligé de quitter la France.

Jérôme nota qu'il se refusait à employer le mot « fuite », il lui parut même qu'un certain regret perçait : « Je ne serais pas obligé de quitter la France. »

— Monsieur, vous faites partie d'un régiment qui, par essence, est voué à ne pas demeurer en France ; en outre, vous faites partie de la Garde napolitaine, vous êtes donc sujet du roi Murat…

Il scruta Iliescu qui ne broncha pas à ce nom.

— Que devient votre épouse dans vos entreprises ?

— Mais il n'est pas question de partir sans Violetta, elle est ce que j'ai de plus précieux au monde. À cet effet, j'avais prévu de m'arrêter à la Malmaison, j'aurais demandé à la voir pour un adieu avant mon départ, elle serait montée dans la voiture, nous serions partis ainsi…

Devant tant de désinvolture, Jérôme crut que les bras allaient lui en tomber.

— Sans une explication à l'impératrice ? Sans une justification auprès de Murat ? Comme… des voleurs ?

— Oui…

— Vous seriez devenus des exclus dont l'unique solution aurait été de gagner la Russie alors qu'une existence confortable vous attend à Naples quand le roi repartira après le mariage de l'Empereur.

— Mais cela ne saurait durer ! s'écria le comte au visage ravagé de mal-être. Vous autres, Français, ne voyez-vous donc pas que l'Empire se fissure ? Le mal vient d'Espagne… Et cette fissure, croyez-moi, a été parfaitement perçue de la Coalition qui n'aura de cesse de l'agrandir !

Jérôme tressaillit à ces paroles, comme une évidence qui cherchait à percer sous une épaisse couche de déni et qu'il renvoya d'où elle venait. L'Empire ne pouvait pas périr. Le mariage avec l'archiduchesse comblerait ces failles, à peine des lézardes, dont l'Histoire ne retiendrait même pas les noms… La Grande Armée était incapable de capituler, quant à disparaître… Seuls un fou ou un traître pouvaient discourir de la sorte.

Il regarda le colonel qui s'était pris la tête dans les mains ; ses épaules se soulevèrent de sanglots. Si choqué qu'il fût par les propos subversifs du comte et par cette vision d'homme faible, il ne se laissa pas prendre à ce qui pouvait être un subterfuge destiné à l'apitoyer et peut-être tenter de le maîtriser.

Néanmoins, le comte ne semblait pas doté d'un tempérament très solide, Jérôme estima qu'un peu de magnanimité serait bénéfique pour empêcher que Murat fût atteint.

— Mon colonel…

Iliescu releva la tête.

— Mon colonel, j'ai plus que le bouton, je suis parvenu à casser le chiffre…

— Ah…

Le coup avait porté, son visage afficha un air de sidération et il devint blanc. Jérôme espéra que l'apoplexie ne le guettait pas.

— Si vous me disiez les choses ?

— Monsieur, si vous les savez, ne bafouez pas une deuxième fois mon honneur en m'obligeant à les redire, c'est trop affreux.

— Ces choses affreuses, monsieur, je veux croire que l'on vous y a obligé en échange d'une promesse, celle de ressusciter le royaume de Bessarabie…

Il ferma les yeux pour indiquer l'affirmative.

— Le colonel Tchernychev ?

— Avec l'accord du tsar.

Jérôme hocha la tête : la comtesse Iliescu avait été offerte à Murat pour le convaincre d'adhérer à l'Alliance. Murat n'avait aucun intérêt à voir se reconstituer la Bessarabie, mais on lui avait sans doute promis beaucoup plus s'il se retournait contre Napoléon. Ce que personne n'avait prévu, c'était que la comtesse tomberait amoureuse de l'objectif à atteindre.

— En vérité, l'Alliance n'est pas seulement faite pour relever la Bessarabie, elle s'est constituée sur les défaites espagnoles pour recruter des pièces de choix afin de faire tomber l'Empereur, n'est-ce pas ?

De nouveau, il ferma rapidement les yeux en signe d'assentiment.

— Qui est ce Valaque qui a tenté de tuer votre femme ?

— Le lieutenant Forasco.

— Vous m'aviez dit qu'il ne pouvait s'approcher des loups qui ne l'aimaient pas.

— Et c'est vrai. Je ne sais comment il y est parvenu ce jour-là, peut-être en leur donnant des boulettes de viande droguées. Toujours est-il que c'est bien lui que j'ai trouvé à la morgue.

— Il faut tout de même un certain temps pour que le produit agisse et ensuite je n'ai pas remarqué que les loups fussent mal en point.

Le comte écarta les mains d'ignorance, Jérôme choisit de passer outre une explication rationnelle qui, après tout, n'avait que peu d'importance en rapport du dénouement d'une affaire qui pouvait tourner au scandale d'État.

— Admettons… Pourquoi Forasco qui détenait cette lettre, ou plus exactement cette copie, cachée dans sa dague s'en est-il pris à votre femme ?

— Puis-je répondre à cette question plus tard ?

Jérôme eut un instant d'hésitation avant d'accorder cette faveur. Il reprit dans un soupir :

— Qui a assassiné ou fait assassiner Forasco ?

— Je n'en ai pas la preuve, mais je pense qu'il s'agit de Tchernychev, du moins qu'il en a donné l'ordre.

— Pour quel motif Tchernychev aurait-il donné un tel ordre ?

— Pour les mêmes raisons que Forasco.

— Qui sont ?

— Je vous ai demandé un délai de réponse tout à l'heure.

— Et alors ?

— Ce qui vaut pour le lieutenant Forasco vaut pour le colonel Tchernychev.

Le colonel comte Iliescu avait d'étranges revendications qu'il émettait sur un ton calme et presque détaché. Ce procédé autant que les réponses à venir intriguaient fort Jérôme.

— L'attitude de Forasco semblait indiquer qu'il n'avait pas envie de voir renaître la Bessarabie ?

— Si, bien sûr, mais il ne croyait pas que cette renaissance pût être du seul fait du tsar qui a la mainmise sur la Valachie, et puis Forasco était très attaché à Murat, la vie napolitaine lui convenait parfaitement.

— Quel est votre lien avec les Colombel ?

— Aucun, je ne les connais pas, si ce n'est que je sais que le fils est de l'Alliance.

— Combien d'officiers français appartiennent à l'Alliance ?

— Sur mon honneur, je n'en sais rien, je ne suis pas un sergent-recruteur, c'est le rôle de Tchernychev.

On tambourina à la porte et des propos valaques leur parvinrent :

— *Da*[80]... C'est le caporal Stanciu, expliqua rapidement Iliescu, mon ordonnance, qui s'inquiète.

Jérôme ironisa :

— Celui qui a perdu son bouton chez moi ?

— Oui... Puis-je le rassurer sur mon sort, dans notre langue...

De nouveau, les coups retentirent de même que les interpellations.

— Il ne parle pas français ?

— Si...

— Alors, faites-le dans la langue de Montesquieu, de Voltaire, de Rousseau, bref, de tous ceux qui ont fait de la France un pays de liberté.

Iliescu eut un sourire contrit, mais s'exécuta néanmoins.

— Tout va bien, laissez-nous encore.

L'homme insista en valaque, le comte traduisit :

— Il me présente ses excuses de n'avoir pas dormi en travers de ma porte pour empêcher ce...

— Poursuivez.

— « *Muscos* » de venir m'importuner, « morveux », traduisit-il. Il vous promet aussi une suite de châtiments à la mode valaque.

— Il n'aura même pas fini de m'empaler qu'il ira vérifier la fraîcheur dans le cou du rasoir national ! Mais je vous concède que c'est un homme de devoir.

---

80. Oui, en roumain.

Iliescu soupira.

— Qu'il outrepasse parfois. Je ne l'ai pas envoyé chez vous cette nuit, mais il m'a vu dans une telle affliction qu'il a craint que j'en vinsse à me brûler la cervelle. Il faut lui pardonner. N'avez-vous d'ailleurs pas un proverbe qui dit que « L'enfer est pavé de bonnes intentions » ?

Le silence retomba, peuplé de respirations, celles d'Iliescu, de Jérôme et de Stanciu, qui s'était laissé tomber contre la porte.

Jérôme rompit les chiens :

— Il est temps de me dire les raisons que vous avez éludées tout à l'heure, à savoir pourquoi Forasco a tenté de tuer votre femme ? Et pourquoi Tchernychev l'a fait abattre ?

Le comte poussa un autre soupir, tout aussi énorme que le premier.

— Je voudrais que vous m'accordiez une autre faveur.

— Encore ! Laquelle ?

— Rangez votre arme et laissez Stanciu nous porter un solide déjeuner valaque… Ne sommes-nous pas entre officiers ?

Jérôme eut un instant d'hésitation.

— Je tiens à vous prévenir que la lettre est en lieu sûr, il est donc inutile de me faire mettre aux arrêts par vos gens.

— Capitaine, loin de moi cette idée, je vous suis on ne peut plus redevable pour avoir sauvé la vie de ma chère Violetta.

Jérôme souleva les sourcils : le comte n'était pas fâché que son épouse fût devenue la maîtresse d'un homme puissant pour lui arracher une adhésion à la trahison. Il était vrai qu'il n'était pas le seul à mettre ponctuellement son honneur de côté afin de récolter des hochets de gloire.

— Très bien, dit Jérôme en allant déverrouiller la porte laissant apparaître un grand barbu au regard farouche devant lequel il ne baissa pas les yeux pour ouvrir sa main où brillait le bouton.

— Va nous chercher ce qu'il faut pour déjeuner, ordonna le comte en français.

Stanciu, après avoir raflé le bouton, se retira dans une profonde inclinaison et disparut.

— Asseyez-vous, proposa Iliescu en désignant à Jérôme une chaise posée près d'un guéridon.

Le jeune homme s'exécuta en glissant le pistolet à sa ceinture.

— N'allez pas croire que je n'apprécie pas le roi de Naples, bien au contraire. Il est d'ailleurs très admiré dans nos contrées de l'Est et pas seulement pour sa prestance. C'est un vrai guerrier. Et quel cavalier !

Jérôme écoutait sans rien dire. Le comte tentait-il de l'amadouer ou était-il sincère ?

L'ordonnance revint enfin, suivi de Turlot armé d'un plateau d'argent. En un tournemain, le guéridon fut avancé près du lit et dressé d'une nappe blanche sur laquelle furent déposés une cafetière d'argent, deux tasses de porcelaine, du pain, de la charcuterie et des œufs durs. Stanciu aida Iliescu à se vêtir d'une robe de chambre de velours doublé de zibeline et glissa révérencieusement des chaussons fourrés à ses pieds nus. Il s'adressa ensuite au comte qui répondit en français :

— Merci, je n'ai plus besoin de toi, ferme la porte derrière toi.

Une fois les deux hommes sortis, Iliescu fit signe à Jérôme de s'attabler. Puis il servit le café avant de pêcher sur une assiette dorée une onctueuse tranche de jambon braisé qu'il étala sur une rôtie déjà beurrée. Jérôme, que le café « de glands » n'avait pas rassasié, avait grande envie de se laisser gagner par la convivialité. Cependant, il laissa Iliescu boire le premier afin de vérifier que le breuvage n'avait pas été empoisonné par les soins du caporal Stanciu semblant éprouver pour Iliescu une dévotion proche de celle du poussin pour sa mère.

Il eut une pensée pour Renoux en jetant un œil à la ravissante pendule de bronze représentant Diane chasseresse : il avait encore un peu de temps devant lui. Il espéra qu'Iliescu ne serait pas trop long à se confier. Celui-ci prit le temps d'engloutir deux œufs après sa charcuterie qu'il fit passer au moyen de deux tasses de café fort et odorant au goût inconnu de Jérôme.

Enfin, le comte s'essuya la bouche.

— J'avais besoin de force pour me livrer, mais avant cela je veux votre parole d'officier de la Garde impériale que ceci restera entre nous et que vous ne vous en servirez d'aucune façon.

— À la condition que cela n'engage ni mon honneur ni celui de la Garde.

— Cela ne sera pas, monsieur.

Il eut une grande inspiration.

— Comment trouvez-vous mon épouse ?

Jérôme faillit recracher sa gorgée devant cette déconcertante question, mais heureusement le comte n'attendait pas de réponse.

— Sublime, n'est-ce pas ? Elle a le charme des femmes de chez nous et son âme est une poésie qui la rend plus belle que l'aurore...

Jérôme se fit violence pour ne pas gonfler les joues d'agacement, mais il n'en avait pas encore fini avec le lyrisme du comte.

— N'est-elle pas une déesse digne de l'Olympe ?

« Si l'on aime les asperges sucées »[81] faillit répondre le jeune capitaine qui se contenta d'un :

— Elle est en effet très séduisante.

— C'est bien là notre malheur, monsieur, tous les hommes la désirent, du prince au marmiton.

— Voulez-vous dire que Forasco et Tchernychev étaient au nombre de ses admirateurs ?

— Ils en étaient d'autant plus fous qu'elle s'est refusée à eux et ils étaient jaloux comme des dogues qu'elle soit la maîtresse du prince.

— Auquel ils l'avaient pourtant envoyée pour le convaincre d'entrer à l'Alliance...

— Sauf que Violetta est tombée amoureuse et ne lui a finalement rien demandé.

Jérôme, qui s'apprêtait à manger une bouchée de *tobă*[82], tomba des nues.

— Vous voulez dire que le prince n'a finalement pas été mis en relation avec l'Alliance ?

— S'il l'a été, ce n'est pas par l'entremise de Violetta qui, de ce fait, était devenue une traître aux yeux de Tchernychev. Pour ne lui avoir pas cédé et pour n'avoir pas rempli sa mission, elle devait mourir, et il ne lui a pas été difficile de convaincre Forasco qui pensait de même d'être son bras armé.

---

81. Expression d'époque pour désigner les personnes longilignes.

82. Fromage de tête à base de diverses pièces de porc, parfumé à l'ail.

Jérôme étouffa un soupir : le prince l'avait échappé belle, mais il fallait à tout prix empêcher que son nom se trouvât dans des papiers de l'Alliance.

La voix d'Iliescu lui parvint :

— Violetta m'a confié hier qu'elle pensait être grosse du prince… Si cela se confirmait, j'en serais très honoré, plus encore s'il s'agissait d'un fils dans les veines duquel coulerait un sang royal rempli de témérité.

— Monsieur, il n'y a pas deux jours que, m'ayant pris pour le prince, vous l'avez traité de couard.

— Mes paroles ont dépassé ma pensée. J'étais dans le plus grand courroux à l'idée que Violetta veuille me quitter pour ne demeurer que la seule maîtresse du prince… Mais Violetta est une princesse, elle ne peut être une femme de l'ombre. Enfin, la question ne se pose plus, mon adorable épouse est revenue dans le giron, et avec des espérances, les choses sont pour le mieux.

Le comte s'en frottait les mains de plaisir. Jérôme avait beau le savoir très amoureux de sa déesse, il trouvait quand même qu'il faisait preuve d'une singulière ouverture d'esprit. L'explication ne tarda pas, confondante.

— J'ai perdu la troisième jambe au cours d'un duel, il y a deux ans, lors du siège de Capri…

Chapitre 20
Confidences d'un Pierrot

Jérôme présenta une boîte en carton à Renoux qui demanda :

— Qu'est qu'c'est ?

— Ouvre et tu verras…

Il souleva timidement le couvercle et poussa une longue exclamation à la vue et à l'agréable odeur des victuailles généreusement fournies par la cuisinière du comte Iliescu avec l'accord de celui-ci, qui s'était d'ailleurs exclamé lorsque Jérôme avait évoqué l'ouvrier gréviste :

— Comment donc ? Mais quel est ce pays dont l'ego est si grand qu'il n'entend point les plus faibles de ses concitoyens ? Cela ne portera pas chance à cet Arc ni à ce peuple…

Il n'avait pas relevé les nouveaux propos funestes du comte qui s'était montré généreux et avait même ajouté deux napoléons aux provisions juste avant que

Jérôme ne le quittât. On ne pouvait faire reproche à Iliescu d'avoir les ongles crochés[83] !

Cependant, il n'avait pu lui arracher la promesse de quitter l'Alliance tant qu'il en était encore temps. Le comte était d'autant plus accroché à l'idée de contribuer à la renaissance de son royaume natal qu'il souhaitait offrir à son futur enfant une position digne du sang coulant dans ses veines.

— Vous l'avez entendu hier, j'ai une mine au Golconde, de taille modeste, mais qui commence à donner satisfaction, je n'en tirerai peut-être pas un nouveau Régent ou un second Orloff, mais de quoi participer fastueusement à la résurrection de la Bessarabie dont Violetta sera la reine et mon fils le prince…

Jérôme l'avait poliment écouté échafauder d'extravagants projets qui risquaient fort de le mener jusqu'à la paille d'une prison plutôt qu'à un trône orné de diamants indiens, même modestes.

— Donnez-moi deux jours, monsieur, avant d'avertir Curial, avait supplié le comte. Nous aurons ainsi un peu d'avance pour rejoindre un territoire neutre point trop lointain.

— Si vous songez à la Hollande, sachez que le roi Louis n'est certes pas au mieux avec son frère, mais il n'ira pas contre lui.

— Vous m'avez deviné, monsieur, et je comptais bien sur cette inimitié.

— Renoncer est le plus sage, de plus si votre épouse est dans l'attente d'un enfant, cette fuite à travers l'Europe la fatiguera et lui fera courir le risque de perdre son fruit… Je vous laisse jusqu'à ce soir,

83. *Crochés (et pas crochus) selon l'expression d'époque : être avare.*

monsieur, ayant fait le serment de servir mon pays ; or l'Alliance le menace.

Iliescu soupira avant de répondre. Jérôme comprit qu'il soupesait mentalement le nombre de lieues qu'il pouvait gagner en quelques heures, mais on pouvait lire à ses traits crispés que les possibilités d'atteindre un pays d'accueil qui ne fût pas lié à l'Empire, soit par protectorat, soit par alliance, se réduisaient comme peau de chagrin.

— C'est votre dernier mot, capitaine ?

— C'est mon dernier mot, colonel.

Iliescu hocha la tête.

— Vous êtes un homme de valeur, monsieur, ce que l'on ne trouve plus beaucoup chez les Français depuis la Révolution.

— Qu'est-ce à dire, monsieur ? Que seule la noblesse est capable d'intégrité ?

— Loin de moi l'idée de dénigrer le peuple qui cultive beaucoup de qualités, mais non la qualité, celle qui s'acquiert avec l'éducation.

— Ma mère était lingère et mon père est toujours un humble tanneur normand dont je n'ai nul besoin de cacher l'existence.

— Allons, monsieur, qui ne sait dans l'armée que vous avez été le pupille du duc de Penthièvre dont la bienséance a traversé les décennies ? C'est à son contact que vous avez acquis cette instruction et cette prévenance qui ne hument pas la rudesse des camps comme chez plusieurs de vos collègues que j'ai eu à côtoyer.

— Justement, Penthièvre m'avait fait promettre d'aimer la France plus que moi-même et de la toujours bien servir.

— L'Empire n'est pas la France.

— Non plus que la royauté. Seule la république est digne d'un État et l'Empereur en est l'héritier.

— Plutôt le fossoyeur…

Jérôme fut frappé par les propos du colonel qui rejoignaient en partie ceux de Murat. N'avait-il pas reproché à Napoléon de vouloir singer les monarchies pour s'en faire accepter, ce que jamais elles ne feraient, selon lui ?

La voix d'Iliescu lui parvint dans la brume de ses pensées :

— Quand votre glouton Empereur aura fait une indigestion de pays conquis et qu'il s'en trouvera malade au point d'abdiquer, alors, moi, prince de Bessarabie, je vous ouvrirai grandes les portes de notre armée…

Napoléon dessaisi du trône impérial, Iliescu monarque de la Bessarabie pour l'heure à l'état de chimère, l'Alliance tournoyant au-dessus de l'Empire comme des vautours, Marion prisonnière et Renaud disparu, il y avait de quoi perdre la tête.

Le jeune capitaine avait quitté le comte sur ces derniers mots, le laissant choisir son sort, et avait retrouvé son compagnon d'infortune, occupé à manger une tranche de lard. Il lui tendit les vingt francs or.

— On partage ? proposa ce dernier, la bouche pleine.

— C'est très aimable à toi, mais je ne vois pas en quel honneur. Ils te reviennent.

— En l'honneur qu'c'est toi qu'a risqué ta peau pour aller démêler une affaire qui j'espère te r'tombera pas sur l'nez !

Jérôme espérait également ne pas se brûler à la chandelle[84] et regarda Renoux se lécher les doigts avec l'avidité d'un homme qui ne mange pas tous les jours à sa faim, ce que voyant, celui-ci éprouva de la culpabilité et referma la boîte à regret.

— Faut qu'j'en laisse pour les miens, y vont être heureux, ça s'ra comme un Noël, un premier car on n'en a jamais vraiment eu.

— Repassons chez toi déposer tout ça, on est à quelques minutes, sinon nous serons encombrés.

— Oh oui, bonne idée ! Quelle belle surprise ça va leur faire !

Moins de cinq minutes plus tard, ils étaient devant l'immeuble de Renoux. Jérôme le laissa monter seul partager ce moment avec les siens. Mais il ne tarda pas et redescendit presque aussitôt, un large sourire sur les lèvres montant jusqu'à ses yeux bleus.

— Y z'ont sauté d'joie, j'crois ben qu'c'soir y'aura plus rien, heureusement q'j'ai mangé ma tranche de lard avant… C'est pas ben grave, l'important, c'est qu'mes mions, y calent leur estomac creux. Et puis, j'ai encore les deux napoléons. Ah ! j'suis ben content d'avoir arrêté ta voiture hier, tu sais. Et maintenant, on fait quoi ?

— Maintenant, on va chercher tes deux mille francs !

Son nouvel ami sursauta.

— Où ça ?

— À l'hôtel Turgot.

— De quelle façon ?

— La même qu'avec le colonel Iliescu.

---

84. Tomber dans un piège que l'on a tout fait pour éviter.

Jérôme ajouta en se forçant à sourire car il n'était sûr de rien :

— Si ça a fonctionné une fois, ça fonctionnera une deuxième.

— T'as une écrevisse dans la tourte[85] ?

— Oui, quand les gens me prennent pour un claude !

— T'en fais un drôle de militaire, tu t'tracasses guère des règlements !

— Tu connais le mot de l'Empereur à ce sujet ?

— Ah ! m'parle pas de c'polisson, c't à cause d'c'gars-là qu'j'ai pu de travail !

— L'Empereur écoute l'ingénieur et l'ingénieur lui dit que les ouvriers ne veulent pas travailler.

— Mais c'est pas vrai ! s'indigna Renoux en serrant les poings. On veut bien travailler, mais pas comme des bestiaux avec des journées à rallonge pour l'même prix, comme si qu'elles étaient d'jà pas assez longues comme ça[86]...

— Hé, je le sais bien, mais l'ingénieur présente les choses comme elles lui vont.

— Y'a qu'à lui couper la tête comme au temps de la Révolution.

— L'ingénieur fait aussi ce que l'Empereur lui demande : l'Arc doit s'élever promptement.

— C'est sans solution alors, et ce s'ra toujours comme ça, les mêmes à trimer pour peau d'lapin.

Jérôme retint Renoux par le bras, qui, tout encoléré, s'apprêtait à traverser les Champs-Élysées sans voir arriver une charrette surchargée de poireaux surgie de derrière Les Chevaux de Marly.

---

85. *« Tu es fou ? »*

86. *11 heures par jour pendant 6 jours, même si le lundi est souvent « triste jour chômé » pour cause d'enivrement des ouvriers la veille.*

Le conducteur, un jeune homme au front orné d'un énorme kyste, avait freiné brusquement son charroi dans un juron :

— Nom de nom, vous pouvez pas r'gardez où vous marchez ?

Il ajouta plus aimablement :

— Poireaux d'Argenteuil, en voulez-vous ?

Jérôme eut un signe négatif de la main. Ils poursuivirent leur chemin et traversèrent la place de la Concorde, déserte depuis le déboulonnement dix ans plus tôt de la monumentale statue en plâtre de la Liberté, par Lemot, qui surveillait les exécutions quand il arrivait à la guillotine de voyager de la place de la Nation à celle de la Concorde alors nommée Révolution. C'était cette statue qui, à l'ultime instant, avait fait prononcer à Manon Roland, « Ô Liberté chérie, comme on t'a jouée ». Il était prévu d'y dresser une effigie de Charlemagne, mais les travaux tardaient tandis que ceux de la nouvelle devanture du Palais Bourbon, douze colonnes sous un chapiteau, se terminaient.

— Tout de même, remarqua Renoux, ça a d'la prestance, cette nouvelle façade. C'est presque trop beau pour nos députés. Bon, alors, qu'est c'qui dit des règlements, ton Empereur ?

— Il dit qu'ils sont faits pour les imbéciles car rien ne peut se faire de grand sans l'imagination.

— Pour l'coup, j'dois r'connaître qu'c'est ben biau c'qui dit !

Ils traversèrent le pont à colonnades de la Concorde, commencé en 1787 sur les plans de Perronet, terminé quatre ans plus tard avec les pierres de la Bastille. Il s'ornerait bientôt – du moins

Napoléon l'espérait ! – de huit statues de généraux morts au combat. Vivant Denon était chargé du recrutement de huit artistes – un par général –, afin d'accélérer l'érection, de part et d'autre du pont, des statues d'Auguste de Colbert, de Saint-Hilaire, d'Espagne, Lasalle, Lapisse, Cervoni, Lacour et enfin d'Hervo. Il n'était pas exclu que soient passées d'autres commandes qui toutes commenceraient par des représentations de plâtre afin de renforcer le sentiment de fierté et de stimuler les imaginations. Et il en fallait pour vivre dans ce Paris en chantier permanent depuis dix ans et où les Parisiens éternuaient toute l'année à force de respirer les poussières du plâtre, du marbre et du stuc !

Ils débarquèrent sur le quai d'Orsay assez récemment ouvert[87].

Paris commençait à s'animer, partout les petits métiers s'installaient : marchands de coco, bouquetières, vendeuses de soupes, fermières proposant leurs poulets, vivants ou abattus et même « prêts à cuire ». Tous les camelots ne possédaient pas un éventaire, certains étaient assis à même le sol, sur des tissus aux teintes fanées que les poules traversaient sans se soucier. On les chassait du pied ou d'un bâton, elles s'enfuyaient en caquetant d'indignation avant de revenir.

À la vue de ces boutiquiers de fortune, Jérôme songea plus fortement à Marion mais aussi à Sophie : avait-elle trouvé ce qu'il avait glissé dans sa poche ? Était-elle revenue chez lui rapporter ce document dangereux ? Et Renaud ? Était-il seulement encore en vie ? L'image de l'envoûtante Violetta Iliescu et

---

87. 1808.

ses loups s'imposa soudain à son esprit, son sourire de chat avait dû tourner la tête de plus d'un. Mais si réellement la belle comtesse portait un fruit, sa place était auprès de son époux, même émasculé. Son devoir de mère de famille primait désormais sur ses désirs de coquette. La voix de Renoux interrompit le flux de ses pensées :

— Tu penses à tes amis ?

— Oui…

Il n'évoqua pas la comtesse, il n'aurait pas compris que des hommes fussent prêts à se faire criminels pour la posséder. Cela dépassait certainement son esprit simple et tranquille. Ils étaient arrivés rue de Lille où les bâtisses rivalisaient de magnificence hors celle plus modeste du ministre de l'Administration des guerres, Daru, sans doute à son image.

Ils dépassèrent au numéro 78 l'hôtel de Beauharnais, acquis par Eugène en 1803 qui y avait fait ajouter quatre ans plus tard un monumental fronton égyptien. On disait de l'hôtel du prince Eugène qu'il possédait le plus fantastique mobilier antiquisant de tout l'Empire, que même les Tuileries étaient moins bien arrangées…

Les deux hommes ne s'attardèrent pas et durent encore remonter une dizaine de numéros, dépassant l'hôtel de Lannion, propriété des deux sœurs Daru pourvue d'une nombreuse fratrie toute bien placée, celui de Seignelay, et enfin ce fut l'hôtel Turgot nanti, comme tous ses voisins, d'un lourd portail de bois.

— T'es sûr d'vouloir faire une entrée au pistolet ?

— Hum, peut-être au sabre plutôt. Une chose est sûre, c'est que je ne vais pas y aller avec des fleurs ! Ce gonsse m'a dépouillé, enfin toi…

— Y savait pas qu'tu d'vais m'les donner et puis y t'a sauvé la vie.

— À bien y réfléchir, je ne crois pas que Colombel m'aurait tué, il tient trop à son papier et puis il a un otage.

— Ouais, mais deux mille francs, même si c'est une belle somme, ça n'vaut pas la vie d'un homme.

— Ai-je dit que j'allais l'assassiner ? Si les choses se passent comme je le souhaite, je saisirai l'argent sans même le réveiller.

Renoux se tint coi et dubitatif. Jérôme voulut le rassurer en lui rappelant sa tâche :

— Attends-moi, je n'en ai pas pour longtemps.

— Et si tu ne reviens pas ?

— Si à midi je n'y suis pas, va voir la police et dis-lui tout ce que tu sais.

— J'aimerais mieux éviter d'avoir affaire à la rousse.

— Moi aussi, tu peux me croire.

Jérôme heurta le loquet contre l'épaisse porte de bois. Un homme de peine ouvrit presque aussitôt, préposé sans doute à cet office, l'hôtel étant habité par divers locataires.

— Qui venez-vous voir ?

— Le vicomte de Méridole.

— Il n'est pas encore levé, il est rentré fort tard cette nuit.

— Je dois lui porter un message de la plus haute importance, il m'avait demandé de le lui délivrer à n'importe quelle heure et même de le réveiller si besoin était.

Le gardien détailla Jérôme, tâchant de le jauger à l'aune afin de s'assurer qu'il ne s'agissait pas d'un cambrioleur à belle mine comme Paris en regorgeait. Il dévisagea ensuite l'éventuel complice que pouvait être Renoux et pour lequel il eut une grimace.

— Il est avec vous ?

— Du tout, je ne sais qui c'est.

Jérôme eut un signe discret pour indiquer à l'ouvrier de s'éloigner. Puis, souhaitant parvenir chez Méridole le plus sereinement possible et même si cela se pouvait, sans se faire annoncer, il précisa :

— Le vicomte et moi sommes en affaires.

Une pièce de vingt sous acheva de décider le bonhomme qui haussa les épaules de lassitude.

— Au rez-de-chaussée, première porte à gauche.

— Voulez-vous bien m'ouvrir ? Je lui préparerai son déjeuner afin de l'éveiller en douceur.

Il baissa d'un ton :

— Hélas, la nouvelle que je dois lui porter n'est pas bonne…

L'intérêt du gardien s'éveilla, friand comme beaucoup du malheur des autres et prêt à se répandre en fausses compassions sur ce qui le réjouissait, histoire de se consoler d'une morne existence.

— Pauvre monsieur de Méridole qui est si bon, si généreux, point trop grave son affaire au moins ?

— Je crains que si…

— Ah ! les vilenies sont partout… On ne peut plus faire confiance à personne. Je vous conduis mais, chut, ne dites pas que je vous ai ouvert.

— Vous êtes bien bon, dit Jérôme en pénétrant dans la cour de l'hôtel.

Ils longèrent des pelouses bien entretenues menant au corps de logis à deux étages où n'avait fait que passer l'ancien contrôleur général des finances, Turgot.

— Le vicomte loge dans l'appartement que madame de Staël occupait, expliqua le gardien en ouvrant la porte du vestibule. Je l'ai bien connue, une gentille femme qui n'a pas eu à se réjouir des humeurs de l'Empereur, hum… Enfin, il avait sûrement de bonnes raisons…

Jérôme hocha la tête et fit encore quelques pas avec son guide qui lui désigna une porte dans laquelle il introduisit une clef sortie de la poche de son sarrau.

Le jeune capitaine le remercia, mit un doigt sur ses lèvres, mais attendit que le concierge s'en allât pour refermer la porte.

Il pénétra à pas de loup dans l'appartement se composant d'un couloir, d'un salon et d'une pièce fermée qui devait être la chambre. Dans le salon, les volets n'étaient pas clos, de sorte qu'il put fureter à son aise et sans bruit. Le buffet et la commode ne révélèrent pas ce qu'il cherchait. Grâce à la clef présente sur le secrétaire à colonnes, il ouvrit le meuble. Il tira tour à tour les cinq tiroirs centraux recelant diverses reconnaissances de dettes prouvant que le vicomte était surendetté, mais point de trace de ses deux billets.

Il lâcha un juron en sourdine :

— Foutre, ça aurait été trop simple !

Il observa l'agencement intérieur du secrétaire, cherchant à repérer les trappes secrètes. Les colonnettes intérieures tournèrent sur elles-mêmes sans rien livrer. Il revint aux tiroirs latéraux qu'il extirpa de leur emplacement. Puis il glissa ses doigts dans la cavité libérée qu'il parcourut de haut en bas, sentant sous sa pulpe l'âpreté des fibres du bois. La première ne donna rien, dans la seconde il perçut en haut un décrochement qu'il tira vers lui, un ressort détendit brutalement un tiroir étroit situé entre le plateau et les colonnettes qui révéla une lettre. Elle était adressée à Colombel que Méridole priait de bien vouloir accepter « *deux mille francs gagnés hier au cercle de jeux de la Bastien* ». Il le priait également de bien vouloir relâcher « *la fille afin de ne pas attirer les regards sur les frasques de monsieur votre fils* ».

Bien entendu, le vicomte n'y mentionnait pas clairement la nature de ces frasques, ce document ne constituait donc pas une preuve proprement dite de la culpabilité d'Arthur de Colombel dans l'affaire du Cercle des Éventails, mais un lien pouvait tout de même être établi avec la disparition de Marion, alias « la fille ».

Il glissa la lettre dans sa poche intérieure, remit en place, non sans mal, le tiroir secret dont le ressort se montrait rétif, et referma le secrétaire. Puis il poussa la porte de la chambre où, dans un immense lit surmonté d'un baldaquin orné de trois plumes blanches à son extrémité, Méridole était endormi, face contre le mur. Sur le marbre blanc d'une commode en acajou s'alignaient cinq perruques sur leurs marottes de faïence : blanche à rouleaux, turquoise à courtes mèches, rousse à chignon, rose « en rond à la Titus » et grise bouclée. Brosses, peignes et autres épingles à cheveux, indispensables à ces excentriques accessoires capillaires, voisinaient avec plusieurs boîtes de fard ainsi qu'une de mouches renversée. Contre le mur, la canne-épée.

Jérôme recherchait les habits portés par Méridole quelques heures plutôt. Mais des vêtements, il y en avait partout, accrochés à l'espagnolette de la fenêtre, posés sur les crosses en chevet de son lit Directoire ou encore suspendus après la porte. Le vicomte en prenait visiblement moins soin que de ses perruques.

Sur une chaise, il repéra enfin la redingote blanche convoitée. Un pet lâché par le dormeur ne fit même pas sourciller Jérôme habitué à d'autres sons de canon que celui-ci. Il poursuivit sa fouille sans lâcher de l'œil Méridole toujours endormi mais agité ; il se retourna d'ailleurs. Il n'allait pas tarder à se réveiller.

Jérôme activa la recherche des billets qu'il trouva comme il le pensait dans la poche intérieure. Il les escamota rapidement avant de remettre doucement en place la redingote.

Méridole perçut-il sa présence ? Il ouvrit les yeux, ne manifesta ni surprise ni crainte et sourit :

— Bonjour, mon Adonis…

Il se redressa sur un coude, dégageant un buste aux poils épars et gris. Il ne s'était pas démaquillé, de sorte que son visage offrait une version grotesque du personnage de Pierrot que Jérôme avait vu lors d'une représentation de l'Opéra-Comique au théâtre Feydeau.

— Bonjour, monsieur l'aigrefin.

L'autre minauda :

— Oh, ce n'est que cela ?

— Cela n'aurait été que cela si vous n'aviez volé que moi.

— Qui donc ai-je soulagé alors ?

— Un protégé de l'impératrice Joséphine.

— Alors je n'ai aucun regret, elle est riche, moi pas, et j'ai pour malheur d'aimer tout ce qui est beau. C'est pour cette raison que je suis venu à votre secours cette nuit. Quelle ingratitude me témoignez-vous, mon cher, venir ainsi me dépouiller.

L'humour du vicomte-voleur était corrosif, destiné à entraîner sur le terrain de la sottise. Jérôme ne s'y laissa pas prendre et sortit la lettre de reconnaissance à Colombel. Méridole se détendit comme un ressort et jaillit de son lit, totalement nu et cherchant à reprendre son bien que Jérôme avait élevé au-dessus de sa tête. Et comme le vicomte ne lui atteignait que la poitrine, il se déhanchait ridiculement en vociférant :

— Sale petite corvette, j'aurais dû te laisser tuer.

D'une bourrade, Jérôme le renvoya au fond de son lit où il se recroquevilla à la façon d'un bernard-l'ermite.

— Calmez-vous !

Après un court laps de temps que Méridole occupa à se couvrir du drap, Jérôme proposa :

— Parlez-moi du fils Colombel et je vous rends votre lettre.

— Que voulez-vous que je vous dise ? répondit-il, le regard étrangement fixe en serrant son drap sous son menton.

— Tout ce que vous savez, je ferai le tri.

— Toujours votre vieille antienne de sauver cette fille ?

— D'après ce que j'ai pu lire, vous savez parfaitement ce qui se passe au bordel L'Enfer quand des filles y sont emmenées.

— Je ne vois pas de quoi vous voulez parler.

— Très bien. Alors, parlons de ce que vous savez : les frasques d'Arthur de Colombel.

— Les mêmes que celles des jeunes hommes de bonne famille, marmonna le vicomte dans un haussement d'épaules en tournant la tête du côté de la commode. Voulez-vous bien me donner une de mes perruques, je déteste être vu crâne nu, surtout par un jeune mâle…

— Je vous ai vu cul nu, alors je me fous complètement de vous voir sans perruque.

— Pas moi, il y va de ma dignité.

— Je croyais que vous l'aviez perdue dans les bosquets de Versailles ?

— Je m'aperçois grâce à vous ce matin qu'il m'en reste quelques grammes…

Le vicomte voulut se lever, Jérôme dégaina son sabre dont il piqua la pointe sur sa gorge.

— Tout doux, monsieur, nous n'en avons pas fini avec le fils Colombel.

Leurs regards se croisèrent. Méridole dit soudain :

— Je suis presque sûr de vous avoir déjà rencontré, cette allure déliée et cette voix… J'y suis, vous étiez hier soir notre partenaire de bouillotte chez la Bastien. Vous êtes mieux imberbe.

— Vous ne manquez pas d'une certaine finesse d'observation.

— Ah, monsieur, se rengorgea Méridole, c'est indispensable si l'on veut exercer longtemps dans la profession d'aigrefin ! Que pourrais-je faire d'autre ? J'ai passé l'âge de me prostituer et…

Son sourire se figea quand Jérôme accentua la pression du sabre sur le gosier, ce qui fit remonter plusieurs fois sa glotte.

— Revenons au fils Colombel.

— Arthur n'est… pas… le fil de Colombel…

— Sa femme a eu un amant ?

— Non.

— C'est un enfant adopté alors ?

— Un enfant volé… madame de Colombel avait fait des fausses couches à répétition, le couple avait consulté le célèbre médecin accoucheur Baudelocque qui avait été formel : madame de Colombel ne pourrait enfanter. Elle est tombée dans une profonde dépression car elle craignait que son époux ne demandât le divorce.

Jérôme relâcha la pression de la pointe du sabre sur la gorge de Méridole afin de l'encourager à parler.

— De quelle façon avez-vous appris tous ces détails intimes ?

— J'ai été un temps secrétaire du général de Colombel, c'est en classant ses papiers que j'ai su qu'Arthur avait été volé à des paysans de la Somme où son père était alors en campagne ; Arthur avait dans les deux ans. Quand il en a eu treize, l'écuyer du général qui avait fourni l'enfant a tenté de faire chanter le général. Arthur, qui avait assisté à la scène en secret, l'a poignardé.

Jérôme calculait ce qu'il pourrait tirer de ces informations pour faire pression sur Colombel. Mais la répugnante idée de délation freinait encore ses ambitions, et puis si l'écuyer était mort, il n'y avait plus de témoin de cet acte.

— Je suis bien étonné que les Colombel aient laissé des témoignages aussi accablants dans leur correspondance.

— Oh, mais, ils n'en ont pas laissé ! Ce sont des lettres de menace qui sont arrivées quand j'officiais pour le général.

— Qui remontent à quand ?

— Assez récemment. J'ai quitté cet emploi le mois dernier.

— Avez-vous gardé ces lettres pour preuve ?

Méridole secoua la tête.

— Non, je n'ai pas pensé à les soustraire rapidement et elles ont subitement disparu.

— Ce qui suppose donc que les Colombel savent que vous savez.

— Peu me chaut, j'ai un témoin aux dents longues…

— Lequel, vous m'avez dit que l'écuyer n'était plus de ce monde ?

— Croyez-vous, mon Adonis ? Mais l'écuyer se porte à merveille, c'est ce bon monsieur Roberge…

Chapitre 21
Vague à l'âme

Jérôme parvint à rester de marbre devant une telle information : le puant Roberge, qu'il avait pris pour un chevalier d'industrie, était en fait à la recherche d'Arthur de Colombel pour une vengeance que l'on pouvait sinon cautionner, du moins comprendre. L'individu vivait-il réellement de la vente et revente de bouteilles de vin détournées ou bien ce commerce n'était-il qu'une approche pour se lier avec la Bastien afin d'avoir ses entrées au bordel où sévissait le jeune Colombel ? Il paraissait impossible que la Bastien donnât la main à cette entreprise de vengeance qui ruinerait sa clientèle.

— Étant en possession de renseignements aussi précieux, je m'étonne que vous n'ayez pas cherché à faire chanter Colombel père ou même fils.

Méridole s'offusqua en admirant ses ongles longs et bien taillés.

— Je ne suis point un maître chanteur, monsieur, que les choses soient bien claires à ce sujet. Je laisse cela à Roberge.

— C'est pourtant un assez bon moyen d'éviter de payer votre dette.

— Sans doute, monsieur, sans doute, mais cela n'aurait qu'un usage unique. Non seulement Colombel me retirerait son appui, mais il me ferait payer cher cette trahison. Savez-vous que c'est lui qui me paie cet appartement ?

Évidemment Jérôme ignorait ce détail, mais il n'était pas assez sot pour ne pas comprendre que Méridole était très lié aux Colombel. Dans ces conditions, il paraissait difficile, voire dangereux, d'évoquer l'Alliance dans laquelle Jérôme ne pensait pas que le vicomte fût impliqué. Cette action de grande envergure dépassait certainement sa personnalité de vieil excentrique vivant de larcins suffisamment lucratifs pour ne pas se lancer dans des projets aussi utopiques que sulfureux et ressemblant à s'y méprendre à un coup d'État. L'en aviser risquerait de le faire courir chez les Colombel pour les alerter, lesquels devraient en toute logique en référer à Tchernychev en qualité de conjurés.

Quant à Méridole, il risquait fort de faire partie du raz de marée qui emporterait ses débiteurs quand le pot aux roses serait découvert. À moins qu'il ne soit éliminé comme le lieutenant Forasco ou comme avait failli l'être la comtesse Iliescu.

— Où vos bons amis retiennent-ils « la fille », ainsi que vous la nommez ?

— Sur ma vie, monsieur, je n'en sais rien. Je ne suis pas non plus de leur cercle rapproché. M'avez-vous bien vu, même les miens m'ont renié, alors qui voudrait d'un ami comme moi ?

— Dans ce cas, pourquoi vous offre-t-on les loyers de cet appartement si en plus vous leur devez deux mille francs ? Pour quelle raison d'ailleurs ; deux mille francs sont une somme considérable ?

— J'ai deux vices monsieur, le jeu et les gitons. Un billet de mille francs pour chacun de mes vices, mais plus les années passent, plus les gitons pèsent lourd à ma bourse et plus le jeu l'allège. Ah ! que la vie est mal faite, je n'aime que ce qui est beau et je n'en ai pas les moyens. Avouez qu'il y a de quoi pleurer.

— Il est des sujets beaucoup plus douloureux.

— Comme l'on est égoïste quand on est jeune… Quand j'avais votre âge, c'était quelques années avant la Révolution, au temps de cette douceur de vivre que les moins de vingt-cinq ans ne peuvent point connaître, j'ai eu le bonheur de vivre dans un pays libre et éclairé. Louis XVI était un bon souverain, ouvert aux idées nouvelles. À cette époque désormais révolue, vous deviez être aux langes. En quelle année êtes-vous né ?

— 1784…

— Ah, que disais-je ?

— Que Colombel était votre débiteur pour cet appartement.

Méridole parut contrarié d'être interrompu dans l'épanchement de son vague à l'âme. Jérôme n'en eut cure et insista :

— Pour quelle raison ?

— Une raison fort simple : je suis chargé de la surveillance de son précieux rejeton quand il se rend au bordel.

— Celui de la Bastien ou bien en fréquente-t-il d'autres ?

— Vous pensez à celui de la Cottin ?

— À aucun en particulier, mais puisque vous en parlez, est-il aussi client de la Cottin ?

— Non, la fréquentation y est trop louche. Il ne va que chez la Bastien, officiellement pour jouer.

Jérôme hocha la tête.

— S'il est sous votre protection, il ne craint pas de danger.

— Vous vous gaussez, monsieur ?

— Non ! Et Colombel doit penser de même, sans quoi il ne vous eût pas dévolu à ce chaperonnage.

— Hum…

Le vicomte ne parut pas le croire, Jérôme poursuivit :

— Roberge peut parfaitement saisir Arthur n'importe où, au Palais-Royal par exemple où je l'ai déjà croisé.

— Quand il n'est pas à l'armée, Arthur a pour habitude de ne jamais sortir seul.

— Au bordel non plus, il n'est pas seul, et je doute que la Bastien ou son sbire laisse Roberge lui faire du mal. Cela n'aurait aucun intérêt pour la réputation de leur établissement.

Méridole éclata d'un rire nerveux.

— Vous parlez d'un établissement !

— N'y fait-on pas commerce ?

— Le plus abominable de tous, celui des corps qui devraient être libres de s'aimer hors de ces lieux infâmes.

— Nous débattrons de ce genre de sujet une autre fois, revenons à Roberge.

— Qui l'empêchera de rejoindre Arthur dans une chambre ? Croyez-vous que la Bastien ou son Joseph sont à surveiller tous les clients ?

Jérôme songea qu'après tout, si Colombel fils se faisait refroidir par Roberge, cela n'avait que peu d'importance dans les affaires qui l'intéressaient. Cela pourrait même être une façon d'expier ses crimes envers les jeunes grisettes à l'assassinat desquelles il participait.

— Êtes-vous bien sûr de n'avoir aucune idée de l'endroit où les Colombel détiendraient mon amie ? N'ont-ils point une campagne ?

— Ils en ont une, mais fort lointaine où madame de Colombel s'en va passer toute la belle saison, à Saint-Servant, une demeure de famille en pays malouin. Madame de Colombel est cousine avec le baron Surcouf, leurs mères étaient sœurs…

Effectivement, il était peu probable que Marion eût été emmenée à plus de quatre-vingts lieues de Paris ; quant à ce cousinage à la mode de Bretagne avec le célèbre roi des corsaires, il apportait sûrement du poids aux relations des Colombel. Jérôme n'estimait pas devoir freiner son enquête pour autant.

— Qui sont les quidams qui accompagnaient Colombel hier, vous aviez l'air de les connaître ?

— Seulement celui qui possédait le pistolet, c'est un ami du général, ils sont venus ensemble quelques fois au cercle de jeux de la Bastien, mais je ne connais pas son nom.

— Et bien sûr pas son adresse non plus ?

— Personne ne me l'a dite et je ne l'ai pas demandée.

C'était pourtant là sans doute que Marion était retenue, il ne voyait pas Colombel emmener une pauvresse chez lui ; comment l'aurait-il présentée à sa femme ? Et puis Colombel pouvait craindre que Marion ne se confie à sa femme.

Estimant en avoir suffisamment appris, Jérôme remit son sabre au fourreau.

— Je n'ai pas le pouvoir de vous empêcher d'aller voir Colombel pour lui rapporter notre conversation ; en revanche, j'ai celui d'éviter que vous soyez emporté dans leur chute. Mais après tout, faites ce que vous voulez, si Colombel ou ses hommes de main veulent me trouver, ils savent où je loge, je suis à leur disposition. Un dernier conseil, restez chez vous ces trois prochains jours et enfermez-vous à double tour.

Il tira de la poche intérieure de sa redingote la lettre à Colombel et la déchira en une dizaine de morceaux qu'il posa près des perruques.

Le vicomte suivit son geste en pinçant les lèvres. Jérôme eut une inclinaison de tête et quitta la chambre, puis l'appartement. Dans le vestibule de l'hôtel, il croisa une femme en robe à motifs de Jouy rouge et châle vert, tenant la main d'un garçonnet en habit de grenadier dont le père à tous les coups devait en être un.

Il souleva son bicorne pour la saluer et lui ouvrit la porte d'entrée. Elle répondit à ses marques de politesse par une moue, ce qui ne laissa pas de l'étonner.

Ils cheminèrent ensemble sans mot dire jusque vers la sortie où le portier souleva à son tour son couvre-chef, un chapeau plat à visière sans couleur définie.

— Madame Maubec…

La femme sortit avec un port de reine, Jérôme toucha son bicorne à l'adresse de l'homme de peine et allait s'en aller quand il fut arrêté.

— Comment est le vicomte ?

— N'ayez aucune crainte à son sujet.

— Si, j'en ai, il a de la sensibilité comme une dame qu'il est un peu…

— Les femmes sont plus fortes que l'on ne pense, répondit Jérôme en posant un premier pied sur les pavés de la rue de Lille, mais le bonhomme le retint par le bras.

— Je crains qu'il ne veuille prendre congé, confia-t-il avec une mine épouvantée, c'est qu'il a déjà tenté de se pendre…

— Que craigniez-vous le plus : l'acte lui-même ou qu'il se passe chez vous ?

— Les deux !

Jérôme pouvait le comprendre : bien que décriminalisé en 1791, le suicide restait réprouvé par l'Église et la société pour ce qu'il représentait : une interpellation du fonctionnement de la collectivité. Comme il était impossible à celle-ci de se remettre en cause, on cherchait les raisons qui poussaient à « s'enlever la vie ». Les médecins les trouvaient souvent dans la folie, seule possibilité d'obtenir des funérailles religieuses, ce qui évitait à l'opprobre de s'abattre sur la famille du suicidé.

Jérôme fut pris d'un soudain pressentiment, mais chercha à se rassurer : Méridole n'avait aucun motif particulier pour abréger ses jours hormis celui d'être perclus de dettes, mais cela semblait la norme chez lui.

— Il était fort bien quand je l'ai quitté.

— Comment vous appelez-vous ? insista le gardien, devenu soupçonneux.

— Cela ne vous regarde pas, tout va bien vous dis-je, répondit fermement Jérôme.

Il se dégagea non sans une certaine appréhension qu'il ne parvenait pas à expliquer sinon que Méridole lui avait transmis son vague à l'âme. Il se secoua, la mélancolie était l'affaire des nantis, pas celle du peuple qui n'avait point de temps à lui accorder.

Dehors, il ne trouva pas Renoux, pourtant il n'était pas midi, on en était même loin : à peine neuf heures trente. Il errait dans la rue dans un état pensif quand son nom fut prononcé en même temps qu'un bras se posait sur ses épaules.

— Blain, ça fait dix fois que j't'appelle…

— C'est toi, Renoux, je te cherchais.

— T'as pas l'air dans ton assiette[88]…

— Mais si, qu'est-ce que tu vas chercher ?

L'ouvrier sentit qu'il valait mieux ne pas insister et demanda :

— Quelle est la prochaine étape ?

Jérôme réfléchit en se passant la main sur le menton et les joues, il comprit soudain pourquoi la mère de famille n'avait répondu que du bout des lèvres à son salut.

— Me raser ! Et aussi faire quelques ablutions, je ne me sens plus très frais.

Renoux souleva les sourcils sans émettre de commentaire. Les ablutions chez les pauvres se résumaient à se débarbouiller la figure et encore le

---

88. Expression dans le sens qu'on lui connaît attestée au XVIe siècle, l'assiette représentait alors l'assise du cavalier.

dimanche pour aller à la messe. Il suivit docilement Jérôme en direction du pont des Tuileries, via la rue du Bac. À l'angle de cette dernière s'élevait le cabaret Aux Deux Anges, dont la porte était surmontée d'une imposte en verre encadrée de deux séraphins. En 1803, Cadoudal y avait logé quelques nuits lors de son retour à Paris pour rejoindre des complices qui à eux tous avaient prévu rien moins que d'assassiner Bonaparte, alors Premier Consul.

Jérôme stoppa brutalement sa progression faisant râler Renoux :

— Préviens, quand tu t'arrêtes !

— On y retourne…

— Où ça ?

— Chez Méridole…

— Mais enfin, pourquoi ? Il ne t'a pas donné l'argent ?

— Si, enfin non…

— Tu l'as ou tu l'as pas ?

Sans cesser de marcher, Jérôme sortit son portefeuille dont il extrait les deux billets de mille francs et les plaqua sur la poitrine de Renoux.

— Prends-les, ils sont à toi, je ne veux plus en entendre parler.

— C'est la première fois qu'j'en vois… s'émut l'ouvrier en les saisissant.

— Range-les ! Tu vas faire rappliquer tous les crocheteurs du coin.

— Ouais, t'as raison. Dis, tu l'as pas tué quand même ?

Il ne répondit rien et remonta la rue aussi vite que possible sans avoir à courir, au risque d'attirer l'attention. Quand ils furent de nouveau devant l'hôtel Turgot, le portail était ouvert, ce qui ne parut pas de bon augure à Jérôme. Il pénétra dans la cour qu'il avait quittée vingt minutes plus tôt, suivi de Renoux ébaubi. En s'approchant du bâtiment dont la porte était ouverte, les deux hommes virent un attroupement dans le vestibule. Jérôme comprit que le pire était arrivé. En entrant à son tour, il se trouva confronté au gardien entouré d'une demi-douzaine de personnes, sans doute des locataires.

— Je vous l'avais dit ! vociféra l'homme de peine en pointant un doigt accusateur et crochu dans sa direction.

Il s'adressa ensuite à la foule :

— C'est lui, il est venu porter une mauvaise nouvelle à ce pauvre monsieur de Méridole.

« Madame de Méridole », entendit-on ricaner, tandis que des « Oh ! » indignés se faisaient entendre.

— M'sieurs-dames, salua Renoux en soulevant son chapeau plat.

— Qui c'est çui-là ? Vous m'aviez dit que vous le connaissiez pas… Que l'on aille chercher la garde municipale, ce sont des voleurs !

Avant que la foule ne s'emballe, Jérôme s'imposa d'une voix forte :

— Je suis Jérôme Blain, capitaine *à la suite* du 2e chasseurs à pied de la Garde impériale, envoyé de Son Altesse le roi de Naples…

— N'en fais pas trop ! murmura Renoux dans son dos.

Jérôme sortit de sa poche le laissez-passer signé du prince, ce qui eut pour effet de mater la foule et de statufier le portier, qui en resta bouche bée.

— Que se passe-t-il exactement ? demanda-t-il en repliant son document.

— C'est le vicomte, y s'est pendu, le renseigna une grosse femme toute de rose vêtue et une plume écarlate couronnant son chignon de cheveux blancs.

— Où est-il ?

— Ben, au plafond…

Jérôme haussa les épaules et pénétra avec assurance dans l'appartement de Méridole. Cependant, devant le cadavre nu pendu à l'aide d'une cravate à un crochet fixé dans une poutre et bien que familier des champs de bataille aux milliers de cadavres bien plus abîmés que celui-là, il ne put réprimer un tressaillement. Jamais encore il n'avait vu de « mort volontaire ».

— Pourquoi qu'il a mis sa perruque pour s'pendre ?

— Par dignité, répondit Jérôme en regardant le postiche rose posé de travers sur le crâne de Méridole.

Le visage blanc et les yeux exorbités par la suffocation, le vicomte paraissait plus Pierrot grotesque que jamais.

— Ah ben, tu parles de dignité, l'aurait mieux fait de s'la mettre sur l'gourdin !

Jérôme ne put réprimer un éclat de rire né de la fatigue, de l'inquiétude et de la nervosité, imité par Renoux, puis du groupe ayant suivi.

Le regard de Jérôme dévia sur la commode aux perruques où était posé un miroir psyché en marbre rose à bronzes dorés. Une nymphe tendait le doigt vers la glace où était écrit avec du rouge à joues « *36 rue de Grenelle* » suivi d'un point d'interrogation exprimant le doute. Cela ne pouvait que concerner Marion.

— Et maintenant, on fait quoi ? demanda le portier revenu de son ébahissement.

— Ce que vous comptiez faire dès le départ : aller chercher la garde municipale.

— Et si on le décrochait ? À moi, vous autres ! cria-t-il au groupe.

— Ne faites rien, les autorités préféreront que rien ne soit foulé ni touché.

— Bon alors, vous m'accompagnez ?

— Je crains que cela ne soit pas possible, je dois rejoindre le prince à Compiègne, mentit Jérôme, qui ne se voyait pas du tout perdre du temps en déclarations diverses pour un gonsse qu'il ne connaissait que de la veille.

— Ah…

Avant de partir, il jeta un coup d'œil à la silhouette afin de s'assurer qu'elle n'était pas passée de vie à trépas par une main criminelle, auquel cas l'adresse inscrite sur le miroir eût été un piège. La nudité facilita son examen qui, au premier abord, ne révéla aucune marque de strangulation, pénétration d'une lame ou trace de poudre tandis qu'un poison violent eût laissé son empreinte sur le visage.

— Tu vas vraiment rejoindre le prince ? demanda Renoux un moment plus tard.

— Bien sûr que non, mais tu avais envie de visiter un commissariat ?

— Ah ça, non !

— Moi non plus.

— On va à l'adresse du miroir ?

— Non.

— Ah ben, j'te comprends plus. J'croyais qu'tu tenais à ta compagne…

— Ce n'est pas ma compagne et deux heures de plus ne changeront rien, ses geôliers veulent quelque chose que je n'ai plus et que je dois récupérer.

— Bon, d'accord.

Ils passèrent le pont des Tuileries, cheminant rapidement parmi les passants se réjouissant, après des semaines de pluie, de l'accalmie proposée par ce soleil blanc annonciateur d'autres précipitations.

Vingt minutes plus tard, ils parvenaient rue d'Arcole.

— Ben dis donc, c'est chouette où qu'tu niches ! s'exclama Renoux. Avec le Palais-Royal en face… Y'en a du monde par ici…

Mais Jérôme ne l'entendait pas, occupé à chercher des yeux le rousseau qui tenait ordinairement la planche de bois entre les deux chaussées pour ne pas se salir les pieds dans la boue. Mais ni lui ni son « pont » n'y étaient. Jérôme en conçut de la déception, il avait l'intention de le tancer rudement afin de le faire « cracher ». Mais peut-être reviendrait-il plus tard, il suffirait de surveiller par la fenêtre.

— C'est ben propret chez toi, commenta encore l'ouvrier en pénétrant dans le logement de Jérôme. Et tu assures n'avoir point d'compagne ?

— Non.

— Pourtant t'es plutôt joli gonsse, et avec du grade, les petites dames, elles aiment bien…

— Assieds-toi, dit Jérôme en détachant son sabre et en jetant sa redingote sur une chaise.

Son gilet, sa chemise suivirent le même chemin. Puis il saisit sur la pierre à évier le broc blanc et or en porcelaine de Paris et renversa de l'eau dans la cuvette en nef assortie. Il s'aspergea vigoureusement le torse et les épaules avant de se savonner le menton, le cou et les joues. Puis il fit prudemment glisser plusieurs fois le rasoir de haut en bas et de droite à gauche. Il termina par un rinçage et s'essuyait le visage dans un linge quand on frappa à la porte. Tout de suite, il fut sur ses gardes, ce que voyant, Renoux sauta sur ses pieds.

— Laisse, j'vas voir qui qu'c'est…

Un instant plus tard, Jérôme entendit rouspéter :

— Laissez-moi passer, monsieur ?

— Monsieur Renoux, je suis l'assistant du capitaine Blain !

— Le capitaine n'a jamais eu d'assistant… Laissez-moi passer, vous dis-je…

Fronçant les sourcils au son de l'échange houleux, Jérôme se rapprocha bien qu'il eût reconnu la voix de Sophie. La jeune femme, vêtue d'une robe de velours prune, d'un spencer vert foncé et d'une capote de paille garnie d'une plume de paon, bouscula Renoux. Mais la vue de Jérôme seulement affublé de sa chemise et terminant de nouer une nouvelle cravate la troubla.

— Jérôme…

— Sophie ?

— Je… Tu… Enfin, je m'inquiétais…

— Fallait pas, s'immisça Renoux, il était avec moi !

— Mais qui est cet opportun ? s'indigna Sophie en fronçant les sourcils à son adresse.

— François Renoux que voilà était un des ouvriers de l'Arc de Triomphe et…

— Ouais, coupa celui-ci, mais on a été remplacés par des gars qui s'font payer quatre fois plus cher pour travailler le double de temps, et ça, c'est pas juste, et m'sieur Blain il est d'accord avec nous, pas vrai ?

— Mais de quoi est-il question, je ne comprends rien ? Et où est Marion ? s'inquiéta Sophie en se haussant sur les pieds pour tenter d'apercevoir, par-dessus l'épaule de Jérôme, la jeune fille dans quelque recoin de la pièce.

Celui-ci la prit par la main et la fit asseoir sur une chaise.

— Sophie, il s'est passé beaucoup de choses graves depuis que nous nous sommes quittés hier soir.

— À cause du papier que tu as mis dans ma poche ?

— Oui, mais pas seulement. Je vais tout te raconter, mais avant, permets-moi d'aller finir de m'habiller, je ne suis pas présentable ainsi.

Il revint peu après, vêtu d'une chemise blanche et d'un gilet à petits carreaux bruns, précédé d'une bouffée d'eau de Cologne qui fit s'agiter la main de Renoux devant son nez.

Jérôme fit mine de ne rien voir et servit à ses hôtes un verre d'eau sucré, puis il s'attabla avec eux. Cette collation eut le don d'apaiser les tensions et il put exposer sereinement les derniers événements à Sophie, concluant une vingtaine de minutes plus tard :

— Voilà, tu sais tout…

— C'est très grave ce que tu m'apprends là. On ne peut pas laisser ces gens continuer de torturer ces malheureuses, encore moins recruter pour trahir l'Empereur… Il faut le faire prévenir…

— Plutôt Murat. Après tout, c'est son nom qui est cité, même si, de toute évidence, il n'a rien su de ce qui se tramait puisque la comtesse Iliescu en est tombée amoureuse au point de refuser de l'impliquer.

— C'est un bel acte d'amour, observa gravement Sophie. Murat est une victime mais la comtesse aussi, songe qu'on lui a ordonné d'entrer dans le lit du prince pour une cause qui vaut sans doute beaucoup de sacrifices. Il n'empêche qu'elle y a laissé son cœur.

Jérôme revit en image les yeux de jaspe vert et le sourire de chat de la comtesse. Oui, il l'admettait, Violetta Iliescu avait été le jouet politique des hommes et elle n'y avait rien gagné d'autre que la fuite au bras d'un mari qui n'en était plus un, mais qu'il lui faudrait supporter avec peut-être la satisfaction de garder l'enfant du prince.

— Jérôme ?

La voix de Sophie le tira de ses pensées.

— Jérôme, c'est cela que j'étais venue te dire…

— Quoi donc ? questionna-t-il distraitement en allant à la fenêtre vérifier que le « pontonnier » était de retour.

Mais ce n'était pas le cas et il en conçut de la déception.

— Foutre, où donc est passé ce luron ? marmonna-t-il.

— Jérôme, est-ce que tu vas m'écouter ?

— Ça fait d'puis qu'on a trouvé l'vicomte tout pendu qu'il est dans la lune[89], expliqua Renoux.

89. *Expression datant du XVIIIe siècle d'après le livre de Mirabeau,* L'Empire de la Lune.

— Je dois sortir, annonça Jérôme en enfilant sa redingote verte.

Sophie se leva.

— Je crois savoir où tu vas : chez le décrotteur ?

— Oui, je n'en ai pas pour longtemps. Attendez-moi.

— Je viens de chez lui…

Deux paires d'yeux se fixèrent sur la jeune femme. Jérôme fut le premier à réagir :

— Tu as pu savoir des choses ?

— Oh oui… à commencer par l'adresse du sbire Joseph…

Chapitre 22
À l'ombre d'une église

— D'après Martial, le décrotteur, ton Joseph se nomme monsieur Dumont et il est arrivé à Paris il y a une petite année, à la suite d'une blessure en Espagne ; il serait un ancien militaire…

Jérôme hocha la tête : jusque-là, les choses correspondaient à peu près aux échanges qu'il avait eus avec le sbire de la Bastien.

— Que t'a dit d'autre, ce Martial ?

— Que Dumont s'intéresse à ce que tu appelles le Cercle des Éventails, du moins à ceux qui en font partie. Il aurait avancé pour raison qu'il est chargé par sa patronne de les surveiller comme le lait sur le feu, du fait qu'ils sont tous fils de notables…

— Décidément, ils ont bien des choses à craindre, ces chous-chous !

— Et pour cause, s'ils se font prendre, l'opprobre rejaillira sur leurs familles.

Dumont a aussi demandé à Martial s'il connaissait des jeunes filles esseulées et pauvres qui, moyennant une jolie somme, accepteraient de servir de toton au bordel…

— Il raccroche pour la Bastien en plein salon de décrottage ; il ne craint pas les oreilles indiscrètes, ricana Jérôme en finissant son verre d'eau sucrée.

— Cette demande n'a pas été évoquée lors d'une séance de nettoyage, mais plutôt un soir que Martial quittait son emploi. Au début, il ne voulait pas entendre parler d'un tel détournement, ce qui risquait de nuire à sa réputation. Cependant, il m'a confié que son emploi ne lui rapportant guère, il aurait bien vu de quoi améliorer son ordinaire. Il a dit à ce Dumont qu'il allait réfléchir ; ce dernier l'a alors invité chez lui pour en discuter autour d'une flûte de vin de Champagne. De quoi éblouir le malheureux Martial qui, finalement, pris de remords à l'idée de livrer des filles dans ce qu'il ressentait comme un traquenard, ne s'est pas rendu à l'invitation.

Sophie sortit de la poche intérieure de son spencer un petit papier qu'elle déplia.

— Voici l'adresse de Joseph Dumont, rue Notre-Dame-des-Victoires, face à l'église.

— C'est du beau travail, approuva Jérôme.

Sophie sourit.

— Ça m'a coûté cinquante sous…

— Ça fait cher le renseignement, observa Renoux.

— Pour sauver des amis, non, ça ne fait pas trop cher. Jérôme, quand j'ai trouvé ce document que tu avais glissé dans ma poche, j'ai compris que l'affaire des grisettes couvrait quelque chose qui pourrait ressembler assez à un coup d'État, si on les laisse faire.

La jeune femme posa ses mains sur celles de Jérôme et darda son regard sur le sien pour le convaincre.

— Que puis-je faire pour t'aider ?

— Tu as fait beaucoup, Sophie, et je ne veux pas qu'il t'arrive malheur ; j'ai déjà pris ce risque en me délestant du papier dans ta poche.

— Mon tendre ami, c'est mon vœu le plus cher que de t'aider à mettre hors jeu ces malfaisants, autant pour ces pauvres filles que pour prévenir l'Empereur ; j'ai également à cœur de retrouver Renaud et Marion.

Renoux s'invita dans le dialogue :

— Où placer l'urgence ?

Jérôme se mit à réfléchir : l'urgence, en vérité, était plurielle. Murat devait être prévenu et Renaud retrouvé afin qu'il se joignît à eux pour délivrer Marion.

Il ne parvenait pas à croire qu'il pût être mort. Quant à neutraliser le Cercle des Éventails, celui-ci s'effondrerait peut-être de lui-même à la suite du démantèlement de l'Alliance.

Il exposa ses idées à ses amis.

— Et si le Cercle, y tombe pas ?

— Alors comme alors ! répondit Jérôme en soupirant. Va chez le cocher du prince, Mallerouse, il doit savoir où lui faire tenir un message.

— Mais ça risque de prendre des jours ! s'indigna Sophie.

— Il suffira à Mallerouse de se rendre à une station de télégraphie.

Sophie fit les gros yeux au jeune homme.

— Mais, enfin, Jérôme, tu sais très bien que le télégraphe n'est réservé qu'aux communications du gouvernement et ne peut être employé pour les particuliers.

— Sauf à soudoyer les stationnaires.

— Seul le directeur a le code des quatre-vingt-douze signaux de correspondance[90] ; il faudra beaucoup d'argent, car il ne pourra agir sans les deux employés d'une tour, et aucun ne voudra risquer de se faire renvoyer.

— Si l'on expose les vraies raisons au directeur, il n'y aura peut-être pas besoin d'argent. Et l'Empereur nous le pardonnera.

Sophie fit la moue, car elle n'était pas convaincue.

— Dans ce cas, il vaudrait mieux que ce soit toi qui ailles voir le directeur de la ligne de Lille.

— Assurément, d'autant que je crois savoir que beaucoup de *télégraphiers*[91] sont des militaires réformés, mais j'emporterai quand même de l'argent, répondit Jérôme en posant les yeux sur Renoux, qui palpa ses poches à la recherche des deux billets de mille francs.

— Garde-les pour l'instant.

— Ben dis donc, elle est rud'ment calée sur l'télégraphe, la pt'ite dame ; elle pourrait peut-être y aller à ta place, Jérôme.

— La pt'ite dame peut parfaitement donner la main ! s'indigna Sophie. Je vais avec toi, Jérôme ; je ne pourrai peut-être pas me jeter dans une bagarre, mais distraire, oui. Et même casser un vase sur un crâne s'il le faut ! Après tout, c'est moi qui suis venue solliciter ton aide : il est juste que je sois de la partie.

---

90. Plus six de service.

91. On disait aussi stationnaires, *puis, depuis 1801, télégraphistes.*

Jérôme, qui n'était pas loin de se ranger à l'avis de Renoux, sourit. Le regard de Sophie était si déterminé qu'il remania son plan.

— J'ai changé d'avis.

Ce fut un duo de « Ah! » déçus.

— Nous allons tous les trois chez ce Joseph Dumont; ensuite, il sera temps d'aller rue de Grenelle.

Ils se levèrent comme un seul homme. Il ne fallut que quelques minutes pour gagner la place des Petits-Pères, en mémoire du couvent des Augustins au XVIIe siècle. L'église Notre-Dame-des-Victoires était plus jeune d'un siècle: bien que voulue par Louis XIII pour commémorer sa victoire sur les protestants après le siège de La Rochelle, sa construction ne s'acheva qu'en 1740, ses derniers architectes lui donnant un style baroque à fronton et pas de traditionnelle rosace. Cet édifice devint le siège de la Loterie nationale durant la Révolution et de la Bourse des valeurs sous le Directoire; enfin, elle fut rendue au culte en 1802.

— Si Dumont cherche des appâts féminins, c'est moi qui irai en premier…

La jeune femme poursuivit en voyant la bouche de Jérôme formuler une négation.

— Je lui dirai que Martial m'a fait part de cette recherche et que je suis intéressée.

— J'vais avec vous; j'expliquerai comme ça que j'suis vot'frère et qu'c'est moi qui négocie la somme…

Jérôme souleva les sourcils devant cette double proposition; Renoux écarta les pans de son sarrau.

— En plus, j'ai d'jà l'costume du pauvre alors qu'toi, pas du tout!

— Hum !

Sophie confia son spencer à Jérôme.

— Voilà pour faire moins riche, rit-elle en s'enroulant dans son châle. Y allons-nous, mon frère ?

— On y va, frangine !

Jérôme les regarda s'éloigner, non sans inquiétude, vers la porte d'entrée d'un petit bâtiment à deux étages et au toit conique, situé à l'angle du porche et de la façade est de l'église Notre-Dame-des-Victoires. Une minute passa, à la fois longue et courte, avant de voir revenir Renoux, seul.

— Où est Sophie ? demanda-t-il sur un ton rude, néanmoins en sourdine, pour ne pas alerter les passants.

Cependant, la vue de ces deux hommes se concertant à voix basse attira le regard suspicieux de deux femmes tout de noir vêtu, se soutenant l'une l'autre pour se rendre à l'église.

— Mécréants, malfaisants, lâcha l'une d'elles, mon fils est tombé à Eylau !

— Et le mien à Wagram ! Vous devriez être à l'armée plutôt qu'à vous prélasser.

Toujours dans l'idée de rester discret, Jérôme décida de ne pas relever ces apostrophes nées de la douleur. Il s'éloigna un peu.

Renoux le suivit.

— Tu as laissé Sophie seule ?

— Ton bonhomme n'y est pas, alors on a r'vu not'plan, nous aussi ; elle a dit à la logeuse qu'elle allait faire du ménage.

— Pourquoi tu ne l'as pas accompagnée ?

— Parce que la bonne femme ne voulait pas, pardi !

Jérôme soupira en glissant la main dans son portefeuille.

— Va acheter une bouteille d'eau-de-vie ou de ce que tu trouveras : tu proposeras à la pipelette de partager avec elle ; je reste à surveiller si un malheur survient. Ne traîne pas…

Renoux hocha la tête et s'en fut avec la pièce de quarante sous. Jérôme resta à scruter l'entrée et la fenêtre du deuxième étage où il lui tardait de voir Sophie apparaître pour lui signifier des nouvelles. Il surveilla aussi la rue, craignant d'y voir débouler Joseph.

Mais c'est une bouteille de vin de Nanterre qui se dressa devant ses yeux.

— J'ai trouvé qu'ça…

— Ça ira parfaitement. Dès que tu auras frappé à la porte de la loge, je me faufilerai dans l'escalier.

— D'accord.

Ils traversèrent la voie. Renoux n'eut même pas à toquer que la porte s'ouvrait sur une vieille femme échevelée qui interpella Jérôme déjà engagé dans l'escalier.

— Hé, vous ! Où qu'c'est qu'vous allez comme ça ?

Renoux brandit la bouteille, tout sourire.

— En attendant qu'ma sœur finisse le ménage, j'ai pensé qu'un petit verre de vin passerait l'temps…

La vieille le regarda par en dessous, puis revint à Jérôme.

— Où qui va l'autre là-haut ?

Jérôme pesta intérieurement, debout sur la deuxième marche d'escalier ; cette vieille chouette était plus méfiante qu'un cogne.

— J'ai quelqu'un à voir au second…

— Ah ouais ? Et comment qui s'appelle, çui qu'tu vas voir ?

Plus les secondes passaient, plus la situation devenait artificielle. Il devait absolument trouver un motif valable pour parvenir jusqu'à Sophie sans quoi la vieille irait chercher un des agents de police de sa connaissance évoluant dans le quartier et qui, faute d'un uniforme[92] identifiable, n'étaient connus que de ceux qui les côtoyaient chaque jour.

Mais peut-être aurait-il le temps pour un passage en force…

Renoux se mit soudain à éternuer fortement en exhalant une glaire épaisse et jaune assez peu ragoûtante qui fit grimacer la concierge. Il râla en toussant à s'arracher les poumons.

— Ah ! cette saleté de tuberculose, elle aura ma peau !

Apeurée par la maladie, la vieille arracha la bouteille de ses mains et leur claqua la porte au nez.

— Merci, mon chien ! railla Renoux, que Jérôme tira par le bras.

— Viens donc !

Ils martelèrent les marches du vieil escalier pour parvenir rapidement au second étage où l'ouvrier lui désigna la porte de droite, demeurée entrouverte. Jérôme la poussa doucement et entendit tout d'abord la voix de Sophie :

— Ça va aller, Renaud, on va te sortir de là…

La proximité de l'église voisine et l'étroitesse de la rue plongeaient le petit appartement dans la

---

92. *Celui-ci n'apparaîtra qu'en 1829 avec l'institution des sergents de ville, les* sergots *détestés et renommés* gardiens de la paix *en 1870.*

pénombre, mais, vu de plus près, il semblait meublé avec confort et même un certain goût.

— Reste sur le palier pour faire le guet. Tu ne peux le manquer, un grand barbu boiteux.

— Je vais mirer.

Jérôme se dirigea au son de la voix de Sophie, ce qui le mena jusqu'à une chambre où un lit de côté en bois sans aucun ornement occupait tout un pan de mur. Dans ce lit aux draps repoussés gisait Renaud, les yeux brillants de fièvre. Sophie, assise près de lui sur un tabouret, lui appliquait sur le front un linge mouillé, qu'elle trempait dans une petite bassine de cuivre posée à ses pieds.

Jérôme se précipita et lui prit les mains qu'il avait bouillantes.

— Renaud, tu n'es pas mort…

— Ah ! mon ami, c'est tout comme…

— Ne dis pas de sottises.

— Je n'en dis pas justement ; on est des soldats, on a assez fait la guerre pour connaître nos limites, et je te dis là que je suis plus faible qu'un nouveau-né…

Jérôme sourit.

— Si tu as encore la force de pinailler, c'est que la grande faucheuse n'est pas encore à ta porte !

— Il a de la fièvre, dit Sophie.

— On en a vu d'autres, pas vrai Renaud ? Peux-tu te lever ?

— Non !

— Comment ça, « non » ? Ne veux-tu pas tenter de te mettre debout ? Tiens, je vais appeler un ami qui est à surveiller si le dénommé Dumont ne s'en revient pas. Si tu es au plus mal, on ne sera pas trop de deux pour t'évacuer.

— Qui est Dumont ? demanda Renaud.

— C'est vrai que tu n'es pas bien… Ton geôlier, enfin ! Ah ! mon vieux, faut pas traîner ; on va s'esbigner vite fait bien fait… Renoux !

Jérôme réitéra son appel :

— Renoux ! Viens tout de suite… Mais quel artichaut ! Attendez-moi tous les deux ; je vais le chercher.

— Jérôme…

Sophie lui caressa le front.

— Calme-toi, Renaud, il va faire ce qu'il faut pour nous mettre hors de danger. Fais-nous confiance ; nous sommes si heureux de t'avoir retrouvé…

— Oui, très contents, et maintenant tiens-toi tranquille, ménage tes forces ; je vais chercher Renoux et on t'embarque.

Jérôme repartit dans le couloir et, en deux enjambées, fut sur le palier. Mais l'ouvrier n'y était pas.

— Renoux ?

La porte d'en face s'ouvrit brutalement sur monsieur Joseph, pointant sur Jérôme un pistolet chargé, le chien relevé à l'armé :

— Alors, petite fouine, tu cherches ta barbe et tes lunettes ?

Chapitre 23
Aux mains de monsieur Joseph…

Jérôme recula. Dégainant son sabre, il menaça :

— Vise bien au cœur, sinon je t'embrocherai et j'ai assez rarement raté mes cibles, raison pour laquelle mes frères d'armes m'ont surnommé le capitaine Sabre.

— Nomination assez récente de « capitaine *à la suite* », ta réputation est arrivée jusqu'en Espagne où j'étais.

Les deux hommes restèrent un moment à se jauger du regard.

— Où est l'ami avec lequel j'étais venu ?

— Il va bien.

— Comment as-tu fait pour te saisir de lui ? Tu n'es pas assez maigre pour que l'on ne t'entende pas grimper l'escalier…

— Aussi je ne l'ai pas monté. Je suis un homme prudent, grâce à une obole versée en plus de mes loyers pour ces deux appartements, ma concierge a ordre de répondre que je n'y suis pas et cette consigne est valable même pour l'Empereur!

— Qu'as-tu donc de si épouvantable à cacher?

— Rien qui n'intéresse un capitaine *à la suite* qui ferait mieux de s'occuper de ses affaires.

— Empêcher des jeunes dévergondés de torturer et tuer des jeunes filles pauvres est le devoir de tout honnête citoyen…

Joseph éclata d'un rire qui révéla des dents blanches et carnassières et monta jusqu'à ses yeux noirs qu'il injecta de haine. Il jeta son pistolet aux pieds de Jérôme qui suivit machinalement du regard le trajet de l'arme. Cette seconde d'inattention permit à Joseph d'extirper un sabre de nulle part et de se jeter sur lui en fulminant:

— Espèce de sot, tu vas voir que je ne suis pas non plus un pitaud[93]…

Jérôme eut le temps de faire un pas de côté; la lame adverse ne le transperça pas à l'aine comme son propriétaire l'eût espéré, mais érafla le mur.

Jérôme ne chercha pas à tuer Joseph, mais à le tenir à distance par des parades de défense, espérant ainsi le fatiguer et l'amener à composition: il lui devait une explication pour Renaud. Mais Joseph n'était pas de cet avis; il se fendit par un coup droit à l'épaule que Jérôme repoussa par une quarte et les deux lames s'entrecroisèrent de nouveau. Ils reculèrent jusqu'à la chambre de Renaud toujours alité. Sophie s'était réfugiée à la tête du lit, très calme quoique très pâle, elle resta silencieuse. Renaud, fasciné par le combat, ne pipait mot non plus.

Joseph sourit devant cette assemblée.

93. Paysan grossier en langage militaire.

— Je vais te tuer devant tes amis…

— Ton imagination est débordante !

De nouveau, les deux hommes s'affrontèrent dans le double choc des lames et des prunelles. Jérôme sentit son poignet s'affermir d'une certaine façon annonçant le coup fatal qu'il savait déjà où porter, ayant analysé la manière dont Joseph relâchait sa défense quand il parait. L'ultime atteinte serait au foie. La voix de Renaud, qui avait deviné la manœuvre, traversa la pièce :

— Non… Ne le tue pas…

Mais les deux hommes ne tournèrent pas la tête de son côté, occupés à ne pas baisser la garde. Renaud renouvela ses appels à cesser le duel :

— Jérôme, Joseph, arrêtez tous deux ! Vous poursuivez le même combat…

Cette déclaration émanant de son ami prisonnier fit à Jérôme l'effet d'un verre d'eau froide jeté à la figure et l'éveilla d'un songe composé de haine et de peur irrationnelles. Cependant, par sécurité, il ne rangea pas son arme et fronça les sourcils à l'adresse du malade.

— Explique-toi.

— Ce n'est pas à moi de le faire. C'est le secret de Joseph…

Il s'adressa ensuite au sbire de la Bastien :

— Joseph, Jérôme que voilà est mon ami, il faut tout lui dire. Je vous en conjure, tous deux, rangez vos sabres…

Les duellistes, d'un accord tacite, abaissèrent leurs lames. Jérôme rangea la sienne au fourreau, mais pas Joseph qui n'avait pas le sien, il se contenta de la plaquer le long de sa jambe.

Renaud, en chemise et bas, s'assit au bord du lit, haletant.

— Messieurs, je suis trop fatigué pour aller au salon… vous pouvez cependant vous y rendre pour échanger.

— Je peux aller chercher deux chaises s'il s'en trouve, proposa Sophie qui avait repris des couleurs.

Joseph fit « oui » avec les yeux. Avant de disparaître dans le couloir, la jeune femme plaisanta pour alléger la situation encore tendue :

— Renaud, surveille-les bien qu'ils ne recommencent pas à s'entre-tuer…

— Je vais avec toi, dit Jérôme pour ne pas laisser la jeune femme se charger seule du fardeau.

Ils ne furent pas longs à rapporter d'un salon faisant office de pièce à vivre deux chaises paillées à dossier à crosse qu'ils installèrent face au lit de Renaud.

Joseph et Jérôme y prirent place non sans se départir d'une certaine défiance et d'un coup d'œil noir.

Sophie s'assit près de Renaud et regarda les deux hommes qui restaient silencieux et même fermés.

— Eh bien, lequel des deux commencera, car il faut un premier ? encouragea-t-elle.

Jérôme avança la main vers Joseph.

— À vous l'honneur, monsieur, après tout, c'est vous qui avez enlevé mon ami.

— Je l'ai plutôt sauvé, ricana l'interpellé.

— Quelle étonnante bienveillance chez un fournisseur de victimes…

— Jérôme ! intervint Renaud. Laisse Joseph s'expliquer ; sans lui, je serais mort.

Jérôme eut un soupir.

— Tu ne vaux guère mieux.

— Ce sont les effets du somnifère destiné à l'affaiblir, le temps de vérifier que son billet était échangeable, je ne pensais pas qu'un grand costaud pareil se montrerait intolérant.

— Je n'entends rien à ce que vous me dites ; quel billet, quel somnifère ? Tâchez d'être bref et concis.

Ce fut au tour de Joseph de soupirer.

— En vérité, messieurs, quel besoin avez-vous eu de vous mettre en travers de mon chemin ? Voilà plus d'un an que j'ai infiltré le bordel de la Bastien…

Le cœur de Jérôme bondit dans sa poitrine.

— Seriez-vous de la rousse ?

— Non, et je n'appartiens à aucun service, j'opère pour moi seul. Pour commencer, je ne m'appelle pas Joseph Dumont mais Joseph Tertre, ex-lieutenant au 36e de ligne. Il y a cinq ans, j'ai eu une liaison avec Amaury Faivre dont le père est conseiller d'État.

— Amaury Faivre ? répéta Jérôme pour engager l'homme à poursuivre.

— Oui, capitaine, au 12e cuirassiers, chargé de la remonte[94], son régiment est en Allemagne et lui en congé. Il a été admis dans les cuirassiers après trois campagnes depuis 1805…

Tout comme « Lilas Blanc » et Arthur de Colombel, dont les unités de chasseurs à cheval, le 4e et le 16e, se trouvaient à Naples pour le premier et en Allemagne pour le second.

Le destin sert plutôt bien les malfaisants, pensa Jérôme.

---

94. Chargé du choix et de l'achat des chevaux.

— Le père d'Amaury a tenté de combattre les travers pédérastes de son fils en le frappant, sa mère en le poussant à l'église pour se confesser et demander pardon à Dieu en se traînant sur les genoux. Puis, avec la bénédiction de sa mère, son père l'a jeté à l'âge de quatorze ans dans l'armée du Nord où ils espéraient bien tous deux qu'il se fasse tuer lors de la campagne de Belgique en 1794, ceci afin de laver l'affront de pédérastie.

— Mais c'est épouvantable! dit Sophie. Quelle mère peut désirer et laisser faire une chose pareille?

Joseph haussa les épaules.

— Il est loin d'être une exception. Quand j'ai rencontré Amaury, c'était un petit être fragile, risée de son bataillon, et seule la réputation de son père a empêché qu'il soit plus rudement malmené par ses camarades qui avaient rapidement saisi son inclination. Je l'ai pris sous mon aile et je pensais m'en faire un compagnon de route, mais son père a eu vent de notre liaison, il m'a fait condamner sans preuve grâce à la complicité du juge Lorry dont le fils est « Lilas Blanc... », ce que vous avez dû apprendre lors de votre passage au cercle de jeux hier soir...

Jérôme inclina la tête.

— Amaury a déclaré que je l'avais violé, mais c'est faux...

Il fit une pause qu'il occupa à respirer fortement en détournant les yeux, sans doute pour faire passer la désagréable émotion que ce souvenir faisait remonter.

— J'ai fait cinq ans à Sainte-Pélagie[95]. Quand

95. Créée en 1662 pour les « filles repenties », puis maison de force pour « femmes débauchées », maison d'arrêt en 1790 pour exclus du régime, prison départementale en 1811, réservée aux « affaires de mœurs », puis aux détenus pour dettes et, enfin, politiques en 1831.

j'en suis sorti, seul le 36e régiment d'infanterie de ligne du colonel Berlier m'a accepté avec la mention « pédéraste », mais c'était pour aller en Espagne, raison pour laquelle ils n'ont pas trop tordu le nez ! J'ai été blessé à la bataille de La Corogne[96] comme vous le savez, c'est durant ma convalescence que j'ai commencé à fomenter ma vengeance. Mais je ne pensais pas tomber sur une affaire aussi importante.

Jérôme échangea un regard avec Sophie ; Tertre savait-il quelque chose de l'Alliance ou bien « l'affaire » ne concernait-elle que le Cercle des Éventails ?

— Qu'entendez-vous par là ?

— Eh bien que remonter jusqu'à Faivre n'a pas été trop difficile. J'ai compris qu'il fréquentait la maison de la Bastien qui lui sert, comme aux autres, de refuge quand les conditions de vie en famille, lors des congés, deviennent trop difficiles.

— J'ai surnommé ce quatuor le Cercle des Éventails, dit Jérôme.

Renaud eut un petit sifflement admiratif.

— C'est joli comme nom.

— Bien trop joli pour couvrir des frasques terrifiantes, grimaça Tertre.

— Enfin, monsieur, vous ne pouvez tenir de pareils propos, étant complice…

— Moi, complice ?

— Je l'ai cru aussi, Jérôme, intervint Renaud.

Mais Jérôme n'entendait rien d'autre que son indignation.

— N'êtes-vous pas allé chez le décrotteur Martial

96. *Le 36e de ligne, brigade Reynaud, division Merle, sous le maréchal Soult, affronta victorieusement les Anglais du général Moore à la bataille de La Corogne en Espagne le 16 janvier 1809.*

pour exiger de lui qu'il vous envoie de pauvres filles pour servir de toton à vos pensionnaires dépravés ?

— Vous n'y êtes pas du tout, monsieur…

— Ne l'avez-vous pas invité chez vous pour tenter de le soudoyer ?

— Si fait, mais…

Jérôme sentit la colère l'emporter.

— Et vous osez dire que vous n'êtes pas complice, que vous ne ressentez pas de culpabilité ?

Joseph pâlit.

— Monsieur, je vous le répète, je ne suis pas complice. Cependant, j'étouffe de culpabilité, raison pour laquelle je me suis rendu chez le décrotteur. C'était en réalité pour prévenir les filles qu'il m'aurait envoyées de ne point se présenter au bordel…

Jérôme fut désappointé par cette réponse qui, tout en le soulageant, ne le satisfaisait pas, et cela sans qu'il pût l'expliquer.

— N'avez-vous pas laissé torturer et même tuer des filles en votre présence au bordel, à commencer par la fiancée de mon ami ici présent ?

Il y eut un silence que Renaud brisa :

— Marie s'est jetée par la fenêtre pour leur échapper, Jérôme…

— Ce n'est pas ce qu'Euphrasie, que tu as sauvée, m'a raconté.

— C'est la vérité, j'ai vu le corps de Marie, sa nuque était brisée de telle façon que cela ne peut être que des suites d'une chute. C'est la honte qui l'a poussée à cette extrémité car ces salauds l'avaient déjà…

Il eut un sanglot qu'il parvint à réprimer pour terminer :

— … violée et torturée…

— Je ne puis pas tout empêcher, reconnut Tertre, je suis devenu le bras droit de la Bastien pour la faire tomber, et avec elle, je l'espère, le Cercle des Éventails, ainsi que vous le nommez, mais je dois donner des gages…

— Des gages de ce genre n'ont pas le droit à cette appellation, gronda Jérôme.

— Je n'ai pas eu le choix.

Le jeune capitaine se leva d'un bond.

— On a toujours le choix…

— Non, pas toujours !

— Quand vous avez compris de quoi il retournait, il fallait aller voir la police.

— Avec quelles preuves ? Oubliez-vous qu'ils sont tous fils d'excellentes familles ? Rasseyez-vous, nous n'en avons pas fini…

Jérôme regarda Renaud qui eut un signe de tête pour l'enjoindre à se rasseoir.

Sophie apostropha Tertre :

— Enfin, monsieur, ne pouviez-vous, quand ces freluquets étaient en chambre avec une malheureuse, aller chercher un policier pour faire constater la situation ?

— Un policier que la Bastien aurait acheté avant de se faire rembourser par l'un des pères des impliqués ? Je pense en particulier au juge Lorry, baron d'Empire très influent.

— Joseph, tu m'as bien dit que « Lilas Blanc » est le pire de tous ? lança Renaud.

Jérôme haussa les épaules.

— Cela change-t-il quelque chose, hormis pour les pauvres filles ?

— « Lilas Blanc » s'appelle Jules, il a été déclaré fille à sa naissance parce qu'il est né avec un vagin, mais aussi un minuscule pénis au gland imperforé…

— Oh, fit Sophie, qui se mit à rougir.

— Préfères-tu sortir ? lui demanda Jérôme, qui gronda Tertre. Enfin, monsieur, ces propos sont par trop inconvenants pour une jeune femme…

Le barbu écarta les mains et se tut dans une mine contrite.

— Mais non, s'indigna gentiment Sophie, je vais supporter, poursuivez, monsieur.

— À la puberté, son membre a grandi, cela a été constaté par un médecin qui a demandé un changement d'identité, le premier en France[97]. Mais ce sera son seul attribut masculin, qui d'ailleurs ne fonctionne pas, raison pour laquelle il est doublement hargneux. Comme vous l'avez vu chez la Bastien, Jules est resté très femme et aimerait que « Lilas Blanc » ait une véritable existence, mais son père s'y refuse. Alors il le fait payer aux jeunes femmes.

— Bon, dit Jérôme, et Leroy, quel est son malheur de pauvre enfant riche ?

— Croyez-vous que la richesse vous tienne lieu de tendresse ? demanda Tertre.

— Je ne le prétends pas, j'en ai moi-même manqué, ayant perdu ma mère alors que je marchais tout juste. J'ai ensuite été élevé par mon parrain, le duc de Penthièvre, qui, pour avoir été généreux, n'en a pas moins brillé par son absence. Pour autant, me suis-je jeté dans le crime ?

---

97. Le premier cas (hermaphrodisme + changement d'identité) sera constaté et effectué en 1869.

— C'est parce qu'en dépit de ces absences, vous avez trouvé un bon encadrement et point de coups ou d'insultes. Pour Leroy, son père l'a eu avec une belle femme galante…

— La Chatanay, je sais, et aussi que son père est le dernier fermier général. Ah, j'oubliais, on le surnomme « Mylord » parce que son père a émigré en Angleterre.

— Fort bien. Son père donc, qui l'a eu aux langes, a ensuite épousé une brave femme que Sylvère a toujours prise pour sa mère. Et puis, il y a de cela une année ou peut-être deux, madame Leroy s'est fâchée avec sa cuisinière qu'elle a renvoyée, celle-ci s'est vengée en révélant la vérité sur sa naissance à Sylvère. Un bouleversement pour le jeune homme, d'autant que la Chatanay n'a pas voulu entendre parler d'une maternité à retardement.

— Il n'empêche que je l'ai vu quelques fois chez elle, intervint Sophie.

— Oui, par obligation imposée par Leroy qui soutient son commerce.

Jérôme se leva et fit face.

— Bon, j'en ai assez entendu comme ça. Ils ont tous de bonnes raisons pour être des criminels ? J'en ai d'excellentes pour les faire mettre aux arrêts. Je sors de chez le vicomte de Méridole qui m'a parlé de Colombel… et bien entendu de Roberge qui recherche Arthur pour se venger, lui aussi. Décidément, ce n'est pas le Cercle des Éventails que j'aurais dû nommer cette affaire, mais le Cercle des Vengeances.

Renaud secoua la tête.

— Ah, ça fait moins joli…

— D'autant que « Lilas Blanc » adore les éventails, renchérit Joseph. Cette idée de signer les crimes avec des brins est la sienne.

— Hum… Soit dit en passant, Méridole s'est homicidé ce matin…

— Ah, fit Tertre. De quelle façon ?

— Il s'est pendu.

— Cela ne lui ressemble pas.

— Quoi donc ? Se donner la mort ou bien se pendre ?

— Se pendre, j'aurais plutôt pensé qu'il se serait empoisonné. Êtes-vous bien sûr qu'il n'a pas été homicidé ?

— Sauf si on l'a pendu de force, mais son corps ne comportait aucune trace de violence, j'en suis d'autant plus sûr qu'il n'était vêtu que de sa seule perruque…

Il vit Sophie et Renaud grimacer à l'idée d'un cadavre entièrement nu se balançant au bout d'une corde. Tertre, qui en avait vu d'autres, secoua la tête.

— On a pu lui faire boire une solution opiacée qui lui aura fait perdre connaissance, ensuite on l'aura pendu. Au bordel, j'ai déjà vu les pensionnaires les plus demandées prendre du gaz hilarant pour supporter le nombre important de passades.

Jérôme secoua la tête.

— Cela n'est pas de mon ressort, mais de celui de la médecine légale.

— Pour ma part, je ne sais pas qui était ce gonsse à perruque, émit Renaud.

En quelques phrases courtes, Jérôme lui relata les derniers événements sans cependant entrer dans les détails. Il ne mentionna ni l'enlèvement de Marion ni le document secret trouvé dans la dague, et résuma les deux agressions à de l'intimidation. Il n'avait pas plus confiance que ça dans ce Joseph Tertre dont il ne pouvait cependant récuser l'aide apportée à Renaud.

— Comment Renaud s'est-il retrouvé dans votre lit ?

— Tu m'avais demandé de suivre la Bastien ?

Sur le hochement de tête de Jérôme, Renaud poursuivit :

— Ce que j'ai fait, et cela m'a mené jusqu'au bordel que tu connais.

— Bon, mais comment et pourquoi y es-tu entré ?

— Je ne saurais dire pourquoi... J'étais persuadé que Marie s'y trouvait. J'ai dit à Joseph et à la Bastien que je paierais cher pour avoir une fille à maltraiter, ils ont fini par m'emmener dans une chambre où trois des loustics dont on vient de parler torturaient une pauvresse. J'ai sorti mon pistolet et on a forcé le passage. Mais une fois dans le salon du bas où se tient le jeu, on a été bloqués par les barreaux aux fenêtres, c'est là que je me suis aperçu qu'il ne s'agissait pas de Marie, mais d'une inconnue qui m'a dit se nommer « Euphrasie ». Elle a pu s'ensauver, mais moi, j'étais trop mal en point. Joseph m'a désarmé et mis à la porte, mais dehors je me suis écroulé sur le pavé. Les tire-laines commençaient à me dépouiller quand j'ai vu revenir Joseph qui m'a traîné jusqu'ici sur son dos.

— Ah, le malheureux !

Sophie et même Joseph se mirent à rire, ce qui allégea l'ambiance tandis que Renaud ronchonnait :

— C'est agréable ! J'ai fait tout cela pour toi pendant que tu te gobergeais chez Murat. À propos, tu sais que la Bastien avait demandé à Joseph de nous abattre, Euphrasie et moi, et de rapporter des preuves de notre mort ? Joseph a trouvé un cœur et une main de femme à la morgue qu'il lui a rapportés. Et pour donner le change à la Bastien, il s'est tiré un coup de pistolet dans le gras du bras.

Jérôme comprit mieux la présence d'un linge autour du biceps gauche de Joseph, qui, ancien militaire, avait su où tirer pour faire illusion sans se blesser.

— En résumé, monsieur, je vous dois la vie de mon ami et celle de la demoiselle.

— Seulement celle de votre ami, pour la demoiselle, c'est lui qui s'en est chargé. Veuillez croire que cela me fendait le cœur de la savoir violentée, mais je ne pouvais rien faire.

— Pourquoi avoir cherché à me tuer, dans ce cas, d'autant que je me suis fait reconnaître de vous ?

— Je suis sans cesse sur mes gardes, ces petites tantes n'hésiteraient pas à me tuer s'ils savaient que j'enquête sur Faivre et par élargissement sur leur quatuor. Quant à vous, j'ignorais de quel côté vous penchiez du fait que vous étiez venu travesti la veille au cercle de jeux…

— Hum… conclut Jérôme. Et Colombel alors ?

— Lui a moins de chance que les autres…

Ce fut un trio de « pourquoi ? ».

— Pour l'avoir poignardé et laissé pour mort, Roberge tient à faire passer Arthur de vie à trépas. Et il le fera.

— Que comptez-vous faire pour les mettre hors d'état de nuire tous autant qu'ils sont, Roberge y compris ?

— Rien.

— Comment ça, « rien » ? Vous nous avez affirmé être rentré au bordel de la Bastien, avoir acquis sa confiance pour vous venger et finalement vous resterez de marbre ?

— C'était avant que vous vous mettiez en travers de mon chemin. Je suis surtout intéressé par Faivre, les autres, je vous les laisse. Servez-vous des renseignements que je vous ai apportés ou non, mais laissez-moi Faivre.

— Pourquoi ? Vous voulez le faire passer de vie à trépas, lui aussi ? demanda Jérôme.

— Non, je vais l'enfermer cinq ans dans un cachot que j'ai préparé à cette intention dans l'appartement voisin. Ainsi il verra ce que c'est que d'être privé de liberté.

— La loi interdit de faire justice soi-même…

— Vous plaisantez j'espère, la justice est toujours du côté des nantis, vous le savez bien.

Jérôme haussa les épaules : après tout, que Joseph enferme Faivre et que Roberge assassine Colombel, pourvu que lui arrive à prévenir Murat de l'existence de l'Alliance. Avec Renoux, ils pourraient se rendre sans délai à la station Grenelle tenter de circonvenir le directeur. Renoux ! Comment avait-il pu l'oublier ?

— À propos, voulez-vous bien élargir l'ami qui est venu avec moi ?

— Suivez-moi, dit Tertre en se levant, ainsi vous verrez la jolie geôle que j'ai préparée pour ce maudit Faivre.

Jérôme, suivi de Sophie, s'engagea à la suite de Tertre jusqu'au second appartement qui était vide, du moins pour les deux pièces qu'ils traversèrent. Soudain, Tertre s'arrêta net devant une porte fermée.

— Je crois qu'il y a ici une personne que vous aurez plaisir à revoir, en tout cas, pour elle, ce sera le cas.

— Encore une surprise, maugréa Jérôme. Tâchez qu'elle soit bonne, j'ai eu mon compte depuis hier soir.

Sous la main de Joseph, une porte s'ouvrit sur la pénombre au fond de laquelle se distingua une ombre recroquevillée sur un lit sans drap. Puis les yeux s'habituant à l'obscurité, Jérôme sentit son cœur suspendre un battement.

— Marion ?

Chapitre 24
L'accord

Jérôme courut à elle avec un empressement qu'il ne se connaissait pas et la prit dans ses bras.

— Marion…

Joseph alla ouvrir les volets, révélant la pauvreté des lieux, un simple lit de fer, un mauvais matelas et pas de drap.

Jérôme s'agenouilla et caressa ses cheveux qu'il releva de son visage.

— Pardon, murmura-t-il.

Il reçut en plein visage deux yeux tristes, mais sans reproche.

— Est-ce que tu vas bien ? Excusez-moi, allez-vous bien ?

Marion secoua la tête.

— Ne vous excusez pas, je vais bien, personne ne m'a maltraitée, ni ceux qui m'ont forcée à les suivre ni monsieur Joseph qui m'a bien accueillie et m'a donné à manger.

Jérôme s'inclina sur sa main comme il l'eût fait sur celle d'une duchesse et se releva. Tandis que Sophie s'approchait pour prendre le relais, Jérôme interpella Joseph :

— Vous m'expliquez ?

— N'êtes-vous pas heureux ?

— Très heureux, mais là n'est pas ma question. Comment Marion est-elle arrivée chez vous ?

— Un des hommes de Colombel me l'a amenée cette nuit. Colombel ne voulait pas l'emmener chez lui, il aurait dû s'en justifier auprès de sa femme qui est bonne chrétienne et généreuse, elle n'aurait pas manqué de le tancer de se faire maître chanteur avec une malheureuse jeune fille. Quant à ses lieutenants, il faut croire qu'aucun n'aura voulu s'en charger puisque l'un d'entre eux l'a déposée ici.

— C'est parce que je pleurais trop, expliqua Marion. Celui qui devait me garder pour cette nuit m'a fait remarquer que j'étais plus geignarde qu'un chiot et qu'il ne pourrait le supporter le restant qu'il avait à dormir.

— Où vous trouviez-vous alors ?

— Dans une voiture, les mains attachées et la bouche empêchée.

Jérôme réalisa qu'elle se trouvait probablement dans le coupé duquel avaient jailli les trois hommes cette nuit. Il songea de nouveau à l'adresse sur le miroir de Méridole.

— Qui habite au 36 rue de Grenelle ? demanda-t-il à Joseph.

Celui-ci se troubla.

— Eh bien…

— Eh bien quoi ? Je vous écoute, monsieur.

— C'est la garçonnière de « Lilas Blanc ». Comment la connaissez-vous ?

Jérôme lui relata où et comment il avait eu vent de cette adresse. Joseph pâlit derechef et dit :

— C'est donc que Méridole a été assassiné et qu'ils ont cherché à vous tendre un piège en vous attirant chez « Lilas Blanc », ils en savent plus que vous ne pensez sur vous.

— C'est qu'il y a une taupe au bordel !

— Dois-je me sentir visé ?

— Je ne sais, monsieur... Seul, vous pouvez donner des... gages de votre bonne foi...

— Je vous trouve bien injuste. J'ai recueilli et nourri des êtres qui vous sont chers au lieu de les laisser à leur sort, et ce au risque d'être découvert par la Bastien, je vous ai instruit sur le Cercle des Éventails. Or, plutôt que de vous en montrer reconnaissant, vous ne cessez de me jeter la pierre...

Un hurlement étouffé et indigné empêcha Jérôme de répondre ; Renoux se manifestait aussi bruyamment qu'il lui était possible.

Il quitta rapidement la chambre, suivi de Joseph, et se dirigea au son de la voix de l'ouvrier vers la dernière pièce faisant face à l'église Notre-Dame-des-Victoires où le soleil illuminait un étrange cachot de bois et de fer qui occupait la moitié de la salle.

Renoux, seulement bâillonné et les yeux fous, était accroché aux barreaux comme un singe après ceux de sa cage, qu'il secouait avec l'énergie du désespoir. À la vue de Jérôme et de Joseph, il se calma.

Pour Jérôme, il était assez effrayant de penser qu'un homme y serait logé sans jugement pour expier un crime dont il n'était peut-être pas entièrement responsable.

Sophie apparut derrière eux sans qu'on l'entendît arriver et exprima ses pensées :

— Mais c'est une épinette[98], cela, pas une prison. C'est totalement indigne d'un être humain.

Joseph explosa :

— Avez-vous seulement idée de ce que sont les prisons françaises, espèce de sotte ? Vous…

Le barbu ne put terminer sa phrase, Jérôme l'avait saisi au collet.

— Baissez immédiatement le ton et présentez vos excuses à Sophie, qui ne peut avoir un aperçu de ce que sont les cachots ; et comment le pourrait-elle d'ailleurs ?

Après un échange inamical de regards, Joseph grogna :

— Je vous prie de m'excuser…

Sophie eut un signe de tête pour donner son accord, Jérôme relâcha Joseph.

— Vous devez être bien malheureux pour punir de la sorte un homme que vous disiez avoir aimé, dit la jeune femme, c'est donc que vous l'aimez encore.

— Il m'a honteusement laissé accuser, plaida Joseph.

— Avait-il seulement les moyens ou même la force de s'opposer à son père ? demanda encore Sophie.

Cette fois, Joseph ne répondit rien et sortit de sa poche une lourde clef qu'il introduisit dans une serrure qui avait dû voir le jour au temps des cathédrales.

---

98. Petite cage.

Renoux en sortit, Jérôme lui ôta son bâillon.

— Ben dis donc, y s'en passe des choses chaque fois que j'te croise !

— Cela te fera des histoires à raconter aux veillées !

— Ah ben, merci !

L'ouvrier montra le poing à Joseph.

— Vous, j'vous r'mercie pas !

— Vous étiez devant ma porte à faire le guet, comment devais-je interpréter la situation ?

Jérôme calma le jeu.

— Ça va, tous les deux. On a encore à établir un plan pour faire tomber le Cercle des Éventails et on va avoir besoin de tous ici, d'autant que Renaud ne semble pas frais.

— Serait-ce à dire, monsieur, que vous m'accorderiez votre confiance ? ironisa Joseph.

— Disons que ce sera au nom de l'Espagne où nous avons tous deux servi.

— À Berlier[99] ? dit Joseph en lui tendant la main, paume ouverte.

Jérôme posa la sienne dessus.

— À Dejean[100] et à Kellermann !

Renoux leva les yeux au ciel en secouant la tête.

— Oh là, là, c'est qu'y feraient chialer…

Sophie se pencha vers lui en souriant.

— Tu ne peux pas comprendre.

— Non, j'peux pas, et même j'chui ben content d'être un variqueux et d'point être allé traîner mes guêtres dans des pays où que l'on passe ses journées à s'tuer et qu'en plus on r'grette c'temps-là quand l'est fini. Ah, non, vraiment.

---

99. Colonel commandant le 36ᵉ de ligne en Espagne.

100. Colonel commandant le 11e dragons en Espagne.

— Vous me laissez Faivre ? demanda Joseph en serrant la main de Jérôme, qui ressentit dans cette pression une volonté de domination et s'apprêtait à refuser.

Il réfléchit cependant qu'il avait besoin de l'aide du barbu qui, il en était persuadé, n'avait pas tout révélé de ce qu'il savait des secrets de la Bastien. Une fois le Cercle arrêté ou détruit, il serait temps de trouver un stratagème pour éviter à Faivre la détention dans d'aussi tristes conditions.

— Je vous le laisse à une condition.

— Laquelle ?

— Vous finissez de me dire ce que vous savez des arcanes de Florine Bastien.

— C'est entendu, je vais vous dire de quelle façon je pense la faire tomber, et vous et vos amis me donnerez la main…

— À quoi doit-on donner la main ?

Jérôme se retourna vers la porte où s'encadrait Renaud, vêtu de son uniforme.

— Je me suis senti mieux d'un coup, c'est ce que tu m'as donné ce matin, Joseph, le remède a enfin fait effet, je suis à disposition. Il me faut moi aussi ma vengeance, celle de Marie.

Joseph sourit.

— Alors, passons au salon pour établir le plan.

*

Tout en les restaurant de pâté aux cailles, de fromage de brie de Melun et de vin coupé d'eau, Joseph leur exposa la manière dont il pensait faire tomber la Bastien. Ce soir, vers cinq heures, le bordel recevrait une pleine cargaison de vin de Chambertin, détourné de sa destination : les caves des Tuileries. Les trois quarts devaient repartir à destination de l'Angleterre où un lord anglais paierait cher « le mauvais vin français de Napoléon » pour s'en gausser avec des amis autour d'une partie de chasse. Or, non seulement ce vin n'arriverait pas chez son propriétaire, mais il passerait outre le blocus continental pour finir dans des gosiers anglais.

— Rien ne prouve que ces bouteilles iront en Angleterre, le bordel n'est pas situé sur un port, opina Jérôme en pensant que c'était de cette affaire-là que la Bastien était venue prévenir la Chatanay lorsqu'il avait écouté à la porte.

— Les caisses sont étiquetées par mes soins au nom de lord Barrington. Comme les fois précédentes, elles patienteront toute la nuit dans la cave et partiront au petit matin pour Calais, expliqua Joseph.

— Vous voulez donc prévenir la rousse, si je vous suis bien ?

— Oui, mais pas n'importe laquelle : le commissaire Moriel du commissariat du Palais-Royal couvre la Bastien et l'a déjà avertie que ses trafics commençaient à se faire remarquer. Pourtant, c'est de celui-ci que nous dépendons.

— Il faudrait que la dénonciation soit déposée par un étranger qui précisera qu'il a écrit à plus haut, à Fouché par exemple, émit Renaud.

— Moriel ne dépend pas du ministère de la Police, donc de Fouché, mais de la préfecture sur laquelle règne Dubois, expliqua Jérôme.

Joseph écarta les mains.

— La Bastien, elle, est plutôt bien en cour avec Fouché. Est-ce que celui-ci n'aura pas le dernier mot sur Dubois ?

Jérôme réfléchit quelques secondes. L'Empereur avait certes centralisé les pouvoirs, mais il avait également pris soin de « diviser pour mieux régner » en distinguant le ministère de la Police et la préfecture de police de Paris.

— Personne n'ira chez ce Moriel… Il recevra un mot lui expliquant qu'un départ des bouteilles de l'Empereur est pour ce soir, mais que ce trafic couvre une tentative de coup d'État.

— Par quel miracle ferez-vous valoir cela ?

— Par le décret du 3 mars dernier rétablissant l'autorisation donnée aux autorités administratives de faire arrêter et détenir les personnes coupables « d'atteinte à la sûreté de l'État, de complot », celles que l'on ne peut traduire devant les tribunaux ou laisser en liberté. Il suffira de le consigner dans le mot à Moriel en précisant que Dubois sera avisé de ce complot.

— Mais… il n'y a pas de complot…

— Qu'en savez-vous ?

Jérôme échangea avec Joseph un regard appuyé qui laissa le barbu sans voix.

— Vous ferez avertir Moriel quasiment à la dernière minute afin qu'il n'ait pas le temps de faire prévenir plus haut.

— Ah…

— Et pour le Cercle des Éventails ? s'inquiéta Jérôme, qui ne souhaitait pas apporter son aide uniquement pour une affaire de fraude fiscale. Sera-t-il réuni ce soir ?

— Ce soir, il y a aussi cercle de jeux, mais j'ignore si le Cercle y viendra, tout dépend de « Lilas Blanc » qui domine les trois autres. La toute première chose à faire est de mettre hors jeu Roberge qui, lui, est là tous les soirs. Je le soupçonne d'y faire aussi des affaires en plus de rechercher Colombel.

— Cela, je peux m'en charger, dit Renaud.

— Parfait, sourit Joseph.

Jérôme soupira.

— Je n'arrive toujours pas à comprendre comment Roberge n'a pas réussi encore à s'en saisir alors qu'il l'a sous les yeux chaque fois qu'il vient au bordel.

— Colombel est très surveillé, du moins l'était puisque Méridole n'est plus de ce monde, mais la Bastien a aussi l'œil sur lui. N'empêche, Roberge attend son heure pour l'isoler dans une chambre et le tuer.

— C'est stupide, il ne pourrait pas s'échapper.

— C'est pas dit, il y a beaucoup de passage, et puis Roberge est du genre à vouloir se venger, quel qu'en soit le prix.

— Comme vous finalement.

— Oui, c'est une force puissante que celle de la vengeance.

Jérôme était resté muet sur l'implication de Colombel père et fils dans l'Alliance. Il lui paraissait encore sage de se taire. D'ailleurs, Joseph poursuivait :

— Vous devriez remettre votre barbe et vos lunettes et vous rendre chez « Lilas Blanc », vous lui direz que c'est moi qui vous envoie et que ce soir deux grisettes sont attendues dans la chambre

Neptune, c'est leur chambre préférée car c'est la plus grande et la plus prestigieuse. Ils peuvent y tenir à plusieurs, c'est normalement destiné à des… parties fines à plusieurs…

Sophie, restée silencieuse jusque-là, intervint :

— Mais quand ils s'apercevront que la chambre est vide, ils feront un beau scandale auprès de la Bastien.

— La Bastien, j'en fais mon affaire, cela fait trop longtemps qu'elle se joue de moi. Elle finira dans la cave près de ses caisses de bouteilles. Edem qui la déteste me donnera la main.

— Êtes-vous sûr de cela ? Avec les subalternes, c'est tout l'un ou tout l'autre, ils peuvent se montrer des plus cruels avec leurs anciens maîtres ou bien rester fidèles à la main qui les bat…

— S'il renâcle, il finira pareillement.

— Que pouvons-nous faire ? demanda Sophie.

— Rien, dit Jérôme. Rentre chez tes parents et emmène Marion, il va se passer des choses graves ici ce soir, je veux vous savoir à l'abri.

Joseph leva le doigt.

— Je ne suis pas d'accord avec vous. Si ces demoiselles sont d'accord, elles…

— Servir d'appâts ? Je m'y refuse catégoriquement…

— Vous avez une imagination malfaisante, capitaine, laissez-moi finir de parler. Je reprends : donc ces demoiselles pourraient venir au bordel proposer, je ne sais pas, moi…

— Des bijoux fantaisie ? suggéra Sophie.

— Par exemple. La Bastien sera distraite et je pourrai ainsi plus facilement la tenir.

Jérôme secoua la tête.

— Vous n'êtes sûr de rien et une fois dans la place, la Bastien les fera serrer dans la chambre Neptune en attendant ceux du Cercle.

— La Bastien ne peut pas grand-chose sans moi, j'étais son homme des basses besognes, l'oubliez-vous ?

— Ne t'en fais pas, Jérôme, à deux, nous serons fortes comme un homme.

Jérôme tourna la tête du côté de Marion ; c'était pour elle qu'il s'inquiétait le plus. Il la savait craintive comme un chaton. Saurait-elle vraiment tenir tête à la Bastien si celle-ci se mettait à vociférer ? Ou si l'un de ceux du Cercle levait la main ou l'insultait ?

— Le mieux, proposa Renoux, s'rait d'être plusieurs gonsses dans la salle de jeux, à surveiller et à intervenir dès qu'ça sentira l'roussi.

Il avisa Jérôme.

— Si on allait chercher Mallerouse ?

— Qui est-ce ? demanda Joseph.

— Le cocher du roi de Naples…

— Oh, bien, tout le monde est le bienvenu ! Bien, calons nos montres…

— J'ai pas d'montre, dit Renoux, et j'sais pas lire l'heure.

— Ni moi non plus, renchérit Marion.

— Moi, j'ai une montre et je sais lire l'heure, la rassura Sophie, et comme tu seras avec moi, je te la dirai.

Renoux haussa les épaules.

— J'en ai pas b'soin, j'sais me r'pérer au soleil…

— Va chercher Mallerouse, il doit avoir une montre.

— D'accord.
— Euh… moi, personne ne me le demande, mais j'en ai une et je sais lire l'heure, renseigna Renaud.
— Toi, rentre te changer, la Bastien doit se souvenir de ton uniforme, dit Jérôme.
— Ah oui, et comment veux-tu que je m'habille ? Comme toi, en notaire de province ?
— Par exemple, ça a l'avantage d'être passe-partout.
— Et moi, demanda Renoux, je fais quel genre ?
— Vous, je vais vous prêter un vêtement.
— Ah ouais ? Un vêtement de bourgeois ?
— Un vêtement « passe-partout »…
Renoux eut l'air déçu, Joseph poursuivit :
— Donc, on règle tous nos montres…
Chacun sortit sa toquante, les hommes de leur gilet, Sophie remonta la sienne de sa châtelaine[101].
— Il est deux heures et trente-deux minutes…
Ils ajustèrent tous la grande et la petite aiguille.
— Donnons-nous rendez-vous ce soir à six heures, c'est à cette heure qu'arrive la livraison. Quand vous la verrez repartir, présentez-vous au guichet, la Bastien sera dans son bureau du rez-de-chaussée, j'amènerai mademoiselle Sophie et son assistante pour lui montrer les bijoux…
— Attendez un peu, la Bastien risque de les reconnaître, elle a déjà vu Sophie chez la Chatanay.
— Moi, elle ne me connaît pas…
— Aucune importance qu'elle les reconnaisse, elles peuvent parfaitement venir proposer leurs produits, et pourquoi pas, même se recommander de la Chatanay. Quand elle sera dans le bureau à admirer

101. Chaîne de ceinture.

les créations, je passerai derrière elle et je l'assommerai… Et maintenant, on s'égaille, ce soir sera notre réussite ou notre désastre…

Une poignée de minutes plus tard, Renaud, Marion, Sophie, Renoux, vêtu d'une redingote grise, d'une chemise ainsi que d'un pantalon blancs, et Jérôme étaient dans la rue. Les filles allaient de ce pas chercher chez Sophie de quoi éblouir la Bastien le temps que Joseph l'estourbît. Renoux partit en direction de la rue des Francs-Bourgeois où logeait Mallerouse. Renaud les quitta pour rendre une visite musclée à Roberge. Ne restait plus qu'à Jérôme à chausser ses lunettes et à se parer de sa barbe pour aller appâter « Lilas Blanc » avec l'arrivée de victimes au bordel.

Il longea le Palais-Royal, puis le Louvre, parvint au pont des Tuileries et se mit à songer à la meilleure façon d'aborder « Lilas Blanc » afin de lui donner envie de venir au bordel ce soir : la venue des grisettes suffirait-elle ?

N'était-il pas blasé ?

Tout songeant, il buta sur quelque chose qui se mit à brailler :

— Sergent Blochon, porte-aigle au 14e de ligne, colonel Henriod, brigade Albert, division Desjardins, VIIe corps d'Augereau…

— Ça va, ça va, tempéra Jérôme pour faire taire le cul-de-jatte, c'est moi, Blain…

— Oh, le capitaine Sabre ! Comment va, mon brave ?

— Comme tu vois. Et toi ?

— Oh, les affaires ne sont vraiment pas bonnes, les gens deviennent d'une pingrerie !

Jérôme fouilla dans la poche intérieure de sa redingote.

— Hum… dis-moi… il s'est passé des choses dans le coin ?

— Rien de particulier. J'ai vu la comtesse aux loups partir dans une voiture sans armoiries hier matin de bonne heure…

— Quoi d'autre ?

— Le roi Murat est parti environ une heure après rejoindre l'Empereur à Compiègne à ce que l'on dit.

Jérôme hocha la tête.

— Je me rends 36 rue de Grenelle…

— Chez la tante ?

— Tu la connais ?

Blochon eut un air entendu.

— Qui ne la connaît pas dans le coin ?

— Tu sais si elle est chez elle, enfin s'il est chez lui ?

— Je l'ai vu revenir d'assez bonne heure ce matin, dans une « vinaigrette » qui venait de la direction de la rue de Lille…

Allait-elle chez Méridole ? Mais « Lilas Blanc » était de complexion bien trop fragile pour se charger de pendre le vicomte une fois celui-ci « assoupi » par un opiacé… Jérôme pensa qu'après tout, « Lilas Blanc », qui surjouait de sa féminité, pouvait parfaitement avoir conservé quelques attributs masculins tels que la force.

— Quelle heure était-il ?

— J'sais pas, j'dirais sur le coup de neuf heures… Elle doit être en train de ronfler au logis, elle vit surtout la nuit comme toutes les tantes.

Jérôme quitta Blochon et hâta le pas jusqu'à la rue de Grenelle à l'angle de laquelle il chaussa ses lunettes et positionna sa barbe. Puis il se dirigea le plus sereinement possible vers le numéro 36, dépassant la monumentale fontaine des Quatre-Saisons parce que ses bas-reliefs représentaient les quatre cycles, sa façade en palais classique en faisait l'une des plus importantes fontaines de Paris.

Parmi tous les hôtels majestueux, le 36 faisait figure de parent pauvre. C'était un restaurant, à l'enseigne de La Petite Chaise, l'un des plus vieux de Paris[102] orné d'une grille de fer que Jérôme poussa pour se faire indiquer l'appartement de « Lilas Blanc ». À l'intérieur, quelques dîneurs isolés finissaient leur dessert. Un serveur, grand échalas, s'approcha.

— Il est trop tard pour se restaurer, monsieur…

— Je suis venu voir Lil… Jules Lorry…

— Vous pouvez lui donner son nom de tante, ici cela ne pose aucun problème. « Lilas » est au premier, à gauche…

Jérôme ne demanda pas son reste et s'engagea dans l'escalier. Il toqua ensuite à la porte indiquée, le cœur un peu battant ; comment allait-il être reçu ?

La porte s'ouvrit sur une créature qui n'était plus « Lilas Blanc », mais pas non plus Jules Lorry. Il était vêtu d'un habit noir à boutons dorés et d'une culotte grège, ce qui pouvait passer pour un accoutrement relativement sobre si l'on excluait la chemise regorgeant de dentelles. Jérôme fut frappé par le maquillage outrancier : teint poudré, bouche peinte et yeux fardés.

— Qu'est-ce que c'est ? demanda-t-il sans politesse excessive.

---

102. 1680, selon la légende.

— Je suis envoyé par Joseph Dumont…

— Hum… Et alors, ne restez pas comme une moule, délivrez-moi son message et allez-vous-en, j'attends des amis.

Il se mit à jouer de l'éventail pour manifester son agacement. Jérôme prit sur lui pour ne pas remiser ce prétentieux.

— Joseph vous fait savoir que deux grisettes sont attendues ce soir au bordel…

« Lilas Blanc », alias Jules Lorry, ne manifesta aucune émotion ; Jérôme en arriva à penser que son intuition selon laquelle il était blasé était bonne. Pourtant, lui et ses amis devaient venir au bordel ce soir. Tout en le regardant agiter son éventail à brins de nacre grise et à feuille en étamine de soie brodée de sequins d'acier, il lui revint à l'esprit que Joseph lui avait précisé que « Lilas Blanc » adorait ces petits ustensiles.

— L'une des grisettes doit venir présenter des éventails à la Bastien…

Ce fut un mot magique. La créature se fendit d'un sourire :

— Des grisettes et des éventails, quelle belle soirée ce sera, merci, cher messager…

Chapitre 25
À Compiègne

La voiture noire filait de bon matin, menée de main de maître par Mallerouse fouettant ses chevaux. C'était lui qui avait eu l'idée de conduire Jérôme dans la petite cité de l'Oise où se concentrait depuis quelques jours tout ce qui se faisait d'empereurs, de rois, princes, maréchaux et autres ducs, comtes, barons sans compter les généraux venus avec épouses et aides de camp.

Quand Jérôme s'était confié sur sa découverte dans la manche de la dague valaque, Mallerouse avait dit :

— Vous êtes épuisé, monsieur…

— Mais non, j'en ai vu d'autres à la guerre, vous savez.

— Je n'en doute pas, mais vous êtes en convalescence, il ne faudrait pas que vous l'oubliassiez. La route à cheval prendra du temps et vous fatiguera la jambe.

— Je pourrais quand même me faufiler plus facilement.

— Mais vous ne pourrez pas vous reposer, et sur place, vous aurez plus de difficulté à vous diriger, Compiègne est sur le point de craquer tant il y a de monde à vouloir assister à l'arrivée de l'archiduchesse Marie-Louise.

— Je n'y vais pas pour un séjour mondain, mais pour foncer au château remettre ce document au roi de Naples…

— Que vous devrez peut-être attendre plusieurs heures s'il est en conseil avec l'Empereur ou à mener une chasse pour occuper les invités d'honneur. Tandis que moi, qui suis natif de Venette, près de Compiègne, j'ai mes entrées à l'auberge de la Tasse d'Or, on n'y trouvera sûrement pas une chambre, mais une table dans un coin où se restaurer en patientant. Permettez-moi un conseil : reposez-vous tout le temps du voyage, dormez même, vous devrez être au mieux de votre forme quand il faudra vous expliquer tout à l'heure.

Jérôme s'était rangé à l'avis plein de bon sens du cocher et s'assoupit en songeant à l'incroyable soirée qui avait permis l'arrestation des membres du Cercle des Éventails et de la Bastien… Mais pas pour très longtemps.

Il devait absolument voir Murat, autant pour lui faire part du complot dont il était partie prenante à son insu que pour qu'il prît le relais dans l'affaire du Cercle en faisant intervenir Fouché comme il le lui avait proposé lors de leur entretien de l'avant-veille.

Quand il avait quitté « Lilas Blanc », Jérôme était rentré chez lui patienter jusqu'à l'heure du rendez-vous au bordel. Mais, curieusement, ce n'était pas l'opération délicate qui occupa son esprit, mais Marion. Il sentait son cœur s'ouvrir vers cette jeune femme qu'il ne connaissait pas deux jours plus tôt.

Il se morigéna : c'était un sentiment de pitié qui le poussait vers cette pauvresse, pas de l'amour. Cette joie qu'il avait éprouvée en la retrouvant chez Joseph était semblable à celle que l'on avait pour des amis que l'on pensait ne plus jamais revoir, rien de plus… Il revit ses yeux de lin pleins de douceur, auxquels se substituèrent soudain ceux de jaspe vert et arrogants de la comtesse Iliescu. Il était évident que Violetta faisait partie de ces femmes que l'on n'oubliait pas, mais dont le sillage n'était que feu et sang.

Il se secoua. L'avenir, pour l'heure, n'annonçait pas d'autre mariage que celui de l'Empereur et de ceux des six mille militaires à la retraite qui avaient épousé le vendredi 23 mars des jeunes filles dotées par Napoléon.

Pensant alors partir à cheval à Compiègne après les arrestations, il s'était changé et avait repassé sa petite tenue de capitaine de chasseurs à pied de la Garde, habit-veste bleu et bicorne.

D'une part, cela avait l'avantage d'être familier dans le décor, d'une autre part, il savait Murat sensible à l'apparence physique.

Vers cinq heures, il avait vu arriver Renaud qui avait pesté en le voyant :

— Ah ben, voyons ! Moi en petit bourgeois et toi en « emplumé » !

— Je dois partir à Compiègne juste après l'opération de police.

— Qu'est-ce que tu vas y faire ?

— Je dois voir Murat.

— Encore ? Vous préparez un coup d'État ? plaisanta-t-il.

Jérôme n'avait pas répondu et avait continué à s'apprêter en demandant :

— Parle-moi de Roberge.

— Inconscient. Du moins, il l'était quand je suis reparti de chez lui en le ligotant.

— Bien serrés, les nœuds, j'espère ?

— Évidemment, mais, foutre, qu'est-ce que ce gonsse a la trogne dure !

— Que lui as-tu dit ?

— Rien, j'avais quelque chose à lui transmettre ou à lui demander ?

On avait toqué à la porte, ce qui avait empêché Jérôme de répondre, il ne savait trop quoi d'ailleurs : après tout, on avait demandé à Renaud de mettre Roberge hors jeu et il l'avait fait, peu importait la façon dont cela s'était pratiqué. C'était d'ailleurs aussi bien que Roberge n'eût pas su pour quelle raison il avait été assommé, cela l'aurait rendu enragé de penser que sa proie lui avait échappé.

— Bon, dit Renoux, Mallerouse est parti au village d'Austerlitz où qu'sa mère tient une guinguette, mais y s'ra là à l'heure qu'on a b'soin d'lui. Y devait y passer la nuit, mais l'a dit qu'pour toi, y r'viendra...

Jérôme fut soulagé de cette réponse, il ne serait pas trop de trois hommes contre ceux du Cercle, et surtout la présence des filles l'inquiétait au plus haut point.

Il avait confiance en Mallerouse, et puis le village d'Austerlitz situé sur le hameau des Deux-Moulins non loin de la barrière de Fontainebleau n'était pas au bout du monde.

— Il est temps de nous mettre en route, dit Jérôme en consultant sa montre, il est cinq heures trente.

— Oh… on a encore le temps, tu ne nous offrirais pas un verre d'eau sucrée ? Je me suis laissé dire que l'on t'avait offert un pain de sucre, quêta Renaud.

— Un demi-pain de sucre ! Et on ne va pas se lester la vessie avec ce qui nous attend.

— Pourquoi, il n'y a pas de cabinet d'aisances au bordel ?

— Il est bouché ! Allez, en route, il vaut toujours mieux voir arriver les choses plutôt que l'inverse.

« Il a les doigts crochés ce soir », entendit-il Renaud gémir dans son dos. En sourdine, Renoux répondit :

— Non, l'est inquiet pour les filles, sa bonne amie surtout…

— Qui ça, Sophie ?

— Non, Marion.

— Ah bon ?

Jérôme fit mine de n'avoir rien entendu et hâta le pas jusqu'à la rue La Feuillade, peu éloignée, il était vrai, de son logement de la rue d'Arcole.

— Tu vois, clama Renaud, je te l'avais bien dit que l'on serait trop en avance !

— Va donc te mettre vers le coin du réverbère là-bas, pas la peine que l'on reste à moutonner. Et puis, tiens, mets-toi la barbe et les lunettes…

— Oh, mais non… je suis déjà en notaire…

— Est-ce que la Bastien ne t'a pas vu de près ?

— Si, bougonna Renaud en soupirant, mais en s'emparant néanmoins des ustensiles de dissimulation. Et comment je vais justifier un tel accoutrement ?

— En tant que militaire, c'est facile, dis que ce sont des éclats d'obus.

Traînant les pieds, Renaud alla prendre sa place un peu plus loin. Renoux et Jérôme restèrent à discuter comme deux familiers qui se rencontrent, à quelques mètres de la porte du bordel.

— C'est que j'chuis jamais entré dans un lieu pareil, dit Renoux. Brr, quand on y pense à c'qu'y s'y passe là d'dans…

— Ne pense pas, c'est mauvais pour les intestins et puis, chut, je vois arriver un tombereau…

Effectivement, une charrette attelée à un âne titubant sous le poids s'acheminait lentement vers eux. Il n'y avait que le conducteur braillant après son animal qu'il menaçait de priver de nourriture s'il n'avançait pas plus vite.

Enfin il fut devant l'entrée du bordel où il stationna son véhicule. Puis il interpella Renoux :

— Hé là, vous deux, v'nez donc m'donner la main, mon gars est malade, et moi, j'ai mal au dos…

— Mais enfin, mon brave, commença Renoux, qui voulait se donner des allures bourgeoises.

— Laisse donc, ça nous fera une entrée facile et naturelle… Fais signe à Renaud d'arriver.

L'homme alla frapper à la porte du bordel qui s'ouvrit sur Edem, qui, reconnaissant le livreur, dégagea le passage. Renaud rejoignit Renoux et ils commencèrent le déchargement.

— Ben et vous, vous faites rien ? interrogea l'homme.

— M'avez-vous bien regardé ? Je suis un officier blessé, je boite…

— Ah, faites excuse, mon… ?

— Capitaine, voyez mon épaulette[103]. Je viens seulement ici pour me distraire…

— Vous voulez me donner le bras pour entrer, mon capitaine ?

— Il me serait agréable, en effet…

Et sous le regard goguenard de Renoux et Renaud, Jérôme fit une entrée remarquée au bordel où la Bastien le fit asseoir avec beaucoup d'égards dans le salon de jeux encore désert, mais où – Jérôme le savait par Joseph – les tantes les plus demandées étaient à se préparer dans les chambres à l'étage.

— Un whisky ? proposa-t-elle tout sourire.

— Point encore, madame, je n'aime pas boire en solitaire, répondit Jérôme, qui craignait de subir le même sort que Renaud.

— Hé, madame, psitt…

Appelée par le livreur qui de toute évidence voulait se faire payer sa marchandise, la Bastien le quitta avec des regrets visibles. Pour rester le plus naturel possible, Jérôme posa son regard sur les énormes bouquets de tulipes et de roses dans leurs vases de porcelaine de Sèvres bleue. De temps à autre, il jetait un coup d'œil vers l'entrée où le livreur n'en finissait pas de s'en aller : la Bastien devait négocier les prix, en la présence de Joseph qui était réapparu.

---

103. Les officiers subalternes n'ont qu'une épaulette et une contre-épaulette. L'épaulette est coupée par une bande écarlate pour un lieutenant et par deux bandes pour un sous-lieutenant.

Celui-ci eut un bref hochement de tête à l'adresse de Jérôme, qui vit une bourse changer de main. La porte se rouvrit et le livreur laissa la place à Sophie et Marion. La Bastien fronça les sourcils, Jérôme se tint sur le qui-vive, prêt à intervenir.

Mais que faisait donc Mallerouse ? Et pourquoi Renoux et Renaud ne remontaient-ils pas de la cave ?

Puis les filles suivirent la Bastien du côté de la cuisine près de laquelle se trouvait son bureau, selon Joseph, qui eut un nouveau hochement de tête avant de les rejoindre.

Jérôme sentit les battements de son cœur augmenter, il mourait d'envie de descendre à la cave attraper les deux loustics par le fond de culotte, mais Edem était à patrouiller dans le vestibule. La probabilité de s'en faire un allié diminuait. Il y eut un cri qui troua le silence pesant du bordel. Edem se recroquevilla sur lui-même comme pour résister à des coups à venir.

Jérôme se leva et s'approcha.

— Ça vient de la cave, prétendit-il pour pouvoir y descendre.

— N… non, non, ça vient de chez madame…

— Elle a peut-être eu un malaise.

— Je ne sais pas, monsieur.

Le Noir restait sans bouger, comme statufié. Il devait prendre les choses en main avant que les tantes du premier étage ne s'aperçussent de quelque chose et ne descendissent s'en mêler.

— Reste là pour ouvrir aux clients, je vais aller voir comment est ta maîtresse.

— Merci, monsieur.

Dans la cuisine, il avait trouvé la Bastien ligotée et bâillonnée, mais non sans connaissance. À sa vue, elle redoubla de hurlements assourdis en exorbitant les yeux.

Un cahot l'éveilla et il pensa tout haut :

— Je ne saurai jamais si ce regard était un appel à l'aide ou bien pour me fustiger de faire partie des agresseurs…

Il jeta un œil à l'aube qui se levait avec peine ; depuis combien de temps était-on partis ? Était-on encore loin de Compiègne ?

Il sentit la somnolence le reprendre et les souvenirs tout frais l'assaillir.

Joseph avait demandé en le voyant :

— Il est temps que je la descende. Edem est à l'entrée ?

— Oui.

Il avait alors sorti un papier de sa poche.

— Dis-lui d'aller porter ça où tu sais.

Un instant plus tard, Jérôme tendait le papier à Edem.

— Ta maîtresse demande que tu portes ça au plus vite au commissariat du Palais-Royal où tu le remettras au commissaire Moriel…

— Bien, monsieur, dit le jeune homme en se coiffant d'un bicorne de feutre mou.

Jérôme attendit qu'il eût claqué la porte pour descendre à la cave où il trouva les deux compères occupés à étiqueter les cartons ou, à tout le moins, Renaud écrivait et Renoux collait les étiquettes au nom de « *Lord Barrington* ».

— On peut savoir ce que vous faites ?

— Ça ne se voit pas ? ironisa Renaud.

Il eut un haussement d'épaules.

— Comme si Joseph pouvait être partout.

— Ma parole, vous êtes devenus les meilleurs amis du monde. Tu oublies qu'il veut séquestrer un gonsse sans jugement ?

— Ouais, commenta Renoux, et ça tient de la cage à souris, j'peux bien le dire !

— N'empêche que, moi, un gonsse qui est censé me tuer et vient à mon secours en me traînant sur le dos, eh bien, vois-tu, j'ai du respect.

Jérôme secoua la tête.

— Amen ! En tout cas, traînez pas.

— Oui, ben, on fait ce qu'on peut. T'as qu'à venir aider ! Non, mais tu l'entends, Renoux ?

— Pour sûr, j'chui pas sourd !

— Qui ouvrira la porte aux gitons et surveillera qu'il n'arrive rien à Sophie et à Marion ?

Jérôme s'était hâté de remonter ; il avait bien fait, « Lilas Blanc » et ses amis étaient pendus au cordon de sonnette.

— Où sont Edem et Joseph ? avait-il demandé en le fusillant du regard. Et la Bastien ?

— Elle a eu un malaise, je l'ai couchée, nous attendons le docteur, dit Joseph dans son dos.

— Ah…

« Lilas Blanc » eut l'air contrarié.

— On va chez la Cottin ? proposa Colombel.

— Oui, allons-y ! encouragèrent « Mylord » et Amaury Faivre.

Jérôme vit le regard noir de Joseph se poser sur ce dernier.

Les jeunes hommes entamaient leur demi-tour quand Joseph prit sur lui :

— Il y a ici deux jolies sottes comme des paniers qui vous attendent.

Il prit un ton doucereux :

— Donnez-moi vos vêtements…

Mais ils hésitaient encore ; Faivre, Colombel et Leroy guettaient l'approbation de « Lilas Blanc ».

— On m'a dit qu'une avait apporté une provision d'éventails ? demanda celui-ci.

— Des éventails ?

— Oui, c'est ce qu'a affirmé cet affreux barbu que vous m'avez envoyé.

Jérôme décida d'intervenir devant les soudaines hésitations de Joseph :

— Mais oui, je les ai vus, de bien beaux éventails, en nacre, fragiles à souhait…

— On reste, laissa tomber « Lilas Blanc », qui confia sa redingote lie-de-vin à Joseph. Allez nous préparer ces deux idiotes et apportez-moi les éventails que je puisse choisir lequel démembrer pour…

Le reste se perdit dans un grand éclat de rire tandis que ses comparses flanquaient sur les bras de Joseph quatre manteaux de couleur.

Ils passèrent tous au salon pour patienter, Jérôme les suivit.

— Qui êtes-vous ? l'interpella Colombel.

— Cela ne se voit pas ?

— Votre nom, monsieur ?

Ses trois amis s'étaient tus, braquant sur lui des regards inamicaux.

— Prenons un verre, messieurs, et nous déclinerons respectivement nos identités.

— C'est une bonne idée, admit Faivre, qui appela « Joseph ».

— Il est occupé auprès de la patronne, je vais aller voir…

Il eut une inclinaison de tête et se retira en fermant la porte doucement.

Dans le couloir, il trouva Renaud et Renoux.

— Enfin !

— Ah, râla Renaud, trente étiquettes à faire, cela prend du temps.

— Sans doute. Où est Mallerouse ?

— Dans sa culotte !

— Renaud !

— Je suis désolé.

— Tu n'en as pas l'air, mais bref. Et Joseph, où est-il passé ?

— Dehors, il attend la police.

— Sophie et Marion sont encore ici ?

— On les a fait sortir par une porte arrière. Elles sont à surveiller la rue. Je suis allé enfermer les tantes dans leurs chambres.

Renaud secoua la main.

— Ah ! ça gueule là-haut…

— Ça ne va pas tarder à en faire autant ici, fit Jérôme en désignant du chef le salon. Si les clients arrivent, ça va être une belle pagaille.

— Y'aura pas de clients, Joseph a posé un panneau « FERME » sur la porte d'entrée ; à ceux qui s'approchent, il explique que la Bastien est au lit avec une grippe. Et elle y est !

Des minutes longues comme des siècles passèrent. Et Mallerouse qui n'arrivait pas. Soudain, « Lilas Blanc » passa la tête par la porte.

— Nous attendons le whisky, et en ce qui me concerne, j'ai horreur d'attendre.

— On vient tout de suite, monsieur, tempéra Renoux.

— Oh, et puis tant pis, on s'en passera. La Neptune avec les filles est-elle prête ?

— Presque, dit Renaud, on étale les éventails sur le lit…

Il ajouta entre ses dents :

— Si je mets la main sur un seul de ces salauds, je lui casse les os un par un…

Lorsque « Lilas Blanc » eut refermé la porte, il alla donner un tour de clef dans la serrure.

— Qu'est-ce que tu fais ? s'inquiéta Jérôme.

— Écoute donc, répondit Renaud en portant la main à son oreille et en souriant.

La porte résonnait des coups frappés par les « prisonniers » qui hurlaient :

« Ouvrez, bande de gueux ! »… « Vous ne savez ce qui vous attend !… « Vous aurez le cou coupé avant la fin de la semaine ! »

— Ah ! y z'ont d'la voix, remarqua Renoux.

— Il ne s'agit pas que la police traîne, grimaça Jérôme.

— Tu ne voyais pas qu'ils allaient foutre le camp ?

Jérôme soupira quand il y eut une entrée fracassante d'une douzaine d'hommes en redingote et bicorne armés de gourdins.

— Où sont les bouteilles ? clama un grand blond à face de lune. Je suis le commissaire Moriel…

Joseph désigna l'escalier.

— À la cave, c'est par ici…

— Et pourquoi qu'ça gueule comme ça de ce côté ? demanda un de ses hommes.

— Ce sont les conjurés, renseigna Jérôme.

— Qu'on les garde bien enfermés et qu'ils mijotent, chaque chose en son temps… Les bouteilles, ensuite les bonshommes.

Il laissa quatre de ses hommes devant la porte du salon tandis que lui et les autres suivaient Joseph à la cave.

— T'entends ? s'exclama un de ceux qui campaient devant le salon à son collègue. Y'en a un qui dit comme ça qu'il est le fils du juge Lorry.

— Laisse, c'est au chef de s'en débrouiller.

— Y dit que ça va aller mal si on n'ouvre pas !

— Laisse, je te dis…

— Oui, laissez faire votre chef, grinça Renaud, qui craignait comme Jérôme que le pandore n'obéît à ceux de l'intérieur.

— Ta gueule, je t'ai rien demandé à toi. Après tout, un juge, c'est plus gradé qu'un commissaire.

— Ben… ouais… admit son collègue.

— Alors, y'a qu'à ouvrir, on aura p't'être de l'avancement…

— Non, ordonna Jérôme.

— Qui que t'es, toi, l'emplumé en uniforme de chasseurs ?

— Capitaine Blain.

Jérôme et le policier échangèrent un regard sans aménité, puis le pandore dit :

— Connais pas…

Et il ouvrit la porte…

Épilogue
Face à Murat

Dans le salon servant d'antichambre de son appartement du premier étage du château de Compiègne où l'avait mené un chasseur, Murat roulait machinalement le document l'incriminant entre ses doigts.

— J'imagine ce qui s'est passé ensuite…

Ensuite, ça avait été un vrai chaos : les jeunes tantes, excitées par leur réclusion, s'étaient armées de chaises avec lesquelles elles tapaient sur tout ce qu'ils trouvaient sur leur chemin : Renoux en fit les frais le premier en prenant un coup sur l'épaule.

— Sales, petites putains ! hurla Renaud. Lesquels ont torturé Marie ?

Il se saisit de « Mylord », qui cria sur lui avec une voix de fausset :

— Je n'y étais pas, je ne sais pas qui c'est…

Il parvint à glisser des doigts de Renaud et partit se pelotonner contre la porte d'entrée qu'il cherchait désespérément à ouvrir.

— À nous, les policiers! brailla « Lilas Blanc » aux pandores, qui se rassemblèrent derrière les trois tantes restantes.

Jérôme dégaina son sabre et fit face au meneur dont la bouche était toujours maquillée. Il n'allait quand même pas se battre contre une tante armée d'une chaise. « Lilas Blanc » laissa tomber le siège et dégagea une belle dague de nacre.

— Je sais qui tu es… le capitaine Sabre… Moi aussi, je suis un militaire malgré l'apparence, nous en sommes tous, alors nous ne craignons rien…

Il se jeta sur Jérôme, qui esquiva assez facilement tout en reconnaissant qu'il ne manquait pas de courage.

— Est-ce toi qui as tué Méridole? interrogea Jérôme.

Pour toute réponse, les lèvres sanguinolentes s'ouvrirent sur un sourire sardonique et de nouveau il brandit sa dague. Cette fois, les deux lames se croisèrent. À la troisième fois, Jérôme enveloppa le poignet de « Lilas Blanc » et la dague vola au pied de l'escalier menant à la cave où venait d'apparaître le commissaire Moriel qui gronda:

— Qu'est-ce que c'est que ce charivari?

Les pandores commencèrent à se débander et à se rassembler autour de lui. Seul celui qui avait mené cette fronde en faveur de « Lilas Blanc » resta du côté des tantes. Moriel s'approcha de lui.

— Garcin, vous pouvez chercher un autre emploi!

— Mais, monsieur…

Tournant son regard en supplique vers « Lilas Blanc » qui l'ignora, l'homme fut entouré de ses anciens collègues qui l'isolèrent.

— Leur compte est bon à tous, merci, monsieur Tertre.

— Profitez-en bien, mon père va vous accommoder tous, grinça « Lilas Blanc ».

— Il n'est pas Dieu le père, que je sache.

— Il est le juge Lorry…

— Et le mien est conseiller d'État ! brama Faivre.

— Et mon père à moi était boulanger, conclut Moriel tranquillement.

Il y eut un claquement sec ; « Mylord » était parvenu à s'échapper. Moriel et ses hommes coururent à sa suite. « Lilas Blanc » profita de la confusion pour reculer en toute discrétion du côté de la cuisine. Jérôme, qui ne le voyait plus, se dirigea instinctivement de ce côté-ci car il savait que c'était là que se trouvait la porte arrière. Celle-ci était ouverte, mais la large silhouette de Mallerouse s'y encadra bientôt tenant dans son poing « Lilas Blanc » gigotant comme une anguille.

— J'ai trouvé cette petite chose cherchant à prendre la poudre d'escampette, elle est à vous ? Bonsoir, monsieur, je suis désolé du retard, il y avait un monde fou sur les boulevards, à cause de la sortie des théâtres.

— Bonsoir, Mallerouse, ravi de vous voir, même tardivement. Voulez-vous ramener cette chose à la police qui se trouve dans le couloir ?

— Mais bien sûr.

— Mon père te fera payer ça cher, menaça « Lilas Blanc ».

— Oui, tu l'as déjà dit…

Dans le vestibule, ils retrouvèrent les policiers, Joseph, Renaud et Renoux, mais aussi Sophie et

Marion que Moriel félicita, ce qui fit rougir cette dernière.

— Ces demoiselles fort courageuses viennent d'intercepter celui-ci qui prétendait nous échapper.

Il désigna « Mylord », penaud à l'écart de ses compagnons. Près de lui, Joseph affichait une mine dépitée de voir Faivre repartir avec la police. Jérôme pensa que cela lui avait toujours paru inévitable, seule la colère portant Tertre l'avait aveuglé. Mais sans cette haine, les grisettes continueraient de se faire assassiner.

Moriel s'approcha de Jérôme et le prit à part.

— Maintenant, il s'agirait d'avoir confirmation du préfet de police très vite, je ne vais pas pouvoir les garder longtemps.

— Je vous apporterai cela à la première heure, monsieur.

*

— Foutre, je te dois beaucoup, capitaine, je ne pensais pas que Violetta était une espionne.

— Ne dis pas ça, on l'a contrainte et elle n'a pas cédé, elle t'aimait et elle t'aime encore…

Il écarta ses larges mains pour traduire son impossibilité à satisfaire aux désirs de la comtesse Iliescu. Sur sa confiance accordée au comte, il ne souffla mot de sa déception.

Jérôme ne se sentit pas le droit de confier que la comtesse était peut-être dans l'attente d'un enfant, désiré par le mari pour devenir le premier prince de la Bessarabie. Murat songeait-il à cet état fictif pour lequel Iliescu trahissait le pays hôte ?

Il conclut dans un soupir :

— Qu'ils aillent se faire pendre ailleurs.

Il prit une plume qu'il fit grincer sur un papier, sécha ses écrits avec du sable qu'il renversa sur le sous-main de cuir. Pliant le document en quatre, il le lui tendit.

— Porte ça au plus vite rue de Juigné.

— Ce n'est pas Dubois que tu fais prévenir ?

— Dubois, non, je n'ai pas d'affinité avec lui, Fouché, oui.

Il se leva, immense dans un habit-veste bleu de France rebrodé d'or barré de la Légion d'honneur, une tenue sobre contrastant avec ses goûts pour le faste, mais seyant totalement à sa haute stature.

Il passa devant son bureau doré à griffes de lion.

— Viens à Naples, je te ferai comte…

Jérôme secoua la tête.

— Je serai capitaine en France.

— La France, tu sais…

Il ne poursuivit pas et le prit dans ses bras à la façon d'un ours, mais ce contact viril émotionna Jérôme qui huma de pleines bouffées d'eau de Cologne.

— Si tu changes d'avis, les portes de mon royaume te sont grandes ouvertes.

Jérôme eut un sourire et une inclinaison.

— Je ne l'oublierai pas, Majesté.

— T'es con… Bon, qu'est-ce qui te ferait plaisir ?

Jérôme réfléchit, il n'avait besoin de rien ; il se souvint de Sophie « amoureuse » de l'Empereur.

— Une place pour le mariage impérial ?

— Pour toi ?

— Non, pour mon amie bijoutière, Sophie.

Il repassa derrière son bureau et sa plume se remit à crisser.

— Et toi ?

— Moi ?

— Toi, tu viens aussi. Voilà, il y a deux bons pour assister au mariage… Et maintenant, va aussi vite que tu le peux chez Fouché tant qu'il est encore en place.

Jérôme recula vers la porte de l'antichambre et posa la main sur la poignée.

— Blain ?

— Colonel Beaumont ?

Cette fois, Murat eut un vrai sourire que Jérôme lui rendit, pupille verte et prunelle bleue fusionnèrent en un puissant échange amical qui se passait de mots.

FIN

L'ABC de l'Histoire

Dédié à mon aide de camp, Alain Cerri.

A comme :

Âge canonique : En droit canon, âge de quarante ans minimum pour être servante chez un ecclésiastique !

B comme :

Billard (salle) : Si, à cette époque, les maisons bourgeoises ne possédaient pas encore de fumoir, beaucoup disposaient d'une salle de billard, pouvant également servir de salle de jeux ou de réunion, à la décoration très simple, qui permettait, à l'occasion, de se retrouver « entre hommes ».

Billets de banque : Les premiers billets étaient réservés aux nantis avec des valeurs faciales de 500 et 1000 francs et étaient principalement destinés au commerce et à l'industrie. On allait ensuite à la banque se les faire échanger contre de l'or ou de l'argent qui avaient cours légal, ce qui n'était pas le cas des billets.

Il faudra attendre 1847 et que la confiance s'installe pour voir émettre de plus petites coupures, d'abord 200, puis 100 francs en 1848. Mais c'est seulement après la Première Guerre mondiale que les billets auront cours légal.

Boîtes à cordes (réverbères) : Ces boîtes à cordes, ainsi qu'on les appelait, ont presque toutes disparu, il en reste deux à Paris. L'une rue des Grands-Augustins face à la boutique de thés Mariage Frères, l'autre au 14 rue des Trois-Portes. Les passants les prennent souvent pour d'anciennes niches à Madone. En effet, la boîte à corde était une petite niche fermée à clé par un portillon, où se trouvait un cabestan autour duquel s'enroulait un cordon montant jusqu'à une poulie et au réverbère à huile accroché par un fil au milieu de la rue. L'allumeur, à l'aide d'une manivelle appliquée sur le cabestan, faisait descendre la lanterne pour nettoyer la vitre, changer la mèche, remplir le réservoir…

Bordel masculin : Le plus célèbre était celui de madame Cottin, 3 rue Saint-Honoré. Madame Cottin était une tante, selon le terme en usage à l'époque.

C comme :

Chic : Mot apparu à la fin du XVIIIe siècle, désignant l'aisance, peut-être dérivé de l'allemand

« *shick* » signifiant habileté. Il ne prend son sens actuel d'élégance qu'à la fin du XIXe siècle.

Chiffonnier : Le métier de chiffonnier, souvent qualifié péjorativement, a fait vivre des familles entières durant des siècles ; dans les années 1880, ils seront environ 35 000 à en vivre. À l'origine était la collecte des vieux chiffons pour la fabrication du papier qui s'est étendue à tous les autres déchets recyclables : mégots, peaux de lapin, os, ferraille, boîtes de conserve pour fabrication de jouets bon marché… À la fin du XIXe siècle, la collecte des déchets mise en place par le préfet Poubelle et l'utilisation de la cellulose de bois par les papetiers amorcent le déclin du métier de chiffonnier qui disparaîtra dans les années 1960.

Chou-chou : Attesté en deux mots dans le sens affectueux en 1784 par Charles Jacob Guillemain dans *Le Café des Halles*.

E comme :

Élisa : Élisa est la seule femme de la famille Bonaparte à avoir eu une gouvernance pour elle seule. À Naples, Caroline partage le pouvoir avec son mari.

H comme :

Hakage (!) : Le premier a eu lieu en 1834 par les jumeaux François et Joseph Blanc, banquiers, sur la ligne de télégraphe Paris-Tours afin de faire parvenir à Tours depuis Paris le cours de la Bourse. Ils gagneront des sommes folles en « arrosant » cinq personnes du télégraphe, même après leur procès de 1837 où ils seront blanchis. Dumas exploitera cet épisode dans *Le Comte de Monte-Cristo.*

Hautepoul : Général de division, commandant la 2e division de cuirassiers de la Grande Armée, embrassé à Eylau par l'Empereur devant le front des troupes pour le succès de ses charges vigoureuses, il a été blessé à une jambe lors de la dernière. Refusant l'amputation recommandée par le chirurgien Larrey, il est mort de septicémie quelques jours plus tard.

I comme :

Isembourg (prince) : Charles Frédéric Louis Maurice d'Isembourg-Birstein (Karl Friedrich Ludwig Moritz von Isenburg-Birstein) était un général allemand passé au service de la France en 1804. Nommé colonel, il a été chargé, à Mayence, le 1er novembre 1805, de créer le régiment qui a porté son nom.

Isembourg (régiment) : Deuxième régiment « étranger » de l'armée française, c'était une unité d'infanterie légère, qui, en principe, devait être uniquement composée d'Allemands, de Polonais, de Russes et autres étrangers, mais pas de Français. Dans ses débuts, il comprenait environ trois mille deux cents hommes répartis en une compagnie régimentaire et trois bataillons de mille hommes à neuf compagnies chacun, dont sept de chasseurs et deux d'élite : une de voltigeurs et une de carabiniers. L'habit était bleu céleste avec collet jonquille, passepoil et boutons blancs. Au départ, les chasseurs avaient des épaulettes vertes, un shako avec plaque et plumet vert ; les voltigeurs, des épaulettes jonquille, un shako avec plaque et plumet jonquille ; les carabiniers, des épaulettes écarlates, un shako avec plaque, puis, en 1807, un bonnet d'ourson sans plaque avec plumet écarlate.

J comme :

Journal des dames et des modes : L'une des premières revues de mode illustrées françaises, créée en 1797 par le libraire Sellèque, reprise en 1801 par Pierre Antoine Leboux de La Mésangère, et disparue en 1839.

L comme :

Laguipière : Cuisinier attitré de Murat qui a accompagné ce dernier pendant la campagne de Russie, où il est mort de froid. Antonin Carême a travaillé sous ses ordres.

Lasalle : Antoine-Louis Charles comte de Lasalle sera tué à Wagram. Il avait eu parmi ses mots célèbres : « Tout hussard qui n'est pas mort à trente ans est un jean-foutre. »

« Mon cœur est à toi, mon sang à l'Empereur, ma vie à l'honneur. » (À sa femme)

« Un hussard qui ne fume pas est un mauvais soldat. »

M comme :

Main dans le gilet (posture) : Ce geste, souvent associé à Napoléon parce qu'il s'est fait très souvent représenter ainsi, était une posture utilisée par tous les hommes bien établis au début du XIXe siècle. En effet, il était malséant de laisser pendre les bras, de les croiser sur la poitrine ou de les placer dans le dos. L'attitude de l'Empereur était vivement recommandée par Jean-Baptiste de La Salle dans ses *Règles de la bienséance*, rédigées en 1695 et souvent rééditées.

Maison close : Les maisons de tolérance, appelées officiellement « maisons tolérées », c'est-à-dire les établissements de prostitution tolérés par la loi pour des raisons d'ordre public, sont apparues sous le Consulat, lequel, par l'arrêté du 3 mars 1802, a imposé un examen médical régulier des prostituées en vue de tenter d'endiguer l'épidémie de syphilis qui sévissait à ce moment. Mais, c'est le 12 octobre 1804, sous le Premier Empire, qu'à Paris, le préfet de police Dubois a organisé officiellement ces « maisons de plaisir ». Les « filles publiques » devaient s'inscrire à la préfecture avant d'être admises dans un établissement enregistré. Contrôlées par la police, elles étaient astreintes à passer une visite sanitaire chaque mois. Durant une grande partie du XIXe siècle, les maisons closes ne portaient pas de noms comme on le verra à la Belle Epoque avec le *Chabannais*, le *One-Two-Two*, le *Sphinx*, etc.

Marbot : Marcellin Marbot ne mourra pas à Eylau, il aura une belle carrière sous l'Empire au cours de laquelle il sera blessé treize fois. Il reste fidèle à Napoléon pendant les Cent-Jours et à Mont-Saint-Jean, il est colonel du 7e hussards chargé d'éclairer la droite de l'armée. Banni, il est rappelé en 1818, est fait colonel du 8e chasseurs à cheval en 1829, aide de camp du duc d'Orléans (fils de Louis-Philippe et de Marie-Amélie). Il termine sa carrière au grade de lieutenant-général et au poste d'inspecteur de cavalerie, nommé grand officier de la Légion d'honneur et pair de France.

Merde : Énergique expression qui sera attribuée par Victor Hugo au général Cambronne, commandant le 1er chasseurs à pied de la Garde, lequel, à Mont-Saint-Jean, l'aurait jeté à la face des Anglais lorsqu'ils l'ont sommé de se rendre. En fait, blessé et inanimé, Cambronne a été dépouillé de ses vêtements et fait prisonnier, mais il ne s'est pas rendu et a toujours démenti avoir crié le mot de cinq lettres, de toute façon inaudible dans la bataille ! Celui-ci a été également attribué, de manière encore plus invraisemblable dans un combat naval à distance, à l'amiral Collet, commandant la frégate le *Melpomène*, qui, durant les Cent-Jours, a bravement lutté, devant Ischia (île dans la baie de Naples), contre le puissant vaisseau anglais *Le Rivoli*, avant de se rendre.

N comme :

Nièces… de Murat : Antoinette Murat épousera le prince de Hohenzollern. Alexandrine Andrieux, Agar, ministre des Finances à Naples.

P comme :

Papier toilette : Il faudra attendre les années 1960 pour voir se généraliser le papier toilette, et encore le monde entier n'en est-il pas doté. C'est une erreur de penser qu'il manque au Tiers-Monde. Au Japon, par exemple, le papier hygiénique est remplacé par un jet d'eau et un séchoir.

Parmentier (Antoine Augustin) : pharmacien, agronome, nutritionniste, hygiénique, surtout connu pour sa promotion de la pomme de terre, a, parmi ses nombreux travaux, introduit la vaccine antivariolique dans les armées napoléoniennes.

Parfums : À base de roses de Puteaux, les plus célèbres seront ceux de Gabriel d'Orsay, fils du général comte d'Empire Albert Grimod-d'Orsay. D'Orsay composera son premier parfum pour sa maîtresse britannique en 1822.

Poignée de main : À l'anglaise ou à l'américaine, la poignée de main est un geste que certains révolutionnaires ont voulu répandre afin qu'il se substitue aux salutations d'Ancien Régime en manifestant un rapport d'égalité entre les citoyens. Ce salut se pratique peu sous l'Empire, quoique de plus en plus, mais toujours de manière familière entre deux hommes qui se connaissent bien.

Dans son *Manuel de la politesse des usages du monde et du savoir-vivre*, page 42, « La Poignée de main », Jules Rostaing (1824...) écrit : « Tandis que le salut s'envoie respectueusement à distance, la poignée de main, familière de sa nature, se distribue à bout portant, et à bout de champ. [...] Elle semble dire : "Je suis votre ami tout dévoué." » Mais c'est trompeur !

« Autrefois, la poignée de main n'avait rien de commun avec cette chose banale, importée en France par les Anglais, et qui, par sa prodigalité même, a perdu toute valeur. Dans un certain monde, cet usage a envahi jusqu'au beau sexe. »

R comme :

Réverbère : Mis au point par l'ingénieur Dominique-François Bourgeois, les réverbères sont munis d'un bec à huile et d'un jeu de réflecteurs chargés d'amplifier la lumière. Cette réverbération est à l'origine du nom de ce nouveau dispositif d'éclairage public. La cameline est une huile de lentille, on l'additionnait l'hiver au colza pour l'empêcher de geler.

S comme :

Saint-Amaranthe (madame de) : En 1792, Jeanne Louis Davasse de Saint-Amarand a ouvert le salon de jeu le 50 au numéro 50 du Palais-Royal, d'où son nom, avec des fonds privés émanant de De Sartine, son gendre, ex-ministre de la police de Louis XV, de Laborde de Méréville, fermier général, et du Génois Persico. Sous la Révolution, son cercle est devenu une officine contre-révolutionnaire ; Madame de Sainte-Amaranthe a été impliquée dans le procès politique, jugé d'avance, du Tribunal révolutionnaire contre Danton, faussement associé aux prévaricateurs et à la prétendue conspiration de l'étranger, qui a été guillotiné le 5 avril 1794. Elle, sa fille Émilie, vingt-et-un ans, et son fils de seize ans ont été guillotinés le 16 juin 1794.

Sucre : On le sait moins, mais le 2 janvier 1812, Napoléon remporte la bataille du sucre, grâce aux travaux des chimistes (notamment Chaptal) et du banquier Delessert, qui planchaient depuis plusieurs années sur la mise au point d'un sucre de remplacement : raisins, poires, niais furent envisagés avant de se fixer sur la betterave déjà préconisée par l'agronome Olivier de Serre au XVIe siècle.

T comme :

Temple de la Gloire : Au retour de la campagne de Russie, Napoléon comprend que la Grande Armée a vécu et ordonne que l'on fasse de ce temple une église. L'église de la Madeleine sera achevée en 1842 après avoir failli être détruite en 1837 pour en faire la première gare ferroviaire. Elle est la seule église à ne pas avoir de clocher.

Tombe : Ce n'est qu'en 1919, à l'appel de Clemenceau, que l'on fleurira les tombes des soldats tués durant le conflit.

V comme :

Valachie : Après la guerre de Crimée (1853-1856), les provinces de Valachie et de Moldavie entreront en gestation dans le giron de la diplomatie de Napoléon III. « La petite Roumanie » naîtra en 1859.

Vautré (de) : Victor de Vautré montrera du courage lors de la bataille de la Moskova en s'emparant d'une redoute qui avait tenu les Français en échec plusieurs jours. Mais en 1816, il retournera son habit-veste impérial et deviendra royaliste. Il écrira plus tard un livre qui fera office de mémoire, *Génie méconnu du whist jusqu'à présent.*

Inscrivez-vous gratuitement,
et sans aucun engagement de votre part,
à notre bulletin d'information
en nous retournant le coupon ci-contre.

Vous serez averti(e) des parutions en exclusivité,
pourrez bénéficier d'offres spéciales,
de cadeaux, etc.

Chaque nouvel inscrit recevra
une petite surprise…

Rejoignez-nous vite !

Et n'hésitez pas à proposer l'inscription
à vos parents et amis…